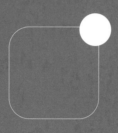

From Interest to Taste

以文藝入魂

靈魂與灰燼

臺灣白色恐怖散文選

胡淑雯 童偉格——主編

劉宏文 呂培苓 胡子丹 周志文
杜晉軒 郭于珂 鄭鴻生 陳榮顯
彭明敏 唐培禮 謝聰敏 高金郎——著

卷五

失落的故鄉

The Flying Hometown

目次

◎序

寫在《靈魂與灰燼：臺灣白色恐怖散文選》出版前

國家人權博物館館長　陳俊宏

點出一個地獄當然不能完全告訴我們如何去拯救地獄中的眾生，或如何減緩地獄中的烈焰。然而，承認並擴大瞭解我們共有的寰宇之內，人禍遭來的幾許苦難，仍是件好事。一個動不動就對人的墮落腐敗大驚小怪，面對陰森猙獰的暴行證據就感到幻滅（或不可置信）的人，於道德及心智上仍未成熟。人長大到某一個年紀之後，再沒有權利如此天真、浮淺、無知、健忘。

——蘇珊．桑塔格《旁觀他人之痛苦》

繼二〇二〇年《讓過去成為此刻：臺灣白色恐怖小說選》的出版，引發廣大的讀者迴響後，今年人權館再次與春山出版社合作出版《靈魂與灰燼：臺灣白色恐怖散文選》。這是人權館再度以文學出版的形式，邀請讀者參與轉型正義及困難歷史記憶的公共對話，為傷殘的過去提供安置之所，也為紛雜的當代，撐出相互理解的可能性。坦白說，這個出版計畫不論在選文與編輯，都是一項艱鉅的任務。在過程中，館方、出版社與兩位主編透過無數次的工作會議，討論選編的原則與範圍。例如做為一種文學文類，散文的本體論基礎是什麼？又何謂「白色恐怖散文」？最終經主編們反覆思索與討論的結果，基於「作者性」、「文學性」與「本真性」等原則的考量，決定讓曾遭受國家暴力侵害的倖存者，以文字所留下的「見證」，盡可能納入白色恐怖散文的範疇，因此也將口述史、自傳、回憶錄等作品納入其中。

主編們從兩百多本書籍中，精選四十三位作者的四十七篇作品，從不同的視角切入分為七大層次分明的主題，每一個主題並搭配導讀與研究者的逐篇注釋，提供讀者背景的理解，建立認識體制性暴力的基本框架。從卷一陳列以內斂的筆觸，探尋自我主體性修復迂迴又動人的回憶，卷二林書揚對左翼精神的系譜學考察，卷三唐香燕筆下的那個「青春無嫌猜」，為打破一黨專制，在政治光譜兩端的人共同打拚的年代，卷四高麗娟在黨外雜誌臥底歲月的告白，到卷五劉宏文的馬祖書寫，描繪離島間誤觸國界的荒謬罪刑。儘管許多作品過去曾經閱讀過，如今重讀卻仍有特別的悸動與感傷。我對於卷三中彰顯女性的位置與視角特別有感，女性不再只是「背景式的存在」，她們用日常的堅毅，抵抗命運的各種挑戰。

如同季季在《行走的樹》所言，這是「一個被扭曲的時代：在那時代的行進中被扭曲的人性，以及被扭曲了的愛，被扭曲了的理想」。在這些見證作品之中，我們得以窺見臺灣的白色恐怖歷史各種類型的受創主體，有各式各樣的省籍、族群、性／別、職業、甚至離島馬祖與外國人，在官方的統治教條之下，被視為「國家的敵人」；我們也得以看見在這巨大的人性劇場中，有加害者、被害者，更存在著告密者、旁觀者，革命者、遭誣陷的特務以及遭受遺棄的家屬。這些故事充滿了殘酷、偽善及背叛，令人驚恐、畏懼甚至迴避，但也同時反映真實複雜的人性。

將「殘酷置於首位」

做為一個讀者，讀完這些豐富的文本，除了對體制性暴力與創傷的理解更為深刻之外，我也深切體認，唯有直視惡的存在，我們才能對人類的道德與政治世界有更清楚的理解。在這個議題上當代政治思想家茱迪絲・史珂拉（Judith Shklar）的作品可以提供很多啟發。不同於大部分的研究者關注善與正義的問題，做為納粹魔掌中的倖存者，史珂拉關注的主題是惡與不正義，而她的自由主義理念來自對政治迫害的恐懼。她所倡導的是一種以「歷史記憶」為基礎的自由主義，這種政治信條並非追求至善的政治藍圖，而是避免至惡的良方。所謂至惡，就是殘酷和它激起的恐懼，以及對恐懼的恐懼本身。這種基於恐懼的自由主義，政治生活的基本單元不是進行論說與理性的個人，而是弱勢者與強勢者，因此它所要保障的自由，乃是防止權力濫用的自由。

她一再提醒我們，將「殘酷置於首位」，並探討其他尋常惡（ordinary vices）之間的特質，及其與政治的關係，因為關於政治生活的圖像，如果沒有分析苦難、殘酷、羞辱、妒忌、背叛、偽善、腐敗這些惡，就不夠完整，也就無法提供完整的道德理解。然而若要找到這些惡的本質，我們需要仰賴的不是歷史，也不是哲學，而是文學，儘管文學並沒有告訴我們要如何思考，而是透過想像力，在讀者和作者之間產生心理上的交流和對話，進而反思事物的本質。這是我讀完此套選文後，最深刻的啟發。

敘事能動性

去年出版的白恐小說選，選錄許多臺灣重要作家的文學作品，白恐散文選收錄的作者們大多並非專業的寫作家，然而這些作品能在此現身，對我來說，具有重要的意義。在政治壓迫時代裡，這群「政治失語」的人不僅無法表達他們的聲音，同時也失去在歷史中的位置。然而每一個聽聞他們故事的人，都無法否認，他們的尊嚴，甚至生命，都遭受了以國家之名做出的迫害。因此倖存者聲音的呈現以及政治失語的矯正，是推動轉型正義的重要前奏曲。如今這些見證作品的呈現，透過書寫抵禦遺忘，不僅揭露許多讓我們再也無法迴避的真相，抗拒對歷史詮釋的過度簡化，他們的在場，更轉而成為重構集體記憶的參與者。尤其令人驚豔的是，我們從這些見證者的作品中感受豐富的文學性，字裡行間展現真切的敘事力量，充分展現敘事的能動性。我相信看完這五卷散文選，您再也不是身處故鄉的異鄉人，將會找到自己的位置與啟示，同時找到與這些歷史的聯繫。

本套書的出版，首先感謝胡淑雯與童偉格兩位主編將近一年時間的全心投入，讓這些豐富的作品有了新的閱讀方式，而他們為每一卷所寫的導讀以及幾位研究者的逐篇注釋，宛如一次次歷史與文學的辯證與對話，豐富又精采。由於選文幾乎涵蓋了白色恐怖時期重大的政治案件，透過這些注釋的補充，將有助於讀者進入那一段暗黑的歷史。當然，沒有莊瑞琳總編輯所帶領的專業團隊，在編輯過程中克服萬難，本套文選也無法問世。在此由衷的感謝，在藝術介入的道路上，春山出版社一路的支持與協助。

如果您是曾經看過埃利・維瑟爾《夜》、普利摩・李維《如果這是一個人》，而在心中留下不可抹滅記憶的讀者，我相信也能從此套文選中，獲得相似的感受。

靈魂與灰燼

◎編序

童偉格・胡淑雯

受難者的時間是無限綿長的。在血肉與言說的無盡中，流淌著一種再怎麼失敗也不會輸掉的、近乎永恆的東西。於是我們面向過去，倒退著走入未來，或者，逕向往昔出發，直取歷史景深中、層次豐饒的空白。在《讓過去成為此刻：臺灣白色恐怖小說選》（二〇二〇）出版後的整整一年，我們繼續散文的編務。更大量的文本，與生命時間本然的絕不可逆，使我們更真確地，體會到一種矛盾。一方面我們理解，這必將是一部過早完成的散文選集，只因目前，更多史詮仍待沉澱。另一方面，我們也察覺，無論何時完成，這部選集已然遲到太久：將近一個世紀過去了，無數青春的見證者，已經帶著他們各自珍貴的記憶，潛入歷史的無記憶裡。

我們實踐的，是這般必然的早到與過遲。於是，我們但望這部選集能夠免於時間的焦躁，為讀者提供一個暫可靜視的介面，陳明這些書寫的各自所向，釋放它自有的文學質地。但首先，我們必須自我釐清，什麼才是（或什麼不是）「散文」。我們理解，在華語現代文學中，散文的本體論始終模糊，只在和其他文類並置相較時，定義才可能相對清晰些。例如：有別於詩的「詩體形式」（verse form），散文含括一切白話文書寫；有別於虛構的小說，散文則指涉一切紀實作品。因此什麼是「散文」？一個最權宜、卻也最明確的答案是：所有非虛構的白話文寫作，理應都是散文。

我們也理解，就歷史成因而言，散文之強調白話文形式，直接反映的，是新文學運動起，古典詩亡的實況：在那次標榜「我手寫我口」的文學浪潮中，人們求索某種比起詩，更能符合新時代精神的書寫形式，因此所謂「散文」這一既存的俗常泛稱，始得以被重新揀取、被用以特指一種文學新文類。但弔詭的是，這個文學新文類之強調排除虛構裝置，其所迂迴潛納的，卻是詩亡其後，華語文學創作者的詩心不滅：相似於古典詩人在固定格律與字數裡，存真自我感悟或直觀，華語現代散文創作者，亦務求文雅地言表自我情感的本真。簡單說：對華語現代文學場域而言，所謂「散文」，時常暗指一種浸潤在白話文體裡的詩。

也因此，雖然散文在業經重新揀取為一種文學新文類時，開放了自身海納一切次文類的想像——原則上，議論，記述，對話，筆記，凡此種種，邏輯上，散文可以無所不包——但就創作實踐看來，一般想像的所謂「散文」，依舊以摹寫詩境的抒情散文（lyric prose）為不變的殿堂之巔，並依此，布建了當今散文的典律。關於散文典律，我們的美學期許是：其詞鋒愈留白，其詩境就愈彰顯，其所存真的作者情感，也就愈雋永而有餘韻。而所謂「餘韻」，即明白是一種關於詩的懷想。

具體說來，在華語現代文學裡的所謂「散文」，即是如此，在自身本體論曖昧的情況下，依舊能做為一個獨立文類，常存於文學場域的想像與實作中——表面上，它所最想汰除的，正是它最深切藏納的。它的創作技藝要求，就是它的創作倫理訴求：一切表述、描摹與感言，作者皆切不可造偽。它的倫理，也反向規訓了它的技藝：我們想像，一篇傑出的華語現代散文，首先是一篇看不出技術斧鑿之痕的作品；它唯一該具備的，是一道作者的聲音之流，衷誠地，嗚訴一段本真體驗，而使人共感於無論是記趣、憶往，或者，即便是那般艱難的傷逝與受創。

簡單說，就美學意識而言，華語現代散文已布建了自身的迴路：它訴求作者出於個人孤自的體悟，而將此體悟，昇華成普世的傷與諒。於是複雜點說，在華語現代文學的意義裡，什麼才是「散文」？一個幽深的答案可能是：其實，我們總期待它為我們，預告更為理想的那種「真實」；期待它蘊藉聲明，一種傷痛業已自癒，一種受難，已然獲得了澄明與滌淨。

這樣的期待，放在我們對文學作品的設想，或許無可厚非；然而，若成為我們對臺灣白色恐怖散文作品之編選的單一標準，則可能，將顯得標準過於高蹈，於是，也使編選的行為，形同一種針對美學意識的檢查。原因很簡單：在諸多事關白色恐怖的史實，依舊等待澄明的現況下，一切關於「昇華」或理想「真實」的預想，可能並不理性。這是說：關於白色恐怖，真相的實質未明，逼視著編選一套紀實作品的困難，我們確切的感知毋寧是：也許，傷逝與受難者每道本真感觸，都應當被記存，而每道理該被記存的實感，都不應當再承受美學的評價。這意味著一部理想的臺灣白色恐怖散文選集，本質上的不可能。

然而，為了讓記存仍然可能（雖然必有限度），就編選範疇而言，打破我們對散文既有建制的認知，就成了編者該具備的思維。這是說：首先，我們不以上述抒情散文的既定迴路，其所暗示的「雅」與「諒」，做為審選作品的絕對標準，而力求重新釋放散文做為一種特定文類，在成立之初的海量想像。因此，這部選集的編選範疇，除了一般認知的散文文學創作之外，也將涵蓋或許作者並無文學創作意識的自傳、傳記、報導，及任何就我們所知、能及時索讀的「非虛構的白話文寫作」。

其次，除了打破對散文既有建制的認知，我們一併力求突破的，其實是以抒情做為核心的散文，所不免重新封印於個體的孤隔體驗：如上所述，它總要求一位深思且有能的當事人，獨自解剖個人體驗，從而，才能獲得「作者」的資格。我們認為：事關白色恐怖，個人體驗的公共意義，可以重新辯證、容許歧出對話，也應當，允許更大空間的他者在場。因此，不限於單一創作者的文本，口述史、或以口述方法寫就的自傳等散文作品，也進入我們的編選範疇。

或者，能果敢地這麼說：在編選《靈魂與灰燼：臺灣白色恐怖散文選》時，我們的目標，是將編選者解讀能力所及的最大值，兌換成現階段，事關臺灣白色恐怖紀實書寫的極大值，而非相反地，以編選者固有的美學認定，限縮了臺灣白色恐怖書寫的紀實性。我們的能力所及，就是我們的編選範疇。

由此，最後成書的這整部《散文選》共分五卷。卷一再分為「雪的重述」與「萌」兩個主題。「雪的重述」，收錄四位曾經繫獄的作家，對個人白色恐怖實歷的憶述。這些憶述，透露寫作者在創傷其後，力圖修復「我」之主體性的共同深願。我們以此，索引全書各篇章，對同一段歷史的多元回顧。「萌」則收錄未成年的小孩與青少年，那最初即最終的一次白恐實履。最初，通過這六種追述，再現童蒙生命以其不文寬度，容受初驗的暴力。最終，因這般寬闊生命的脆弱本質——對暴力的知解，標誌童蒙的從此不再，以及，啟蒙後的智性與抵抗——我們以此，索引白色恐怖，對「我們」的各種侵臨。

卷二「地下燃燒」以八部作品，微型示現地下黨人，及其關連者的往歷。這部龐然錯綜的地下史，旁側於五〇年代、冷戰框架下，國府治臺史的反面，在彼時最受嚴酷清洗；在多年後臺灣本土化的史詮重構中，卻也最輕易就遭致忽略。持恆抵抗主流論述，這整卷追索，關注自我精神系譜的重溯與再驗：無論是在已然冷峻的昔往，或依舊炙烈的當下，皆以對寂滅者的記存，反語貴重理想的不息。

對證上述陽剛的話語理序，卷三「她的花並不沉重」，則示現無論如何光亮的反對運動史裡，經常被忽視的女性實存。整卷七部作品，流轉女性身分，為妻女、遺族、眷屬、或政治案件的當事人，以相對而言，更跨域複現的觀看位置，她們修復由日治、戰後、二二八、白色恐怖，直到當下的集體傷痕；也在長列的死亡隊伍中、總是遲來的希望與愛裡，切近逼視傷痕各自的無可告別。

卷四「原地流變」，從肉身的記憶出發，思索「受刑」與「逃逸」的辯證。本卷且裂變為二，前七篇章，描摹加諸於政治受難者身上，「刑」的具象路徑：痛楚總是由體膚承感，卻永遠比切膚更深，在充滿個體差異的、與恐懼對峙的經驗中，在種種彷彿密室的空間裡，逃逸的路徑漫漶於一人置身的所有時空。在那裡，書寫自白既是自我構陷，也是逃生。在那裡，自囚終身無異於捨命求生。後三篇章，則書寫特務等協作之人的同刑：這些懺情或揭密，為我們反陳「刑」所從出的體制結構。

對照上述二元裂變，卷五「失落的故鄉」，則將簡化的鄉土二元論，重置為跨界者們，繁多的抵達之謎。在此，原鄉外的離散，和故土裡的離散並陳。只因在同一體制結構內，剝奪人身自由的拘禁，也總體拘限了個體自由的認同。而體制發明的流放，也總格外無異地，為所有流放者，指出一個同樣偏遠的異鄉。以這些移動條理（或漫無條理），我們總結臺灣白恐時空，對「我們」的總體圈限。

在五卷共四十七個篇章之外，猶有許多作品，因種種因素，未能收錄於此書。做為本書編者，我們深以為憾。以下謹題記若干，以供讀者尋讀。一如《桑青與桃紅》（一九七六）這部佳構，對臺灣白色恐怖小說書寫的重要性，聶華苓自傳《三輩子》（二〇一一），亦細緻留存《自由中國》半月刊同仁身影，對白恐散文書寫，有其顯在意義。王鼎鈞回憶錄《文學江湖》（二〇〇九），則簡達直述黨國文藝控管下，個人的捲入、與特務的周旋，及最後的遠避。回憶錄對山東學生流亡案，亦有切近分析。

馮馮《霧航》（二〇〇二），從一名海軍小兵視角，追述遠在國共內戰前、早自生命之初起，即一路無可緩解的種種錯位與錯待。這部作品，具現一部肉身傷害史，如何同時竟是一部情感啟蒙史、一部同志身分認同史，是我們讀過，最刺痛的書寫之一。崔小萍《天鵝悲歌》（二〇〇一），則重理個人《崔小萍獄中記》（一九八九）裡的見聞，而以更多年後、更遠距的觀察與思考，落定九年多冤獄中，種種無由的國家暴力。相對於此，黃紀男口述、黃玲珠執筆的《老牌臺獨：黃紀男泣血夢迴錄》（一九九一），則以解嚴後數年內的近距回顧，以一部「野史」之姿，見證並收藏臺灣共和國臨時政府的始末。

當我們說，此書的編選範疇，止於我們能力的極限時，我們陳述的，毋寧是：面向這般龐然多歧，而同訴真實苦痛的紀實文本，做為編選與識讀者，我們自覺謙卑。我們理解：一個暫可靜視的介面，同時也可以是，無盡起點的重新生成——何等遊歷，在編選過程中，我們得以識讀靈魂如何焚餘成灰燼；而灰燼，如何藏納了靈魂的重量。

失落的故鄉〔導讀〕

童偉格

在火車站擦皮靴，因為靠近碼頭，我遂意外地遇到拖板車的旺仔哥哥。他好高興，看到我，抱著我跳起來。他告訴我空襲時與奶爸奶母逃到八堵的暖暖一帶避難，戰爭一結束，就跑回基隆發了一筆小財。他在碼頭送貨，並告訴我家裡地址，要我回去玩。旺仔哥哥是我小時候的英雄與保護者，二、三年沒看到他，沒有奶爸奶母的消息，一聽他們平安，心裡就覺得好像自己的父母平安一樣。我答應一有時間，就去看他們，並告訴他我住的地方。擦皮靴的一段日子中，我跟他回去看了幾次奶爸奶母，他們的境遇有很大的改善，心裡高興了一陣子，但到了我上學後，我就沒有機會去看他們。直到二二八事件發生，我再回去時，是去尋找旺仔哥哥的屍體，去送別我童年的英雄。

——許曹德，《許曹德回憶錄》

在更多本卷限於篇幅、未能收錄的作品裡，許曹德追記一個獨特的「第二故鄉」。戰爭年代，在連繫港與礦的河廊，憑靠租用的房屋、借得的菜攤，父母南來立足，然後「我」出生。修船落海，坑洞活埋，或者，遭那出盡礦山隧道後、全速俯衝向基隆港的火車給輾斃，從小，在那「久久的留下濃煙與如雨煤屑」的過道之地，「我」慣看同貧之人，並不怎麼多元的死法。也不盡然貧苦相當：來自九份的奶母一家更窮，她賣掉三個女兒，代人育兒維生。奶爸殺豬，福利是火葬場焚餘病體；奶母珍惜著做成肉糜，吐哺餵「我」，如餵他們僅剩的旺仔。說來「我」慣見的，還是同苦之人的各自殊異：如「我」父親，「書念多也」，開不了借錢的口，哪怕一點車資，所以有次默默從臺北徒步竟夜，方得返家。「我」母親為此，久久不能原諒親友。

雨濛故鄉見證各種抵達：一次國軍靠岸，草鞋和紙傘；下次國軍上岸，鐵線穿掌的浮屍。它不能盡數的航程還更多，如是日，「抵達基隆已是深夜」，補給船押來馬祖北竿島六漁民。故事最初，是戰防侵臨北竿：一九四九年，「步槍上的刺刀亮閃閃」，許多人就此別離「外頭山」，潛回「厝裡」大陸，以避鋒芒。故事開始，也是一九五二年初，近海螃蟹全瘋了，牠們盡投走不離之人的網，收也收不完。很多事漁民堪忍，如國軍占屋封海——君不見更狂颱風，也能一時將島擰得再更小。有些事則絕對折磨，如坐看螃蟹食之不盡、就要腐壞，這般暴殄。他們遂起，像家常那樣認海為陸，穿「山」走「厝」去易物。他們不知沿途幾句鄉語閒聊，換得至少五年刑獄，與返鄉後的從此緘默。劉俊宏〈失去聲音的人〉（二〇一九），記述這段長過風暴的戰防。

一九四九年，戰防侵臨澎湖島上，山東流亡師生集合場。抗拒編兵者即「匪諜」，無法編兵的高階「匪諜」，去處更是可期。靜立四百年的天后宮成刑求場，用刑者就島取材，碎貝殼，也可是刑具——或者就取那面海，渾然天成滅跡場。聯中總校長張敏之等人，行過就地碎形的冤屈，行赴臺灣馬場町。痛楚是島內所有微物，也是孤絕此島的一切，呂培苓《一甲子的未亡人》（二〇一五）由遺屬視角，憶寫張敏之的身側與其後。碼頭偷偷送別，對長子張彬而言，父親身側是依然千里轉徙的流亡潮。對長女張磊而言，父親其後，是只能藏在宿舍衣櫃裡的一具骨灰罐。遺屬不相訴苦，只為有天，能再一同遠走他鄉。

當張敏之被槍決，「未亡人」王培五舉家寄居壽山氣象所，仍在奮力求援。一九四九年末，戰防侵臨壽山腳下，左營軍區。祖籍安徽、上海轉進的海軍士官胡子丹，因同學信裡附筆問好，被押往鳳山招待所，參與一場更大的「同學會」——「離奇而恐怖的不完整的面孔特寫」，刑獄某日他窺見，「雖然大半是我們同學，當時卻個個陌生。」再之後，就是綠島三千兩百一十二天。《跨世紀的糾葛》（二〇〇一）集成各處拘禁的局部，與一個「裸人」的全知。他理解嚴肅的荒唐：身在綠島，人人「喟嘆著共同演一齣戲，必須認真、認命」。他也理解形下的確真：這部實錄，絲縷收存人乳療效、鼠蠅買賣，豬姦傳聞等流放見歷；這位見歷者，是個「八年多沒收過信、沒發過信」，刑滿也找不到保人的孑然異鄉客。

戰防深入臺島各處，織就集體的現實。祖籍浙江、生在湖南，長於羅東眷村的周志文，以〈曹興城的故事〉(二〇一一),追記一位同學的啟蒙史。聯勤軍中,曹父因「知匪不報,與匪同罪」而入獄,曹興城遂自高中輟學,代方寸全亂的母親扛起家計。他做過各種苦勞,也做過盤下賄上的稅收員跟班。這番履歷,使他「看出了臺灣其實是個被蛀蟲蛀空了的世界」。諸法皆空這世界,使同罪者一家,特別驚懼任何儼然的法相:弟弟為躲查票員,倉皇摔死鐵道邊;父親出獄後,偕同母親活回嬰孩狀,「待在家裡,從不亂跑。」曹興城獨力顛覆政府,手段是炒股,「隨便下幾張單子」,就可「操縱國家」。「股市大亨」猶有溫情,出得號子,帶盒廣東冰花倫敦糕返家孝敬。那對嬰孩愛吃,恍憶前世般,記起家鄉味。

廣東人走南洋四百年,一九四九年後,被兩中各表:在彼,他們叫「歸僑」;在此,他們是「華僑」。生於英屬馬來亞的「歸僑」鄔來,一九五二年回返廣東台山祖居地,十年間輾轉北漂、就業成家,已是河北國營廠幹部。一九六二年,為回馬來亞探母病,他過境澳門,遭國府特務騙誘上船,航向臺灣。一個另類的「送中」案:一覺醒來,「看到基隆港」,鄔來就被「華僑」了。國府逕發身分證,逕自安排工作與宿舍。鄔來孤單一人,擔憂遠在一方的妻兒,與另方遠在的病母,紙條胡寫一句話,之後就是泰源加綠島,合計十四年牢獄。一九七七年出獄,一方母已病逝多年,馬來西亞早不英屬,拒絕他入境;另方「歸僑眷屬」一家,也已在文革中毀散。鄔來只好,從此就是中華民國籍。鄔來在列,杜晉軒《血統的原罪》(二〇二〇),挖掘大中華民族主義編派下,東南亞政治受難者的夾縫經歷。

鄔來之後，還有陳欽生。郭于珂〈生哥〉（二〇一九），陳述一段「懲罰尋找過錯」的真人版卡夫卡寓言。不知被誰選中，一九七一年三月，開學日傍晚，祖籍廣東梅縣、國籍馬來西亞的成大「僑生」陳欽生，在宿舍巷口被特務誘騙上車，送往臺北刑訊——只因彼時臺南美新處爆炸案，需要一名案首。當此罪名，被李敖與謝聰敏「用走了」，他轉而被迫自誣參與馬來西亞共黨組織。之後，就是綠島在內十二年。「僑」字無國界：中華民國政府，竟能將外國人在外國的活動定罪並量刑。國界即牢籠：一九八三年，陳欽生出獄後，只能流浪街頭，他既無本國籍，卻也出不得本國境。

綠島之後，還是綠島。新生訓導處解散，左近另起綠洲山莊的高牆——來自雪蘭莪州的鄔來，在牆內，才結識了來自隔鄰霹靂州的陳欽生。一九七四年，記憶裡，臺大哲學系風暴仍新、楊逵東海傾談猶近，鄭鴻生遠來，看見相似林投海岸，與仍被原地看管的昔日政治犯：福利社柯旗化；圖書館梅濟民等人。《荒島遺事》（二〇〇五）記述政戰預官的島內服役見聞。一部舊址新驗的地誌學：相異關防間，各自移動或監禁裡的日常。移動，曝現監禁的條理：這位機場特檢官，從不同過境者的身姿與神態，識讀他們與刑獄的親疏。移動竟也可能，為求更長久的監禁。如在政治受難的龐然影綽下，《荒島遺事》錄下的慣竊邱長豐：遭人作弄，遣送綠島，在此，才由政治犯教會識字、才受到如人的對待。他刻意逃跑，只為延長島內感訓。諸懲不懼，他受「烤刑」：炎夏正午，圈地自曝；他挖沙淋頭，只為保有一點影綽裡的清涼。

綠洲高牆前的訓導處原樣，這整部昔往地誌學，由陳孟和妥善記憶與再現。長長鐵道，「鐵軌枕木的距離跟人的腳步不一致」，因為行道留難，所以履歷者確定，行過的記憶不是幻覺——在綠島十五年後返臺，陳孟和再見平交道，眼淚突然就這麼流了下來。陳榮顯〈一部紀錄片的完成〉（二〇一九）側記多年以後，一位「鬼魅」，在自己的暗房裡，依憑體感所至，對綠島空間的全方位製圖。對陳孟和而言，一九六三年，一趟受派拍攝綠島風景的路徑，可栩栩微分為攀爬上山，探路向海，貼壁蟹行，潛游海溝，滑下咬人植叢等，一具肉身在冷熱折騰間，絕對無疑的實測。一棟建築物的外觀與尺寸，定位於屋外，那顆總是絆倒他的石頭。一個五十年前的鹽罐所在，牽連一整座廚房裡，各種細節的準確座落。這位在整部紀錄片裡「都沒有走出家門」的強記者如此，召回身體痛感，還復囚牢綠島，為他「一生最快樂的時光」。

光天化日身受「烤刑」，凡人只求一點影庇。一九六四年，在軍法處，彭明敏記下全獄囚犯，歡欣等待強颱來襲——強颱導致停電，使鎮日光亮的牢房，終享不受監看的夜暗。《逃亡》（二〇〇九）一書，補寫彭明敏在自傳《自由的滋味》（一九八三）裡，刻意留白的脫島歷程。這次冒險奇蹟般成功，仰賴的，是美國在臺傳教士，如唐培禮，與日本民間友人，如宗像隆幸、阿部賢一等人的義助。他們自願合謀，親身犯難，對彭明敏而言，「那就是這整個事情，使人多麼謙恭的地方。」唐培禮《撲火飛蛾》（二〇一一），則以個人履歷，檢視這般義助的始末。

一九七〇年一月三日，彭明敏成功越境；四月二十四日，鄭自才與黃文雄在紐約刺蔣未果。唐培禮觀察到，原該哄然的刺蔣案，在美國，很快被反越戰示威的暴力衝突給壓過。在此局勢中，美國政府目標，仍是維持臺灣國府統治的穩定——這個合力壓抑島內反對運動的「維穩」政策，也就成為美國教會高層的默契。在遠處烽火、與眼下仍然的禁抑裡，唐培禮持續透過謝聰敏與魏廷朝，以募款資助反對運動者，也思索一名基督信仰人，對「暴力」的認知。這部關於信念與實踐的思辨，深切復原自殉難現場起，後世史詮者與信眾，將耶穌定義為僅是一位「和平主義者」的「誤解」因由；從而，唐培禮也更加確定自己，在場的應為。

然而，一九七一年三月，唐培禮還是引起國府反制，於是在美國大使館與教會默許下，全家被驅逐出境，離開居住了六年的臺灣。返美後，唐培禮仍長期名列隱形「黑名單」上，無法再赴海外宣教。唐培禮離臺前一月，謝聰敏、魏廷朝再次被捕，再度遭遇嚴重刑求。謝聰敏〈獄中來信〉（一九七一），由獄友小林正成冒險攜出，在海外發表。「我認為我個人有責任把這件事情告訴你們，並設法使這案件不再像其他很多案件一樣被埋葬於暗室之中」——此信陳述仍然受縛的盜火者們，共同的希望。

綠島和綠島之間，是臺東的泰源：一九六二到一九七〇年間，這處曾種咖啡、也植橘子的僻靜山谷，長有政治受難者群聚的監獄。他們集聽一切微細的希望，彭明敏成功脫島，激勵他們落實訴求，於是在一九七〇年二月八日午前，六位外役政治犯劫槍越獄，意圖號召全島革命。除了描述事件經過，高金郎《泰源風雲》（一九九一）也以牢內視角，反寫事件發生時，那低壓瀰漫的寂靜——「整個監獄靜得像是一座空屋」。午睡時間，牢友輪流起身，整理行裝，或撕毀文件，默默餵給「吃紙的馬桶」，「都睜著眼睛，沒有一個人睡得著」。那亦是泰源首回，外役全數提早被召回，全獄枯坐，等待應該發生的什麼。直到夜暗，才有人喟嘆「想來晚飯還是有得吃，泰源監獄也不會今天就關門大吉」。也有人擔憂，攜械逃亡的六人，會否夜襲此牢，因此「一連好幾天夜裡都不敢睡覺，豎起耳朵在傾聽」。他們傾聽一個革命事件的寂滅。奇特的是，六人一越獄，即像走入遍島異鄉般的恍如無路裡。他們無法終結黨國統治，只終結了黨國政治獄政裡的泰源。

遍島異鄉裡，故鄉也總像就是一座小島。泰源六人中的詹天增，故鄉在九份。其後三十年，詹母仍居崎嶇山路旁的舊屋，進入漸漸目盲的晚年。以她年紀，幾可全程見證一座山城，並不如何悠久的身世：從日人以基隆山為基點劃礦權，到四方礦工聚屋，到一九〇三年，某位玩火柴的小孩點燃全山聚落，直到再次重建，又再衰敗，直到世紀末，這座煙花之城，成為全島集體懷舊所向。雖然，我們很少記得類如詹天增等，那麼多未竟的返鄉者。

一個人的故鄉，總是一座很小的島，對絕大多數人而言，它就是異鄉。它收納的最多記憶，是關於許多人，如何失落各自故鄉的記憶。由此，以上述十二個篇章，本卷總結《靈魂與灰燼：臺灣白色恐怖散文選》，於這般書寫的深藏。

失去聲音的人

劉宏文

◎完稿於二〇一九年十二月二十二日，首次發表於劉宏文個人臉書，後又於二〇一九年十二月二十三日轉載於馬祖資訊網，以及從二〇一九年十二月二十九日起，每週發表於《馬祖日報》，共四期。

劉宏文（一九五四～）

馬祖南竿珠螺人，臺灣師大化學系畢業，國立彰化師範大學科學教育博士。歷任馬祖高中教師、臺中二中教務主任、仁德醫專助理教授兼學務長、靜宜大學與臺中教大兼任教授。於二〇〇九年開始散文創作，書寫四、五〇年代在軍管戒嚴之下的海島故事，作品多發表於《馬祖日報》與馬祖資訊網。著有《鄉音馬祖》、《連江縣文化志、教育志》、《桃園市馬祖鄉親移民史》、《我從海上來》、《聆聽神明：橋仔漁村的故事》。

我尋找砌在牆裡的傳說
我尋找被遺忘的姓名

——北島

一・出獄（民國四十六年六月十日）

當陳良福步出監獄大門，遠遠就看到姑丈林光興，蹲在水泥牆下抽菸，站在他旁邊的是莊建順大哥。監獄的水泥牆很高，十點鐘的太陽已經非常炎熱，圍牆頂整排鐵絲網陰影，投射馬路上，像是一叢叢怒生的芒花。

姑丈和莊大哥霍地從圍牆的陰影跳出，熱絡地迎上來。陳良福一邊擋著刺眼的陽光，一邊說：「你們等很久了吧！郭依其還在裡邊辦手續，再等一下。」郭依其以前跟他同一艘漁船，同案入監，也同一天釋放。

姑丈遞支菸給他，陳良福說：「都五年沒食菸了！」他深深吸一口，憋一下氣，肺泡脹滿了煙霧，微微刺痛，他劇烈地咳了兩聲，頭有點暈。姑丈忙說：「慢一些，慢一些。」

陳良福入獄第一年，遠在馬祖的妻子嬌金，在北竿白沙舅舅陪同下，來探視過一次。他們託人辦手續，拍照、刻印章，先從北竿搭漁船到南竿，在福澳親戚家歇一夜，次晨天未亮，趕潮水登上軍方補給船，抵達基隆已是深夜。舅舅朋友老鄭，接他們到仙洞附近的家裡住宿。老鄭從海堡部隊[1]退役後，落腳基隆，依憑幼年在平潭老家學得的手藝，四處幫漁家補漁網，賺食討生活。

第二天，老鄭帶他們乘火車來臺北。他們三人不會搭公車，只好僱計程車，經過許多高高低低的房子，稻田、溪流，抵達新店軍人監獄，老鄭搶著付錢。舅舅說，不知他要補多少張漁網才能掙回車資。半年未見，陳良福蒼老許多。嬌金低頭，不忍直視丈夫，她不說話，粗礪的顏面布滿淚水；要不是舅舅提醒，幾乎忘了馬祖帶來的太平蛋（按：鴨蛋）。嬌金不識字，舟車遙遠，人地不熟，家裡還有老人幼兒，來一趟耗錢又耗神。這五年，多虧在臺北擺麵攤的姑丈，還有莊大哥，每一、兩個月都會輪流來會客。陳良福離家時女兒十一歲，現在不知什麼模樣？

莊大哥是姑丈外甥，陳良福未入獄前就已來臺，一直在萬華一家福州同鄉經營的肥皂廠工作。每次來探監，莊大哥都會多帶幾塊香皂，讓陳良福送給管理員和同室獄友。他們相信，香皂會讓長官、獄友對這位黝黑、粗壯、沉默，不會講普通話的馬祖人好一些。

陳良福注意到馬路邊一條寬闊的溪流，對岸蘆葦又高又密，溪水清澈，在大大小小的卵石間嘩嘩奔竄，他非常熟悉這個聲音。這幾年他都住「智」監，牢房擠進三十多人，只要躺下，不管室友打鼾、咒罵、囈語、夢話、哭泣，或突如其來的喊叫，他的耳朵會自動尋找圍牆外流水的聲音。當水聲連續幾夜彭湃激越，他知道，悶熱、騷臭的夏天就要到了；當溪水潺潺不絕如縷，那是乾旱的秋季，冬天也就不遠了。

每個夜晚，圍牆外面的水聲，都帶他回到大海邊的老家。那時，妻與孩子都已熟睡，靜夜如墨，他都會聽到一左一右、交互重疊，兩次漲潮的聲音。先是左側的沙灘，爬升、碎裂、倒退，又重新集結，再次爬升……；緊接著，潮聲從右側的海面層層掩至，爬升、碎裂、倒退。月圓前後，沙灘兩側的海水，會在村口融合成一道捲曲、綿延的浪花，不斷碰擊迴旋，好像在交換大海的祕密。村子有如被汪洋隔絕的孤島，孩子們都在等待退潮，海水向兩側退去，新露出的沙灘溼溼軟軟；他們赤腳奔過，撿拾來不及返回大海的墨魚、石斑和張牙舞爪的沙蟹。

「依其出來了！」陳良福的思緒被姑丈打斷。郭依其看到他們，難掩欣喜，快步趕過來，姑丈叫了計程車，一起返回延平北路的住處。姑丈住在巷底，房子低矮，門口煤球爐子煙灰嗆人，屋內湫隘窄仄。餐桌上已擺妥姑姑煮的紅糟雞麵線，還燉了花生豬腳。

陳良福永遠記得，五年前的六月八日，他們六人被憲兵押到南竿，今天六月十日，足足煎熬五年，一天也沒少。他想起當年一起入監還有四位同鄉，住在芹壁的表兄弟，他們判了七年，還要再吃兩年牢飯。

陳良福住了兩天，迫不急待要回馬祖老家，姑丈帶他到派出所登記，再去警備總部申辦出境手續。郭依其比陳良福年輕許多，他要留在臺灣，莊大哥幫他介紹工作。郭依其說，只要有飯吃做什麼都可以。他不要再回去討海，不想回到讓他心碎的故鄉。

開往馬祖的運補船每隔十天、半月才有一班。船期保密，不知何時開航，五年牢獄的陰影，陳良福不敢隨便探聽。那位住在基隆，海堡退役的鄭姓友人跑船去了，他只好每天搭車往六號碼頭觀望。姑丈特別叮嚀不識字的陳良福，回馬祖頭件事，一定得去派出所報到。

他雖已刑滿出獄，但陳良福知道，「匪諜」二字已經寫在額頭，也銘刻在鄉人心中。

二・趕鮮（民國四十一年一月二十二日）

民國三十八年，國民政府大陸失利，退守臺灣，福州周邊軍隊也轉進一海之隔的馬祖。大大小小的艦艇帶來一批又一批的軍人，草綠制服打綁腿，步槍上的刺刀亮閃閃。島上驚慌騷動，甚至有人攜家帶眷，匆匆搭錨纜船[2]反向到內地避難。

部隊初到島上，人地不熟，臺灣的補給尚未到位，食、住兩不便利，許多軍人散入民家，稍大一點的房子，甚至挪作連隊辦公處所。民家種植的番薯、蓄養的雞鴨、撈捕的魚蝦，也經常以勞軍為名，讓饑餓的官兵得以喘息，維持起碼的軍容與威嚴。

那時，陳良福三十五歲，黝黑壯碩；母親、妻子及十一歲的女兒一家四口，端賴他捕魚維生。小小的二層石屋，也被軍方看中，擠進一個班的兵力，原就淺陋的住所更顯狹小。他把樓上全讓給兵哥，自己和妻子、小孩在樓下灶邊鋪床，年邁母親只好擠進屋外柴房。

這批突如其來、南腔北調的陌生軍人，村人喚作「兩個聲」。他們互不講話，也聽不懂對方說什麼。「兩個聲」白天構工、站哨、出操，晚上回到樓上，煤油燈下不時傳出「卡達」「卡達」拉槍機的凶狠聲音，以及「嘎吱」「嘎吱」踩踏樓板的聲響，有如討饒一般的哀鳴。

陳良福有一艘祖父留下的漁船，還有一艘接駁舢舨。漁船老舊，船身布滿桐油摻和石灰的補釘。陳良福十三歲即跟著父親出海，非常熟悉這片水域。父親過世後，他接手父親遺下的油衣油帽，年紀輕輕，就已職司「老艕」（按：船老大），判斷風向、潮流，決定何時出海，何處布網。他與表弟郭依其，還有三位同村漁民共船。春天黃魚，夏天白鯧，秋冬有螃蟹、帶魚與蝦皮。傍晚漁船歸返，他們就在沙灘一旁的岩塊上均分漁獲，郭依其和其他三人各得一份，陳良福是船東，可得二份。

軍隊來了以後，港口多了荷槍實彈的哨兵，漁船只能在近海捕魚，不可越過高登，更不准往北駛向大陸。平日在澳口收購鯧魚、黃魚……，趕鮮運往大陸的「伢人」（按：中間商，福州話），現在都不見了；即便是醃製鹹魚的鹽寮，也因缺鹽不再進貨，空空曠曠，留下許多滲出鹹味的空木桶。以前遇到年節，陳良福會駛船往黃岐、定海、筱埕、梅花一帶，買米、買柴、買油、買布料、買豬仔；還有木材、青石、磚塊與瓦片，甚至老人家的壽衣壽材，現在都不能去了。

漁獲不能銷往大陸，陳良福的妻子嬌金，便挑起魚簍穿村走巷，或往軍隊駐地，兜售各類漁獲；剩下的不能久存，就剖成魚乾，一尾一尾掛在村口，北風吹過，像無數翻飛的紙鳶。鯷魚、鰃仔這些「浪碰（雜魚）」，下重鹽醃在陶甕內，十天半月後開封，魚肉轉呈暗紅，挾出配地瓜飯，可以吞下一大碗缸。

民國四十年農曆十二月，年關將屆，陳良福與往常一樣，趕在退潮前搖櫓駛向三連嶼，看能否多捕撈一些海鰻與白帶魚，年前賣個好價。三連嶼島礁滿是夏天鷗鳥留下的白色糞跡還有乾枯的鳥巢。沉在水裡的暗色礁石，密布許多牡蠣、藤壺，還有各式各樣的海藻；潮水退下，岩石表面暴露厚厚一層紫菜，村裡婦女便帶著竹筅趕潮水收刮。兩座島礁間的水道，是陳家祖先留下的魚場，養育一家三代。每年入秋，礁嶼上野菊盛開，鷗鳥嘎嘎飛過，他在那裡打楸布網，等待入冬以後的豐收。

那天風浪平靜，島礁旁的艠網異常鼓脹，像一尾黑色巨龍隨著潮湧載浮載沉。陳良福心知不妙，網肚內可不是剔透晶瑩的蝦皮，不是閃著銀光的帶魚，更不是凶猛搶食的海鰻。幾個人好不容易拉繩解網，倒在艙板的全是漁民嫌稱「臭皮」的蟧蟹，又大又肥，船艙內外爬來爬去。五人合力來回搖櫓，去回收網三趟，蟧蟹像小山一樣堆在門前空地。

漁民都說，蟧蟹性急，等不及過夜即已腐臭，要趁鮮煮食。而且此物螯尖腳長，全身非刺即勾，費工費時解開纏繞的漁網，整張漁網已是千瘡百孔。冬季天冷，蟧蟹水煮後，蟹殼熟成暗沉的朱紅，可以放上幾天。陳良福女兒說：「依爹（按：爸爸，福州話），我不要吃螃蟹了，蟹膏食太多，頭都暈啦！」

陳良福看看沙地上的螃蟹，對郭依其說：「賣不完，就要全部倒掉！」

郭依其說：「是啊！螃蟹都吃怕了。」他頓了一下，繼續說：「那就載到厝裡（內地）試試。黃岐現在是共產黨管，不能進去，我們載到西洋看看，那裡沒有共產黨[3]，老百姓也多，比較好賣。」

陳良福說：「上頭規定厝裡不准去，萬一被抓到怎麼辦？」

郭依其說：「厝裡那邊共產黨不管我們。前幾天，隔壁村增官伯還搭錨纜把太太送到定海去。陳奕福那艘船，賣蝦皮都去好幾次了。」他附耳又說：「我們偷偷進去，兩個聲他們不知道的，就算被抓到就說去賣魚，應該沒干係！」

陳良福說：「好吧！只好試試，老天給的螃蟹也不能隨便倒掉。蝦皮也一起載去，先到高登，看有沒有人要，再駛到西洋。西洋我們有東家，快過年了，順便辦些年貨回來。」

郭依其說：「我去村公所申請到南竿的條子，就跟哨兵說，我們是去南竿賣螃蟹。」

三・西洋（民國四十一年一月二十二日）

農曆十二月天氣非常寒冷。天矇矇亮，陳良福和郭依其，另外找了陳贛馬，三人穿上厚棉襖，外面罩一件油衣，頭戴油帽，腰間紮條麻繩，包裹得像三顆大粽子，還是擋不住沁入骨頭的寒意。他們把路條交給海防，輪流搖櫓往南竿方向駛去，船過鰲背山，避開海防視線，就調頭到不遠的高登。高登只住幾戶人家，他們種番薯、討沰（按：退潮時在海灘撿拾螺貝，福州話），沒有漁船。有一戶買了十斤螃蟹，過年當碗宴（按：祭品），祭拜神明與祖先。

西洋島在北面。依憑礁岩、島影，他們升桅張帆，循著風向往西洋駛去。日頭逐漸偏西，夜幕籠罩，遠遠看到島上人家已經升起炊煙。陳良福緩緩搖櫓，熟門熟路將船靠近大澳沙岸。以前他跟依爹來過幾次，知道哪裡有暗礁，哪裡可泊船。

三人把螃蟹倒在岸上，一邊叫賣：「外頭山（馬祖）[4]螃蟹，蟹膏多，野硬呀！換柴伙、換白米、換油，有什麼換什麼，快來呀！」可能是晚餐時間，螃蟹銷得不錯，跟山裡人換了好幾十斤新鮮的番薯簽。

就在此時，陳良福抬眼，看到一個熟悉的身影，站在螃蟹堆前。「姑丈！你怎麼在這裡？」陳良福興奮大喊。姑丈叫林光興，笑嘻嘻地說：「剛剛聽說外頭山有人來賣螃蟹，出來看看，沒想到是你們！」

當晚宿在林光興租屋處，三個人合蓋一床已經綻出棉絮的破被子。冬夜寒冷，時睡時醒，他們慶幸遇到熟人，又很擔心一千多斤的乾蝦皮，賣不出去。

林光興四十多歲，老家在黃岐，平時遊走平潭、竿塘、白肯、浮鷹、四霜、西洋等離島，做錨纜生意。他收購魚鮮、鹹貨運到內地販售，再從福州上下杭、長樂甘敦街，載運布料、白米、砂糖、粉干、糯米、粗鹽、酒麴等雜貨，賣到離島。這些島嶼都說福州話，只是口音不同。平潭、福清一帶靠南方，聲調混濁，喉音多；偏北的西洋與四霜，語調輕巧高亢，像是尖著嗓子說話。

民國三十九年農曆五月，林光興走了一趟白肯島，因為島上鯧魚大如臉盆，購回黃岐肯定發筆小財。白肯那時已經進駐反共的海堡部隊，當地人稱他們「流亡人」。每回林光興的錨纜到岸，總會引起島上騷動。海堡部隊有位黃岐人，因父親過世，懇求林光興順道載他回黃岐奔喪。林光興拗不過，讓他上了船。一位也是黃岐老鄉的海堡長官，拜託他多載幾位連江籍海堡隊員，還有一臺西方公司[5]提供的發報機，到內地做情報工作。

林光興把錨纜駛到關嶺附近，放下連江人，再回黃岐。不久，載運海堡連江人的事被黃岐共產黨知道，他們扣押林光興，半個月後家屬找關係、花錢、上繳一支殼駁槍、外加八兩黃金，才獲保釋。林光興很清楚，過了這關還有下一關，黃岐非久留之地。大年初一趁大家忙著放鞭炮、賀新喜，他告別妻小，逃到福州。不久便聽說，那幾個關嶺下船的連江人，行徑被共產黨識破逮捕，就地槍決。林光興非常害怕，聯絡同在福州的同鄉莊以寶，連夜避走西洋島，那邊的共黨勢力還未滲入。

林光興在西洋避居幾個月，心裡一直惦記留在黃岐的妻兒。他遇上陳良福來西洋賣螃蟹跟蝦皮，非常高興，幫忙聯絡了西洋島賣南北貨的幾戶商家。可商家都說：「本地蝦皮都銷不完了，怎麼還會要外頭山的？」

林光興就勸陳良福把蝦皮轉運到黃岐，那裡離長樂、連江都很近，甚至福州也會有人來收購。林光興說：「黃岐我人面熟，可以幫你介紹買家，也不過十幾擔蝦皮，沒問題的。」

林光興不敢回黃岐，他讓莊以寶同行。他告訴陳良福：「莊以寶黃岐上下都熟悉，有他在很安全的。」他要求陳良福賣完蝦皮，不用言謝，他也不抽傭，只要順便接他黃岐的妻兒到北竿，他會到北竿會合。

四・黃岐（民國四十一年一月二十四日）

西洋島到黃岐吹北風，陳良福三人載著莊以寶和一千多斤的蝦皮，順風南下，上午開航下午就到了。黃岐澳口開闊，停泊漁船也多，放縺的、圍網的、繩釣的、板繒（按：馬祖傳統漁法的一種，福州話）的都有，因為洋流關係，唯獨缺少打蝦皮的漁船。陳良福跟郭依其隨莊以寶上岸，陳贛馬守在船上。莊以寶人地都熟，很快找到買主，蝦皮換了豬肉、柴薪、番薯簽、糯米，花生油，還有幾斤柑橘。陳良福心想，今年柴火足，還有包餡魚丸、糯米餯（湯圓），加上家裡的紅糟封鰻、炸帶魚，可以好好過個年了。

這時一位穿著棉襖棉褲，自稱老林的中年男子，慢步踱到陳良福身邊，遞給他一支香菸，也給郭依其一支。老林說話很慢，好像每一句話都要在腦子裡轉兩圈，再從嘴裡吐出來。他問陳良福「外頭山」天氣如何？漁獲如何？陳良福個性木訥，不太習慣與陌生人交談，活潑的郭依其不多久就跟老林熱切對答。

也許因為蝦皮售完覺得輕鬆，也許因為馬祖「兩個聲」管制太多，發發牢騷，陳良福也加入談話。

老林說：「西洋島現在歸你們管，進進出出很方便的，哪天共產黨接管就沒有這麼方便了。」

陳良福一頭霧水，軍隊來了以後，他偶而聽到村人提到「共產黨」、「國民黨」，說什麼「國民黨」失敗了之類，但他搞不清楚什麼「噹（黨的方言發音）」、「噹」的，也永遠不明白，為什麼失敗的國民「噹」可以管這個、管那個，可以不准他們把船駛到對岸？

老林突然悄聲問：「你們那裡有多少國民黨軍隊？」

郭依其聊得高興，馬上接口：「有啊！有啊！每個村都有，北竿來了幾千人。他家裡就住了幾個兵哥，他們是兩個聲呀！」

陳良福說：「那些兵哥已經搬回碉堡了。」

老林又問：「那你們有看到什麼大炮、機關槍嗎？」

郭依其說：「他們都有帶槍，在港口站衛兵。聽說港口碉堡那邊埋很多地雷。」

老林說：「那你們走路要特別小心，人踩上去會被炸死的！」接著轉頭問陳良福：「你在海上打魚有看過兵艦嗎？」

陳良福說：「有看到啊！大小都有。有的駛到我們這邊，有的駛到你們那邊。」

老林又問陳良福有幾個孩子，還問了一些「外頭山」的生活狀況，還說他有親戚住在高登，有機會也想去看看。

老林離去不久，莊以寶領著他們到黃岐街上，各吃一大碗公海鮮煮粉干。下午起風，天氣轉陰，陳良福看了天候，催促莊以寶趕快帶林光興老婆跟兒子來搭船。他幫陳戇馬買了兩塊鹹餅。漁船很快出港，莊以寶在岸邊揮手，遠遠地喊：「改日再來啊！」

陳良福回到北竿，半個月後，姑丈林光興也從西洋回來。姑丈說：「西洋現在到處是共產黨，還好芹壁人陳奕水去賣蝦皮，我搭上他的漁船，再晚幾天就回不來了。」姑丈一家去了南竿，還是做老本行，跟一位海堡退伍的朋友合夥，收購黃魚乾、鹹白力魚、丁香魚乾、蝦皮、鯷干等鹹貨，運到基隆，再賣到香港。他們接受民眾委託訂單，從臺灣運回布料、棉被、水果、花生油、膠鞋……等南北雜貨；至於米糧、菸酒、燃油等大宗民生必需品，屬軍方管制，他們不能買賣。

陳良福還是跟以前一樣，每天不是出海捕魚，就是在家補網弩鉤。他發現港口的檢查愈來愈嚴，出海都要檢核身分證；漁船歸航，接駁舢舨要抬上岸加鎖，鑰匙交給海防保管；連划船的木櫓都要噴漆編號。島上軍人比以前更多了，他們忙著蓋碉堡、修馬路、挖坑道，出操、打靶、行軍，在營房附近黏上碎玻璃，海岸拉起長長的鐵絲網，上面掛著三角狀的紅色鐵牌。村人說，那是地雷的標誌。

軍方特別通知村長、伍長，嚴禁漁船越界捕魚，更不可駛往大陸。「兩個聲」會在山頭用望遠鏡監控，違反規定的禁止出海，越界過多就會關入禁閉室。那時每天都有民眾，因為親屬留在內地，焦急地去南竿行政公署、北竿指揮部，向長官求情，哭爹喊娘，是否網開一面，駛船進內地接回至親之人。

從那時起，大海兩邊的人，雖然講著相同方言、有著共同血緣，已經見不到彼此，聽不到對方的聲音。

五．逮捕（民國四十一年六月八日）

清明過後，天氣逐漸轉暖。陳良福心想，今年丁香仔、白巾仔收成都不錯，只是收購的價錢壓得很低。這也沒辦法，魚販不收，自己又吃不完，就只能當作番薯田的肥料了。這個季節黃魚鮮美，魚肉如瓜，滿嘴清香。現在軍方也漸漸知道黃魚好吃，部隊伙食團年節加菜，也會整簍整簍買去。特別大尾的黃魚，島上的喜宴大菜「全節瓜」[6]會用到，有時陳良福會挑二尾送給港口哨兵班，班長笑呵呵，以後出入澳口會更方便一些。

這天，陳良福在門前整理鯧魚縺，細心地在浮槅上塗抹煮過的桐油，風乾後再縫到鯧魚縺的綱繩上，網底繫緊水泥沉垂。陳良福有二十張鯧魚縺，在海上形成一道巨大的網牆，鯧魚頭小身大，只知前進不會後退，一旦鑽進巴掌大的網口，很難脫身。島人都說：「鯏刺、馬鮫、鯧」，鯧魚排第三，可漁民都知道，鯏刺、馬鮫不常見，料理也麻煩，真正好貨是鯧魚，可煎、可炸、可發湯，也可像摺頁一樣剖成一夜乾，有些漁民新鮮的不吃，只吃這味。

陳良福專心低頭繫浮楄、掛沉垂，梭刀舉高潛低穿線補漁網。突然一聲普通話大吼：「站起來！不許動！」陳良福嚇一跳，五、六個荷槍實彈的「兩個聲」闖入天井，領頭的是一名軍官，瘦高個子，腰掛手槍，領口兩顆梅花陽光下閃閃發亮。他指著陳良福，厲聲責問：「你是不是臣兩復（陳良福）？」陳良福嚇呆了，沒聽懂軍官的普通話，口中喃喃：「窩補雞倒（我不知道），窩補雞倒！」那是他唯一會的普通話。

軍官命令「兩個聲」一左一右槍口對著他，其他人進屋搜索。屋裡待著的嬌金聽到聲響，一面喝斥：「這是我家，你們幹麼？」一面牽著小孩衝出，拉住陳良福的手臂，方言大喊：「你們做什麼？他是我丈夫！」陳良福的媽媽也聽到動靜，手柱拐杖，蹭著一對小腳，顫巍巍走近軍官，方言說：「官長，他是我小孩，你們在幹什麼？他什麼都沒有做啊！」

一會兒，搜屋的士兵步出屋外，手上捧著都是從牆上撕下的日曆，從抽屜翻出的帳本、田契，廢棄的課本、信件，村公所民防訓練通知；所有寫字的紙張、文件，一股腦兒全部塞在草綠色的袋子裡。

瘦高軍官面無表情，轉身命令荷槍士兵：「帶走！」士兵簇擁陳良福往村口移去，陳良福邊走邊嚷，還是那一句：「窩補雞倒，窩補雞倒啊！」海潮退得很遠，陽光熾烈，赤腳走在沙灘能感覺砂礫的熱度。陳良福看到自己漁船擱在遠灘，海面波光映照，他害怕又緊張，大聲嘶吼：「你們抓我做什麼？」聲音在空曠的海邊，一下子就沒入浪潮。他的房子曾經當作軍營，住了一個班的兵力，嬌金有時還煮番薯簽給他們充饑；他跟海防衛哨處得很好，他們喜歡他送的大黃魚。他到底哪裡犯了法？

兩輛吉普車等在沙灘另一頭，許多村人圍住吉普車，大人小孩交頭接耳、議論紛紛。陳良福一眼看到郭依其已經坐在另一輛吉普車上，眼神疑惑、驚懼、呆滯。郭依其也看到他，正想開口，一旁押解的士兵厲聲喝斥：「不准講話！」

吉普車一前一後，在黃土路面上下顛簸，揚起一片土灰。車上士兵左右挾持陳良福，嚴肅無語，陳良福不敢直視。他想到曝在澳口的幾張漁網，不曉得妻子是否記得收回；他想到母親最近一直喊頭暈、他想到女兒撒嬌的模樣。遠方幾艘漁船張帆鼓浪，海風吹來，六月太陽天，他卻覺得徹頭徹尾的寒意，以至於手腳微微顫抖起來。

車到港口，一艘水鴨子（小型登陸艇）已經候在淺灘。又有一群人出來觀望，抱小孩的、端飯碗的、扛鋤頭的……，有人認出陳良福，問他發生什麼事，高個子軍官大聲趕人：「走開！走開！統統後退！」一邊把陳良福跟郭依其押上小艇，艙門立即關上，小艇往南竿駛去。陳良福與郭依其分坐艙底兩頭，四周艙板圍繞，只能仰望天空。太陽餘暉漸漸落下，海鷗飛過，偶而頭朝下筆直衝入海裡。

六．問訊（民國四十一年六月十日）

船到南竿，陳良福與郭依其被矇上眼睛，只能從眼睛下方的隙孔看見士兵的膠鞋。吉普車上上下下開了好長一段時間，停在一個風口，他聞到海水鹹氣裡泥土的腥味。當天晚上，他與郭依其分別帶開，士兵遞給他一盤飯菜，他勉強吃了幾口，就被推入一間潮溼陰暗、沒有窗戶，只有一個機槍射口的房間。泥地上鋪了一片木板，陳良福睡在上面，被子的霉味濃厚；黑夜如此漫長，他未曾闔眼，黎明時似乎睡著，卻被急促的敲門聲驚醒。

陳良福被帶到一個小房間，室內幽暗，只有一張桌子，一把椅子。荷槍的士兵讓他站在桌前，槍口對著他。他們就這樣站著，時間一分一秒流過，陳良福全身冰涼，好像溺在黑暗的水底。過了好一會兒，兩個人一前一後進來，木門砰地關上，前面是戴眼鏡軍官，後面跟著一位白襯衫黑長褲，上衣口袋差一支鋼筆的中年男子。軍官拉開椅子坐定，緩緩攤開桌上十行紙，開始問話。

「你叫陳良福？」陳良福點點頭。

「去年十二月二十六日你開船去西洋島？」陳良福聽不懂。

一旁白衣黑褲的男子翻成馬祖方言。此人福清口音很重，陳良福聽得吃力，有時只能猜測，勉強應答：「去年有去，已經這麼久，時間都忘記了。」

「你去西洋島做什麼？」

「賣螃蟹！還有蝦皮！」

「在西洋遇到什麼人？」

「我姑丈林光興！」

「你們說了什麼？」

「姑丈說，西洋蝦皮不好賣，叫我載到黃岐。」

「你在黃岐遇到什麼人？」

「就是買蝦皮的東家啊！」

「還有呢？」

「還有一個老林。」

「老林是誰？」

「我也不知道名字，我們以為他是姑丈的朋友。」

「聊什麼？」

「就問一點馬祖的事情。」

「馬祖什麼事情？」

「問我們生活怎麼過呀，打魚收成呀！」

「還有呢？」

「差不多就這些！」

「他有沒有問軍人的事？」

「他有問有沒有看到軍人。」

「你說了什麼？」

「我說有看到啊！我家也住過兵哥。」

「你有告訴他北竿有多少兵哥？」

「我怎麼知道多少，就隨便說幾千人吧！」

「他還跟你打聽什麼？」

「他問我有沒有看到軍船。」

「你怎麼說？」

「我說打魚都會看到船啊！有軍船也有漁船。」

「你還說什麼？」

「我沒有說什麼，那時候快起風了，我要趕快開船回去。」

「你有看到大炮？機關槍？」

「沒有，我只聽說海邊有地雷，老林交待我們出海打魚要小心！」

陳良福心想，就問這些，自己是不是太多慮了？這些事大家都知道啊！似乎放下心來，但看到眼鏡軍官似笑非笑的臉孔，又有一股隱憂，他為何一直問軍隊事情，自己說錯什麼嗎？他回禁閉房途中，看到郭依其被另兩個士兵押入剛剛問話的房間，郭依其回頭看他一眼，臉色慘白。他們會問郭依其同樣的問題？郭依其講的應該更跟自己一樣吧？

第二天，眼鏡軍官、白衣黑褲的福清人又來了，後面還跟著三位穿便服、操長樂口音的年輕男子。眼鏡軍官這次口氣非常凶惡，除了同樣的問題再問一遍，他還質問老林是不是同夥，要他承認曾經加入共產黨，承認幫共產黨收集情報。

陳良福幾乎哭出來：「長官啊！我沒有，我不知道老林，我也不知道什麼共產黨！」

眼鏡軍官：「你最好老實說！」他瞄了一眼那三個穿便服的年輕男子。

陳良福急切地大喊：「真的沒有，長官，真的沒有，我什麼也不知道啊！」

眼鏡軍官：「給我打！」年輕男子把陳良福壓在地上，另一人掄起扁擔，像斧頭一樣狠命劈打陳良福的臀部、腰背、兩肋，一下、兩下、三下……。

陳良福痛徹心腹，嘶聲大喊：「長官，我沒有，我沒有啊！」眼鏡軍官：「不招，就再給我打，看你招不招！」

那一夜，陳良福沒法站立、沒法坐臥，只能趴在地上，血塊將衣服與迸裂的傷口黏住，稍一轉身，肌膚撕裂的痛楚，讓他從極端疲累的昏睡中醒來。他無法轉身看到背部傷口，只能輪換撫觸手臂兩側扁擔頭留下的大塊瘀青。

此後兩天，眼鏡軍官又在同樣房間，同樣桌子，反覆審問：「老林是誰？軍隊多少人？軍艦幾艘？地雷在哪裡？你還告訴他什麼？你參加什麼組織？」他不懂，這些事情每個馬祖人都知道啊！他真的不知道老林名字；軍隊人數是他估計猜測的；他只是聽說卻從未見過真正地雷長什麼樣；他確實看過軍艦，但不知是哪一方的？

眼鏡軍官似乎永遠不滿意供詞，一陣又一陣毒打，他妄圖用扁擔逼迫陳良福承認替共產黨做事。劇痛之下，甚至有一刻，陳良福希望自己真的曾被共產黨指派，這樣就能說出一些讓眼鏡軍官點頭的事實，就能避過凶狠的扁擔；至少會有一夜，他能夠平穩躺下，不會在睡夢中被椎心的痛楚喚醒。

有天傍晚，他在操場一角遇見面色慘白、同樣也在放風的郭依其。許久不見，兩人無語，眼眶都泛紅溼潤。陳良福偷偷跟郭依其說，他非常疲倦，比熬夜捕漁網、弩魚鉤還要疲累；他已經受不了拷打，真想自殺一了百了，一切就解脫了。郭依其終於忍不住，哭著跟陳良福說：「不能死啊，依哥！把命留住，死了什麼都沒了呀！」

那天晚上，陳良福倚在囚室牆角。南風溼鹹，從機槍射口掩入，牆上、地板漫漶一片反潮的水滴。射口對面，是一座陡峭的山頭，巉巖裸露，可以看見幾個挑水婦人艱難地行走。他想到嬌金此刻大概也在挑水沃菜吧！女兒十一歲了，無論如何也要讓她上學堂，讀幾年書，不要跟他一樣大字不識。夜間沉寂，他一閉眼，就會浮現母親哀戚的面容，就會聽到嬌金悲切的哭聲。他嗚嗚哭出來，愈哭愈大聲。

陳良福就在等待與想念、在不知多少次的問訊與拷打中，日子艱難地過去。他曾經央求那位福清男子，幫他把心中的惶恐、痛苦與希望，轉告眼鏡軍官；他也曾經在眼鏡軍官面前長跪，對天發誓，他沒念過書，實在不懂什麼共產「噹」、國民「噹」；他也沒有洩漏什麼機密。如果放他回去，過年過節他會在村口燃放三尺鞭炮，感謝福清哥、感謝眼鏡軍官，甘願一輩子為他們做牛做馬。

七．移監（民國四十一年七月十六日）

一天清晨，天剛破曉，兩個荷槍士兵把陳良福推到廣場。陳良福發現，除了郭依其，還有四個男子雙手上銬，在刺刀監視下，蹲在審問室外的牆角。陳良福認識他們，其中一位還是表弟。他們是隔壁村的漁民，平日撒網下錨總會遇到，每年擺暝食福[7]也會聚在一起，喝酒划拳，大醉一場。

不久卡車來了，刺刀押著他們上車。一個多月來，他們第一次這麼靠近，郭依其瞇著眼，步履蹣跚，額頭猶有一塊瘀青。陳良福知道他們跟他一樣，挨打受苦，在生與死的邊緣擺盪。

卡車開到不遠處的福澳港，一艘很大的補給船，正張開巨口，泊在沙灘上。港口亂哄哄，沙灘上都是卡車輾過的胎痕。穿草綠汗衫的士兵來去忙碌，搬煤炭、抬米糧，扛水泥，滾汽油桶，趕在退潮前清運軍需；新來的官兵，鋼盔、步槍、背包，全副武裝，一排一排安靜地蹲在沙灘一角，等待分發島上各個據點與碉堡。

他們六人魚貫登船，隨即被攜槍的士兵分別帶開。陳良福床位靠近舷窗，雙手帶著手銬左挪右移，勉強擠入帆布臥床，攜槍士兵就睡在兩旁。陳良福用方言問：「船開去哪裡？船開去哪裡？」有個士兵終於聽懂了，答說：「送去臺灣審問啦！」陳良福只聽懂「臺灣」兩個字，心頭一下暗下來。

補給船緩緩離岸，他從密閉的舷窗外望，天氣陰沉，海水混濁，此刻應是撈捕白力魚、釣石斑的時機。很少人比他更熟悉這片水域，他懂得各類魚群習性，他知道海螺、殼菜、螃蟹的藏身之地，他瞭解每艘漁船的來歷，他清楚漁夫的喜好與厭惡，他知曉村莊與居民的祕密；但他不知道，這個島嶼已經與以前不同了。

補給船抵達基隆已是深夜，空氣潮溼燠熱、燈光稀稀疏疏映在海面。換防部隊與休假官兵陸續離船，層層監控下，他們最後一批步下舷梯。罩著帆布篷的卡車已經等在碼頭，押送人員改成全副武裝的憲兵。軍車連夜開到臺北保安處，一間大廟改成的收容所。核對身分後，六個人分頭擠入陰暗、窄小、悶熱，已經擁擠不堪的囚室。

突然之間，陳良福意識到，自己置身在全然陌生的天空下。這裡的人說話聲調與家鄉不同，這裡沒有人跟他有相同的過去，他無法聆聽，也無法開口。陳良福覺得世界只剩下一半，另一半矇在黑暗中。眼前的一切他從未見過，他不會開關電燈、不會開水龍頭；當別人張口咆哮，他只能從凶狠的眼神猜測惡意，他找不到回嘴的語彙。

接下來幾天，陳良福又被傳訊幾次。問的還是老問題，他在馬祖都回答過。老林是誰？你有沒有參加共產黨？你有沒有講軍隊人數？有沒有講軍艦數目？有沒有講地雷埋在哪裡？你為什麼要去西洋？你為什麼要去黃岐？你還做了什麼？除了郭依其還有誰去過黃岐？把你知道的全部說出來！

審訊室的燈光明亮，問訊的軍官不知哪裡口音。他深怕說錯話，只好沉默以待，或者嗯嗯呀呀含糊帶過，這樣惹得軍官更為生氣，有幾次破口大罵。偵訊後，他就睡在角落的小床，因為夜間會有另一組人繼續問話。起先他們問的都相同，後來漸漸轉移到：你還做了什麼？還有誰去過黃岐？你照實講就會少關幾年！

連續兩天，陳良福幾乎沒有闔眼。他非常疲累，他把記得的和想到的，都告訴審訊官。他甚至因為極度渴望睡眠，到了要說話的時候，預先說服自己，開始逐漸相信自己說過的事情，認定自己在這些事情之中鑄下錯誤，而無可辯解。絕望與疲累指使他，在幾張他一個字也不認識的文件上，捺上血紅的手印。

當黑夜降臨，陳良福蜷縮囚室一角，恐怖像漲潮的海水，自陰影中悄然掩至，瀰漫整個房間；思鄉與死亡的疑懼，占據他失眠的所有空白。他離開家時，除了妻子的眼淚，什麼都沒帶。那天走的慌亂，女兒驚恐地望著他，沒有出聲，以致他想不起女兒哭泣的聲音。他不由自主地坐起來，全身不住顫抖，直到天明。

八．判決（民國四十一年十月二十二日）

時序入秋，臺北白天猶悶熱如火籠，夜間已經有些涼意。陳良福羈押保安處已經三個多月。這天，巡查員突然到監房叫喚陳良福，同室獄友都在看他，這位溫和沉默、不會講普通話的馬祖人，這個月以來，他都沒被傳訊，怎麼今天突然被帶走？

陳良福穿好衣服，巡查員帶他到偵訊室。他看見郭依其與四位同鄉已經站在那裡，神情緊張、沮喪、疑懼不安。辦公桌後面坐著一位陌生的上校，兩邊都是憲兵，還有幾位軍官。憲兵交給每人一份油印的紙張，密密麻麻，寫滿看不懂的藍色文字。上校命一旁的年輕軍官，逐字逐句宣讀紙上內容；唸完了，上校再命另一位矮個子、很瘦的軍官，把審判結果翻成福州方言：「陳良福有期徒刑五年！郭依其有期徒刑五年！」其他四位，因為多去黃岐兩次，都被判七年徒刑。

聽到判決，郭依其和其他四位同鄉，頓時陷入歇斯底里的瘋狂，又哭又喊：「我們不是共產黨，不是匪諜呀！」「關這麼久，我們全家都要餓死啊！」他們的哀叫，像鷗鳥嘎嘎的鳴聲，毫無意義地劃過長空。陳良福眼睛通紅、淚水盈眶，但他沒有哭出來。

第二天，他們被送入更窄小的囚室，三十多人擠一間，馬桶屎尿臭氣熏天。晚上睡覺，只有一半的人能躺著，等到下半夜，坐、臥相互交換，有人甚至睡在洗臉檯上。這些判刑確定的罪犯，每人都有各自的過去，他們時而嘆氣，時而哭泣。陳良福不認識他們，卻不覺得陌生，那些聽不懂的南腔北調，在他腦裡盤旋交織，是他四個月來的心聲，也是他無法理解、無法面對的黑暗。

是誰的謊言誣陷了他們？是誰因為卑鄙的討好逼他們走向死亡的隘口？而這些毒害靈魂的罪行，永遠不會被審判！

九・情義（民國四十二年五月五日）

陳良福和郭依其還有其他四人被判刑的消息，立刻傳遍島嶼，也徹底粉碎了陳良福妻子（嬌金）的殷殷期盼。四個多月來，她求神拜佛、吃素燒香，祈求老天爺開恩，放陳良福回家。除了種幾片番薯，她實在無力掙得一分一毫，撫養婆婆與兩個幼子。那紙輾轉寄到的判決書，把陳良福阻絕於千里之外的陌生之地，也將全家陷入悲傷與絕望的深淵。

村人也覺得震驚與難以置信。被判入監的是他們共處幾代的鄰居，他們一起生活、一起捕魚，前門通後院，這是一個藏不住祕密的村莊。才不過兩、三年前，他們往內地運去大量的蝦皮、黃魚、鯧魚、白帶魚，再買回薯榔紅材，用以浸染漁網；磚石紅瓦，用以砌建新屋；柴米油鹽，用以日常飲食；嫁奩嫁衣，用以新婚嫁娶；乃至於老人家百歲後的壽材壽衣。

而一夕之間，親戚朋友變成對峙的敵人，日常對話變成十惡不赦的叛國語詞，變成了拷問與扁擔擊打背臀留下的瘀青，變成五年、七年的牢獄災難。

嬌金拿著判決書找村長，冀求最後一絲希望的微光。村長讀過幾年私塾，反覆推敲判決內容，實在無法理解：「北竿駐防部隊多少、如何設置地雷鐵絲網、我軍艦時常來往。」這些人人可見景象，再普通不過的碎講（方言：意指漫無邊際的聊天），會是軍事機密？會成為通敵叛國的證據？

村長想，此事關乎六個家庭的生存活路，他應該插手協助，但又有所顧忌與憂心。現在正是打擊共產餘孽、掃蕩匪諜分子，最為肅殺嚴峻的時刻；漁船出海不能越界，返航限定時間，連船槳都要上鎖；許多住屋石牆，都被水泥塑刻「消滅萬惡共匪」的口號。所有對陳良福表示同情的話語、行動，都會威脅到自身安全，都有可能走向陳良福同樣的命運！

他這樣想的時候，心中又浮起另一種聲音。被判刑的六人，他們幾代居住馬祖，一直都這樣來往內地與外頭山，賣漁獲、購衣食，他們至多只是違反規定，他們不是共產黨，也不是匪諜，他們正值青壯之年，還要養家活口，他們不應該被判處這麼嚴厲的徒刑。

那時一位海堡部隊退下的流亡人，曾是內地小學校長，慷慨允諾為他們寫陳情書，將事情的來龍去脈以毛筆工楷委婉地陳述，哀求「國防部軍法署」，能體恤下情，網開一面，恩予假釋！島上所有六個村長，五十位伍長，以及商會、漁會、農會理事長的名字，長長一列印泥痕跡，整整齊齊附在陳情書末端，有如一排跪在地上叩頭喊冤的卑民。

他們挺身為鄉親作保，無懼壓力向權力者喊話，他們以身家性命抵押的呼籲，很快得到回應：「所請假釋陳良福等六名，與法不合，應勿庸議。特復知照。監獄長陸軍上校楊某某。」

十・返鄉（民國四十六年七月八日）

民國四十六年六月十日，陳良福與郭依其刑滿出獄，距離民國四十一年六月八日拘捕送往南竿，足足五年，一天不少。而同案被告四位同鄉，仍在獄中，他們還有兩年刑期。

民國四十一年七月八日，陳良福領到入出境證，從基隆搭船重返闊別五年又一個月的北竿故里。碼頭沒多大改變，水鴨子與漁船各據一角，他希望這裡永遠是抵達之地，而非離別起點。母親已亡故，女兒長成少女模樣，怯生生地望向他。親戚、鄰人、警員、村長、指導員，擠滿了小小的廳堂，嬌金紅著眼眶在灶邊煮麵線。陳良福坐在屋角，頷首示意卻不說話。

他在心裡默念，那艘船呢？他經過澳口怎麼沒有看見？那艘祖父留給他、是他們一家三代生存所繫的艋舺[8]呢？

誠實曾把自己帶入黑暗的牢獄。而他現在明白，「沒有聲音」才能保護自己，才能拋開人際地獄，才能脫離痛苦的日常。

注釋

1 編注：亦稱海保部隊，東海部隊，全稱為福建省海上保安第一縱隊，在一九四九年國共內戰期間，戍守閩江口列嶼，失守後退居馬祖列島。一九五〇年韓戰爆發後，原福建省海上保安第一縱隊擴編為「福建人民反共突擊軍」，與美國西方公司合作，進行游擊、情報等工作。據點在今西莒島青帆村。一九五四年解編。

2 作者注：錨纜船又稱麻纜船，是一種以風帆為動力的木殼船，主要功能為載貨，有時也兼載客。早期常見行駛於中國大陸與馬祖之間的海域。

3 編注：西洋島是位於高登島再往北的離島，一九五三年之前還屬於來到臺灣的國民政府管轄，一九五三年七月遭共軍進駐，與四霜、浮鷹、岱山等島成為中共管轄。西洋島目前屬福建省霞浦縣海島鄉。在本文事件發生時，確實還不屬中共管轄區域。

4 編注：黃岐被稱為裡山，馬祖為外山。

5 編注：美國中情局在臺灣設立的民間公司，活躍於韓戰後，一九五一至一九五五年間，以情報、游擊工作為主，分布於大陳島、金門與馬祖等基地。

6 編注：又稱醬汁瓜，是馬祖傳統婚宴菜餚，會以整隻黃魚油炸，加入醬汁。

7 編注：擺暝食福為馬祖元宵節傳統習俗，擺暝為福州話，意為「排夜」，指晚上擺放供品獻祭神明。食福為擺暝後，信眾將前夜公眾的祭拜供品煮食共享，但各地習俗方式略有不同。

8 作者注：馬祖傳統漁船，主要用於捕蝦皮。

一甲子的未亡人——王培五與她的六個子女〔節選〕

呂培苓

◎收錄於二〇一五年六月《一甲子的未亡人——王培五與她的六個子女》，文經社。

呂培苓（一九六九～）

中興大學社會學系畢業，現為公視記者。先後任職於《民眾日報》、民視、公視新聞部文字記者、公視《獨立特派員》製作人、香港陽光衛視擔任歷史紀錄片製作人。著有《一甲子的未亡人》。

匪諜是這樣造出來的

情勢愈來愈壞，一天早上，才剛開始上課沒有多久，三十九師代師長韓鳳儀帶著一群上刺刀的軍人，要求學生到操場上按身高排隊，張彬年紀小、身高又矮，排在隊伍的最後面。

男學生排著隊，每個人都怕得要死，這些兵看起來像是玩真的，不只是虛張聲勢而已，張彬嚇得全身發麻。士兵拿著棍子測量學生的身高。當軍用卡車開進來時，合乎士兵標準的學生就像趕牲畜一樣被拖走。

突然，張彬想起了在安徽省臨泉縣的長官店，農夫被繩子串起來走在田埂上。那時候，他只是遠遠地看著，但現在，張彬自己也在這荒謬劇裡，如此真實而戰慄。

留下來的學生都哭起來了，女同學尤其哭得聲嘶力竭。有人覺得後悔，如果，如果他們沒有離開家鄉，在共產黨的統治下會比現在更糟嗎？每一個人的臉上都是驚駭、恐懼，還有疑惑。

張敏之[1]再一次找上了李振清，他抗議司令部的蠻橫，也抗議司令部干涉他的人身自由。當然這是一次徒勞的抗議，李振清堅持這是為了保障臺澎的安全，他必須這麼做，而且有權力這麼做。

張敏之最後氣急敗壞地說：「我要繼續向上級爭取！」[2]

* * *

日子在膠著中度過，九月十五日，住在樓上的一位學校職員孫先生，突然把張校長請回家，全家人還在孫家吃了一頓午飯。張敏之平時很少回家，幾乎都待在學校和學生住在一起，所以張磊常常給爸爸送幾樣媽媽準備的小菜，還有替換的衣服。

九月十五日這天，傍晚七點多，一位便衣人士來家裡對王培五[3]說，學校有些事情要來張校長家裡開會。王培五信以為真，還納悶地說，「我家沒有燈，怎麼開會呢？」正在說話之間，另外一個人陪著張敏之進來，他們說要檢查張家有沒有違禁文件。王培五一聽就知道大難臨頭，回道，「如果以物證為憑，請儘管仔細檢查。」

來人在家裡翻箱倒櫃，張敏之冷靜地看著，不發一語。臨上車前，他轉身看著太太，總是表現出愉悅平靜的王培五，這時臉上布滿了焦慮，張敏之說，「不要擔心，事情總會變好的。和臺北的崔（唯吾）先生保持聯絡。我去去，很快就回來。」說完，他爬上了外面等著的吉普車，車子把他載走了。

張敏之被帶走之後，王培五瞪著牆壁發呆，她快被這個突發事件壓垮了。但她仍力圖鎮靜，不想嚇到孩子，「爸爸說了，大家不要擔心。」但張彬發現媽媽整晚未闔眼，他替媽媽感到心痛。

崔唯吾是張敏之在煙台先志中學的老師，他們的師生關係是中國老傳統，一日為師、終生如父。張敏之十七歲時，經由崔唯吾的介紹加入國民黨。崔唯吾這時是財政部錢幣司司長兼國民黨中央銀行經濟研究處專門委員，他的太太張志安是國大代表，夫妻兩個都是山東人。王培五想要捎信給崔唯吾，但誰是那個信得過的信差？

* * *

張敏之被捕的第三天，王培五明白這已經不是「請去喝茶」這麼簡單，她第一封給崔唯吾的信裡提到：「此次斷然逮捕，勢態非常嚴重，倘恐以『莫須有』之罪名加在頭上，祈請聯絡在臺鄉友，並轉達徐廳長（軼）千、在臺長官陳（誠）、秦主席處多方設法營救。至懇鼎力，恩同再造。」

第二封信又說：「生以孤立無援，叩天乏術，敢乞吾師代為剖白，設法營救，倘蒙為力，請派代表前來，拍電已屬無及。臨表涕泣，不知所云。」

她總共發了十六封信給崔唯吾，但收到第一封回信，已經是一個月以後。這是王培五生命中空前的大劫難，所有尋求救援的管道，只能靠著一封又一封不確定會飄到哪裡的求救信；她每天四處打聽張敏之的下落，知道丈夫被刑求卻無能為力。她在外奔走，心焦如焚，又擔心家裡的六個小孩。

大女兒張磊對這段焦心的日子印象深刻，「母親為營救父親，四處奔波求救，有時很晚才回來。月光下海風撲面，海浪澎湃聲中看到母親淒涼的身影，我淚流滿面。但在她面前一定擦乾眼淚，因為她在我們面前是不流淚的，就是她這樣的堅強，使我們感到有希望。」

九月下旬，崔唯吾邀集了山東來臺的省府委員、議會議長、立委、國代、學者，聯名拍電報給李振清，李振清卻回說，直接向東南軍政長官公署（陳誠）接洽比較有用，希望同鄉原諒。崔唯吾等人又向陳誠、彭孟緝陳情，卻都得不到回音。

十月下旬，在澎湖，王培五得知臺北保安司令部派了三個人到澎湖查案，她請求與李振清和這三個幹員碰面，不被理會。王培五判斷，張敏之會被押到臺灣，她在一九八九年印行的〈一段痛苦的回憶〉文章中寫道，「有一天我去見（澎防部）政治部主任尹殿甲，請他准許我與校長同去臺灣，以便在路上有照顧，被他拒絕了。他說張校長的一切罪狀都承認了。我說若不是受刑不過怎會承認莫須有的罪呢。他一定說沒有用刑。」真的沒有用刑嗎？

* * *

張敏之被扣的罪名是「匪諜」，是死罪。這個案子前後牽連了一百多名山東師生，其中以煙台聯中人數最多。

搞出這件冤案的除了李振清之外，還有三十九師代師長韓鳳儀，以及三十九師政治部祕書陳福生。三年後蔣介石下令調查澎湖案時，李振清說陳福生是主要的策畫者，「陳應槍斃，方平人心。

而韓鳳儀受陳矇蔽，亦應負其責也。」

三十九師代師長韓鳳儀是河南人，和李振清一樣都是屬於四十軍龐炳勳、馬法五的系統。一九四九年春天，李振清除了從河南戰場空運出來的五百多人之外，還請准把青島來的兩千多名地方兵（包括青島團管區、青島警察局、山東保安旅、北平天津以及青島等地逃難的軍政人員等等），都納入澎防部指揮。當年澎防部這幾個頭頭，究竟為什麼要興大獄？周紹賢在《澎湖冤案始末》指出，河南籍的韓鳳儀恐澎防部被山東人把持，所以要抓匪諜建功，擴張個人勢力。

在廣州的時候，國防部次長兼山東省政府主席秦德純請求臺灣省主席陳誠讓山東師生到臺灣，當時陳誠就撂下話來，「無論教職員學生，凡思想動搖而認為有問題者，必須設法除去，否則不能接運赴臺。」秦德純說，「山東各地方淪陷較早，各員生的家庭多數均被共匪清算鬥爭，他們的父兄亦多被殘害，他們對共匪均恨之入骨，所以我敢說思想上絕大多數都無問題。」但是秦德純自己也說，「這些學校團體均是一般青年，向為共匪利用對象，難免不雜有匪諜或職業學生。」

幾千個師生裡，或許真有匪諜混雜在內，在寧可錯殺一百的年代，抓匪諜是百分之百的「政治正確」，絕對受到支持。要抓匪諜也很容易，檢查信件有出言「詭異」的，大概就是匪諜。煙台聯中高中部有個學生叫王光耀，他跟移居香港的同學通信，說李振清是「偽」司令，並且抱怨被騙編兵等等。同學朋友回信安慰他，叫他好好過日子：「同學們團結就是力量。」這些信件被判定有謀反意圖。

這些信件究竟真的是「通匪」？或者只是年輕學生的「牢騷」？事實真相恐怕只有死去的王光耀本人知道。但像這樣真假莫辨、點點滴滴的生活細節，只要「有人提供線索」、「有人判定」，然後「有人串聯」，就「成了」。

山東籍的作家王鼎鈞，他的弟弟妹妹都是澎防部子弟學校畢業的。二〇〇六年，針對這個案子他在《自由時報》寫了一篇〈匪諜是怎樣做成的〉：「辦案人員逮捕了一百多個學生（有數字說涉案師生共一百零五人）疲勞審問，從中選出可用的訊息，使這些訊息發酵、變質、走味，成為罪行。辦案人員鎖定其中五個學生，按照各人的才能、儀表、性格，強迫他們分擔罪名，那作文成績優良的，負責為中共作文字宣傳；那強壯率直的，參與中共指揮的暴動；那文弱的，覺悟悔改自動招供。於是這五個學生都成了煙台新民主主義青年團的分團長。」最後，「張敏之成了中共膠東區執行委員，鄒鑑成了中共煙台區市黨部委員兼煙台新民主主義青年團主任。」

這五個同學是王光耀、明同樂、譚茂基、張世能、劉永祥。他們和張敏之、鄒鑑兩位校長，一起被押到臺灣槍斃。

其他包括煙台聯中三分校校長徐承烈、濟南第一聯中校長劉澤民、第四聯中校長弓英德等師生總共一百多位師生，最後有的被送到內湖新生隊受訓、有的被送到綠島，也有學生在牢裡受不了折磨，病死。王鼎鈞對這個冤案的看法是，「國民政府能在臺灣立定腳跟，靠兩件大案殺開一條血路，一件『二二八』事件懾伏了本省人，另一件煙台聯合中學冤案懾伏了外省人。」[4]

* * *

首先被抓的是張敏之、鄒鑑和一些學生，被關在澎湖有四百多年歷史的天后宮，他們並不是第一批受刑的人，在此之前，軍隊裡面的濫捕已經開始。殷穎當時十九歲，山東膠縣人，他的部隊從青島輾轉撤到澎湖之後就解散，併入整補中的三十九師。三十九師只要兵不要官，許多軍官以匪諜的名義被整肅掉。

不過整肅對於醫官和軍需官倒是例外，殷穎因為是管軍需的，所以被編入三十九師師本部，每天晚上在二樓打地鋪睡覺時，都會聽到犯人受刑的慘叫。二〇〇五年四月十日至十二日，殷穎在《聯合報》發表〈囚籠裡的歌聲〉：

三十九師政治部的偵訊人員，都會套用中共的各種名詞，所謂坦白、前進等中共語言，都是他們慣用的口頭禪。他們問案更嗜用各種酷刑：其中有所謂跳舞，即將兩部軍用電話機的電線綁在受刑人兩手的拇指上，要受刑人脫掉鞋襪，赤足踏在地上；再在地上潑了水，然後行刑者搖動電話機，受刑人便會觸電發出慘叫，且全身跳動。此刑極為殘酷，受刑者都會供認為匪諜而不諱。另外的刑罰，有讓受刑人捲起褲腿，跪在碎貝殼與尖石上，讓貝殼尖石刺入肉中，雙膝血肉模糊。受刑人如不承認為匪諜，便不准起來。這種酷刑也十分有效。此外尚有其他花樣繁多的刑具，任你是鐵打的金剛，也逃不出匪諜的命運。

這就是當年張敏之、鄒鑑等人受到的待遇。後來擔任澎湖內垵國小校長的呂高麟，六十年後接受公共電視的訪問，走到當年校長和同學被羈押的天后宮忍不住老淚縱橫，「他們用電話線紮手指頭上，過電。哎啊，現在想了都流淚。」呂高麟說著就哭了起來。

電流紮著校長和學生，也紮在居民的心口上，張敏之的女兒張磊記得，「受刑人哀嚎的聲音讓居民很不忍，住在旁邊的歐巴桑就來跪著求官兵說：『你們放了他們吧！他們只是孩子啊！』」

戰亂的時代，孩子們沒有天真的豁免權。部隊裡面每天晚上吃過飯開始點名，抓匪諜，要孩子們互咬。呂高麟說，「我們每天晚上點名，嚇得尿了褲子，說我們這裡面有兩個匪諜，但匪諜長得什麼樣，到現在我也沒看到。可憐，你不知道有多可憐，嚇得站不住啊！尿褲子上頭！我自己都尿過一褲子。」

「我們在漁翁島，那個時候的連指導員，他的名字叫作馮新善。」濟南聯中學生王殿祥講的抓匪諜，更像是黑色喜劇的無厘頭場景，「抓匪諜怎麼抓呢？指導員問，你們說哪一個參加共產黨的？大家都不敢講。他坐在裡面講，大家頭都不敢抬。他又講一次，大家頭就又低一次。最後他用那個粉筆，寫在那個臺上，我們去看，他粉筆向人群一丟！假如丟到我頭上，我一定會移動嘛，移動一下，他就講：『王殿祥，你起來！』就這樣恐怖啊！」

挨過了晚上，天亮起來，旁邊的同學怎麼不見了？班長過來把毯子收一收，把失蹤同學的東西都拿走。同學到哪裡去了？恐怖的傳言四處蔓延：被丟到海裡面去了！呂高麟說，「這是事實，不是我捏造的，有一個同學，他現在嚇得一說這件事，仍然嚇得發抖。因為他被裝在麻袋裡，只是沒甩進海裡而已。」呂高麟一邊說，一邊模仿同學四肢顫抖的模樣。被丟到海裡的人到底有多少，這一直是個謎，沒人做過統計，也無法統計。[5]

長子的責任

張敏之被抓走之後，王培五不讓孩子到學校，每天自己督促孩子做功課。她每天禱告，堅信上帝不會遺棄她。她看起來依舊很鎮靜，但是張彬和張磊都知道，媽媽幾乎夜夜失眠，但他們姊弟倆誰也不敢多說什麼，也不敢將心中的驚惶表現出來，唯恐一個人崩潰了，其他人就跟著垮了。

他們不知道八歲的張焱和七歲的張彪，到底意識到多少事情，更不用講四歲的張鑫和三歲的張彤。但弟弟妹妹們即使懵懂，仍然能感受得到空氣中的凝重。大家都很乖，一家人很有默契地如常過日子，每個人都把心事壓著，這後來成了張家人的基調，張家的孩子們個性都很壓抑，外人說他們「性情冷淡」。

家裡的變化對張彬的影響很大。他是一個敏感聰明的孩子，在性格和環境上，本來很容易成為一個紈褲子弟。他看過爸爸在青島當官（市府參議）時期的威嚴美好，他也曾經悠遊於母舅家在上海經商的富裕滿足。從小，母親對長子的期待和對待，讓他不自覺地有了一份優越感。

張彬的性格其實帶著文學性的浪漫，可悲的是這些特質遇到現實的磨難，特別難以忍受人世間的粗礪和不堪。做為長子的優越和特權，現在全轉化成責任，爸爸不在家，長子就要當家。張彬痛苦極了，十三歲的一家之主，什麼都做不了，卻一定要端著一個樣子，死撐著。

＊＊＊

有一天傍晚，張彬看著一個不到二十歲的年輕人，穿著便服騎著腳踏車，穿過家門前的小徑。他先表明態度說他是朋友，沒有惡意，接著表示無論如何要趕快見校長夫人一面。

「張太太，我是一個士兵，那天來逮捕張校長的時候我在場，我現在負責看守張校長。」

「年輕人，請問你要跟我說什麼呢？」王培五感到疑惑。

「我今天來沒什麼別的企圖，我來是因為我很尊敬張校長。不只我尊敬他，我們很多人都尊敬他。」

「謝謝你告訴我這些。張校長現在怎麼樣？」王培五最關心的是先生的平安。

「還可以，他看起來還算平靜。」

「謝謝你特地給我們捎信，請你一定要照顧他。」

「會的，但很慚愧，我們能做的不多。」

「我知道，我很謝謝你特地來告訴我們，你不知道這對我和孩子來說有多重要。」王培五想請他喝點水，但被婉拒了，「我有很重要的事情要告訴妳。」他停頓了一下，「明天天剛亮時，張校長要被轉送到臺灣。」

「載校長的船，明天早上會停在臨時市集的岸邊，我是負責押送他的人其中之一。如果你們要看看張校長，明天早上去碼頭邊就會看到他。」

王培五聽了又驚又喜，一方面擔心害怕的事情果然成真，這事情沒那麼簡單；一方面又慶幸終於有機會可以看到先生，張敏之已經被抓去一個多月了！

王培五催促來報信的士兵，「年輕人，你快走吧！免得被人發現。我非常感謝你特地跑這一趟，你不需要告訴我你的名字，你不用擔心，我們會保守祕密，沒人知道你來過這裡。」

「謝謝妳的諒解，如果我被發現了，只有死路一條。」士兵如釋重負地走了。

士兵剛走，王培五立刻掉下了眼淚，但她仍不忘安慰孩子們，「到臺灣就好了，我們山東的鄉親會幫忙的。」

* * *

一九四九年十月十三日。張彬既憂慮又興奮，他可以看到爸爸了，可是他又難過地想到，我不要看到爸爸像個囚犯的樣子。十三年來，張彬父子幾乎沒有什麼親暱談話的機會，爸爸總是在外面奔忙，不是打日本鬼子就是打共產黨，要不然就是忙著教育別人的孩子。即使對張彬這個長子，張敏之也從沒特別對他語重心長地叮嚀交代。

對張彬來說，父親就是一尊神，是那麼可望不可及，所有父親應該做而沒有做的空隙，都由母親王培五填補了。在以往的日子裡，張彬從沒有感到父親的缺席；直到爸爸被帶走了，他才驚覺，爸爸在他心裡是這麼重要。

士兵來通報的那天晚上，做為長子，張彬義不容辭地肩負起斥候兵的任務。他跑到港邊偵查地形，看看明天怎麼安排才可以看到父親，又不會太惹眼？最好……或許……能不能和爸爸說上一兩句話呢？碼頭旁邊有一整排的大樹，堤岸伸進海面大約一百碼，港邊到處都是泥巴和沙礫。

媽媽告訴張彬，明天早上他們兩個一起去碼頭，他們要帶上家裡的毯子，假扮成賣東西的小販。這個港邊市集，天天都有流亡到澎湖的軍人、家眷，把身邊的衣物、傢俱，或是書籍細軟等脫手求現。

這晚，張彬根本沒睡，他和媽媽必須在天亮前趕到碼頭，以免錯過爸爸的船班。張彬的心裡充滿喜悅和恐懼，或許，爸爸到臺灣是好的，那裡有許多人可以幫忙；但如果，如果剛好相反呢？母子倆一夜未眠。

第二天，母子倆早早起床，王培五將大大小小的毯子捆成兩個大包裹，外面一片死寂的黑暗，伸手不見五指，連走路都有困難。但張彬反而感謝這沒有月光的闃黑，他不想看見媽媽臉上的表情，也不想讓媽媽看見他臉上的疑懼。

他們兩個一路上都沒有說話，盡可能迅速地往碼頭走去。張彬想起十二生肖的老鼠，傳說中，老鼠悠哉悠哉地騎在牛背上。張彬認為自己也是一隻老鼠，不過卻是一隻倉皇過街的可憐老鼠，所有的重擔，只能自己咬牙背負。

張彬這隻初解世事的小老鼠，正努力地要跨過人生中第一條車馬喧囂的繁忙街道。但他不知道的是，未來還有更多更可怕的，大卡車呼嘯疾駛而過的高速公路正等著他。

＊＊＊

走往碼頭的路上，媽媽扛不動沉重的棉被毯子，她不想給兒子增加負擔，忍耐地扛著，拖著。王培五個子嬌小，一輩子沒做過勞動粗活，即使在大陸隨著學校四處遷徙，都有一個遠房表姊跟著打點。但現在漆黑無人只有狗吠哀鳴的夜路上，就只有他們母子倆了。張彬堅持接過媽媽的大包裹，他是長子，他要做一個像樣的長子。

到了碼頭，天還是黑的，港邊空無一人，他們來得太早了，但也好，這樣才能選個好位置，他們找了一個最靠近港口的地方。十月的海風冷冽強勁，張彬緊靠著樹幹，找了好幾個石頭壓住毯子攏上棉被，一副變賣求現的落魄小鬼模樣。他一邊張羅著，一邊看到媽媽站在岸邊，茫然盯著沒有邊際的大海。

一會兒，人潮慢慢湧進，大家都是逃難來澎湖的天涯淪落人。戰爭真的是個奇怪的東西，張彬想著，他從出生以來，就在戰亂的陰影下過日子，從八年對日抗戰到剿匪，從打外邦人到打自己人，永不停歇的禍事驅使著人不停地逃亡遷徙，腳下的泥土永遠扎不住根，才種下又拔起，人像陀螺一樣被篩著，轉著……。

清晨六點，海風停了，天，也亮了，一輛吉普車疾駛過來停在堤岸邊。三位扛著步槍的士兵先下車，立正站好。張敏之在車上站直了身體，慢慢地走下來，他披頭散髮、骨瘦如柴。

張彬的心臟緊張得噗通噗通地跳著，他往碼頭靠去，想大喊「爸爸！」但是，他不能。爸爸手背在後面，慢慢地走向碼頭，張彬趕快跑回他們擺放小攤的大樹後面生怕被爸爸發現。為什麼呢？張彬後來問了自己無數次，為什麼不撲上前去叫住爸爸？是害怕父子相見的落魄悽惶？

媽媽，依然只是站在樹下，平靜地看著爸爸遠去，沒有動作也沒有表情。半個世紀過後，回憶這個當下，王培五說，「我何嘗不想衝上前去給他一個擁抱？但是我怕，怕萬一連我也被抓去了，六個孩子怎麼辦？」

十三歲的張彬，強抑制住奪眶而出的淚水和嘶吼的衝動，時間在張彬的心裡凍結了，他疑惑著自己究竟漂浮在浩瀚宇宙的哪個點上？如此地無邊無際。他究竟在哪裡呢？他不在這裡吧？但是他在。他從樹後探出頭去，他正在澎湖馬公島市集碼頭邊，他的爸爸是個囚犯，他的媽媽獃若木雞，他自己是一隻十三歲的卑微的小老鼠。

張彬想衝上前去抱住爸爸，但這不是傳統中國家庭會做的事情，他從來沒有抱住爸爸撒嬌，印象中爸爸也沒有抱過他、親過他。這一刻，張彬好想擺脫禮教的教誨，但是他不敢，他只是一隻小老鼠。張彬一輩子都在想著：「爸爸，您當時的心情怎麼樣呢？您正惦記著我們嗎？您一定得想著我們。不然，我不會原諒您。」

爸爸在堤岸邊站定，看著遠方。張彬在心裡開始和爸爸對話。

「隆隆，你是家裡的長子，我不在，你就是一家之主了，你要扛起家裡的事情，聽媽媽的話，幫她照顧弟弟妹妹。你姊姊終究是個女孩子，有一天她要離開我們家，嫁到別人家去，你是張家的人，你要堅強。」

「是的，爸爸。您不要擔心我們，我們會乖乖的，您要好好照顧自己。我們會馬上聯絡崔老師，他一定會救您的。」

「我就知道你會是個好孩子。」

「爸爸，等您出來後，請您留在家裡不要再管學生的事了。我不喜歡有學生的地方，您只管學生不管我們。」

「隆隆，我答應你。以後我當個農夫，只做事不管人，好吧？我再也不管那麼多了。」

一艘馬達動力小艇靠近，士兵押著父親上了船，漸漸遠去。天大亮了，張彬和媽媽還瞪著波濤洶湧的大海，過了好一會兒才回過神來。攤子前面站了幾個要買毯子的人，他們說什麼，母子倆一句都沒聽進去，也沒回話。默默地收拾好，慢慢地往回走，如同來時路上，完全的沉默。兩人都怕一旦開口，崩潰的情緒會淹沒另一個人。

張彬當時以為，這是家人團聚的開始。他萬萬沒有想到，這是他見到父親最後的一面。如果早知道，他要跳上船去跟著爸爸走。但是，如果他走了，誰來當那個張家的長子呢？

注釋

1 編注：張敏之（一九〇七～一九四九），山東牟平人，就讀國民黨中央黨務學校，後又考入復旦大學經濟系，畢業後投入教育，對日戰爭期間，曾帶著一千五百多位師生從山東萊陽遷到安徽阜陽，一九四九年國共內戰，張敏之又擔下煙台聯中總校長的任務，帶著兩千多位師生經湖南再到廣州，最後與濟南第一、二、三、四、五聯中，以及昌濰臨中、海岱聯中這七所學校，總共近八千名師生，搭船至澎湖落腳。他們分成兩批於六月二十五日、七月七日分別抵達澎湖。但這次逃難其實是另一個更大悲劇的開始，張敏之其後被軍方控為匪諜，於一九四九年十二月十一日在馬場町遭槍決。

2 編注：選文的開始，是當時八間學校的學生除了女學生與年幼的男學生之外，全部都被編兵到軍中，形同解散，並由澎湖防衛司令部另外成立子弟學校，選文開始，張敏之的長子張彬遇到的情況，就是發生在子弟學校的操場。軍方仍不放過對這些學生編兵。由於這與當初的承諾不同，才引起校長們不滿。

3 編注：王培五（一九〇九～二〇一四），山東濟寧人。北京師範大學英語系畢業，畢業後從事教職，並與張敏之結婚。因張敏之兩度帶著師生遷徙，而帶著六個子女不斷移動，一九四九年六月來到澎湖，九月先生張敏之遭逮捕，十二月遭槍決。王培五十一月帶著子女遷往高雄，先後至屏東萬丹中學、臺南善化中學、臺南女中、建國中學等擔任英語教師。

4 林傳凱注：從今日研究可知，所謂的「外省人」的「族群化」，主要是在一九八〇年代「四大族群說」論述不斷打造下，才成為一個他稱與自稱兼具的範疇。而一九四九年發生的「澎湖山東流亡學生案」，槍決了兩名校長張敏之、鄒鑑，五名學生劉永祥、張世能、譚茂基、明同樂、王光耀，進而牽連大批學生、教師感訓或無罪釋放，確實是戰後臺灣「白色恐怖」中外省人

5 最早涉案的重大案件。但從此案發生後的援助紀錄來看，此時的聲援者，大多是基於「山東同鄉情誼」的人際網絡，少有其他省分來臺者援助。因此，可以推敲，此事主要在山東同鄉間產生波瀾。另一些輿論中常見的說法，常稱此案為「外省第一大案」。實際上一九五〇年代「白色恐怖」步入高峰後，單一案件中，單就「軍法審判」而有紀錄者而言，單一案件中（外省籍）槍決人數或判決人數高於此案者，並不罕見。此案的重要性，在於一九四九年臺灣宣布「戒嚴」時最早期判處死刑的案件之一，但要說此案「懾伏了外省人」，則有待進一步評估與論證。

林傳凱注：此說廣泛流傳於八聯中學生間。不過在目前的訪談中，絕大多數親歷者都無法指出是哪些認識的同學被確切投海。此事的實際狀況，仍待進一步考證。

跨世紀的糾葛：我在綠島三二一二天〔節選〕

胡子丹

◎一九八九年四月至十二月首次發表於香港《新聞天地》週刊，後收錄於一九九〇年二月《我在綠島三二一二天》，國際翻譯社出版，以筆名秦漢光發表。二〇〇一年一月以本名推出新版《跨世紀的糾葛：我在綠島三二一二天》，國際翻譯社出版。在此版本中收錄了〈跨世紀的糾葛〉，此文二〇〇〇年十二月一、二日首次發表於《中國時報》。

胡子丹（一九二九～）

安徽蕪湖人，十七歲在南京報考海軍司令部，一九四九年五月隨美和艦抵達左營，當時為永昌艦電訊上士，因有同袍從香港寫信提及其名字，同年十二月三日遭逮捕，以為叛徒蒐集軍事祕密罪名判刑十年。一九五一年五月十七日，成為第一批送至綠島的「新生」。一九六〇年三月七日出獄，後成立出版社、翻譯社，著有《我在綠島三二一二天》、《綠島因緣》、《活著真好》等書。

一絲不掛引吭高歌

二十幾個大男人一絲不掛，在牢房裡不僅僅繞圈子散步，而且還引吭高歌，是老醫官領頭唱起來的，後來竟成了「牢歌」，老醫官走了，歌聲流傳不輟，我記得歌詞中有幾句是[1]：

孩子們呀！孩子們呀！
母親在呼喚你；
那遼河的水呀！
那松花江的浪！
……………

音調悲愴悠幽，唱著唱著，情不自禁，眼淚拌和汗水，不住滾落地板。

是滑稽的畫面，可是誰也笑不出來，全身的力氣，幾乎全發洩在兩腿雙手上，兩腿不斷大步邁，順時鐘方向二十圈，再反時鐘方向，一手猛搖扇子，一手不斷揮甩臉上、胸、背的汗水；**那奇形怪狀的胯下之物，隨身體搖擺、晃動，有的昂然，有的是無精打采。**

像極了舞臺上的龍套，潛意識憧憬著奔向自由。

南臺灣天氣熱，牢房只有小洞透氣，尤其三餐飯後，人人揮汗如雨，噴氣如火，不知道哪位高人領先排練出這種裸體散步秀？看守所並不禁止，只關照我們，有人參觀時，必須穿一條短褲。

還有一種驅熱的好方法，除了龍頭外，四個人輪派一組，各人抓緊被單的一角，有志一同向上掀，再動作一致向下壓，一掀一壓，牢房虎虎生風，雖然，那風中味：臭、酸、騷、腥，五味俱陳，大夥兒可就爭著迎風迎得近。

人奶可治癒吃人樹

山上勞動時，最欺侮我們這些陌生人的，莫過於「吃人樹」了。我們可給吃人樹吃得慘了，幾乎人人都有被吃的經驗；多多少少，輕輕重重，次數不等。

這種吃人樹，仔細分析，只見樹葉光溜溜，樹幹樹枝沒有什麼異樣。一旦碰著了，那碰著的地方奇癢、浮腫，經過兩三個禮拜才潰瀾、流膿，而收口。有天我第一次看有人碰著了，他最初兩手碰到，他不知道，用手抓臉、抓身上，不久，全身喊癢，兩頰腫得像饅頭，大家嚇壞了，猛向最近的山窪裡跑，想請當地居民想辦法。正好遇上一個不滿二十歲的小婦人，從屋裡出來，好像剛剛餵奶嬰兒，上身本就赤裸。她一眼看到被吃人樹吃了的人，便奔迎出來，把他拉近胸前，用手壓擠自己兩個豐挺的乳房，又白又稠的乳水淋浴似直射一臉一身，叫他自己用力擦揉癢痛的傷處，面對如此鏡頭，**我們全有要哭而哭不出來的感覺，有向她下跪而不敢下跪的衝動。**

我們大聲向她謝謝，向跟著奔出來的家人謝謝。她們只是笑著說：「莫要緊啦！」

後來知道，吃人樹有兩種：一叫麵包樹，一叫漆樹。最初很難分清楚，反正兩種都是以靜制動，以逸待勞。我們這些登山勞動的陌生人是在明處，而牠們一直在暗處，張牙舞爪，仗勢吃人。麵包樹又叫咬人狗，幹高葉闊；漆樹矮不過一公尺左右。一高一矮，往往叫人防不勝防。初初幾年，我們吃足了苦，山下防人，山上防樹，精神和身體雙受其害。另外還有一種經常向我們突襲的怪物。

突襲的怪物，是凌空而降，被我們稱作旱螞蟻。這怪物總是蟄伏樹上，猛地飛躍，降泊到我們的脖子上、胸膛裡，甚至搖擺的手臂腿腳。詭詐的是，降泊的剎那，技術精湛得叫你毫無察覺。等到你能感覺到好比蚯蚓在身上游動了，牠早已飽餐一頓。你能怎樣？除了恨嘟嘟、氣煞煞，把牠甩掉！擰死！

人奶可以治好吃人樹！對，居民告訴我們，給吃人樹吃了，唯一土方子，便是擦人奶。那次真是運氣好，她因為怕他眼睛受傷，一時情急，便直接擠出來叫他盡快擦。在往後的日子，我們特別小心，一旦有人發現了吃人樹，便小心翼翼砍伐掉。萬一中了獎，用小瓶找有奶水的媽媽，討點奶水來擦，非常有效。

兩位女士對我影響

有兩位女士，對整個新生訓導處有很大的影響。一位是文奇文隊長的太太，一位是女新生王孝敏，編號五十九。[2]

文太太隨他先生一到綠島，就幫了我一個大忙。不久，和我合演《龍山之戀》時，她的一番話又改變了我的生活態度。當然，是如何幫了我忙以及如何改變了我的生活態度？她自己到現在也不知道。五十九號和我在《浪淘沙》中分飾男女主角，這齣戲演出了數十次之多，臺北一有大員們來，處部就通知我們準備拿這齣古裝話劇來獻寶。五十九號在當時的環境裡，因為她各方面的出色，引起了不論官兵還是新生們的全體注意，說成覬覦也不為過。她的一舉一動、一顰一笑，都成了男人們注意的焦點，以及女士們的評論話題。

文太太怎麼幫了我的忙，先說說在她來綠島前，我是怎樣地遭受到一次無妄之災。記不得是哪一年，但一定是臺灣本島正流行〈綠島小夜曲〉這首歌的那段時日。我們在綠島，一點也不知道。

某天，早飯後集合派工時，值星官說：

「胡子丹，出列，去向大隊指導員報到。」

大隊指導員姓什麼？忘了。很溫和、很神祕，壓低嗓子，招呼我坐下，說：

「你寫了一首歌叫〈綠島小夜曲〉的罷？什麼時候寫的？」

「〈綠島小夜曲〉？我不知道，我從不曾寫過歌？」

「別人寫的曲，你寫的詞，他已經承認了。」

「我真的沒寫，也不知道有這首歌。真的，到底是怎麼回事？」

「寫首歌沒什麼了不起，上面在懷疑，臺灣本島已經唱開，說一定是我們這兒人寫的，說綠島是一條船，在海洋上漂，那不快沉了嗎？這綠島是影射本島，我們是主動查。胡子丹，如果是你寫的，只要告訴我，是怎麼傳去本島的？我會設法給你開脫的。」

「絕對不是我寫的。我哪夠格，我根本沒念過幾年書。」

「話不能這麼說，誰知道你的學歷是真是假，再說，那也不重要。」

我心裡真嘀咕，我滿十五歲當兵，今年也只是二十多。學歷怎可能有假？可是我沒把這番理由說出來。

沒念幾年書也會引起了懷疑；而懷疑就成了罪狀。

我當然沒法承認，對這種突發奇事，根本丈二和尚，你說別人寫的曲，「別人」是誰？

不幾天，這案子破了，不破自破，是文太太破的，她自己不是不居功，根本是不知道。

一個盛大歡迎晚會

約談後不到一個禮拜，有一個盛大晚會，歡迎一批由本島新調來的官員及眷屬。晚會以輕音樂、魔術、短劇、演唱為主。

節目主持想不起來是哪一位新生。節目進行到一個段落時，一名新來的官長，上臺拿起了插桿上的麥克風，大聲宣布：

「我是某上尉，謝謝大家歡迎我們，我現在報告大家一個好消息，我們的文少校夫人，是著名的女高音，我們大家請她唱一首目前本島最流行的〈綠島小夜曲〉，是周藍萍的作品。」

臺上臺下臺前臺後，千餘人全給愣住了，忽地靜下來，死靜死靜好幾秒，忽地掌聲響起。這心理上的過程，從驚訝到悟解，由恐怖到釋然，幾天來耳語傳播，疑假似真，瞬間的謎底揭曉，現實虛幻了。

少數官員的無知，新生們的受愚弄，我，「別人」，也許還有其他被「約談」的人，雖然麻木折騰多年，這時刻不禁要哭、要鬧、要叫、要狂笑、要手舞足蹈。

樂隊指揮我記得，是林義旭，只見他飛躍般地跳到某上尉前，要了份樂譜，要求主持人，請文太太的演唱放在下下節目進行。

新生樂隊的新生們，立刻抄譜，林義旭忙編分譜。

二十分鐘後，結婚不到兩個月年輕貌美的文太太登場了。臺北來的時髦女性立刻叫人眼前一亮。不僅我們男性囚犯睜大了眼，官兵們也一樣，女生分隊的妞兒們，也在耳語激賞。

文太太歌喉不凡，剛拿到分譜的新生樂隊更見功力：

這綠島像一隻船，
在月夜裡搖呀搖，
姑娘喲，
妳也在我的心海裡飄呀飄；
……………

聽眾的夠水準，不是被鎮壓般在聽訓話，而是由衷地潛入了周藍萍的心聲，溶化在旋律中了。自我的遭遇，國家的處境，權勢的亂來，未來的命運，一一襲擊心頭。

顯然，文太太深深感動。後來聊起此事，她對我說：「那次我可感動驚異極了，這首〈綠島小夜曲〉，我在不同場合唱過了不知道多少次，絕沒有想到對你們政治犯會有那樣不同的反應，那樣安安靜靜，那樣淚水涔涔，那樣『安可』不停。」

〈綠島小夜曲〉這段公案，算是不了了之。大隊指導員再也不曾提起。

「新生」複雜參差不齊

新生中有老鼠屎，一點也不錯。這些老鼠屎，後來一粒粒逐漸當上了班長，替代以往一批被任命，但不能被獄卒所信任的班長。

我便是被免職的其中之一，無「官」一身輕；組長照舊。

新生們分子複雜，知識水準相差太大，品德人格更是參差不齊。而管理人員在原先按照資料遴派的班長中，本來就是急就章的人選，日子一久便發覺這些班長們即使是人才但絕非奴才，因而便以各種自圓其說的理由，開始了新的布達式，利用一些沒念幾年書又沒是非標準，缺乏做人原則的傢伙們當班長，成了他們的耳目。就如同抗戰時期的淪陷區裡，日軍重用當地沒有骨氣的仕紳做維持會長，也如同《共匪暴行》教材上說，「解放」之初，共產黨如何利用地方上的混混流氓出來鬥爭別人。當班長的人大多數是外省人或會講國語的本省人。班長的最大權限可以在派公差時不公正，這點，我倒不怕，反正在同一個時段我只能從事一項工作，只要喊到我名字叫我幹什麼我就去，凡事忍耐、低頭，我一直記住：「**天大的冤枉都忍住了，還有什麼了不起的**。」有件事，現在想來幾乎是笑話，那就是買賣蒼蠅和老鼠，買主是一些年老的知識分子，而賣主則是這些班長當中的少數人渣。

獄政最大最原始的進步，大概就是用被揀選的犯人來管理犯人。以毒攻毒，也象徵著一種民主

的平等氣氛。

這鼠蠅買賣市場的產生，應該歸咎於那默許市場開放的管理人員，他們當然知道而裝作不知道這種市場的存在。他們藉由這種汙穢市場的暗中交易，激發新生中知識分子的不平，要他們吐露他們的不滿，要他們在失去理性控制下表現出真情。但是，這著棋沒結果，看不出贏輸。因為，鼠蠅買賣了一段日子，預期效果尚不見眉目，反而製造了一些生活上的困擾。[3]

規定捕蠅捕鼠數量

是某年夏天，鼠蠅太多，新生們被規定了每人每日捕蠅二十隻，捕鼠一隻，每天下午交給班長。想想看，這實在是難題，蒼蠅一開始尚好辦，人人蠅拍一把，利用中午休息時間，「拍拍拍」到處可聞，老鼠第一天便不好抓。於是乎市場應運而生，而且是期貨。

這些做市場主人的班長們，用剩菜剩飯、用糞便垃圾，招鼠引蠅，大肆捕獲，晚點名時當了值星官面點數燒毀，對於沒有繳鼠繳蠅或繳不足數的人犯便罰以公差。時日一久，鼠蠅來源不繼，而值星官日久玩生，往往當面點了點大數後，便任由班長率公差拿去海邊自行燒毀。如此一來，班長們便玩「法」弄假了，他們拿去海邊燒的是不足數或者死魚死貓死蟲什麼的，反正有煙火有臭味便可以，剩下的他們第二天再拿出來賣，再拿出來驗收。我記得賣價蠻貴，二十隻蒼蠅是兩包香蕉牌香菸的價碼，一隻老鼠也是兩包。那時候我給《新生月刊》寫篇三千字的稿，所得稿酬也只是兩包香蕉牌的代價而已。

香蕉牌比老樂園低一級，老樂園比新樂園低一級。新樂園和長壽牌並存，香蕉牌和老樂園早已絕跡。

鼠蠅市場的停止，當然是由於捕鼠捉蠅的規定停止。規定的產生本來是要達到政治上的目的，規定的停止卻是現實生活的需要。因為太不衛生了，鼠蠅燒毀是一陣臭味，儲藏鼠蠅的地方往往在囚房四周，距離管理人住處也不遠，招鼠引蠅的製造場所更是臭髒不堪，而這場所十之八九是選擇了流鰻溝（按：也稱流麻溝）上游，那正是全綠島的水源之地，是囚犯與獄卒，以及全綠島居民們息息相關的生命源頭。

燒毀蒼蠅容易，連包裝物一併點火，丟在乾乾石塊間，任牠再次歸陰即可。

燒毀老鼠成了奇景、壯觀，叫你佩服那醜陋黑通通機伶小獸，其臨刑時的神智清醒，方寸不亂，你不得不嘆為觀止。

所有被判死刑的老鼠，被分別裝在好幾個鐵絲籠裡，三三兩兩「劊子手」，在月黑風高或是星稀月明的夜晚，隨同班長來到盡是岩石壘壘的太平洋邊，鐵絲籠放在亂石間，透過鐵絲籠格格空隙，我們為這些死「犯」的身上，一一傾注我們稱之為「聖水」的汽油，然後把一根被劃燃的火柴丟下去，一剎間，滿籠的老鼠都相互兜奔自燃燃「鼠」，我們眼見滿籠的老鼠都已身著火衣，便打開籠門，說時遲，那時快，不論籠門朝向三百六十度哪一度，所有奪門而出的老鼠，火箭般完全直線地飛快奔向太平洋。有時好幾個籠門一道打開，只見百來支匍地奔放的燄火，對準同一方向做扇形放射，在約有一百公尺死亡之旅的路程中平行衝刺，尤其是入水「滋滋」連續幾聲而逝，是可遇而不可求的奇景。在全然忘我的幾秒鐘以後，漸漸又恢復了水邊一貫的平靜。我有充當如此劊子手的兩三次經驗，我不懂何以牠們被燃痛了還能明辨方向？何以不甘於火刑而甘於葬生太平洋底？又何以如此絲毫不猶疑、不考慮，千百隻老鼠都同一意志？我請教專攻生物的人，他們不得其解。

是求生本能？還是求死本能？或許是飲酖止渴，也可能是安樂死的一種方式。

我非上帝，但有權結束了這麼多生命；我非萬能，自己的自由乃任由別人主宰、擺布。

離奇荒謬的春宮圖

先四隊後六隊，養過火雞、養過羊，又養過豬的小鄧，有天悄悄告訴我一個天方夜譚的人間事。他說，他不僅親耳聽見，而且，還親眼看到了，這離奇荒謬的春宮圖。

六隊有一間豬圈在山上菜圃，可能是繁殖太多太快，在通往綠島公園途中一個倉庫附近，他們又蓋建了一個豬圈，小鄧成了兩圈主任。有天合該有事，快要晚點名，他忘了帽子放在新建豬圈裡，報告值星官跑去拿，快到圈前，忽然聽到有人拉風箱似地呼吸聲，他初初以為是自己的上氣不接下氣，趕緊一定神，聲音確實來自豬圈，風箱聲中還混和著豬母的沉濁低吼。他第一個念頭，一定是小偷盜豬。小鄧人矮膽大，加上他過去養火雞被偷的怒氣未消，在路邊揀了根木棍，**躡手躡腳匍匐前進，幾乎爬到了豬圈前，仰面一看，在月色反射中，居然是浪裡白條，有人光著屁股，半蹲著，雙手抱著豬脊背，一蹶一蹶正在敦倫行房事**。我的天！小鄧一時哭笑不得，已經高高舉起的棍子，只有輕輕放在一邊，人也跟著退下。帽子不拿了，從原路回到隊上。

小鄧心不甘，找機會，大膽又去了幾次，是「豬姦」，一點不錯，最後一次，他偷偷躲在路邊，用石塊連擲好幾下，終於看到一名他所熟悉的戰士，雙手還在繫褲帶，嘴裡不乾不淨嘀嘀咕咕，左右前後邊打量邊落荒而去。小鄧當下看得夠明白。他告訴我：「他媽的，發生這種事，誰也不能相信，我真服了這傢伙，以後吃過晚飯，我再也不去。」他在豬圈裡的柱子上貼了個紙條：「小心感冒，注意清潔。」

皇帝不急急死太監

綠島，這個我整整居住了三千兩百一十二天的小島；我是因「莫須有」罪名而被押解囚禁在綠島，料不到的是，在我深信一定老死綠島，絕望於可以離開的時候，我終於交保被釋放了。

一九五一年五月十七日到綠島，一九六〇年三月七日我離開了綠島。

一九五九年的十二月二日，是我刑期屆滿日。早在一個月前，隊上指導員便把保單交給我，叫我寄出找保。

十年真空，十年斷層，十年前在沒有保人情況下，我被誘捕。十年後要我找到保人才能釋放。我到哪兒去找保人？

我不知道把保單塞在哪個旯旮裡。每天每天，生活還是老樣，早餐後去助教室上班，中午回隊上吃飯，下午再去，再回。不是勞動，便是教書、出公差、打球，或者排戲，一切正常。

皇帝不急，可急壞了太監，指導員沉不住氣。一九六〇年一月裡的某一天，他輕聲問我：

「怎不見你寄保單出去，怎麼回事？」

「報告指導員，這麼多年來，您見過我發過信嗎？您見過我收過信嗎？」

「那怎辦？」

「沒關係，聽其自然罷！」

我不是不想出去，既然沒有保人就不能出去，我退而求其次地想，我出去能幹麼？海軍裡同學，在一九五九、一九六〇年前後，軍階最高的也只是少校，既然沒退役，對於十年前的這件「匪諜」案怕都怕死了，還敢保我？豈不惹禍上身？已經退役的，不是上了商船，便是行蹤不定，到哪兒聯絡？聯絡上了也可能是自討沒趣。老百姓一個不認識。綠島長官及眷屬是愛莫能助，他們被規定了不准做保人。

叫我去找保，根本是絕望，反正在綠島不會餓人，不聽其自然，又怎地？

任誰也想不到，我居然有了保人。

光光屁股撞到保人

有天寒流過境，我以病號資格，去福利社的浴室洗熱水澡，浴室好比北方澡堂一樣，裡面有大鍋熱水，洗澡的人用臉盆舀來，蹲在地上沖洗。在福利社買票，一次一塊錢。這澡堂只有官兵才能用，我以病號資格也混了進去。

真的，我雖然買票進場，還算是混了進去，因為我不是住院的重病號，那天我怎麼想起了要洗熱水澡？這是我的唯一的一次，料不到這一次卻被我洗出了「保人」。

一陣熱霧迎面撲來，一盞大概十支光的電燈泡孤伶伶浴室高懸，昏昏黃黃，胴體幢幢。

我一進去，立刻有一個意念：真平等！洗熱澡的人清一色是官兵；我，新生，一名囚犯，竟和他們光溜溜平起平坐了，不，是平洗平蹲了。我們是舀了熱水，滲進冷水，找個空地蹲下來沖洗，待換的衣褲，進門時便掛在牆釘上了。

洗著洗著，沖著沖著；忽然注意到，面對面蹲洗的人，似乎老在打量我，難道，脫光了赤裸裸的我，出了什麼差錯？

我被盯得不好意思，正在納悶，**多年坐牢養成了過分容忍的習慣**，使我不聲不響地繼續沖洗。這傢伙開口了：「你是胡子丹吧？你不是十年，聽說出去了嗎？」

他問得怪，不像是管囚犯的官兵，我湊近一打量，髮型顯然不同，問話口吻蠻平等，臉型依稀熟悉，「你，你哪位？」

話一出口，我沒等他回答，立刻補上一句：「你們船擱淺了？」當然，我已經想起了這傢伙是我過去在興安艦上的同事，他航海，我通信，只是名字一時湧不上來。

那幾天我們已經聽說，有艘永字號軍艦在燈塔附近擱淺了，主機副機全壞；主機是開船的機器，副機是發電機，副機一壞，船上的水電統統斷了氣。

保人的事不久便解決了。他叫李長志，是那艘軍艦的艦務官。

李長志第二天正式前來新生訓導處會客，當了指導員的面，我把新領的保單交給了他。不過，他並不是我的保人，因為少校才夠資格，而他那年偏偏上尉。他撂下了話，他去找王永久[4]，王那年少校副長，還有王辰伯，退役了在美軍顧問團做事。

我的兩個保人一是王辰伯，一是林金帶，是王永久找的本省籍朋友。為什麼王永久自己不保？可能是同案，也可能怕耽誤了升艦長，不料他後來上校退了役，還是一任主管也沒撈到。是否因為熱衷於設法保我，或原本是同案而受到了影響？我說抱歉也無濟於事。

林金帶是我保人之一，而且也是我離開綠島，由臺東、枋寮，到了高雄，第一個落腳投靠的人。

我在林先生家睡了兩個晚上，一個白天去左營看同學，一個白天去旗后找工作。不料只住了兩個晚上，卻給熱心的林先生帶來很大的麻煩。這事情還是兩年以後，王永久在臺北告訴我的。說是管區警員第二天便去找我，我不在，他問林先生，他二人之間有段對話很精采：

「你既不是胡子丹的朋友，為什麼要保他？你為什麼敢？」

「朋友的朋友就是朋友，政府敢放他，我為什麼不敢保他？」

「你看，他現在人就不見了，他到什麼地方去了？」

「他現在被放了出來，就是自由人，他出去到處找工作，怎麼能說定到什麼地方？你要找他，請晚上來，他會回來睡覺。」

林先生實在大好人一個，尤其他是本省人，如此講義氣，而且，事後也不對我說。想來，兩天後我離開了，他還是有麻煩。王永久再三關照我，千萬不要和林先生聯絡，免得麻煩不斷。後來我和林先生真的失去了聯絡。5

跨世紀的糾葛

中華民國在臺灣，半世紀來，政府和人民之間，發生了兩大憾事，一是「二二八」，一是白色恐怖的亂抓亂整。前者在本世紀內，政府道歉，金錢賠償都已告一段落；但後者的補償和賠償，仍然躑躅辦理中，必將成為跨世紀的糾葛。

這件跨世紀的糾葛，和另一件打破世界史上最長的軍事統治紀錄，自一九四九年五月十九日至一九八七年七月十五日的戒嚴令，長達三十八年。相濡以沫，互為因果。

我不知有幸還是不幸，血與淚、生或死、希望抑絕望、生命中最可塑的一段，二十至三十一歲，竟然和這件跨世紀的糾葛沾上了邊。而且，延續至解嚴，我五十八歲時，一直長期生活在陰暗、恐懼、受迫害的環境中，無法過正常社會生活，成為社會最弱勢的團體。

容我約略道來。

一九四九年五月二十七日國防部發布新聞：「上海國軍在殲敵十一萬人後，主動撤守。」五月二十四日的傍晚，我在上海外灘，目睹所有車輛停駛，行人絕跡，燈光皆滅，我震驚、顫慄、跑回我服役的美和艦。第二天清晨，解放軍由龍華進入市區，據說是交警的「叛變」。

美和艦全速航泊定海，在街上巧遇服役玉泉艦的同學宋平，兵荒馬亂，彼此寒暄數語。不久，來到左營，我奉調永昌艦，同學陳明誠[6]，有天對我說，宋平給他信，附筆問我好，我沒看信，沒寫信，也沒問陳有沒有回信。十一月底，陳被捕，十二月三日，我跟進，被兩名武裝陸軍軍官，押去左營「三樓」。[7]那是被海軍情報隊誘捕的「人犯」，暫時羈押的所在地。

那年年初以來，自從重慶號、長治號兩艘軍艦「不見」了，海軍裡總有點怪怪，有種說不上來的神祕恐怖氣氛。張三忽然失了蹤，李四被請去了「三樓」。風聲鶴唳，草木皆兵，山雨欲來，人心惶惶。

左營桃子園碼頭，清晨往往有罩頂卡車轟轟而過，說是祕密處決「人犯」，活埋、槍斃兼而有之。聽得叫人怕，夜晚回艦，拚命奔跑。

上了「三樓」，已經有好幾位同學在座，有人罵街，有人發牢騷：

「他媽的，這些特務，同學會鳥事沒有，只是吃吃喝喝，根本沒成立，緊張個屁。」原來還有同學會。那時我在上海，我該沒事。

「我們中飯在哪兒吃？我是在軍區大門口，被他們騙上車的。」

那一年，同學中大多數是單身漢，家人陷大陸。沒想到，滿腔熱血從軍報國，一到復興基地臺灣，卻被特務抓了，難怪怨聲載道。

中飯沒吃，全被送去了鳳山的「海軍來賓招待所」。[8]

「招待所」的外觀，是營房駐兵格局，囚車長驅直入，在一間小屋裡，我們被卸除了身外之物，雙手提了褲子，彼此苦笑，勞燕分飛。我被押進了一個長方形的山洞裡。

後來知道，這山洞算是五星級上房，來賓官階起碼校級。同案嚴禁同房，我好運，被分到上房來。眼見房中人，睡衣、拖鞋，愁容，或坐，或來回走動。忽地有人叫我，竟是海訓團的陸錦明大隊長，來不及向他敬禮，他按我肩，兩人落坐榻榻米，說：「昨天我看到陳明誠了，你們可能因為是同學會的事，如果你沒參加，不要慌，不知道的不要亂說。」我告訴他宋平寫信給陳，「那比較麻煩，文字是可以各種解釋的。」我看到一人倚牆裹在毯子裡呻吟，大隊長回答我的注視疑問，「不要問別人的事，少講話。」我沉默了，看那牆上告示：「查本所近日來賓其多，加以房屋窄狹，不便之處，尚祈諸來賓見諒。所長劉斌敬啟。」

這三十二個字的告示每房都有，一天瞄一眼，我也默讀了兩百七十次，記不住也難。第二天被調房了，調到最糟糕的一個洞，日本時代是防空洞，也是靶場。洞中關的清一色是官校學生，所為何來呢？原來有艘崑崙艦[9]，據報有叛的可能，艦上有他們的同學在實習，在來不及替他們化妝誰白臉誰黑臉之前，一網打盡。誰料到，這其中有幾名，三、四十年後，成了海軍將領。[10]

進山洞頭幾天，恐怖中透著緊張，緊張中蘸有新奇。日日夜夜，除了吃睡大小解，便是等待。等待的日子不好過，沒有消息的等待更是難過。和外界完全隔絕，度秒如年。

我氣憤、痛苦、恐怖、躁急、不知所以。

山洞中晝夜不分，唉嘆嗅聞中，往往錯覺到自我失落。泣聲愈靜，耳語更憂，遠遠近近，斷斷續續。

我又調房了，調到山洞對面新建的小木屋裡。

押走在木屋的通道中，那鎖鍊和鐵門碰觸，以及開、關的聲音，叫人忐忑難安。每間木門上方，有只能容納半截面孔的小窗，都出現了兩個眼睛和一個鼻子，這離奇而恐怖的不完整的面孔特寫，雖然大半是我們同學，當時卻個個陌生。

我被推進倒數第二間靠廁所方向的小房間裡，兩個半榻榻米面積，三個人夠寬裕。一位叫姜光緒，中尉航海員，另一位忘了姓名，只知道和官校校長魏濟民案[11]有關。姜每天背英文單字，把背熟了的一頁撕下來和水吞。先我離去，把字典的殘骸贈我，我受惠不少。

這排小木屋，人多，卻靜得驚人，除了衛兵的皮靴重濁，便是開關木門、鐵門，以及來賓的拖鞋曳曳。人聲是有，那便是「報告班長，我要小便。」或者「某某某，出來談話！」所謂「談話」，便是問案。

我被所長劉斌拖去打屁股。那天有長官視察，問飯菜是否和平常一樣，我說今天好得多。所長打我有理，說真話就是錯。解嚴後，他改名劉侑，有戶籍沒人。

在招待所整整九個月，夜中「談話」四次，最後一次吃了兩記耳光，胸口也挨拳，手被抓住在紙上摁了指模，就是軍法處據以判罪的自白書。主持「談話」的是被稱為「趙組長」的趙正宇，是名狠角色，據說，由他決定，被祕密「處決」的海軍官兵，難以數計。

後來知道，招待所是炮製自白書所在地，三個月一期，最長三期。我們這一批浩浩蕩蕩人多，不能雷大雨小，一定要篩幾個人開刀。因而，陳明誠、王永久，和我三個人算是倒霉。一九五〇年九月二日，兩部車，陳、王、我，被送去左營軍法處看守所，其餘人，被載去南投反共先鋒營。

看守所和招待所最大區別，是神祕性消失了。牢房鋪地板，每間約有二十個榻榻米大，牢房面對面，中間是天井。和地板平行有一個碗公那麼大的小洞，是水、空氣、牢飯的通道。洞口位置是由資深人犯享受，兩人抵頭而眠，平分特權。牢房旮旯有一糞坑，蓋上木蓋便成了新來人犯的睡鋪。難堪的是，一房四十多人的排泄器官，欣賞別人小便，那曲膝、那雙手小心翼翼托扶命根子神態，尚可忍耐；享受米田共異味，聲色俱全，立體音響，可真受不了。尤其夜中去糞坑，人頭間腿縫裡躓頓跨越，一步一步，躡手躡腳，輕輕推醒坑蓋上的人；回程較為清醒，臭腥的暖空氣在昏黯燈光中，更顯出燠熱蒸冒，一具具半裸、全裸的男性胴體，有的齜牙咧嘴，有的掀鼻抿唇，輾轉反側者有之，腹胸起伏者有之，爭奇鬥妍，隨心所欲。整個看守所，在隆隆鼾聲中安靜得使靈魂顫慄。「比死人多口氣」，此時此地此景，多口氣的人，滿眼皆是。

看守所人犯複雜：殺人放火、姦淫擄掠、扒手貪汙等等，被稱為政治犯的不多。在如此複雜人犯中最見坦白，人體不遮攔，人性美醜更見透明。每逢接見日，收到食品較多的人，便成了被捧被拍對象。知道某人即將被釋放，便被有心人親密異常：把自己的一份開水或冷水奉送，把自己位置空出來讓他睡個舒服；還有齷齪事，莫過於甘願當相公。

在山洞，處決人犯絕對保密。在這兒卻是唯恐人不知，最叫人忐忑不安的，總是破曉時分，稱之為「要命時刻」。兩名憲兵全副武裝，加上兩名法警，開了某門，架了某人，鋃鐺而去。有的神色自若，有的頓成死狗。

頭次開庭只是驗明正身，第二次即宣判，我被判了十年徒刑，陳十五年，王去先鋒營後回軍，二十多年後上校、退役。我們三人來自山洞，驚弓之鳥，神不守舍，沒有皮肉之苦就是平安，不感到恐懼就是福氣。聆聽宣判，大大鬆了口氣，慶幸從鬼門關返回人間。在山洞，鳥事沒有的人，被活埋、被丟進太平洋，不知凡幾！

判決的理由是：「為叛徒搜集關於軍事上的祕密」，這當然莫須有。判決書上三名軍法官，其中一位陳書茂以少將退役。一九九七年八月十日，和他在臺北富都酒店餐敘時，問怎麼如此判決？他說怎麼交代就怎麼判。判決根據自白書，而自白書乃在山洞裡被刑求而炮製。《臺灣地區戒嚴時期五〇年代政治案件史料彙編》第五冊，對此冤獄有如此評論：「姑不論該判罪的理由多麼牽強，而且有著自由心證的偏差，最大的謬誤應係一受刑人只不過是名士官，他對海軍的機密，既不可能參與亦毫無所知，如果說他為別人搜集本艦艇動態，真是天大笑話。」

無罪入獄，應該被氣瘋，被判多年冤獄而不瘋的人，那才是真正瘋子。有趣的是，我從軍、愛國、反共，卻被敵人的敵人抓起來，判了罪。

副所長太好好先生了，他解送陳和我北上軍人監獄時，火車、汽車、步行途中，處處表現出「我們是同事，朋友！」他的理由：「你們根本沒事！」

在軍人監獄只待了十六天。一九五一年五月十七日傍晚，當第一批約八百名政治犯手鐐腳銬，由軍人監獄船運綠島「新生訓導處」，第一任處長姚盛齋少將，斬釘截鐵向我們說：「我代表一座十字架，跟著我的是生，背向我的是死！」調侃的是，十多年後，臺北相見時，他的現況是老婆跑了，不久，自己背向了十字架。

「新生」伊始，管理人與我們之間的關係，劍拔弩張。他們佩槍持械，日夜押解架勢；訓話口吻完全向敵人喊話。我們**不吃眼前虧**，**心不甘情不願**，**行為語言卻盡量配合**，**揚眉固可表示吐氣**，**舉手未必意味投降**。朝夕相處兩三年後，彼此袒裼裸裎，繃緊了面孔，終於鬆弛下來。因瞭解而同情，而滋潤友誼，除了制服不同，稱謂不同，幾已不存在任何芥蒂。喟嘆著共同演一齣戲，必須認真、認命。

綠島生活，是典型的奴工生活。被命令著上山砍草、下海打石頭，而砌建克難房、倉庫、運動場、大禮堂、水壩、鋪路、造橋、圍牆等等工程，統統和石頭有關；打石頭、抬石頭，晨曦中、黃昏裡、烈日下、風吹雨打中，那原始、野蠻的震撼鏡頭，我們又能怎樣？**抬抬抬，朝朝暮暮，忍忍忍，天問奈何！夢中也常與石頭為伍，如影隨形，終生難忘**。

摻雜奴工生活中最有鹹辣味的，是令人厭惡的政治課、小組討論和大組座談。政治課是教官們叫我們抄寫黑板上已經板書了的內容，討論和座談則是依據抄來的同一資料，各人發言的內容因而完全相同。妙就妙在我們被要求正是如此：把樣板內容注射到不同的腦子裡去，有如把同一比例的砂粒、石子、水泥，用水調和好，灌進規格各異的模板中。

我們拒絕了刺青「殺朱拔毛」，抵死不從。幾名被視為有帶頭作用的，被調離綠島，下落不明。痛苦事不必細表，差強人意的也有不少：一、衣食住行中，吃的不錯，綠島有的是荒地，我們當中有農民，蔬菜自己種，雞、豬、羊自己養，拿大米向漁民換魚，自己做豆腐、豆漿、油條、饅頭等。二、我被調至教育組擔任「助教」；給教官編政治教材，教「同學」及官兵初級英文。另外，給綠島學童在寒暑假補習。編教材只是東抄西抄；教英文誤人不少；給學童補習，樂趣多，享受也多。三、學會了理髮和打針。

我十六歲離家從軍，一九四九年來臺灣、被捕時二十歲、未婚、所以沒有因坐牢而驟增想家之痛。天大事被冤了，生活裡便無所謂希望失望，更談不上絕望。在不絕望的「新生」中，十年刑期加上九十四天的零頭，我終於結訓，來到了臺北。

一九六〇年三月七日，由綠島經高雄來臺北，找飯吃、找地方落腳，大不易，還要應付情治單位的追蹤考核。一月兩次例去派出所報到，管區的不定時來住處臨檢。警總有位傅道石（「輔導室」諧音）文攻武嚇，糾纏不已。創業前，打工項目有：踏三輪車、擺地攤、家教、補習班教英文、店員、祕書、廣告文案等等。戒嚴期間，謀生不易，創業倍艱。無聊又無趣的遭遇有：李裁法逃匿了，刑大逮我問訊。謝東閔炸手，警察到我家要我的字跡，到辦公室要所有打字機的字體。施明德不見了，我家深夜被臨檢。我翻譯《約會的藝術》，有談到服役男孩交女友的不易，警總說我挑撥軍民感情。我出版中譯本的《畢業生》等，責我出版黃色書刊，其他出版社卻照出不誤。兒子讀國二時，被遴派出國參加世界童子軍露營，因我的被監管身分而臨時換人。最早的「移民講座」在希爾頓飯店舉行，警總硬說是我辦的，要立刻停止，幸虧稍後查明。每次出國回來，必須向傳道石專文報導，我多次以寄回臺灣發表過的有關剪報附陳。

一九六一年我三十二歲結婚，兩年後有了兒子。我必須努力安定自己，不然情治單位會讓我不安定，連出境也不准。一九六七年創業後，我多次參加在東南亞、歐美等地的國際書展或出版會議。曾當選有關協會常務理事、副祕書長等，以及有關公會首屆理事長。因而結識了不少國內外友人，民意代表、政府官員也有。當然，這些人，以及同業間、事業主管單位等，均尚不知我是名被監管的政治犯。

解嚴解得太遲！一九八七年，我已五十八歲，體況下坡，鬥志全無。幸運的是，獨生子金門服役後，出國讀研究所，結婚、就業、定居。家母在分別整整四十年後，從我夢中走出來，由北京來到臺北，生活了兩年十個多月，九十一歲無疾而終。更加幸運的是，一九七九年開始，我養成了每天清晨打網球習慣，至今不輟。身心不再被監管，寫作範圍也就擴大，除了在一家周刊寫評論、專欄。解嚴伊始，寫了三個有關今日臺北、冤獄、探親的長篇，連載後，都出了單行本。中譯袖珍版英文自修書四十餘種。編譯了幾種工具書。另外我用筆名寫了十多種中國名人傳記，死嘴活話，借古諷今，舒暢發洩，痛快淋漓。創業三十三年來，上班下班不間斷，我享受工作：寫作、翻譯、閱讀。

一直堅持一個信念，有生之年，一定要讓政府還我清白。年紀愈大，堅持愈力。一九九〇年，我向海軍總部申請被捕前的學歷證明，來文（〇四二八九號）：「確無臺端任何服役資料」，一九九七年向國防部申請非常審判，回函（〇三三號）說「檔案資料均遭焚燬，無從調閱查考」。此時，由友人魏廷朝處得知，有立法委員謝聰敏等八位提案，陳永興等六十一位連署，提議制定《戒嚴時期不當政治審判補償條例草案》。針對此條例草案，法務部提出《戒嚴時期不當叛亂暨匪諜審判案件補償條例》，經修正三讀通過後，成立了「財團法人戒嚴時期不當叛亂暨匪諜審判案件補償基金會」。但因為該基金會審查進度慢如蝸牛，為外界詬病質疑。我曾為文：〈白色恐怖案件平反，不應該選擇性處理〉（《聯合報》一九九七年十二月二十四日）、〈排除條款讓平反美意功虧一簣〉（《中國時報》一九九八年六月三日）、〈白色恐怖補償金，何時受理申請〉（《中國時報》一九九九年三月四日）、〈有判決書才能申請不合理，條文應速修正〉（《聯合報》一九九九年九月十日）、〈將軍冤獄宜修法彌補〉（《中國時報》二〇〇〇年二月三日）、〈冤獄補償何以牛步化〉（《自由時報》二〇〇〇年三月三十日）、〈平反不是恩典，補償金也非嗟來之食〉（發表年月日及媒體已忘）。根據補償條例第七條規定：「基金會應於收受後六個月處理完畢」，但迄至一九九九年十二月十三日，其第一批審查通過者僅十四件。由於申請案近五千件，似此進度，每月審查十多件，預估要三十年審完。幸好二〇〇〇年五月二十日後，「基金會」董事長易人，董事會注入新血，作業正常，可望在跨世紀間，將補（賠）償金發放完畢。

二〇〇〇年七月二十七日，我接到「基金會」來信，略謂：臺端申請補償乙案，業經本會決定予以補償新臺幣肆佰貳拾萬元。至於所述刑滿未依法釋放期間之賠償事宜，建議參酌修正後之《戒嚴時期人民受損權利回復條例》或其他規定，另為適法之救濟。

包括我在內的為數不少的「政治犯」，刑期屆滿時，往往又被羈押一些時日。關於這部分，我於二〇〇〇年四月二十四日，依法向臺灣臺北地方法院，提出國家冤獄賠償。等待處理中。[12]

不管怎麼說，政府總算有勇氣，面對這件跨世紀的糾葛，非昨而是今。

注釋

1 編注：歌名為〈母親的呼喚〉。九一八事件後至一九五〇年代傳唱於東北流亡學生之間，事實上這首歌對一九五〇年代不分省籍的中國流亡者都有意義。參見趙彥寧，〈親密關係倫理實作：以戰爭遺緒的男性流亡主體為研究案例〉，《戰爭與社會：理論、歷史、主體經驗》（臺北：聯經出版，二〇一四），頁五三九。

2 編注：關於王孝敏，亦可參見卷三陳勤〈天空在屋頂的那一端〉。

3 編注：有關新生訓導處抓蒼蠅運動，亦可參見卷二陳明忠《無悔》節選。

4 編注：王永久，一九二八年生，湖南鳳凰縣人，與胡子丹為永昌艦同案，後判無罪，但仍送先鋒訓練營才回軍中。

5 編注：按胡子丹之後在二〇一四年三月《傳記文學》六二二期〈抓人誘捕放人要保——「白色恐怖」紀事之二十一〉一文，胡子丹透過網球球友，找到林金帶，兩人於二〇〇九年二月二十七日在臺北福華飯店再度見面。

6 林傳凱注：陳明誠，一九二五年生，江蘇阜寧人，海軍永昌軍艦航海下士，一九五〇年十二月二十五日判刑十五年。

7 編注：海軍總司令部情報處拘留所位於今天左營大路二五六至二六〇號，又稱左營大街三樓。外觀為五棟三層樓相連的洋房，因有鑲嵌三樓冰茶室字樣，簡稱三樓。推估使用期間為一九四九至一九五四年間，為臺灣工作隊或海軍情報隊所徵用，為一九五〇年代海軍白恐案件的短期囚禁偵訊地點。

8 編注：又稱海軍總司令部情報處看守所，位於今鳳山勝利路十號，前身為日本海軍鳳山無線電信所，一九四九年七月成立，為一九五〇年代海軍白恐案件主要囚禁人犯的地方，裡頭的辦公廳舍、大小碉堡、防空洞等都變成牢房，囚禁人數高達一千五百多人。

9 編注：崑崙艦長為中校沈彝懋（一八九四～一九四九），因與兒子沈勳（一九二三～一九四九）考慮投共，但因同艦幹部反對暫緩，兩人在靠岸後於左營桃子園槍決。據說沈彝懋的另一兒子沈白，當時就讀海軍官校，之後亦被槍決。

10 編注：根據林傳凱〈臺灣五零年代海軍白色恐怖案件〉研究，「在一九四九年，國民黨軍隊中約有近百艘艦艇，合計三千八百名的海軍官兵轉而投靠共產黨。」雖然投共的不少閩系將官，但當時國民黨整肅對象涵蓋四大海軍派系（馬尾、黃埔、電雷、青島）。其中一九四九年重慶艦艦長鄧兆祥投共引起極大震撼，鄧兆祥在馬尾海校指導過的三十六、三十七、三十八班以及部分三十九、四十班的學生都遭整肅，尤其是三十六到三十八班的學生，幾乎全遭關押，甚至有的被判刑。其中後來為參謀總長的海軍一級上將劉和謙，就是三十六班畢業。根據海軍總部自一九九八年十二月陸續清查結果，共有一一九六人牽連，但據報載，有部分高階將領聲請冤案賠償不成，但另有其他人經高雄與臺北地院判定予以賠償。

11 編注：魏濟民（一九一二～二〇〇一），一九四七年任海軍官校校長，一九四九年五月七日海軍總司令桂永清以召開軍事會議為由將魏濟民從廈門召往上海，因陰謀叛亂為由帶往澎湖馬公拘禁，一九五二年二月二十五日獲判無罪，另一名無罪者為原海軍官校少尉副官謝中望，但仍有少尉隊長陳霽（陳永才）判刑三年。魏濟民釋放後，轉往外交發展，曾任委瑞內拉大使。二〇〇〇年五月生前向臺北地方法院聲請冤獄賠償，二〇〇二年十一月得冤獄賠償五百六十二萬，然此時魏濟民已過世。

12 原注：二〇〇〇年十二月七日接到臺灣臺北地方法院刑事決定書（八十九年度賠字第一六五號），主文：胡子丹於判決執行後，未經依法釋放，仍受執行玖拾貳日，准予賠償新臺幣參拾陸萬捌仟元。

曹興城的故事

周志文

◎收錄於二〇一一年三月《家族合照》，印刻出版。

周志文（一九四二～）

原籍浙江，生於湖南，成長於臺灣宜蘭縣羅東鎮。曾任淡江大學、臺灣大學教授，現已退休。文學作品有《日昇之城》、《三個貝多芬》、《冷熱》、《布拉格黃金》、《尋找光源》、《風從樹林走過》、《時光倒影》、《同學少年》、《記憶之塔》等。

我說的曹興城不是聯電的董事長曹興誠。兩個名字讀起來一樣，但一個是誠字一個是城字，古人說一字千金，這裡的一字之差，何止千金，萬金億金十億百億都有，真是毫釐之別，相距雲壤。

曹興城是我初中同年級但不同班的同學，我們住得近，頗有些往來。高中的時候他沒考好，考上我們縣裡最偏僻的頭城中學，頭城中學與我們羅東中學都是縣立的，但水準比我們差了一截。

曹興城曾經住在我們村裡，他的父親原是一九六師的「軍需官」，後來部隊整編，被調到聯勤的宜蘭收支處去服務。當時聯勤是與陸海空軍平行的一個軍種，由於管的是軍隊的後勤業務，裡面的人都是從各個軍種調過來的，所以在聯勤服役的，陸海空都有。他父親調到聯勤後發現聯勤的福利比陸軍的好，就連眷村也好很多，在我們眷村房子還是土牆抹白灰的時候，聯勤的村子已是木板房了。正好羅東有個聯勤第一被服廠，轄下有眷村四個，這個被服廠是從南京遷來的，四個眷村分別命名金陵一村、二村、三村到四村，他父親不知道怎麼活動的，竟然把家從我們的村子搬遷到中山西路的金陵三村去了。我們讀初中時，還常在一塊玩，後來讀高中雖然不同校，他住的金陵三村與我家不遠，總有見面的機會。但到我們大概讀到高二的時候，就不見他了，據說他父親官運亨通，調到臺北聯勤總部更高的位置。當然在臺北眷村的條件更好，不過我們就沒機會再見了。

後來不知道哪兒聽來的消息，說他父親不是高升，而是因案被捕入獄。警備總部的拘留所在臺北，他們一家因為要照顧被押人犯，又隨時準備要候傳應訊，就搬到臺北的親戚家住。真假對錯，因為看不到當事人，所以無法分辨，不過這事就是遇到當事人，也不會跟你說真的。隔了許久，又聽幾個年紀大的人偷偷的說（這類話都是耳語流傳），他父親其實是犯了「知匪不報，與匪同罪」的罪狀，可能已經槍斃了。大人發覺我們聽到了，警告我們不得說出去，我們幾個人就是連曹興城的事也不敢再問了。時間慢慢過去，再隔了幾年，物換星移，村子裡記得他們一家的，沒有幾個了。

二十多年前我與一個朋友在臺北重慶南路的一家咖啡館用餐，我看到鄰桌有一男子在獨飲咖啡，面容很像多年不見的曹興城，走過去一問果然是他，算算已將近三十年不見了。他也還認得我，我因身旁有友人，無法跟他細談，只能隨便的聊了下，大致是結婚了或者在哪兒工作之類的，他也含糊的應付。我很想知道他與他們家人後來的遭遇，我約他再過兩天能否在同一地點見面，他似乎有點猶疑。我知道他跟我一起讀初中時，曾單戀過我們同村一個名字裡面有「晶」字的女孩，我問他知道她的下落嗎，他搖頭，但顯出好奇的表情，連問我說知道嗎，我點點頭，我說我現在沒時間跟你細談，除非下次，他爽快的跟我約好下次見面的時間。

在約好的時間，果然他先到了，是一個星期一的下午。那時我已有部分的白髮，他的白髮也許不如我多，但頭髮稀疏得很，看得出再過幾年要禿了。因為坐得近，我可以比上次更清楚的看他，我發現他的眉毛有一半是白的，甚至連眼睫毛也白了，不仔細看，還迷迷糊糊的以為他有眼屎呢。他看我看他，笑著說我們都老了不是嗎，我嘴裡說看你精神奕奕，哪能算老呢。我們那時才四十幾歲，算是生命中的英年，但他看起來，確實比一般人老些。

他問我那女孩的下落，我跟他說她已結婚，兩個孩子大的已經念大學了，先生在一個中央的部會裡工作。「她呢？」他問，我不知道他要問什麼，他問她有沒有在上班，我說剛結婚的時候好像上了一陣班，後來有了孩子就不做了，「她有沒有在買賣股票？」我說像這類事我就不清楚了，「這麼說來，我看到的可能是她。」他說他幾年前在民權東路的一家號子見過她，只是分別太久了不敢相認。他跟我要她的電話，我給了他，我當時想，他打電話給她，聊些少年時候的事也都無妨的，畢竟大家都有年紀了。

我就因此知道他在買賣股票，他說他不是偶爾玩票的性質，他現在已把進出股市當成自己的專業，他的號子在重慶南路書店街附近，下了號子經常來上這家咖啡廳。我說買賣股票是有風險的，前些時候，聽到幾個股市的「大戶」都跌得很慘，逼得急了有的都想自殺了。「不要聽報上胡扯，要說風險，哪裡沒有風險？」他說：「投資理財，跟人生一樣有風險，這要勘得破才行。」他說的有道理，但人生如果處處有風險的話，為什麼在其他風險上我們都尋求逢凶化吉，卻對這個風險不加躲避呢，但這個問題我沒有再問他。

我有興趣的是他高二之後的遭遇，他問我知道多少，我說了些我聽說他父親牽涉法律事件的事，我知道的僅僅如此。他問：

「是不是聽說家父被槍斃了？」

「我只聽說被牽連到匪諜案子，後來怎麼的，我不清楚。」我其實聽說是被槍斃了，但不敢說出口。

「其實當時給槍斃了或許更好些，才不會受更大的折磨。」他悠悠的說。

停了幾分鐘，我們各喝各的咖啡，他說他父親有個在臺北的老長官，被人檢舉在大陸淪陷前曾參加過敵方的組織，他是無意中跟隨朋友參加的，後來發現有異，就退出了。他後來追隨部隊來到臺灣，以為以行動證明了自己的忠誠，可以心昭日月了，對那個過程沒有主動交代或者交代得不夠清楚，本來不會有事。哪曉得後來偵破了一件共諜案，與那個組織有關，他父親的老長官也就立即被逮，那時對共諜是寧殺一百也不輕放一人的。

曹興城的父親也被傳訊到案。曹興城的父親真的跟這案子毫無關係，但他不得不承認曾做過那個長官的部屬，便被判了個「知匪不報」的罪名，定了個十年的罪。曹興城說當年軍法審判速戰速決，雖說有二審，二審覆判確定，幾乎立即執行，共諜案確定死刑後，馬上拖到隔壁的刑場執行槍決了事，他父親的老長官就是那樣被執行的。

「那令尊呢？」我其實應該叫他父親為曹伯伯，但我從未這樣叫過他，他們在我們村裡住過，可是他父親跟我們孩子不熟。

「他關在牢裡，什麼苦都吃過了。一直關到八年半才放出來，說是獄中表現良好，可以提早獲釋，其實以他的本事，會有什麼惡行嗎？他被關根本是個冤枉。」他說：「出來了並不是個好的結局，有什麼好呢？工作沒了，收入當然也沒了，沒有退休金，沒有資遣，就連最起碼的工作都找不到，誰敢用一個涉嫌做過匪諜的人工作呢？不是跟自己找麻煩嗎？」

他說他父親出來後成了個廢人。他眼看著空中，有點自言自語的說：

「臺北橋下靠延平北路那一端，每天一早就站著一大堆人，任人當場挑選，要他們去做挑磚頭、混水泥的臨時工，就不管你有沒做過匪諜了，只要有點技術與體力就成，但那些工作他做得來嗎？我父親以前在軍中學會開過吉普車，有人出主意說可以開計程車，但即使入行開計程車也要先做身家調查的，他自然過不了這一關，何況他出來後整天晃晃悠悠，是不是還會開車都有問題，因此就不做此想了。」

「你們的生活怎麼過？」我問。

「先是寄人籬下，有一天沒一天的過。」後來一家的生活都依靠他，他說。我問他究竟做過些什麼，我並不是想探人隱私，純粹只是好奇。他笑著說他做過的那麼多，又零零碎碎的，要他一次說也不知道說不說得清楚。我說，人家電影能夠「二十大本，一次演完，不加票價」，有什麼不能說的？我故意把氣氛弄得輕鬆點了，他後來說：

「三十年來我做過的事可不少，要看你對哪個有興趣，我就跟你隨便說說吧。我演過電影、做過書店的送貨員、瓦斯行的送瓦斯工、華山車站的鐵路搬運工、鄉下地方稅收員的跟班、紅包場裡歌女的保鑣……，還有就是現在的股市大亨了，哈哈，看看你想知道哪一個？」

我說：「就照你的順序，你說你演過電影，這一點我有興趣，先說這事吧。」

「我也知道你對這事有興趣，所以擺在第一個。」他笑著說：「說起我拍過的電影，大概有二十多部，你不要給嚇死，胡金銓的《龍門客棧》與《俠女》裡面都『出現』過我，還有《八百壯士》、《梅花》裡面也有，說到這兒，你該知道我是演什麼的吧。說起胡金銓，我認識他，他不認識我，上官靈鳳、徐楓還有石雋等的那些大明星也是。那時好像是民國五十七、八年，胡金銓在國際聯邦公司的國際製片場拍片，拍的是大場面的俠義武打片，需要很多臨時演員，所謂臨時演員演的都是大隊廝殺時的兵眾或嘍囉。片場在桃園的八德鄉，我們一群在士林的中影片場集合，由汽車載我們到八德，隨後展開一天的拍攝工作，晚上再載我們回來。像我們這臨時演員一天的戲，說好不管拍多少鏡頭都是一百塊，碰到吃飯發個便當，戲如拍到晚上，就再發一個。當時有個規矩，如果在電影裡被殺死見了血，是要給這演員一百塊的紅包的，這使得我們這群演員，每個人都『視死如歸』得厲害，爭先恐後的想爭取自己挨殺的機會。死了倒好，身上塗滿了紅藥水或是番茄醬，看起來狼狽，但可以躺在地上閉起眼睡覺，真是舒服。有一天跟導演張徹拍一部什麼片子已經忘了，正在拍男女主角對話時突然發現有人打鼾，聲音大得不得了，原來是地上的死屍發出來的，弄到那一段只得重拍，你說好笑不好笑。」

「收入好嗎？」

「假如天天有得拍，平均起來，收入抵得過一個普通的公務員或老師了，但這工作哪能天天有呀。這行的好日子大概只有兩三年，後來爭著想做的人越來越多，就不是那麼好幹了。做這行不比其他，別行很注重經驗，這行就不行，你想幾部片子裡讓人看出跟主角對手挨殺的都是同樣的幾個人，哪還有人想再看呀。不過這行後來不行了，也不見得是這個原因，過了幾年，大型的武打片與戰爭片不再流行，就沒有我們這號人物的生存餘地了。」

「後來又做了什麼呢？」

「其實做臨時演員本來就是臨時的事，沒人能真正靠做它來吃飯的。我在做臨時演員之前是在幫人送瓦斯，就是桶裝的煤氣，不過我們行裡的規矩是不能叫它煤氣的，因為煤氣與霉氣同音，試想送一桶『霉氣』到人家，人家會覺得多晦氣呀。」他說：「你看我一身黑，就是那時曬出來的。這工作累人又危險，那時臺北很多住公寓的，住在六、七樓卻沒有電梯，送瓦斯的得一步一步走上去，有時還得一口氣背上兩桶，送晚了還得聽人抱怨。不過想到自己沒有學歷，再加上家境如此，只得幹下去。」

「你說的學歷？」

「不怕你見笑，我在頭城中學念到高二下，父親發生了事，就沒再念了。後來到臺北，母親除了哭之外不曉得該怎麼辦。父親一涉案，不但他的職務被撤了，家裡原有眷糧補給的，也因而全數取消，你想想，這樣的政府，不是讓人走投無路嗎？不是逼人去造反嗎？不過他們也知道，像我們這樣的老實人，要想造反也不知道該如何反法。」

「我記得你還有個弟弟的。」

「沒錯，叫興池，小我四歲，他比我慘。父親入獄後，母親照顧不上來，那時他才剛讀初一，就送他給羅東眷村的一個沒孩子的家寄養，說好是暫時寄養，但以後有什麼不測，就讓他們收養，算他們自己的孩子。他們滿心歡喜地答應了，他們一對中年夫妻，真盼有個孩子。那家對他很好，但興池他一個人在羅東，想母親也想我，我們走了不久，他留書來臺北找我們，是一個人來的。他沒告訴別人，留書很晚才被人發現，羅東那家人趕忙來通知我們，我們等了兩天也沒看到他，心裡急死了，不巧又碰到父親的案子要開庭，臺北斷不了人。不久鐵路局通知，興池的屍體在石城與大里的鐵路邊被人發現，有人說他可能沒買票，在躲驗票時不小心掉下去了，也有人說興池這孩子是孝子，這輩子是來還債的，父親被判了十年，原本會被判死刑，有這兒子替他死了……」

他停了下來，問我能否允許他抽菸，那時一般的咖啡館是不禁菸的，我說你抽吧，他緩緩的從衣服口袋掏出菸來，點燃後深深的抽了一口，說：

「聽到這裡，你大概沒興趣再聽我胡扯了吧？」

「真令人心痛啊。」我沒其他的話可說，想了一下只好問：「令尊令慈都還好嗎？下次有空去看看他們。」

「他們已沒什麼好與不好的問題了，兩個都成了廢人，靠我一個人養活。」

他說：「我已經告訴你我沒有學歷，要謀一點正式的工作，我們家有案子，哪有讓我進去的道理？不過以前共產黨被國民黨圍剿的時候有句話，說得真有道理，那句話是：『此處不留爺，自有留爺處』，我是不是說過我做過鄉下稅收員的跟班，也做過紅包場歌星的保鑣？」

我點點頭，他接著說：

「我在頭城讀高中時，一個同學的叔叔是宜蘭縣稅捐稽徵處的職員，他負責頭城鎮的屠宰稅與娛樂稅的稽徵工作。一次我在臺北遇到這個同學，他知道我們家的困境，就說他叔叔需要一個會記帳的助手，問我願不願意委屈自己到鄉下去幫忙。那工作不是正式的，所以沒有身家調查問題，沒有薪水只有『車馬費』，是他叔叔自己掏腰包給的，他要我不要問有多少，表示不會虧待我就是。

「我心想不壞，就回到頭城，在那他叔叔手下工作起來。工作很簡單，只要每天輪流到鎮上的幾個屠宰場，看看報宰的屠體與實際宰殺的數量是否相符。完稅後的屠體，要在皮上蓋完稅的印章，我則要把每日的進出包括稅收的多少登記入案，其實完稅章子有人蓋、數字也有人登記，我只需查核是否有誤而已。當時的稅制規定屠宰稅與娛樂稅是地方稅，由地方稽徵機構徵收，是地方的財源之一，稅收也全用在地方，大家看得很緊。我們的工作就是稽查所有宰殺的豬隻是否都完稅了，並不經手金錢，所以很簡單。但裡面藏有玄機。

「所有做生意的目的在賺錢，而舞弊是最好的賺錢手段，私宰又是這行裡最賺錢的勾當。只要疏通一下稽查員，明明宰了三頭豬卻只報兩頭的重量，就省了一頭的稅了。你會問豬肉攤上擺出來的豬如果沒蓋完稅印章，不是一看就出來了嗎？要知道絕大多數的人買豬肉不會連皮一起買，譬如內臟、排骨、裡脊肉都是不帶皮的，賣的人把沒蓋章的豬肉放在案子下當散肉賣，有誰分辨得出？還有比較小兒科的，稅是都完了，但偷斤減兩也可省錢，明明一頭五百斤，稅單上寫的是四百五十斤，就省了五十斤的稅了，屠宰稅是既算頭數又算重量的，當然像這樣的小事，也得通過管稅務的稽查員。

「這就是我同學叔叔的肥厚之處。他後來告訴我，這事做起來不難，只是謀這事、保這事困難，他需要上級的稽徵機關『罩』住他，所以整天得跟地方的各種人物混，包括黑白兩道，當然不時也得給人甜頭。他待我很好，並不因我是外省人而歧視我，給我的『車馬費』也很高。他有了我這助手之後，小事由我經手，大事才輪到他，當然大事都跟拿錢有關。屠宰的事大多是清晨，回到他家，幫他把一天的帳目處理好，他在稽徵分處上班，第二天把我幫他整理的報表資料拿去歸檔，就算一切OK了，我是他私人的助手，不需跟他去上班的。晚上他常帶我到鎮上的戲院去看表演，因為娛樂稅也由地方管，我們進戲院不花錢。那時臺灣不知什麼原因颳起一陣歪風，電影院不放電影而改成歌舞團表演，歌舞裡面穿插脫衣舞。每到演出脫衣舞時，臺上高奏一首名叫〈櫻桃樹下〉的小喇叭曲，是當時流行的恰恰舞步，女主角就把身上的衣服一件件扒掉，最後扒到赤條條的一絲不掛，算起來真下流無恥到了極點。但一般小人物都趨之若鶩，每到以敢脫聞名的『黑貓』、『我人』還有『大中華』歌舞團來了，戲院會打出『請早訂票，以免向隅』的廣告，大家都知道裡面有什麼花樣，那幾家歌舞團來時，戲院幾乎座無虛席，你看當時整個社會病態到什麼程度？

「我在那裡做了一年多，後來他叔叔怕我做熟了也許會『暗蓋』，這兩字閩南話要說成 An-kam，你知道『暗蓋』是什麼嗎？就是暗中動手腳的意思，就找個理由要我不要做了，不過臨走給了我不少錢。後來我知道了，這行做熟了，沒有不暗下手腳的。不過我離開得正是時候，過了一年，據說他叔叔就出事了。那一年的實際工作，讓我看出了臺灣其實是個被蛀蟲蛀空了的世界，地方的鄉鎮長、鄉鎮民代表、警察沒有不貪的，有的官員比較清廉是因為貪不著，如果有機會也一定貪，這是我們的基層社會，表面看來一片雍熙和平，相安無事。而後來我也知道，我們的『上層』，其實也高明不到哪裡去，甚至比鄉下的更為黑暗，不過他們比鄉下的人更大氣也更有派頭，比他們更為『人模人樣』一些。你知道我後來有機會走入投資市場，裡面的祕辛更多得髒得不足為外人道。」

他說到這兒，深深的嘆了口氣，停了一下才說：

「但怎麼辦？上下都貪成一團，都在謀自己的私利。但悲劇還不只在這裡，這個社會允許別人根本沒犯什麼錯，無端的被拖去監牢，拖去槍斃，卻沒有人發一句不平之言，更糟的是還歧視他們的家人，要他們在這世界連最起碼的生活也不能過。你告訴我，這是什麼樣的社會？」

我有點後悔激起了他的情緒。我既是社會的一員，老實說對於這項苦難，我也不是沒有責任的。我正陷於苦思該如何方能夠讓他稍作寬解的時候，他又說了：

「抱歉我失態，我不該這樣才對。我現在過得很好，我父母與我同住，也都過得很好。他們兩人像小孩一樣，只要吃飽睡足了，就安安穩穩的待在家裡，從不亂跑。一天一個熱心的基督教弟兄帶來兩個姊妹，到家裡來跟他們講道理，兩老手上各拿一本黑面的聖經，很安靜的聽，有時他們會攙扶著他們到附近的禮拜堂走走，坐不住就送他們回來。我覺得很好，雖然我不信教。父親從幾年前開始學寫毛筆字，我幫他買了不少筆墨紙硯，他寫得不很好，但跟到教堂一樣，算是有了寄託。我只要出來，總會到這附近沅陵街口的一家西點店，買一些點心回去，那家西點店賣一種廣東冰花倫教糕，他們特別喜歡，說是家鄉的吃食，你知道我們是廣東人。」他停了一下，繼續說：

「你不用替我們擔心，我自從進入股市之後，收入大增，我有天跟我已有點癡呆的父親說，幹嘛去做匪諜呀，不是弄到賠了性命就是像你這樣毀了一生，真要顛覆中華民國，做個股市大亨不是很好嗎？股市大亨隨便下幾張單子，就可以決定一家公司的興亡，當然也就在操控國家、操縱社會啦。他只要偶爾把幾百分之一或幾千分之一的所得捐出來做公益，還贏得大慈善家的稱號呢。做這行大家都知道要『狠、穩、準』，所謂狠是指下手一定要厲害，我每次利用詭計贏了大數目（抱歉我沒法細講這部分），要讓自己不會不安的唯一辦法是：我估量三十年來這社會虧欠了我父親、我母親還有我弟弟興池一共多少，我要在這個地方把它賺回來，這時再狠也狠得下手了。至於說要穩要準，是要靠資訊正確才能穩又準的，要得到正確的資訊，不得不乞助於『內線』，而內線消息，老實說是靠做許多卑鄙齷齪的事換來的，這事你多少聽說過，以前我不會做的，但現在我心意已決，就沒有做不了的事了。不過我每次跟父親開玩笑，說他當年不該做匪諜，這話他老是聽不懂，連說他是冤枉，他是不敢做犯法的事的。我跟他說，就是你不肯做犯法的事，才落到今天呀！」

我沒問他到底賺了多少，也沒問他是什麼機緣會變成他所謂的「股市大亨」的。他看了看錶說還有事要做，也許下次有機會再談，便匆匆告辭，我甚至還沒問他有沒有成家呢。臨走他問，假如打電話把那個名字中有「晶」字的女孩約出來，問我有沒有興趣一起喝杯咖啡，我說好啊。我在咖啡廳又坐了一會兒，心想他也許在吹牛，看他的面容與裝束，根本沒有「大亨」的樣子。但世事多變，也有許多是我們掌握不到的，也許他真的賺了很多很多錢，但遭遇如此，就算跟聯電的那個曹興誠一樣有錢了，又有什麼意義呢？

流離尋岸的鄔來

杜晉軒

◎二〇一七年九月二十六日原初報導刊登於《關鍵評論網》，後經大幅改寫與補充訪問、材料，收錄於二〇二〇年二月《血統的原罪——被遺忘的白色恐怖東南亞受難者》，臺灣商務出版。

杜晉軒（一九九一～）

馬來西亞華人，世新大學新聞系、國立臺灣大學國發所畢業，曾任《多維TW》記者，現為《關鍵評論網》編輯，著有《血統的原罪——被遺忘的白色恐怖東南亞受難者》。

二戰後中國旋即陷入了國共內戰，一九四九年起，「兩個中國」各據海峽一隅，然而「新中國」與「自由中國」的鬥爭仍在延續。其中一個戰場，則延伸到海外，為爭取離散在各國的華僑的支持，以彰顯自身的正統性。適逢二戰後東南亞國家蓬勃興起的獨立浪潮，有些東南亞華僑不願入籍當地新興國家，便選擇回到他們也許未曾到訪的「祖國」——中國大陸，該群體被中國共產黨官方稱為「歸僑」。至於那些選擇去臺灣的，則多是尋求升學機會的東南亞華僑子弟。不過在兩岸這競爭華僑的歷史長河中，有少數華僑是罕見地經歷了先回中國大陸，最終卻落腳於臺灣的旅程，出生於英屬馬來亞的鄔來就是其中一位。

陳欽生是我第一位認識來自馬來西亞的政治犯前輩，透過他介紹才得以認識鄔來前輩。陳欽生與鄔來屬於不同世代的馬來亞華人，卻因國民黨的政治迫害在綠島相逢，其中鄔來的人生可謂再現了近代東南亞華人移民史的縮影。

榴槤飄飄

一九三七年年七月七日，中國爆發「盧溝橋事變」，第二次中日戰爭的引爆不僅改變了中國的國運，也影響了東南亞華僑的命運。

一九三八年，中華民國雙十國慶這天，在著名華僑商人陳嘉庚的號召下，一百六十八名來自各國的華僑代表們在新加坡宣誓成立「南洋華僑籌賑祖國難民總會」，號召南洋華僑抵制日貨、捐款救國，有的年輕華僑甚至拋頭顱、灑熱血，自願回大陸從軍抗日。對當時的東南亞華僑而言，他們除了擔心中國大陸的家鄉父老與同胞們的安危外，也擔心日軍的戰火不知何時會蔓延到東南亞。

終於在一九四一年十二月八日凌晨，日軍登陸馬來半島北部吉蘭丹（Kelantan）的哥打巴魯（Kota Bharu），英軍節節敗退，日軍也以馬來半島為根據地，進而攻占了新加坡和印尼——而鄔來就是成長在這個動盪的年代。一九三六年，鄔來出生於馬來半島的雪蘭莪州（Selangor）——一個名為雙文丹（Serendah）的小鎮，這裡也是因錫礦業而興起的地方，著名的馬來亞華僑實業家陸佑[1]曾在這開發錫礦場。

其實鄔來的本名是鄔育靈，鄔來是他的小名，小時候家人都叫他「亞來」（廣東話），因此最終鄔來這個名字才沿用至今。鄔來的祖籍是廣東省台山赤溪鎮，身為客家人的鄔來是馬來亞第二代華人移民，他父親鄔賢珍年輕時被「賣豬仔」[2]到馬來亞的錫礦場當苦力。鄔賢珍在馬來亞經歷了一番打拚後，不僅成功贖身，還當上錫礦場的經理，這才得以回到家鄉台山迎娶鄔來的母親楊鳳嬌，之後也決定再到雙文丹定居。

不幸的是，在日軍南侵馬來亞第二年，七歲的鄔來同時面對了父親病逝的打擊，以及同年大哥被日軍抓走後下落不明。當時鄔來還小，他不曉得他大哥的立場是親馬共還是支持國民黨，但肯定是堅定抗日的華人，他大哥曾到馬來亞北部州屬宣傳號召華僑回中國抗日。日軍占領馬來亞後，逮捕與屠殺支持中國抗日的華人。鄔來記得大哥被帶走的那一晚，展開反擊的英軍空降雙文丹區，英軍和日軍旋即展開激戰，而日軍就在當天到他家，把大哥帶走了。

由於當時鄔來的兩個姊姊已出嫁，因此只剩他和母親及二哥相依為命。父親和大哥過世後，家計就落在了鄔來和二哥身上。為照顧患有白內障的母親，鄔來和二哥到礦場工作，同時也種植稻米糊口。對於過去那段困苦的生活，鄔來說：「當時難過的是，稻子快收成時，卻被山豬吃掉，實在欲哭無淚。」[3]

不過在鄔來記憶中，小時候還是有快樂的日子。小時候的早晨，鄔來會和家人去果園撿榴槤，因為自然熟成落下的榴槤是最香的。對多數馬來西亞人而言，即使是泰國榴槤名種「金枕頭」也比不上大馬榴槤（因為泰國榴槤多是人工摘採並催熟的），因此榴槤才被大馬人譽為「果中之王」。儘管許多臺灣人對榴槤味道「敬而遠之」，但這獨屬馬來西亞的榴槤果香至今是鄔來最難以忘懷的，畢竟鄔來十六歲後就離開他出生的馬來亞，走向了流連難返的人生。

澳門劫難

一九四五年八月十五日，日軍投降，結束了在馬來亞三年八個月的殖民侵略。不過日軍投降換來的不是馬來亞的獨立，而是前殖民宗主國英國的歸來，以繼續獲取馬來半島豐沛的天然資源，讓因戰爭而陷入財政困境的大英帝國重振餘暉。在英屬馬來亞長大的鄔來自小就對英國人沒有好感，他看不起殖民者高高在上的姿態，而他父母給予他的教育也具有民族愛國主義色彩，提醒他勿忘身為中國人的意識，最終鄔來在十六歲那年返回他未曾見過的家鄉——廣東台山赤溪鎮。

鄔來的母親之所以希望他回中國大陸發展，是因為廣東的親戚來信表示解放後的新中國已改變很多。一九五二年，十六歲的鄔來展開「回國」之旅，首先從新加坡搭船到香港，再經入境寶安縣（如今的深圳）進入廣東台山市，而與鄔來同行的是他鄰居，因為當時英國殖民政府規定未成年人須在有監護人的情況下才能「出國」。鄔來原本打算先在廣州市念華僑高中再考大學，不過廣州華僑高中以學額已滿為由，拒絕他的入學申請。當時鄔來也不想返回發展相對落後的台山就學，因此在廣東待了半年的鄔來，只好到北京「北漂」。一開始鄔來在北京找到了願意讓他就學的高中，但考量到學費壓力而作罷。當時鄔來礙於已離廣東的親戚太遠，在馬來亞年邁的母親無法工作，再加上已婚的二哥也有經濟壓力，家族難以接濟他學業情況下，只好在北京求職謀生。

當時，還未遭文革推倒的華僑事務委員會仍在運作，為返國的歸僑提供接濟，其中也包括媒合就業機會，因此鄔來在華僑事務委員會的安排下，一九五四年年初被分配到河北省的國營化工公司工作。雖然鄔來沒有高中學歷，但由於工作表現不錯，還學會了會計，最終得以被委任為國家幹部。

一九五七年，中共政府完成了發展國民經濟的第一個五年計畫，中共最高領導人毛澤東發起了「大躍進」運動。鄔來身處在那「超英趕美」時代下，過著與一般中國大陸人民一同進行大煉鋼、受軍事化管理的生活。與此同時，隨著毛澤東號召知識青年「上山下鄉運動」的開展，一九五七年鄔來被下放到河北省邯鄲市，曾在當地紡織廠、礦務局、人民公社等單位工作。對於當時的生活，鄔來認為雖然辛苦，但還過得下去。回中國大陸後，對於這陌生「祖國」的過去，鄔來所遇到的中國老百姓多告訴他，此時的生活比蔣介石在中國大陸時期來得好。當時鄔來不會想到命運會對他開了玩笑，把他送到臺灣與老蔣共處一島。

一九六二年，鄔來收到二哥的來信，希望他盡快回馬來亞，因為年邁的母親病情更嚴重了。當時鄔來的主管也相當體恤其歸僑的背景，允許他請假離開一陣子。因此在回馬來亞前，鄔來先到上海探望妻子周阿花，還有兩個幼小的女兒和兒子。鄔來還記得，離開中國大陸前他兒子才剛滿月，沒想到那一別就是近三十年，直到蔣經國開放赴中國大陸探親後才再相見。

時間大概是在一九六二年的七月，鄔來離開上海後抵達廣州珠江，並在那裡搭船進入澳門，因為鄔來當年選擇回中國大陸時已自動放棄了英屬馬來亞身分，所以他必須到香港處理赴馬來亞的簽證手續。另一方面，馬來亞已在一九五七年獨立為主權國家，當時屬反共陣營的馬來亞尚未與中華人民共和國建交。鄔來記得臨行前，他在邯鄲的領導曾提醒要萬事小心，因為當時「情勢複雜」。當時鄔來對政治局勢不瞭解，因此並不曉得國民黨特務在澳門、香港等殖民地的諜報活動。

鄔來在澳門待了五、六天，有天國民黨特務上門到鄔來下榻的旅店，並告訴鄔來與其在澳門乾等赴港，不如上他們的船，他們有能力盡早安排鄔來到香港，當時鄔來沒想到他們就是潛伏在港澳兩個殖民地的國民黨特務。鄔來不時回想，他當年之所以被國民黨特務看上，也許是當時從中國內地持合法證件到澳門的人相當少，多為偷渡客，因此合法入境澳門的他就被盯上了，特務誤以為他身上握有重要情資。

離開澳門的那一夜是晚上十點，有位特務負責帶鄔來上船，然後再安排另一位特務與鄔來入住船艙底層的上下鋪。鄔來被告知只要睡一晚，隔天就能到香港了，鄔來當下不覺有異。沒想到第二天醒來——「天亮看到哪裡你知道嗎？看到基隆港，才知道到臺灣了，一起來就完了。」鄔來說。[4]

從中國人變臺灣人

在七〇年代，北韓金正日政府派出特務到日本的臨海地區，「綁架」了不少日本公民到北韓，為的是盜取他們的身分偽造護照；除了日本人，北韓還綁架了許多國家的老師，為了讓北韓特務嫻熟各國的語言與文化。[5]至今，釋放被綁架的日本公民問題依然是北韓與日本外交關係的一大難題。

當鄔來上的「賊船」抵達基隆港後，他馬上就被帶到了位於松山區的招待所。為瞭解當時中國大陸的情況，鄔來在招待所的三個多月裡，雖然受到情治單位人員的審問，但沒有遭到肉體上的折磨。不僅如此，鄔來還被允許在招待所內「晃來晃去」，鄔來認為調查局知道他哪裡都去不了，而且也沒做過什麼，只能「看我會做什麼」，等到把柄出現後才能逮捕。

結束了在招待所的三個多月審訊後，鄔來沒想到國民黨當局居然發了中華民國身分證給他，而且還打算把他安排到位於南投縣中興新村的臺灣省政府辦公室工作。這不禁令人聯想到遭北韓特務綁架的日本公民在北韓的生活，而且國民黨進行得比北韓還要早。在臺灣島內任何地理上的距離行程，雖然比鄔來在中國大陸移動經驗來得短，但對人生地不熟的鄔來而言，要到南投還是太遠了，彷彿離開了臺北就會失去回到馬來亞的希望，因此他拒絕了那份到臺灣省政府辦公室的差事。

最終鄔來被安排在位於長安西路的臺北市政府新聞室工作，並被安排住進位於饒河街的公務員宿舍。眼看生活已穩定，鄔來趕緊寫信把情況告知馬來亞的家人，但礙於兩岸軍事上仍對峙，鄔來始終沒辦法和在中國大陸的妻子通信，只能靠馬來亞的家人代為轉達。

儘管在臺灣有了公家單位「鐵飯碗」的穩定生活，但鄔來沒有放棄離開這「自由中國」的想法，剛好當時英國駐臺辦事處在長安西路也有辦公室，他便帶英屬馬來亞身分證向英方求助。不過英國駐臺辦事處稱無法提供協助，因為鄔來的英屬馬來亞公民權在他一九五二年返回中國後就失效了。這意味著，鄔來真的從中國大陸的馬來亞歸僑身分，「被」變成了臺灣人。後來鄔來的英屬馬來亞身分證在入獄前就被警總沒收了，出獄後不知所終。[6]

在臺北市政府新聞辦公室工作期間，其他同事也曉得鄔來的來歷，也不免對分隔了十四年的中國大陸感到好奇，因當時宣稱總有一天會「反攻大陸」的國民黨，告訴臺灣社會中國大陸的同胞在共產黨統治下，處於水深火熱的生活中。在中國大陸生活還算豐富的鄔來也如實地將他所見所聞告訴同事，他說當時中國大陸人民生活沒有很苦，糧食確實有一點緊張，但不至於吃樹皮，而大災害主要在北方。

一九六三年的某一晚，鄔來還沒下班，鬱悶地獨自坐在辦公桌前，形同被軟禁在臺灣的鄔來心裡相當焦躁，如果再不離開，就無法見到母親最後一面了。焦慮的鄔來提起了筆，在一張紙條上寫下了「中國共產黨員要不怕犧牲地堅持地下鬥爭」。也許因為在中國大陸的共產主義社會生活多年，讓鄔來不禁「油然而生」地寫下了那一行字，但卻忘了把夾在書本裡的紙條銷毀，最終被人發現後就遭舉報了。鄔來稱他在大陸時並沒有加入共產黨，當時要成為黨員也不是那麼容易，他自嘲說：「這幾個字實在是，害我坐十四年牢。」約一週後，鄔來就被扣押到臺北市三張犁的調查站[7]，而這次就不幸受到了肉體上的折磨。

現在位於臺北市忠孝東路一段十二號上的喜來登飯店，是早期讓人聞風喪膽的軍法處，當時地址是青島東路三號，而鄔來就是在此被判刑。在法庭上鄔來不斷向法官抗議，稱自白書是被捏造的，但不被法官採信，最終鄔來也不再抗議，因為講什麼都沒用，他說只能「服了服了」。

最終法官以鄔來「年幼無知，受共產黨洗腦」為由，宣判他服刑十四年，罪名包括「懲治叛亂條例第二條第一項意圖以非法之方法顛覆政府而著手實行及刑法第二百十六條共同行使偽造公文書足以生損害他人等罪」。[8]判決書上也說明了「官方」版本的案情：「鄔來於四十一年三月間，潛赴匪竊據地區之台山中學就讀，四十七年八月，經該廠匪黨委書記郭希武介紹參加匪黨為黨員。

五十一年初匪邯鄲市委統戰部長李錫廷，以其表現良好，又係華僑，乃派其來臺灣做統戰工作，囑其至臺後，應深入群眾，以工人、學生及低級公務人員為對象，誇張匪偽建設，人民生活良好情形。於五十二年五、六月間，向同事李田良宣揚匪『人民公社』成功，制度良好，並策勵周祥林把握機會為匪工作，以迎接臺灣解放。」[9]

國民黨政府主張，當時鄔來年青體壯，能在「共匪」管制之下獲准出境是相當可疑的，並以此認定久居「匪竊據地區」的鄔來顯然是受中共荼毒思想了。至於鄔來如何赴臺，官方稱鄔來是以難民的身分，向「中國大陸災胞救濟總會」的駐澳門機構登記來臺。鄔來表示，他是被判刑以後才曉得國民黨當局是以成為「難民」這情節來虛構他被誘騙來臺的過程。[10]

在開庭前，獄友告訴鄔來他的情況相當危險，因被認定為共產黨員的人，十之八九會被判「二條一」（《懲治叛亂條例》第二條第一項），是唯一死刑。因此當鄔來沒被扣腳鐐回到牢房時，意味著保住了性命，獄友連連向他道聲恭喜，同時也勸他不好上訴了，以免惹禍上身。

從鄔來被誘騙到臺灣再被扣押，已過了九個月，在當時的一九六三年，馬來亞不僅獨立了六年，在同年的九月十六日，馬來亞聯合了新加坡、婆羅洲的沙巴與砂朥越簽署「馬來西亞協議」，成立馬來西亞。不過對鄔來而言，這劇變的國際情勢，也不比上他那突如其來的「奇幻漂流」。鄔來回憶道，幸好那時期的臺灣還比較平靜，若遇上後來臺灣退出聯合國或臺美斷交的話，可能他的情況就不會好了。

我問鄔來是否還恨國民黨？鄔來說：「寫就寫了，過去就過去了。」

十年生死兩茫茫

在那十四年的鐵窗生涯中，鄔來不曾獲得減刑的機會，但他深信終究能順利出獄，離開臺灣回去看他家人。

一開始鄔來被送到臺東泰源監獄服役，「泰源事件」後再被送到綠島監獄服刑。泰源事件為一九七〇年二月發生的監獄暴動事件，主要參與者為泰源監獄中的臺獨政治犯。關於對泰源事件的記憶，鄔來稱他不清楚，他非獨派政治犯，並沒有參與其中。[11]

對於在綠島監獄的生活情形，鄔來稱他的牢房裡面有九位獄友，有時最多十個人，居住空間相當擁擠。鄔來在綠島也認識了許多朋友，包括作家柏楊。當時鄔來擔任廚房的「伙委」，負責督工的工作，他時不時從廚房回房的時候會偷帶幾根香菸給柏楊，而他出獄後也和柏楊保持來往。也因為擔任了伙委，鄔來才認識了後來到綠島服刑的同鄉——陳欽生、陳水祥和蔡勝添。[12]鄔來這才得知，原來也有馬來西亞人因被控涉嫌加入共產黨而淪落「異獄」。

約一九七一年，已到綠島綠洲山莊第二年的鄔來收到二哥的來信，告知他母親因病過世了，被誘騙到臺灣的鄔來始終無法如願回馬探望母親，至今他對此懊悔不已，到了九〇年代他才得以回馬祭拜母親。

一九七六年九月九日，毛澤東去世，接著升任國務院總理後的華國鋒粉碎「四人幫」，正式宣告十年文革的結束。在文革時期，不少有著「海外關係」的歸僑遭批鬥迫害。也許真的是命運弄人，鄔來在文革爆發前就被國民黨「帶」到臺灣了。

鄔來是在文革結束後的一九七七年出獄，當時他由比他早兩年出獄的獄友黃廣海保釋出來，之後便在一名溫姓難友家的陽臺搭帳篷寄住。這段寄人籬下的生活對鄔來相當困苦，儘管他還保有中華民國身分證，但他的戶口是放在一位難友家，當地警察還經常為難他，要他將戶口遷走。在當時許多政治犯出獄後都有遭到警方刁難的經驗，重新開始的生活備受干擾，彷彿只是從小監獄進入了更大的監獄而已。最終鄔來一氣之下到當地的派出所對所長大罵：「（你們）再這樣我就跟總部投訴！」就這樣鄔來把他的戶口直接放在派出所了。

為了生活和購買回馬國的機票，鄔來到處求職，但礙於他政治犯的背景而四處碰壁，包括他曾任職的臺北市政府新聞辦公室。當鄔來回市政府尋求復職遭拒而準備打道回府的時候，他在樓梯間遇見了當年對他控告、作證的兩位同事，鄔來說：「他們看到我就掉頭走，我說沒關係，我只是來找人，看看有沒有機會復職。」

此外，許多政治犯重新回到社會後，除在工作上面對警總的刁難，婚姻感情生活也受到警總的干擾。後來一位難友介紹鄔來去一家餅乾店工作，鄔來也就在那認識了現在的太太。解嚴以後，警方依然如故地騷擾鄔來家，稱要查戶口，還常到他太太工作的地方。不堪其擾的鄔來只好再罵警察，鄔來說：「當我罵過警察以後，就不敢來了。」對於這在臺灣得來不易的歸屬，鄔來說：「我太太願意跟我打拚，我很感謝她。」至於在上海的前妻，在臺灣開放中國大陸探親後的第三年，約一九九〇年時，鄔來便回上海找她，他才曉得前妻已改嫁了。鄔來前妻告訴他，當年他音訊全無後，就以為他不在世了。此外，幸運的是鄔來前妻在文革時期沒因「歸僑眷屬」的背景遭波及。

宛如電影般的情節——當年鄔來妻女把他的東西燒掉，鄔來心愛的小提琴燒到一半時，落下了兩張鄔來的個人照片，那鄔來年輕時的模樣才得以保留了下來，也讓鄔來離開中國大陸前剛滿月的兒子還能看到父親的模樣。二〇一八年，鄔來的前妻在睡夢中安詳離開了。

鄔來在一九五二年離去後就不曾回去馬來西亞，而他出獄後第二年就獲得國民黨當局批准出境，然而當飛機一降落在吉隆坡國際機場時，馬國海關卻不讓鄔來下機，理由是他已放棄公民權。當時是一九七八年，儘管馬國和中國大陸早在一九七四年建交，但退居馬泰邊境的馬共仍未投降，也許馬方基於反共因素，對鄔來的過去還有所顧忌。在無法踏上故土的情況下，鄔來只好要求轉機到新加坡找朋友，但他友人卻下落不明，只好再從新加坡返臺。

約九〇年代末，成家多年的鄔來小有積蓄，因此想帶妻兒一起出國旅行，便嘗試再次入境馬來西亞，沒想到真的成功入境了。就在鄔來一家成功入境故土時，馬國海關卻要求鄔來簽署文件宣誓放棄馬國公民權。前文提及，鄔來在入獄前，英國駐臺辦事處已明確告知他已無馬來亞公民權，一九七八年入境時馬方宣稱他的公民權已無效。對此前後矛盾的情況，鄔來說：「我就放棄公民權了，畢竟已在臺灣成家，就當作到馬來西亞旅行。」

就這樣，鄔來正式地從中國來的馬來亞歸僑，成為了臺灣人。對於那十四年的牢獄之災，鄔來說：「我覺得我被判十四年，出來還有時間看其他地方，到了這地步，只能認了。」

最後，值得一提的是，我第二次訪問鄔來才曉得，原來鄔來聲稱找不到下落的新加坡友人是在泰源監獄時認識的，對方僅服刑了一年多就出獄，並在出獄前告訴鄔來日後可到新加坡找他，不過鄔來卻忘了跟他要地址。鄔來告訴我，那名獄友叫「陳團保」[13]，而我終於在二〇一八年九月找到了他，而且他還極有可能是法律身分上第一位被國民黨關進冤牢的馬來亞公民。

注釋（本篇除編注外，皆為原注）

1 陸佑（一八四六～一九一七），馬來亞著名富商，業務遍布星馬各地，曾被譽為「錫礦大王」和「橡膠大王」，香港大學陸佑堂以他而命名，其子陸運濤是電影公司電懋公司創辦人。

2 「賣豬仔」泛指中國南方沿海省分，被販賣人口到海外當苦力的華工；由於這群體多由貧窮的中國人組成的，許多人是被仲介謀騙到海外謀生的，因此才被訴稱為「賣豬仔」，這也是許多東南亞華人祖輩下南洋的共同經歷。

3 作者訪談，臺灣新北市，二〇一七年六月二十四日。

4 作者訪談，臺灣新北市，二〇一七年六月二十四日。

5 羅伯特·博因頓（Robert S. Boynton）著，黃煜文譯，《北韓非請勿入區：北韓綁架計畫的真實故事》（新北：遠足文化，二〇一七），頁八七。

6 作者訪談，臺灣新北市，二〇一九年三月三十一日。

7 編注：吳興街留質室為調查局三張犁招待所，位於今臺北市吳興街三六一巷一弄。一九五八年七月設立，一九七二年關閉，舊有房舍已不存。按照調查局文件顯示，此留質室有十四個關押房間，可容納七十人，從一九五八至一九六五年，至少關過人數為八七三人，當中五三三人為叛亂犯。

8 〈鄔來減刑〉，《國防部後備司令部》，國發會檔案管理局藏，檔號：A305440000C/0064/1571.33/2732。

9 同注8。

10 作者訪談，臺灣新北市，二〇一九年三月三十一日。

11 編注：泰源事件發生於一九七〇年二月八日，位於臺東縣東河鄉的國防部泰源感訓監獄，江炳興、鄭金河、陳良、詹天增、謝東榮、鄭正成六個政治犯，身上帶著臺灣獨立宣言與文告，企圖占領監獄宣告臺灣獨立。他們刺殺警備班長後脫逃，十二天內陸續被抓回，除鄭正成判刑十五年六個月，其餘五人在同年五月三十日遭槍決。泰源事件後，國防部在綠島趕工興建綠洲山莊，一九七二年完工後，將政治犯移往綠島。關於泰源事件，亦可參見本卷高金郎《泰源風雲》節選。

12 編注：陳欽生（一九四九～），馬來西亞華人，生於霹靂州怡保市。一九六七年至成功大學化工系就讀，一九七一年三月三日，因臺南美國新聞處爆炸案，被疑為主謀遭逮，後又被認為受馬來西亞共產黨梁漢珊指派來臺，判刑十二年，移送綠島服刑。有關陳欽生可參見本卷郭于珂〈生哥〉。陳水祥（一九四七～），為陳欽生同案，亦為陳欽生小學同學，當時為中興大學植病系學生，一九七一年二月二十五日被捕，亦遭判刑十二年。蔡勝添（一九四六～），生於馬來西亞柔佛州士乃，一九六五年來臺就讀中興大學昆蟲系，因與家鄉朋友陳傳興通信，陳傳興參與當地勞工黨，兩人信件遭到監控，蔡勝添於一九七〇年七月二十四日被捕，判刑十二年。有關蔡勝添可參看杜晉軒《血統的原罪》第十章〈同是天涯淪落人〉。

13 編注：陳團保（一九三九～），生於馬來西亞吉蘭丹州，後移居新加坡，一九五六年來臺就讀華僑中學、臺灣省立法商學院（今臺北大學），大二時在課堂上被逮捕，遭指控涉及劉自然事件，以及在新加坡參加「匪幫外圍組織」，判刑五年。有關陳團保可參看杜晉軒《血統的原罪》第四章〈星洲來的人〉與第五章〈他媽的國民黨〉。

生哥

郭于珂

◎獲花踪文學獎報導文學評審獎後，二〇一九年九月二十六日首次發表於《星洲日報》。

郭于珂（一九九四～）

馬來西亞華人，政治大學新聞系畢業，曾任《報導者》特約攝影記者和《端傳媒》特約撰稿人，現為馬來西亞寰宇電視臺（Astro）華語新聞組記者兼導播。於大學時期開始創作影像與文字，攝影作品《當白天使降臨》收錄在《凝視·1095——報導者影像集》，而文學作品《生哥》曾獲馬來西亞花踪文學獎報導文學評審獎。

編劇

「陳同學，別擔心，我們現在就送你回學校。」

秀朗橋上，一輛黑色轎車正駛往景美一棟建築物，裡頭坐了幾個面無表情的中年男子，和一位二十出頭的少年，他不知道今天是星期幾，但此言一出，激動得立馬抬頭望出窗外，期待回到一切惡夢的原點。然而，擺在眼前的並不是成功大學的校碑，而是四個由右至左的紅色大字「公正廉明」。

儘管中文造詣不怎麼好，少年還是想起了小時候曾看過的古裝劇《包青天》，裡頭的衙門就刻著這四個大字。他由衷地相信，這裡會像神探劇裡的情節一樣還他公正廉明。

但他太天真了，即將上演的不過是一齣無人知曉的荒謬劇。還來不及環顧四周，少年就被帶進一間只有兩隻手臂舉起之寬的房間裡，而迎接他的又是另一批素未謀面的男子。他們集體打量眼前這蓬頭垢面、指縫間還殘留著血跡的少年，讓他換上一套乾淨的衣服，和為他的傷口抹上碘酒後，便不發一語地離去。

然而，接下來的日子卻什麼動靜也沒有，少年就一直盼，隨便一個人告訴他辦理回成大的手續處理得怎樣了，可那件事卻變質了。兩個禮拜後，陌生男子又回到那間房，似乎終於討論好要如何與少年玩一場真心話大冒險。

「陳欽生同學是嗎？你想回去嗎？」

「想。」

「那你要配合我們，可以嗎？」

「可以。」

「我們要你寫下從馬來西亞到臺灣的所有求學過程，包括你做過什麼、見過誰、參加過什麼活動，可以嗎？」

隨後他們遞上紙和筆，讓陳欽生把真心話寫下。他照做了。但內容並不使他們滿意，還質問他是否遺漏了什麼重要事情。陳欽生百思不解，這是他的人生，怎麼會有遺漏？可為了自保，他只能繼續沿著海馬迴，絞盡腦汁地試圖把那些還未形成長期記憶的芝麻小事給搜尋出來。然而無論他輸入了多少關鍵字，腦裡顯示的查獲結果都是紙上已經寫好的那些。

「好吧我們就直說了，你就隨便編個故事說你是共產黨吧！」

共產黨？自從在臺南市勝利路的巷子口聽信一群來歷不明的男子，並被載到臺北見他們口中的「遠方親戚」後，陳欽生什麼鬼屁親戚都沒見著，反倒被軟禁在一個看似已閒置許久的日式平房內將近五個禮拜。

當時，有三人輪流看守他，每天都像現在一樣，給他一支筆和一疊紙，要他把做過的事，仔細地寫出來。

但陳欽生壓根兒不知道發生什麼事，兩三天都寫不出一個字，結果一連幾天不被允許吃飯、睡覺和上廁所，嘗嘗「疲勞審問」的滋味。他們甚至利用大頭針刺戳他指甲與指肉間的縫隙，待血乾了以後再刺、刺完以後再用筷子夾手指。甚至將他的四肢捆綁起來，然後反吊身體，不斷灌入鹽巴水，直到這些咽不下的水，順著耳鼻眼慢慢流出為止。而如今，同樣的橋段再次上演，不是編劇出身的陳欽生眼巴巴地望著這群長得也不太像導演的男子，深深地嘆了一口氣。

「我只是个来台求学的马来西亚侨生。你们把我骗来台北，说我涉及什么台南美国新闻处爆炸案，我不承认，你们把我逼供得那么惨，后来李敖承认是他们做的，你们才说冤枉我，要把我送回成大，为什么现在又把我送来这个地方？还说我是共产党？」[1]

那是民國六十年三月，時任美國總統尼克遜為了與蘇聯對抗，決定與當時和蘇聯交惡的中華人民共和國交往，使得中華民國被迫戴上綠帽，讓全世界審判它與美國的婚姻關係是否會宣告破裂。有人因此猜想，中華民國總統蔣中正興許是為了報復美國這個負心漢，而在臺南美國新聞處自導自演一齣爆炸案，想向後者下馬威。

陳欽生因從小受英式教育，來到臺灣不諳國語也對它感到排斥，所以常耗在臺南美國新聞處翻看英文書，沒想到卻成了其中一隻代罪羔羊。

不過，在那間日式平房寫下自白書時，陳欽生對自己炸毀了臺南美國新聞處根本毫無頭緒，於是忍不住脫口問了一句：「**我是怎样取得炸弹的？**」

沒想到對方竟回答：「你從吉隆坡坐飛機來臺灣時不是會先經過香港嗎？你就寫你在香港飯店

留宿的那一晚，有個神祕人士交給你一個包裹，你把它帶到臺灣後，發現裡面是兩個計時炸彈。」

但機場關卡那麼嚴格，連螺絲都會被偵測出，又怎樣攜帶炸彈來臺呢？結果經兩方辯論之後，陳欽生最終被迫以「化工系的學生都會在實驗室裡學做炸彈」編完這份被堪稱「完美無缺」的自白書。而今他又被困在一個新的無底洞，莫須有的罪名愈編愈離譜。

「哎呀，陳同學你別傻了，我們中華民國調查局怎麼可能承認錯誤？你忍著點吧，我們抓你一個，可以領二十萬獎金，再加上偉大領袖蔣總統說『寧可錯殺一百，也不可放走一個』，你說，我們可能把你放回去嗎？」

「可我不是你们中华民国的人，我是马来西亚侨生啊！」

「你是誰這都不重要啦，你只要乖乖按照我們所說的去編故事就好了。」只見他們隨手拿出一份資料夾，打開一看全是陳欽生密密麻麻的人生：

一九四九年二月二十七日出生於馬來西亞怡保，祖籍廣東省梅縣，家中有八個兄弟姊妹，一九五九年畢業於崇德小學，一九六六年從三德中學畢業後，一九六七年到臺灣臺北縣蘆洲讀僑大先修班，隔年則考進臺南成功大學化學工業系……隨後他們闔起檔案夾，再次發揮超群的編劇能力，開口便說：「嗯，就寫你在馬來西亞讀的崇德小學副校長梁漢珊是共產黨黨員，你從小學至中學都受過他的訓練，三年前被他送來臺灣當匪諜，處心積慮許久就是要顛覆中華民國政權。」

匪諜？陳欽生再次努力回想那遙遠的小學時期，但他什麼印象也沒有。他唯一能思考的是，當時專門設立來對付馬共的馬來西亞內安法令（ＩＳＡ）[2]那麼嚴謹，又怎麼會輕易讓一個有共產背景的人擔任小學副校長？但事實證明他想多了。因為偉大的中華民國絕對有本事讓副校長在一天內變成共產黨，就像他們現在把他變成共產黨一樣。

「吶！我們可沒時間和你一直在這邊耗！你趕快寫一寫，我們和上頭交差了，就放你走！」語畢，另一位員警再取出一張寫好的自白書丟在桌上，讓陳欽生照抄。可這下卻不得了了。一看紙上寫的是他小學同學陳水祥的名字，陳欽生立馬錯愕得說不出話。

事實上，兩人就讀的崇德小學，是陳欽生的父親陳權榮創辦的。然而礙於無暇管理校務，陳權榮在就任校長一年後，便把職位讓給了朋友陳一謀接手，而他的義子陳水祥便因此轉校進來，成了陳欽生的同學。結果，不知是命中注定還是上天的戲弄，兩人的命運自那刻起便暗自纏繞在一塊兒，從此無法切割。

小學畢業後，兩人因選擇了不一樣的中學，而漸漸失去聯絡。直到陳欽生來到臺灣，某天於外租的房內接獲一通來自臺中的電話後，才得知陳水祥比自己更早一年到臺生活，且已在臺中中興大學就讀一年級。

儘管緣分讓這兩位異鄉人再次產生關聯，但他們也僅見過一次面，而那次分離之後，兩人應該萬萬沒想到下次重逢就是在監獄了。

此時，陳欽生既憤怒又悲傷，他一邊看著陳水祥的字跡，一邊寫下自白書，終於頓悟自己在演的是卡夫卡小說《審判》裡的K。

這齣劇要演到何時？陳欽生完全沒頭緒。在抄完自白書後，他便被員警帶往別處。沿途中，一座詭異的水池突然吸引他的目光，仔細一看，噴水口上坐了一尊外觀像羊、尾巴像蝸牛、頭上頂著紅色獨角的雕像，身邊有個葫蘆，池水中還可隱約看見一條鯉魚。但還來不及端詳其中的含意，他便進入了眼前那棟仁愛樓。

第一法庭

在仁愛樓關押後的幾天，警方很快就告訴陳欽生，他們將依據他的自白書以「二條一」起訴。他不知道「二條一」是什麼，但沒過多久，一名叫李世傑的人便為他解答了一切。

此人自稱是中華民國調查局副處長，因調查局內部鬥爭失敗，而被關進此樓等待審判，眼看陳欽生對「二條一」無感，於是好心告訴他這是「唯一死刑」，還主動為他寫答辯書，並教他如何向審判官求情。

不過，這件事很快就被抓包。兩個禮拜後，李世傑被調走，被換進來的是中華民國調查局處長蔣海溶。[3]

與李世傑的反應不同，蔣海溶一見陳欽生的判決書，立馬跪下來道歉，「我對不起你們這些人啊！那個《懲治叛亂條例》就是我和李世傑共同起的稿，沒想到我們現在也深受其害！」前陣子還以為遇到貴人的陳欽生，此時像被澆了一桶冷水一樣，忍不住破口大罵對方「**自作孽不可活！**」

但荒謬的事情可不只一個。

過去在戒嚴時期，國民黨政府普遍對外宣揚臺灣沒有政治犯，所以一切審判都是祕密進行的，直到有人暗中將名單傳出去後，專門處置政治犯的「第一法庭」才正式誕生。陳欽生被判刑時為民國六十年，雖然當時還是祕密審判，可弔詭的是，判決書上寫的審理庭卻也叫「第一法庭」，彷彿他的命運被錯置在不對的時空一樣。[4]

此時，站在審理庭內的他，腦袋早已呈現當機狀態，但潛意識告訴他，再不抵抗，命就沒了。

「**法官大人，我是冤枉的！我是马来西亚侨生，不是你们中华民国的人啊！**」儘管這招辯護方式屢試無效，陳欽生依然願意給中華民國一個承認錯誤的機會，希望他們能還自己公正廉明。

「你皮膚什麼顏色？黃色。你身上流著什麼血？中國人的血。你祖籍哪裡？廣東梅縣。所以你是中國人，我們中華民國政府有資格審判你！」審判官於是準備按照調查局所編好的劇本審理此案。

「**证据呢？**」陳欽生仍不願屈服。

中華民國當然沒有證據，但製作偽證根本小事一樁。為了滿足陳欽生，法庭於是休庭一週，特地派人南下「蒐證」，並經多名同學簽名「作證」後，將他的罪名改為「向同學進行為匪宣傳，聲稱匪區社會進步和科學發達」，判處徒刑十二年，褫奪公權五年。

十二年？陳欽生再也沒聽過那麼恐怖的數字了，如今他的求生意志就像癌症末期的病人一樣，主動要求審判官，不如判自己死刑。

只不過陳欽生似乎不被上帝喜愛也遭死神唾棄，所以在刑求中曾輕生三次卻失敗的他，這次依然成為冥界的過客。

黑色的三十三號房

如果說這世上的空氣能用顏色辨別氛圍，那民國六十年的臺灣是白色的，而景美看守所的押區則是灰色的。雖然這裡的環境，每分每秒都讓人窒息，但至少每間房仍配有兩種換氣方式，一是大門，二是靠送飯的洞口。

大門一般會在放封時段開啟，讓各房受難人輪流離開房間片刻，到唯一能看見藍天的放封區曬太陽和透口氣。只是，這種待遇並非天天都能享用，所以大部分時間，受難者只能仰賴牆腳下的洞口與外界連接，比如看著員警的皮鞋經過，或是目睹今天的午餐又如何被踢翻。

不過，要暫離此地也不是沒辦法。若是「幸運」，有些受難者便會被監獄官選為內役，服務難友，要不就充當外役，到各部門協助行政工作，或是到洗衣部幫忙洗洗床單和軍官制服等，賺取微薄零錢。

陳欽生入獄後，很「幸運」地立馬被監獄官相中，希望他能到辦公室裡當外役，專門檢查信件。然而吞了一肚子冤氣的他，又怎會願意為毀了他大好青春的劊子手服務呢？因此他誓言沉默一輩子，像個被世界放棄的孩子一樣，與世隔絕。

但陳欽生錯了。

他的女友並沒放棄他。在陳欽生失蹤當天，她便走遍臺南，尋找他的下落。而在知道男友被捕後，她還連同身為成大教授的父親，到處去聯名要大家證明他的清白。只不過，聯名陳情在那個時代還派不上用場。

他的家人也沒放棄他。雖然在與陳欽生失聯後，母親曾到處燒香拜佛，為了請官員幫忙被騙了很多錢，還一度絕望地為兒子設好靈位。但在接獲噩耗後，他們第一時間準備了很多資料，交給國際特赦組織和中華民國參考，想盡各種辦法要證明這個兒子是無辜的，但中華民國政府堅決不採信。

馬來西亞更沒放棄他。就在陳欽生與另兩名大馬僑生陳水祥和蔡勝添因同個案件被捕後，馬來西亞駐臺大使副領事官曾要求接見在臺被關押的這三人。只不過除了陳欽生，其他兩人都見著了。

那年正好是一九七一年十月二十五日，七十六個國家包括馬來西亞，在《聯合國大會二七五八號決議》中反對「中華民國」續留聯合國，讓「中華人民共和國」政府依據決議取得原由「中華民國」政府，擁有的聯合國「中國」席位代表權。儘管馬中兩國並沒有馬上建交，但這足以讓國民黨當局深感不滿。

據說，馬來西亞駐臺北領事在一九七四年撤館後途經香港，只能召開記者會痛哭，指責自己做為大馬政府代表，卻無法保護在臺生活的大馬子民。然而不論美國施壓多少次，國際組織頻頻抨擊這件事，被聯合國遺棄的中華民國，說不放人就是不放。

我想，這種種努力起到的唯一作用，應該就是讓陳欽生免受死刑了。可惜，當時的他什麼都不知道，因為他的視界只剩牆角下那送飯的洞口。

放眼望去，唯一沒辦法換氣的三十三號房，裡面的空氣已經黑得快發霉。陳欽生四個軍事犯坐在這又窄又小的空間裡，你望著我，我望著你，誰也不知道剛剛監獄官報了讓三十二號房的受難者出來放封，這次為什麼又跳過他們，直接喊了三十四號房？

就這樣反反覆覆過了一年，陳欽生終於被批准換氣，地點是綠島。

林投樹

距離臺東東方約三十三公里的太平洋上，有個身體呈不等邊四角形的島嶼，周圍都被林投樹給包圍。民國六十一年五月，颱風淒厲地在海上咆哮，島上的林投樹似聽見呼喚，在風中婀娜多姿地搖曳著身體，為那艘剛抵達的軍艦準備歡迎禮。然裡頭的人已在嘔吐物中浸泡了三天兩夜，他們那快一年未見天日的皮膚，就像白蟑螂一樣，雖有頑強的生命力卻都喪失了血色。此時，陳欽生與其他一百五十名政治犯，以十人為一單位被鐵鍊連成一串，帶著暈厥的腦袋瓜，準備把寶貴的青春投資到這座島上。

這座島叫「火燒島」，也稱為「綠島」，它是個只有十六平方公里、人口大約四千的小島嶼。在民國四十年，就有上千名政治犯曾被送往此島東北邊的「新生訓導處」，開始了長達十五年的勞動與思想改造集中營。在這裡，政治犯被稱作為「新生」，綠島人民卻叫他們「白蟑螂」，因為初次與他們邂逅，這群人的皮膚都是白白黃黃的、看起來營養不良。

陳欽生上岸的那個年代，新生訓導處已經解散了。原先被關在此處的政治犯自民國五十一年起，都移到臺東泰源監獄。直到民國五十九年二月八日發生武裝臺獨行動——泰源事件後，政府便在隔年於原先的新生訓導處西側，趕建高牆式監獄，取名「綠洲山莊」，再將收容在泰源監獄裡的政治犯和這些剛從基隆趕來的新一批白蟑螂移至此處。

雖然乍聽之下，「綠洲山莊」有點愜意，但實際上卻比「新生訓導處」更像監獄，管理方式更為嚴格，每間牢房大概只有四坪左右大小，塞了十個人，卻全數禁止攀談；放封時間也非常吝嗇，每個政治犯平均一天只能放封兩次，每次只有十分鐘，且房門和景美看守所一樣，幾乎長時間都得鎖著，唯獨那被選出來當內役的政治犯得以和班長溝通。

陳欽生入住的四區六房是離海最近的地方，由於上岸前被狂風巨浪拍打得神智不清，上岸後來不及欣賞綠島的外觀便被關在此處，所以往後八至九年間，他對綠島的想像僅止於鹹鹹的海水味和窗外那群堅韌不摧的林投樹。

這晚，陳欽生又沉浸在同一個夢境裡。那是民國六十年三月三日，成大的陽光正暖，他剛從校園走到臺南市勝利路的巷子口，準備與女友共進晚餐，便被一個陌生人攔住。

接著，夢便止住了，臉上的汗水早已傾洩一地，手上那封女友寄來的慰問信被他反反覆覆地看了很多遍，已經皺巴巴了。為了安撫自己，他忍不住唱起了那首〈綠島小夜曲〉，好像唱著唱著，就會有勇氣再次入眠。

這綠島像一隻船 在月夜裡搖啊搖
姑娘呀 妳也在我的心海裡飄啊飄
讓我的歌聲隨那微風 吹開了妳的窗簾
讓我的衷情隨那流水 不斷地向妳傾訴
椰子樹的長影 掩不住我的情意
明媚的月光 更照亮了我的心
這綠島的夜已經這樣沉靜
姑娘喲 妳為什麼還是默默無語

可最終選擇默默無語的卻是陳欽生。民國六十四年，蔣介石去世，傳說要大赦，有些政治犯或能減刑，但凡參加共產黨或判「二條一」的，都沒分兒。在確定自己無法減刑後，因不想耽擱一個女孩的大好前途，陳欽生於是寄下最後一封信，告訴遠在臺南的女友，別再苦等情郎。

據說在臺灣的鄉野故事裡，「林投」代表了「女人苦命」，彷彿那登上綠島的男人注定將與愛人分離。

外役

「**为何偏偏是我？**」每天早上醒來，陳欽生都問自己同一道問題，但今天一如既往，無人能解答。房裡的人都放封去了，他孤身一人，拿起身邊一塊布，將一個塑膠碗包起，當作塞子，堵住蹲式馬桶排水口，並用腳不斷踩壓沖水器，待水積蓄後，再拿臉盆裝水，勉勉強強洗了個澡，卻一點也不快活，心裡冒著的火過了三、四年仍沒澆熄。

由於監獄內禁止交談，陳欽生滿腔怨念無處排放，身體只能每況愈下，再加上他不願放封，所以日子久了，自然變得孤僻。

但其實也並非無人勸過他積極點，只是他無法相信任何人。直到某天他不慎暈倒後，前輩們的話才在潛意識中被重新喚起，而所有扭曲的心態竟在那一瞬間都被擺正了。於是他不再自甘墮落，決定養好身子，出來當外役。

一開始，他選擇到圖書館服役，這裡有張床，是整個綠洲山莊唯一能獨處、又有床睡覺的地方。裡頭有將近一萬本藏書，雖然都是一些八股的書，比如《國父思想》和《三民主義》等，但連自白書都寫不好的陳欽生，就這樣花了一年半載，把自己沉浸在文字裡，惡補了大學時期那永遠無法及格的國文科。

而在將最後一本書放回書架後，陳欽生被調到了洗衣部和福利社，但工作枯燥乏味讓他受不了，於是被前輩帶進了廚房，從洗菜、切菜到煮菜，慢慢熬出一手好菜，甚至要辦一個百人飯局也都難不倒他。

或許是汗水淡化了人生的無奈，當外役後的陳欽生，積極正面多了，但一旦有人問起案情，他還是避而不談，直到一個人的出現，使得他被迫重溫那早已被封箱的噩夢。

「你怎麼在這裡！我被你害得好慘啊！」某天服役結束後，陳欽生不可置信地望著眼前那位出賣他的陳水祥，心想他們到底是如何錯過彼此，才會事隔五年才在綠島重逢。但做為同鄉，兩人再見面卻不擁抱也不寒暄，而是翻起了過往的舊帳。

「哎呀，我也没料到会这样啊！」

「你到底为什么要设计我，我根本是无辜的啊！」

「我没有设计你，我会报出你的名字是因为我以为只要你能证明我们的小学副校长不是共产

党，那我就清白了，可是我笨，所以才被他们利用了！」

「你……真的没有刻意要害我吗？」

「我为什么要害你啊朋友！我过得也很惨啊，当年我被调查局的人剥光衣服要求坐在冰块上，直到皮肤和冰黏在一块儿，那种痛苦我也不是没承受过啊！」

也是，現在去糾結當年的真相又有何用？陳欽生在聽了陳水祥的辯解後，決定暫時釋懷，畢竟造化弄人，讓他困在此處的搞不好真的不是陳水祥。

漸漸的，陳欽生不再刻意回想自己因何被困在此處，而是一點一滴地將自己沉浸在工作內，讓時間與汗水為他那一直無法結痂的傷口麻醉。

母親妳在何方

民國六十二年十月，四區六房外的枝枒被繪上了五彩繽紛的色彩，有些黃得如金、有些紅得如火、還有些綠得如玉，大自然的顏色全混在一塊兒，準備在冬日來臨前肆無忌憚地跳一場舞。

突然，一陣秋風沙沙作響，葉子瞬間被吹落滿地，躺在地上一蹶不振。陳欽生望著窗外這短暫的演出，默默撿起溜進房裡的那片，心中許了個願，他不知若將思念交付於它，秋風是否願為他傳遞？

於是，他情不自禁唱起那首〈母親妳在何方〉。

雁陣兒飛來飛去白雲裡
經過那萬里可曾看仔細
雁兒呀我想問你
我的母親可有消息
秋風那吹得楓葉亂飄蕩
噓寒呀問暖缺少那親娘
母親呀我要問妳
天涯茫茫妳在何方

然而他當然知道，母親在相隔他三千兩百多公里以外的國度，只是要分隔十二年，需要母親時，他又能從何得到安慰？唱完之後，他將葉子往窗外一放，看著它回到秋風的懷抱，然後悄然地消失在眼前。

此時，陳欽生的母親廖煥娣似感受到兒子的呼喚，正打算孑然一身來臺，去尋找被囚禁在綠島的孤鳥。但現實總是殘酷的，尤其要見一個「共產黨」兒子，更不會是件容易感動中華民國的事，所以那封寄到監獄裡的探親通知信，也就這樣被銷毀了。而因身分背景不明，多次透過大馬領事館向臺灣請求協助的廖煥娣，更三番四次被拒於門外，直到中華民國政府證實她是普通婦人後，才批准她持母子證明書辦理。

於是，廖煥娣在隔了幾年後，終於成功飛往臺灣，並乘漁船往綠島前去。

「**我想见我儿子陈钦生**。」剛上岸的廖煥娣，沒人遞來旅遊地圖。她雖千里尋子，卻更像隻迷失的母鳥，不知兒子究竟在何方，甚至去到監獄，還被看守員告知「查無此人」。

無奈之下，廖煥娣只好折返臺北，日日在植物園打發時間，盤算著要就此放棄，還是再到綠島重找一番，卻始終理不出頭緒。結果，她悲涼的遭遇，被中華民國當笑話，老天爺卻看在眼裡，派了一位退休將軍為她指點迷津，她才知道自己跑錯監獄，隔天一早，再度登上綠島，與兒子重逢在即。

「陳欽生！有人來看你！快出來！」就在綠洲山莊接獲通知以後，班長走到四區六房，一開門便如此大喊，但陳欽生只是愣在原地，毫無頭緒，他在臺灣這座島上無親無戚，又有誰會來看他？於是帶著一顆猜忌的心，直接和班長走到接見室門口，但門還沒進，那個每晚都在心裡呼喚的名字就這樣冷不防地脫口而出。

「**妈**……」陳欽生推開了門，雙腳卻一直在顫抖，進去之後坐了下來，仍不可置信地看著母親，揉了眼睛好多次，心想鐵定是幻覺。怎知一隻手突然往他後肩拍去，怒吼時間有限，他才晃過神來，原來玻璃的另一邊，站的真是他母親。

但陳欽生也不知道要說什麼，就只是望著對方，彷彿語言區塊被這突如其來的驚喜，給嚇得失去功能，直到班長再次催促，他才躍然拿起話筒。

「你好无好？」廖煥娣率先開口，用客語說了幾個字。

「很好。」

「怎么回事？」

「妈，我是被冤枉的。」

兩人簡簡單單幾句家常話沒想到才開始就被打斷了，班長見形式不對立馬大吼「不准談案情！只能說國語！」但廖煥娣只會講客語，若要用國語，她能說什麼？而陳欽生被中華民國熏了一身冤氣，若不談案情，那他又能談什麼？

於是兩人再次陷入一陣失語狀態，直到陳欽生打破沉默：

「妈，妳放心，要照顾好自己，我答应妳，一定会回家跟妳团聚！」

廖煥娣一邊使勁地點頭，淚水卻像扭不緊的水龍頭一樣，不停往下流。她不知道下次見面會是什麼時候，情緒激動得將雙手貼在玻璃窗上，希望能觸碰眼前這受盡折磨的兒子，確認他是否真的還活著。陳欽生見母親已哭成淚人，也趕緊把手掌心湊上去，渴望將累積多年的思念，借由這冰冷的玻璃，傳遞給對方。

放下話筒後，廖煥娣不捨的眼神，慢慢消失在陳欽生眼前，他那壓抑已久的情緒才徹底崩潰，像條失控的電纜線，倒在地上不斷抽搐。

他知道，一定是那片葉子，為他召來了母親，可他沒想到重逢伴隨而來的會是這般痛苦啊。那之後他下定決心，往後再怎麼苦，一定要活著回家，完成與母親的約定。

何處是我家

當年國民黨處置一個政治犯就像對待罐頭一樣，首先由保密局（一九五五年後改組為國防部情報局）、臺灣省保安司令部（一九五八年改為臺灣警備總司令部，簡稱警備總部），以及調查局等單位負責在全臺尋找適合的食材；接下來由警備總部軍法處負責決定食材的烹調法，其中分為直接把食物煮爛或醃製數年，最後再將食材放進罐頭封存與包裝，然後送出廠外。

離開綠島時已是民國七十年，陳欽生的青春在此地醃製了八年半，最終也被蒙上雙眼，送回到臺灣本島，準備到土城進行最後的包裝。

土城是一個充滿軍事氣息的地方，除了「土城看守所」、「板橋地院」、「土城彈藥庫」和「臺北縣團管區司令部」，還有這間用仁愛為政治犯做思想包裝的「仁愛教育實驗所」。[5]

陳欽生來到此地後被分到第三班，平日都必須上政治思想課、體育、軍訓、歌唱和園藝等。基於他那雙在綠島被訓練出的烹飪巧手，每次各班輪流派人當伙委，他也都率先被提名，因此在仁愛所的大部分時間都在廚房裡度過，日子不算太難過。

民國七十二年，陳欽生結束了「仁愛」的包裝。離開之際，長官命令他遞交一份意向書。可想而知，他希望當局能批准他在服滿刑期後，回到馬來西亞。然而，這份意向書不出幾天就被高層退回，請他換個願望，於是他便改為要求一張臺灣身分證。

殊不知，對方隨即告知：「抱歉，我們不能讓你回馬來西亞，因為你知道太多了，如果讓你回去，會造成中華民國的困擾。」兩個願望就這樣一起泡湯。

三月二日，陳欽生一走出仁愛所便開始慌亂，不知該往左轉還是右拐。就在他以為前方又是另一座監獄時，一位比他更早回歸社會的難友，便邀請他成為事業夥伴。

原本還在愁接下來的落腳處，沒想到這會兒就有人提供工作和住處，在和平東路里安街的一棟房子內過上了最舒服的三個月。就三個月，陳欽生工作不久，公司便開始周轉不靈，最終因生意失敗而垮掉。

那年夏天，陳欽生開始流浪街頭，過上沒有尊嚴的人生，平時晚上就隨便找個紙箱鑽進去，或在某處的石椅下與蚊子共眠。可真正難受的不是身體，而是心裡啊！

「**天下之大，怎么就没有我容身之处呢！**」意識到如此生活下去也不是辦法，陳欽生只好到「更生保護會」求救，想辦理臺灣身分證。

然而該單位除了每月用三千臺幣搪塞他，那日盼夜盼的身分證卻遲遲沒下文。一氣之下，陳欽生在最後一次登門拜訪後，終於與對方撕破臉皮。結果身分證沒弄到，三千塊的補助也拿不到了，無處可去的他只好再度流浪街頭，因而認識了幾位資深街友，還學會了街頭的生存之道。

儘管重獲自由後的日子並沒變得比較好，但關心他的人還是大有人在，特別是在仁教所結識的李榮貴，就曾不斷示意想收留他，不過礙於自卑又怕打擾別人，陳欽生多次拒絕後，才偶爾拜訪人家幾次，而後深得照顧。

民國七十五年，中華民國解嚴前夕，陳欽生終於領到臺灣身分證，足足等了三年。有了身分證後，他先到一家成衣貿易公司工作，但三十七歲才入社會的他一點經驗都沒有，於是比任何人都來得努力與謙卑，並憑著良好的英語能力，負責應付國外客人。

而只要手上有多出來的樣本衣服，陳欽生都會送到李榮貴家，報答他們一家對他的厚待。有時，他也會幫李榮貴還在念書的女兒李桂芬補習，兩人在年紀上雖相差十五年，但情感上卻特別契合，漸漸開始交往。

民國七十六年七月十五日，臺灣解嚴了，時任總統蔣經國開放探親，陳欽生於是立馬申請臺灣護照，並於隔年，回到那個他朝思暮想的家園。闊別二十年，他也不再是當年那個懵懂少年，而是一個見證了臺灣歷史的悲劇人物。但才剛抵達馬來西亞梳邦國際機場，他就被一群移民官給攔下，

「请问是陈钦生先生吗？」

熟悉的一句話，讓陳欽生不知該如何反應，他牽著身旁的李桂芬，以為自己又犯了什麼罪，或是仍未脫離「共產黨」的身分？想著想著，喜悅的臉龐立馬變成恐懼。

「**陈先生，我知道你在想什么，你以为我们要把你捉进甘文丁扣留营（Kem Tahanan Kamunting）是吗？**」[6]

一見陳欽生錯愕的表情，移民官趕緊大派定心丸：「**你放心，我们不是来捉你的，我们只是想了解能够怎样帮助你，你愿意和我们走一趟？**」

猶豫了一會兒，陳欽生最後還是跟著移民官進了一間小房，隨後他們取出一份檔，擺在他眼前，並說：「**移民局在收到你的签证申请时发现原来你本是我国公民，后来我们查了你的数据，才知道你经历了如此复杂的事情，所以我们事先帮你申请好了护照与身分证，你只要在这上面签名就可以了，想问你是否愿意重新成为马来西亚公民？**」

怎麼可能不想？在臺灣被折磨了將近二十年才回到祖國的懷抱，陳欽生怎麼可能不想回到那個真正被稱作為「家」的地方？他當下二話不說便拿起筆，但才要簽下去，便想起了李桂芬，複雜的心情隨即襲捲而上：「那女孩是第一次出國，要不這樣吧，你們先讓我帶她回臺灣，待我把那邊的事情處理完後，我再回來。」

此事暫告一段落後，陳欽生終於見到那群在機場外等了二十年的家人，而他也完成了十年前在綠島許下的諾言，抱著更顯蒼老的母親，把那存了二十年的眼淚一下子抒發出來，無法相信自己就踩在這片他一直想念、一直惦記的土地上。

獬豸

一九八八年十一月二十日（民國七十七年），陳欽生與李桂芬結婚了。兩人婚後，陳欽生再次收到馬來西亞移民官的信件，但礙於成了家，立了業，老天還賜給陳家一對龍鳳胎，因而沒再搭理，終於徹底成為一名臺灣人。

這段日子，他教過補習班，待過電腦公司，曾因坐過牢被百般刁難，卻也憑著一口流利的英文，被外派到四十幾個國家談生意。到了一九九五年，他更創辦了自己的電腦公司，在工作這條路上可謂一路順遂，似乎再險峻的日子，都難不倒被中華民國調教過的白蟑螂一樣。

不過對於過往，他依然隻字不提。唯一一次被迫回憶那段噩夢，是在一九九八年六月十七日，臺灣政府公布了《戒嚴時期不當叛亂暨匪諜審判案件補償條例》，規定受害者必須透過講述經歷以換取補償金，但礙於政府並無針對加害者進行調查和懲罰，因此陳欽生心中那遲遲未痊癒的傷疤仍無法結痂。

直到二〇〇九年的某一天，臺灣民間真相與和解促進會的林世煜，突然無預警地找上陳欽生，還帶了幾個大學生去見他，才開啟了他往後學會的自我療傷法——說故事。當然最初，陳欽生秉持著一如既往的態度，只要有人要他提起過去，他都封口不說，但或許是年輕人無形中成了最有力的觸媒，讓陳欽生終於願意鬆口，慢慢撥開傷疤。結果接下來一個禮拜，他便無法再入眠。

那之後他又決定不再說了，怎知這段歷史被林世煜曝光後，吸引了更多人前來採訪他。一開始，他當然統統拒絕了，但漸漸卻發現當他試著開口，故事說久了，心裡的恐懼指數好像就少了一點。

「**那你现在和我讲这段故事还会难受吗？**」聽到這裡，我忍不住問眼前這位已被他人稱為「生哥」的老年男子。

「痛苦還是有的，在內心，但把痛苦講出來卻是開心的，因為現在有愈來愈多臺灣人認同這塊土地，所以透過我的故事，我可以教育年輕人，臺灣現在的民主與自由就是我們這些人用生命和時間換來的。」

如今再次踩在已改名為「白色恐怖景美紀念園區」的土地上，生哥當年的恐懼早已不見，取而代之的是一抹難以言喻的笑容。當他把我領到軍事法庭前的人權紀念碑時，還像個孩子一樣，興奮地指著一個名字說：「這個人今早還和我去唱卡拉ＯＫ呢！」讓我一下子沒辦法從那既離奇又悲傷的故事中抽離過來。

人權紀念碑是二〇一五年由國家人權館籌備處結合各大政治受難者團體意見共同設置的，被刻上的名字共有七六二八位，每個名字上面還會標上日期。陳欽生說，白色的是受難人被關押的時間，紅色的則是被槍斃的年分。說著說著，他繞到另一邊找到一個寫著「陳欽生」的名牌，然後自我調侃地說：「我的名牌在一個遭受風吹雨打的位子，不過還好，我的日期不是紅色的。」

雖然和生哥同為馬來西亞留臺生，但在還未看見他的名牌之前，我始終難以相信一個局外人是如何荒謬地被牽扯進一段臺灣歷史，直到我實際把手指放在名牌上，觸摸剛剛那場雨所殘留下的水滴，才確認這是個洗也洗不掉的事實。

「被关押的那期间，你常问老天为何偏偏选中你，那你现在还怨吗？」沒想到他給我的答案卻出奇地闊達：

「雖然一開始我被迫成為臺灣人是真的很恨，但現在回想卻覺得，也許我被成為臺灣人也是對的，因為我是臺灣近代史的一部分，所以唯有待在臺灣，我才能發揮我的功能。」

語畢他又補充：「當然我骨子裡還是認同自己是個土生土長的馬來西亞人，只是臺灣真的是一個值得我留下來的地方，因為說實在，我在這裡得到的比失去還多，所以兩者間是沒有衝突的。」

訪談結束時已是傍晚時分，生哥把我送到仁愛樓旁，告訴我往右走便是出口，離開前我發現了那奇怪的水池，於是忍不住問對方最後一道問題：「所以那個長得像麒麟的雕像到底是什麼？」

只見生哥先是大笑一番，然後才解釋：「那叫『獬豸』，是中國古代的法獸，有辨別是非的能力，它頭上有個紅色觸角，聽說只要發現你心虛，它就會用觸角撞你。這是一個叫林池的政治犯設計的啦，那些軍人以為這樣就能嚇到受難者，所以就讓他蓋了，但你看它身體是朝前方，頭卻是別向右邊，明顯就是故意放在這邊諷刺這些軍官的。」

我一開始沒聽明白，但往獬豸別過頭的反方向望去，才發現那個位置正好是審判過無數個受難者的軍事法庭。

注釋

1 編注：本篇出現簡體字處，為作者表達說話者為非臺灣人的身分，而且展現馬來西亞華人原本就身處繁簡體中文共存的環境中。

2 編注：馬來西亞內安法令（Internal Security Act, ISA），前身為英國政府因對付進行武裝鬥爭的馬共，制定的《一九四八年緊急條例法令》（*Emergency Regulations Ordinance 1948*），一九六〇年七月三十一日廢除，但因當時馬共的游擊戰仍未結束，因此又於隔天另立內安法令。根據這個法令，可以因為國家安全之名，不經過審訊，就可以長期扣留。二〇一二年馬來西亞國會通過《二〇一二年國家保安（特別措施）法令》，終於結束五十二年之久的內安法令。

3 編注：關於李世傑與蔣海溶，亦可參看卷四謝聰敏《談景美軍法看守所》節選，以及李世傑《調查局黑牢三四五天》節選。

4 編注：舊第一法庭為目前白色恐怖景美紀念園區入口的警衛室位置，已遭拆除。

5 編注：仁愛教育實驗所，原名臺灣省生產教育實驗所，一九五四年成立，一九七四年八月改名為仁愛教育實驗所。一九八七年裁撤後，原址改由臺北縣團管區司令部進駐，今為新北市後備指揮部。

6 編注：甘文丁扣留營（Kem Tahanan Kamunting），是實施內安法令期間關押政治犯之地，位於霹靂州太平鎮，二〇一二年內安法令結束後，扣留營也逐步轉為關押毒犯，轉成懲教中心，二〇一六年後也是關押ＩＳ恐怖分子之地。

荒島遺事——一個左翼青年在綠島的自我追尋〔節選〕

鄭鴻生

◎收錄於二〇〇五年三月《荒島遺事——一個左翼青年在綠島的自我追尋》，印刻出版。

鄭鴻生（一九五一～）

臺灣臺南人，臺大哲學系畢業，留美電腦碩士，曾任職美國電腦網路公司與資策會，現從事自由寫作。著有《青春之歌——追憶一九七〇年代臺灣左翼青年的一段如火年華》、《荒島遺事——一個左翼青年在綠島的自我追尋》、《母親的六十年洋裁歲月》、《尋找大範男孫》等。其他文字散見《思想》、《臺灣社會研究季刊》、《印刻文學生活誌》等刊物。

渡海

那是個四月天的下午，經過幾天的淒風苦雨終於放晴，夏日尚未正式降臨，東臺灣的太陽卻已熱得令人發昏。我們一夥同一梯次來報到的總共十九個人，在臺東富岡漁港集合上船。幾天來船期因風浪太大而一延再延，據說今天終於風平浪靜可以啟航了。我們每個人各自扛著一隻草綠色大帆布袋，裡面裝著所有家當，也帶著一顆沉重而懸宕的心，跨上一艘瀰漫著魚腥味、噸位不大的客貨兩用木造渡船，目的地是那孤懸太平洋上彼時甚為惡名昭彰、俗稱火燒島的小島——綠島。

小船上不只我們十九個人，還有等了好幾天船期的其他乘客，回家的鄉民、回營的軍人、探親的家人等。要過海的不只乘客，還有積了好多天的貨物，各種菜蔬與日用品，把船艙擠得幾乎水洩不通，不少旅客遂站到甲板上。出發前就有人警告說，為免暈船最好不要待在船艙裡，而我也受不了艙裡的魚腥，遂不顧烈日曝曬，爬到甲板上來。

小船駛出港口之後就開足馬力，朝小島方向挺進。這天下午雖然烈日當空，但海面仍瀰漫著一絲霧氣，孤島籠罩在遠方的一片陰霾中，若隱若現。而船下則是波濤洶湧的暗黑海流，這是從南太平洋北上的黑潮，流經臺灣與小島之間，來回船隻必須奮力衝過。

小船搖搖晃晃破浪前進，並吐出濃濃的臭油煙味，船員卻說今天風浪不大。但船行不久就有不少同行者被這離心的晃動，加上魚腥與油煙，攪得嘔吐不已。我坐在甲板上，努力集中心神眺望輪廓逐漸明晰的遠方孤島，卻也幾度感覺來到了五內翻騰的邊緣。雖說那座離臺灣海岸不遠的小島，天氣好的時候從東海岸清晰可見，而航程也才兩個多小時，但對我們這些第一次飄洋過海的書生，卻可說是無盡的折磨了，更何況我們要去的小島在那個年代又是個令人聞之色變的地方。

經過兩個多鐘頭的折騰，小船終於在小島西岸的南寮漁港靠岸，頭上依然是茫蒼蒼的天空與赤焱焱的日頭。這裡雖說是漁港，卻看不到幾艘漁船，碼頭設備也相當簡陋。港口腹地甚小，碼頭邊有些老舊的房舍，視線越過這些房舍之後就看到背後的山丘了。山丘只有海拔兩百多公尺高，山坡上大半是低矮的灌叢，看不到幾棵大樹。這些灌叢從山坡一直延伸到港口邊的海岸，看來大半都是林投。

小船即將靠岸，我們就看到碼頭上停著一輛敞篷軍用大卡車，旁邊站著一位軍官，應該就是我們要報到的小島指揮部派來接人的。碼頭上還有一隊人馬零散站著，他們穿著灰撲撲皺巴巴的制服，有著曬得黝黑通紅的臉孔與手臂，頭上則歪七扭八地戴著一頂同樣灰撲撲皺巴巴的鴨舌小帽。他們的帽子乾癟坍塌不成樣子，有些人就乾脆不戴，露出理光了頭髮的腦袋，遂又洩漏出他們的特殊身分。他們或坐或站，或斜倚在可以靠的什麼東西上，真像一群不成隊形的散兵游勇。

小船終於靠岸，我們再度扛起大帆布袋，懷著懸宕不安的心情疲累地跳上岸。那位等在碼頭的中校軍官拿著一份名單，一一點完十九個名字，即呼嘯大夥兒上車。我們從軍車後面先一個個把帆布袋丟上車，再一一爬上去，就幾乎把車子塞滿了。

這時我注意到那群在旁邊待著的散兵，雖然他們形容歪扭，但打從我們一上岸他們就瞪著我們這批人看。說「瞪」卻是低估了那種凝視的威力了，我感覺到從他們每個曬黑的臉孔上射出來的兩道目光，不只極不友善而且殺氣騰騰，像是在古羅馬的格鬥場上，要將對手在心理上先行擊倒的凶光。

我們心裡很快明白了他們的身分，而他們也很清楚我們所為何來，而將所有騰騰的目光都射向我們。我們這夥人大半低著頭聽著中校軍官的指揮上了車，只把眼角餘光飄向他們，又趕緊收回。我不安而疑惑的目光不經意地與之正面交鋒，頓然一震，背脊升起一股寒意，心則急速地往下沉。

原來他們就是我們要來管帶的「兵」！是被臺灣治安機關移送外島管訓的「社會頑劣分子」，歸這小島的指揮部所列管！他們這時被派到港口來卸貨，然後還得將這批軍需給養挑回指揮部。而就在這小島的出入關口，他們給我們這批新到軍官的見面禮，竟是這種殺氣的目光！我們上了車之後，這輛軍車就直奔指揮部而去，我從車後看著正在卸貨的那批管訓人犯，漸行漸遠，然而剛才的震撼卻久久未消。

這是一九七四年四月六日接近黃昏的時刻，我們一行十九個剛分發下部隊的預備軍官，帶著沉重懸宕的心情來到這孤島報到，而我更是帶著滿腹的異樣情懷而來。

就在大半年前的一九七三年初夏，我才從臺大哲學系畢業，而在十月十三日赴臺中成功嶺報到，正式入伍受訓三個月。一九七四年初我轉赴北投復興崗政戰學校，接受三個月的分科教育。就在一個星期之前，我們才剛從政戰分科教育結訓，分發到這孤島，並且將在這個小島上度過尚餘的一年四個月的役期，直到隔年夏天退伍。

循著山路而來

大度山上

一九七三年初夏我從臺大哲學系畢業，十月十三日到臺中成功嶺入伍受訓。每當週日放假我就會與一起受訓的元良來到大度山上的東海大學，找剛就讀歷史研究所的老友載爵。我們三個同年級生都來自臺南，從高中開始就已熟識，載爵在東海畢業後卻先讀研究所再去當兵，就在大學附近租屋。受訓放假有著一種逃離的快感，令人感覺特別舒暢，尤其又是能與多年老友湊在一起。

這些放假的日子，我有時也會跟著載爵到大學對面造訪東海花園。從大三開始，我就曾多次在來到東海大學找載爵的機會，跟著他探訪這花園的主人了。花園主人楊逵，日據時代著名的抗日作家與運動者，是載爵兩年前在這大學的優美校園周遭多方探索的偶然發現，這時楊逵之名以及他的作品已經被埋沒了二十多年。

在成功嶺結訓前十二月上旬的一個朔風野大的週六，我們吃過中飯就被提前放出營來休假，據說訓練單位是為了節省伙食費。我一出營門就又直奔載爵處，一到沒多久，椅子還沒坐暖，他就吆喝說「走！到東海花園做工去」。他說已經安排好每個週末，他都要到花園去與楊逵一起勞動。我心想，從營裡放假出來，可是要先休息一番的，難道還要跟你去做工嗎？不過能去找楊老先生聊聊卻是個令人暢快的事，也就二話不說，跟著他上到東海花園去了。

一九七〇年代東海大學附近的山坡地還是十分荒蕪，除了楊逵的這片已經開墾得有如田園景象的花圃外，並沒什麼房舍，更談不上什麼社區了。我們來到花園門口，楊逵親切迎了上來，聽說我也要來幫忙做工，連連道謝，並稱許我們的勞動精神。楊逵老先生在一九六一年從火燒島被放出來後，來到大度山上的這片荒地默默地開墾花圃已有十多年，以自己的勞力種花賣花為生，這時這片園圃已是花團錦簇。而這些年來，我們可是第一批在湮沒的歷史中重新把他找回來的本地青年，他對我們特別感到父兄般的慰藉與期許。

這時與楊逵一起住在這花園裡的，除了他的小孫女外，還有一位他在日據時期從事農民運動時一起工作、光復後又一起被關到火燒島的農民老戰友，在這裡幫他照顧園圃。載爵很快拿來鋤頭水桶等工具，我把擦得烏亮的軍用皮鞋脫下擺到一邊，找來一雙破鞋子換上，再捲起衣袖褲管，跟著載爵挖土拔草、挑水澆花。勞動了一兩個鐘頭，卻一點不覺得累。

勞動完後，楊逵端出自做的香濃的米奶慰勞。我們待在那裡吃過晚飯，飯後坐到叢花圍繞的小庭院，繼續喝著紅標米酒配上花生米。如同往常，楊老先生在幾杯下肚、酒酣耳熱之後，話匣子就開了。這往往是他最鬆懈的時刻，不再像平常對往事的拘謹保守，開始東碰西撞地談起三四十年來所經歷的歷史滄桑。他談起日據時代臺民的抗日農民組合的軼事，回憶著已經過世的老妻——被同志戲稱「土匪婆」的葉陶，又談起後來被關在火燒島的情事。楊老先生面對這兩個一心要來追尋歷史傳承的年輕人的期待眼神，也由於酒精的作用，遂將幾十年來的壓抑傾洩而出，雖然已是淩亂不成章法。他那蒼勁的聲音交織著小孫女清脆的笑聲，洋溢在這星空夜晚下的荒山花園裡。

我們如此聽他暢談到晚上九點多才不捨地離開東海花園。回到載爵住處後，兩個人又開講起來，載爵突然想起一件東西，拿出來要我看，是前不久的一期《新聞天地》。他翻開其中一頁，竟是一篇報導大半年前發生在臺大哲學系我的師長朋友之間一場少為人知的風暴。這篇報導不只把那件事情全講了出來，並且欲加之罪何患無辭，還塗上了五顏六色，對我們這些當事人扣了很多帽子，可謂對哲學系師生極盡羞辱。我戰慄地讀著這「報導」，氣憤難平，又不禁感覺到有如被當眾脫掉褲子，那般手無寸鐵，只能傻傻地站著聽人耍弄，自覺實在極為窩囊與無能。

那是在一九七三年二月發生的事，我在臺大哲學系最後一個學期的註冊開學之交，在前後幾天的時間裡，警總與調查局偵騎四出，搜捕系裡的師生及一些外系外校的同學與朋友——卡爾、道琳、老錢、一回、秩銘、譽孚、三雄、曉波、鼓應等人。[1] 我和這些師長與朋友是因為牽涉到了一些所謂的叛逆思想，驚動了國家機器的鐵爪。而這又牽涉到我們這群師生兩年來在臺大校園發過的一連串學生的政治行動，包括保釣運動與爭取言論自由與民主的活動。

我的這群師生朋友前後被抓去審訊多日才一一釋放，而這一年臺大哲學研究所也被禁止招生，堵住我們在哲學系畢業後的一條出路。我雖牽涉在內卻僥倖逃過這一劫，然而大學時代所憧憬的理想世界也因此被撞擊得支離破碎。這年夏秋我就在這樣的一種處境與心情下畢了業、入了伍。

十月入伍之後這場二月風暴本已被置諸腦後，沒想到竟還陰魂不散。而《新聞天地》這雜誌平常並不特別引人注意，竟會刊登這種極為歪曲真相的報導，顯然是當局將對哲學系進一步動作的先聲。如今二月風暴雖已暫時平息，但從這則歪曲報導卻可看出臺大哲學系本身已經陷入風雨飄搖之境了。

這天晚上，這則報導也把我與楊老先生暢談歷史往事後的痛快情懷一掃而空，讓我久久不能成眠。

將軍之慮

一九七三年底我從成功嶺結訓，隔年年初我與元良同赴北投復興崗的政戰學校報到，接受三個月的預官分科教育。

一九七四年二月中旬我還在復興崗受訓的某一天，全體學員參加了這麼一次命運之力的遊戲——下部隊的分發大抽籤。這個抽籤看來公正，上千個密封的籤條全部放在一個大箱子裡，每個籤條都印著某某單位，譬如哪個師、哪個軍，或哪個特別的部隊番號。全部的學員輪流一個個上去抓籤，打開來後立刻登記。大家一般擔心的無非是怕抽到幾個特別嚴厲的野戰師與陸戰隊，或是馬上就要到金門馬祖報到，因此有些人已經利用週日放假時先去燒香拜佛一番了。

而就在抽籤之日不久前，總部的最高長官，有儒將之譽的王昇將軍來到學校，向我們這一期的政戰預官講話。我們雖不是職業軍人，但在這所學校受訓，分發後的軍職也歸他所管，因而也算是他的子弟兵了。他是帶著這麼一個訓示子弟兵的態度，在我們下放到部隊前來向我們訓話的。

這天下午我們全體學員集合在大禮堂聽他講話，開講沒多久他就直接轉入這幾年他很關心的青年思想問題。他有備而來，針對的就是我們這些大專畢業的所謂知識青年。他最擔心的是任何叛逆思想藉著包裝偷偷鑽進青年學子的心中，而在這思想的戰線上，他負有拔除這些叛逆秧苗的重責大任。

他有飽讀詩書之譽，確實不像一般武將，講起話來也絕非刻板八股那一套。他的肢體語言很豐富，像位老教授，有時一手扠腰，侃侃而談，有時身體前傾，將胳臂擱在講臺上，似乎沉浸在自己的複雜思維裡。然而不管是怎樣的肢體動作，他的目光卻還是軍人的，如劍一般射出，毫無妥協對話餘地。

在昏沉的午後，臺下的上千學員似懂非懂聽著他的一套當代思想理論。然後在某個論述的關節點，他突然停了下來，炯炯的眼神掃過臺下的學員，整個大禮堂頓時安靜了數秒鐘。接著他嚴肅神情，大聲慢慢地說出：

「你們要知道，存在主義，就是，共、產、主、義！」

他一字一字講得斬釘截鐵，讓我心頭猛然一驚。於是他又用嚴峻的目光掃過全場，頭還微微點著，顯然頗自得於這個論斷，也期待這個論斷能深深植入他的子弟兵心中。臺下的聽眾一時被他那種嚴厲的語氣與無邊的靜默所震懾，頓時從昏昏欲睡的狀態提起神來，個個挺起胸膛端正坐姿，全場一片鴉雀無聲。

存在主義反對將道德教條與主流價值本質化的哲學理論，為一九六〇年代叛逆的臺灣知識青年提供了一個論述基礎，曾經影響到諸多有著敏感心靈、追求個性解放的青年學子。然而到了一九七四年的這當頭卻是形勢已變，這個哲學思潮其實已經風光不再，之後也不曾再回潮。而且在復興崗大禮堂裡的這片黑壓壓的聽眾裡，知道存在主義在臺灣是怎麼一回事的，恐怕沒幾個人，更不用說能認識到這個思潮的哲學內涵了。但是我們的將軍到了這時還是很嚴肅認真地對待它，顯然極為擔心他的這批子弟兵曾經或將會繼續受到這個思潮的「邪惡影響」。

將軍在這麼個斬釘截鐵的論斷之後，繼續諄諄闡述他的思想理念，臺下的聽眾只覺得，腦中突然灌入一個對某種思想十分嚴厲肅殺的指控，然後又回到午後的昏沉之中，而我心裡則湧起一股莫名的悲哀與荒謬。

整整一年之前臺大哲學系的二月風暴，也正是因為牽涉到這類所謂的叛逆思想。其實在當年臺大哲學系充滿求知精神的氣氛中，這類哲學思想在師生間的論辯詰問本是無所禁忌，然而卻也不能免於當權者的鎮壓。如今在風暴發生一年之後，我卻坐在這麼一個「政治正確」的殿堂裡，聆聽著一套號稱最正確的思想理論，而其中對我曾浸淫其間的思想理念所進行嚴厲指控，竟是如此轟然而來，震得我魂飛魄散。

命運之籤

終於來到抽籤的日子，大家都很緊張，卻也刻意談笑著。輪到我的時候，手伸進大箱子抓出一枚籤條，展開一看又是轟然一驚，竟然是個從來就沒想到的地方，從來就沒聽過的軍事單位。籤條上印著的是「綠島指揮部」五個字。

瞪著這五個字我一時沒能回過神，心想怎麼會有這種單位？又位於這麼一個惡名昭彰的地方？那裡會有什麼部隊？我們要去帶什麼兵？我充滿疑惑，尤其想到竟要去到一個消磨掉楊逵老先生十年青春歲月的地方，我更是愣住了。

在旅遊業不發達的一九七〇年代，這個一般俗稱火燒島的小島對於本島人，尤其是住在西海岸的人來說，不只是個相當遙遠的地方，只能在一首纏綿的歌曲〈綠島小夜曲〉裡去想像，它還充滿著歷史的恐怖意涵。那時的臺灣，單是提到火燒島之名，就足以令人心生畏懼，神態立變，這個名字曾經那麼具象地傳達出當年威權體制的震懾性威力。那個時候大家原先只知道那是個囚禁政治犯與思想犯的地方，而在一九六〇年代之後，它又成為管訓流氓與慣竊之所在，經常聽到的是在村里活躍的某某角頭被送去火燒島了，或者是在警察眼中過分不馴的某某街頭小販被移送管訓了。

如今我抽到了火燒島的籤？我手拿籤條，一時難以置信，心思整個籠罩在它恐怖之名的餘威中，卻也慢慢回過神來，開始思索著一些可能的情況。那會是個什麼單位？那裡還有政治犯嗎？會是歸這個單位管的嗎？我要去管他們嗎？我百感交集，因為就在一年前我自己才逃過一劫，沒被抓去當成政治犯，如今卻要去管教他們，參加到壓迫他們的行列？這是命運的捉弄嗎？

我在抽籤之前原本對分發的去處抱持著不以為意、順其自然的態度，如今火燒島的這個籤竟然令我如此焦慮不已，存在哲學教給我的「存在的荒謬感」頓時籠罩我心。當天晚點名之後，我躺在營房通鋪的床上，細細思索著這個處境，回味著楊逵老先生提過的一些情景，心裡也念著我所知道還關著的幾個政治犯的名字——柏楊、李敖、陳映真[2]，他們可都曾經在我青少年時期，提供給我豐沛的思想養分。我並不確知他們關在哪裡，會是在火燒島嗎？我這次去，有可能管到他們嗎？萬一真的管到他們，當面對面的時候，我如何向他們表白？我一個人救得了他們？能幫得上什麼忙？很可能自己就先出事了。還是我最好躲在一邊，暗中出力就好？然而我竟然會被派去管他們？真是荒謬啊！我躺在床鋪上如此鑽牛角尖，左思右想難以成眠。

幾天之內，小道消息在營裡流傳聚散，每個人都在尋找分發到同一單位的同夥，進一步打探那裡的情況。我也間接得知綠島指揮部的一些消息，首先感到安慰的是抽到那個籤的不只我一個人，而且還不少，竟然有十九個之多。然後又聽到綠島指揮部所管的是被移送管訓的流氓與竊盜，而非政治犯。

我聽了這些消息雖然鬆了口氣，內心較不翻騰掙扎，然而不去管政治犯，見不到我所心儀的那幾位英雄，卻也讓我若有所失。更何況我們要去的是一個管訓流氓與竊盜的地方，對於我們這些雖身著軍裝卻不脫書生氣質的軍隊菜鳥，所要面對的就不只是秀才遇到兵的問題了。我們在分科教育學到的管理對象是一般的充員士兵，再難纏也只是軍隊體制下的老兵，而非「反社會」的一批人。如今卻要去面對這一種離我們十多年求學生活，有著十萬八千里遠的人類，甚至要負責管教他們，這樣的前景卻是不得不讓人又忐忑不安起來了。

結訓前我曾趁著假日回到臺大去找數學系的黃武雄，回國不久的他是我們那兩年迭遭困頓孤立無援，而王曉波、陳鼓應兩位師長又都自身難保時，心裡的一線寄託，即使他一直與我們保持著神祕的距離。我以即將下部隊的可能前景就教，他同情地告誡說，當兵這兩年就不要奢望能完成什麼，讓它隨風飄逝吧！他這番話給了我很大的慰藉，也讓我在赴火燒島報到前夕多少有了些心理準備。

三月底我在復興崗政戰學校結訓時，載爵已經乾脆搬進東海花園與楊逵同住，一起蒔花植草了。我在南下回家並赴火燒島報到之前，還曾特地路過臺中，再次上大度山尋訪他們。載爵不巧已因春假回去臺南，我則藉此機會當面向楊逵老先生報告，我即將遠赴一個曾經消磨掉他十年青春歲月的地方，只是不以政治犯的身分。他慈藹地祝福我平安歸來。

新生訓導處

劫後新生

快到隊部了，我於是抓緊時間問：「聽說還有政治犯？」

「你是指叛亂犯？他們關在我們隔壁那棟監獄，剛才你們車子快到指揮部之前，看到旁邊一棟長得像碉堡的大建築物就是了。它直屬國防部，叫感訓監獄，蓋得銅牆鐵壁，我們叫它『八卦樓』。」周正如此回答。

剛才車子快到指揮部時，我確實也瞥到那麼一棟大碉堡，原來都關在那裡。聽了周正這麼說，我心裡又再陷入矛盾，又是遺憾沒能親炙到這些政治犯，又是慶幸不會去管教他們。然而周正卻接著說：

「不過，我們這裡也還有一些，只剩三十多個人。」

這裡還是有政治犯！我聽了心頭一緊，周正卻接著說：

「他們歸第六隊管，不叫『隊員』，叫『新生』。」

好一個「新生」之名，立刻令我想起兩年多來我在臺中大度山上，從楊逵那裡聽到的「新生訓導處」之名。他在一九五〇年代就在這裡待過十年，那時這裡就叫新生訓導處，顯然「新生」之名從那時起就已用來稱呼他們。我又想起半年前在成功嶺受訓時，放假到大度山東海花園採訪楊逵的那個夜晚，在星空下，我們聽著楊老先生暢談二、三十年前的滄桑往事，此情此景還歷歷在目。火燒島與新生訓導處之名在我們兩代之間已是極為不堪的印記，如今我竟然真的置身於這火燒島上的新生訓導處了，卻不是以政治犯而是管理幹部的身分！

楊逵是在一九六一年的四月六日被釋放離開這荒島的，距今剛好整整十三年。我看著周遭的老舊營房，想像著二十年前楊逵還待在這裡時，應該就已是如此營舍。然而在營房走的卻已不再是新生，而是被稱作隊員的竊盜管訓犯，我看著這些出沒營舍的隊員，一時之間這些面目猙獰的盜匪似乎又各個幻化成了心懷鴻鵠之志的文弱書生了。

我從沉思遐想中回過神來，追問說：

「為什麼這幾十個新生不一併關在隔壁那個八卦樓呢？」

「他們都是以前留下來的。」

「喔！多久以前呢？」

周正沒回答，而我們已經走到了第五中隊的隊部。我轉頭看到王舜傑那幾個分到六隊的預官，正繞過我們隊部的這排營房，往後面另一處營房走去，夕陽照出他們長長的身影，映在一片金黃的營房上。

五月的容顏——無聲的吶喊

一張哀怨無言的臉

分發到第六中隊也即是新生隊的王舜傑是我臺南同鄉，從小學到大學讀的同一學校，又一起分發到這荒島來。我們兩人對這裡的事物有著不少默契，來到這裡後就經常交換所見所聞。

六隊的營房不與隊員的混在一起，獨立在營區的最後面，有個小圍牆圈起來。新生營房的建築配置也不同於山字形的隊員營房，較少牢房的感覺。新生人數也不多，才三十多個，營房內並不擠迫，而整個小營區也經常有著空蕩蕩的感覺。

沒來多久，我就迫不及待地向王舜傑打聽，在他們隊上的新生中有沒有什麼知名人物，尤其是讓我揪心不已的柏楊、李敖與陳映真這三個人。他剛到六隊，尚未能摸清狀況，只能說應該沒有這三個人。而我每次去到六隊營房流連，也不曾見過會有可能是這三位模樣的人，雖然我與這三位素未謀面。

有一天，王卻像發現什麼寶貝似的，突然神祕兮兮跑來跟我說：「嘿！你知道《新英文法》的作者嗎？」

「《新英文法》？就是我們讀中學時用的那本英文參考書？我知道啊！」作者柯旗化[3]這名字頗為特別，令讀者印象深刻，此時也立即出現在我腦海，但我還是納悶他為何有此一問。

「柯旗化就在我們隊裡！」他睜大眼睛，壓低聲音說著。

我一時困惑起來，想著柯旗化的年紀應該很大了吧？會在這種地方當兵嗎？難道是老兵？不太可能！他看到我困惑的表情，繼續壓低聲音說：

「柯旗化是我們隊裡的新生啊！」

「喔！」我張大嘴巴，頓然回想起大學時曾聽說過，他也因為思想問題被抓去關了。這竟是真的，而且就關在這荒島上我們指揮部的新生隊裡。我一時陷入複雜的思潮之中，王舜傑見我沒能反應過來，繼續說著：

「他原來被關在隔壁的八卦樓，聽說關了十多年，已經服完刑期，但不知為什麼又被送到我們這裡來繼續關。」他說完接著嘆了口氣。

我更訝異了，他原來已經被關了那麼久了，而且還在這裡繼續關著！那麼《新英文法》難道是獄中之作？而他還要關多久啊？

「他情況還好吧？」我脫口問著。

「看來還可以，他被送過來半年多了，隊裡現在派他去管福利社賣東西呢！」

我們相對默然一陣，我接著問他：

「你們隊裡都是些什麼樣的人？」

「像柯旗化這樣的情況其實不多了。他們大部分都是以前留下來的，刑期已經滿了。唉！就因為家人朋友都在大陸，在臺灣找不到保人，只好留下來了。」

難怪我每次去到六隊看到的多是一些老頭子，大半還滿口大陸鄉音，讓我以為是關著一些老兵。

隔天，我帶著複雜的心情第一次來到指揮部的福利社。我一進門就看到一位清瘦俊美的男人，看起來不到四十歲，比我原來預期的年輕，並無老態。相較於我們預官的幼嫩臉孔，他則有著一張正當是成熟男人的容顏，而理光了的頭更凸顯出那張臉孔英挺而斯文的氣質，與我多日子來所接觸到的隊員們的生猛形象有著絕然的區別。然而，這卻又是一張極為悽然哀怨的臉，而且多年來曬不到什麼陽光的日子讓他一臉蒼白。

他看到我進門，在櫃檯後面對我禮貌地點頭微笑。我心裡滿是尷尬，試圖表示同情之意，甚至想進一步表達同志之情，雖然我並不太清楚，也不在乎他是因何緣由而成了政治犯。

「你是柯旗化？」我盡力表現出善意的笑容問他。

「是。」他輕聲回答。

「我是新來的預官，我用過你寫的《新英文法》。」

他只是點了點頭，默認他的作者身分，神情卻似乎期待著我快說出要買什麼東西。

「你的書寫得很好，對我們英文考試很有幫助。」

他又是點了點頭。

「你在這裡還好嗎?」我進一步想拉近關係。

他還是只點了點頭,一臉漠然,一言不發,臉上的笑容也暫時消失片刻。

他如此維持著警覺的禮貌與矜持,我遂不敢再進一步,悵然地縮了回來。然而我卻也感受到一種倔強的目光從那悽怨的眼神中散發出來。從他的目光,我似乎可以感受到他為何刑期已滿,又被送來這兒繼續關著的命運。

我於是隨便買了些東西,默然退出福利社,而他那悽怨而倔強的眼神卻讓我心如刀割。此後我並不常去那個地方,而身邊其實也不缺什麼東西必須到那兒去買。

倨傲的眼神

六隊那些年老力衰,神智甚至開始不清的老新生,一般就留在隊部裡過日子,既不需參加修路的重體力工作,營區內的勞動量也不大。而一些像柯旗化這樣青壯年齡的新生,則被派遣到福利社或圖書室這類單位去,負責營區內的「白領」工作。

有一天我就逛到指揮部大樓那邊的圖書室來,看看能借什麼書來消磨時光。這裡圖書不多,一下子就瀏覽一遍。我與長得高瘦的管理員攀談起來,發現他也是位臥虎藏龍之士,問他名姓,他竟回答說：

「我是梅濟民。[4]」

「梅濟民？寫《北大荒》的梅濟民？」我驚奇地反問。

「是的。」他看著我，傲然回答。

我看他並沒穿營裡的制服，也留著頭髮，已是一副平民打扮，遂想到他應該也是這裡的另一個「高級雇員」。

這位以《北大荒》一書出名的作家竟也被放逐到這兒來。在知道我們隊上那兩位「高級雇員」的來歷之後，我對此也就不覺得有太不可思議之處了。只是一個出身冰天雪地的北大荒人，竟會落難到南方火熱如焚的海陬荒島，不免令人感到荒謬。這天我抱著一套臥龍生的《飄花令》回到隊部，一頭鑽進武俠的世界。

後來聽說，他原來也是被關著的，只是刑滿之後繼續被軟禁在這荒島上，我遂想起原來他也有著那種透出倨傲不馴眼神的雙瞳。而在幾次進出圖書室時，我發現裡頭還有另外一雙倨傲不馴的眼睛，來自一位被指派到這裡幫忙的新生——吳定遠。[5]我也曾數度與他攀談，並試圖對他表示善意與同情，然而每次都從他那眼鏡背後的雙瞳裡，感到極為傲然睥睨的眼神。他雖操大陸口音，但看來正值壯年，應該還可找到保人，顯然也是因為不馴，以致刑滿後又被丟到這裡來繼續看管。我自知我的這身制服與地位本就與他的處境是對立的，對他的態度只能感到悵然，並不覺得受到侵犯。

八卦樓外

見到柯旗化之後，我每每在晚飯後海邊散步時，仰望那座銅牆鐵壁的八卦樓，柯是在這裡服完刑期後再轉到新生隊的。與指揮部的大草坪僅一牆之隔的國防部感訓監獄是個水泥碉堡式的建築，倚靠在山邊，從荒島的海岸公路看上去，有如一隻盤據在山腳的大怪獸，就像荒島土產的八卦蟹，於是有了「八卦樓」的綽號。

八卦樓戒備森嚴，厚實的水泥牆壁灰撲撲地不塗任何顏色，中間有個暗沉沉的雙扇大鐵門，由直屬國防部的特別駐軍把守。囚犯顯然全在裡頭活動，外面不曾見過一個，一副神祕兮兮的樣子，平常路過就只能遠遠觀看。我們聽老預官提起，這座監獄也是新蓋不久。這裡的政治犯原是關在臺東的泰源監獄，幾年前那裡發生暴動，才在這裡新蓋了一座，把那邊的囚犯全都移了過來。

仰望著這棟八卦樓，我心情極為複雜。我對臺灣的政治犯被關在哪裡並不清楚，除了指揮部裡的新生隊之外，現就確定有這麼一處八卦樓。那柏楊、李敖與陳映真他們可都在裡面？我又想著才一年多前臺大哲學系的二月風暴，我的那群師生朋友如果最後都被關到這裡來，而我卻只能站在外頭悲嘆，甚至連我自己也都被抓來關在裡頭了，那又會是怎樣的一種景況？命運之變化似乎只在反掌之間。

在八卦樓外頭，我想起去年年底讀到的那期《新聞天地》，似乎預示著臺大哲學系的悲運。二月風暴恐怕並未完全歇止，災難將進一步降臨，我如此想著，竟不敢想像會有哪位我認識的師長朋友將被丟到這八卦樓來。而命運如今卻把我放在八卦樓的外頭，讓我每次經過時，總會遙遙投以某種同志的敬禮，以一種既悲戚又倨傲的眼神。

熟悉的身影

有天早上隊員已經出工，突然從海上傳來轟隆之聲，不絕於耳，大家都走出營房探個究竟。老預官說：「一定有直昇機從臺灣飛來了。」大夥兒看熱鬧似地跑向指揮部大樓前的大操場。

天空持續轟轟隆隆，我們看到從海上陸續飛進來幾部軍用直昇機，降落在大操場上，捲起了滾滾狂風沙。

我們聚攏在遠遠一旁，好奇地觀看到底是何方神聖降臨。機門打開，裡面的乘客在螺旋槳捲起的強風中下機。我這時卻看到他們一個個都帶著手銬，原來是載來一批囚犯。可是他們不可能是送到我們部裡來的竊盜管訓犯，竊盜犯是不可能享有搭直昇機而來的待遇的。難道是要送到司法監獄去的重刑犯嗎？

不過再仔細一看，這些人雖然滿頭亂髮，卻個個眉清目秀，不少人還戴著眼鏡，模樣有如那時的大學生。他們很確定不是面目猙獰的重刑犯，而是年輕的政治犯。他們的目的地也不是司法監獄，而是一牆之隔的八卦樓。

我看到這幕景象，即刻想到比臺大哲學系二月風暴早些發生的成大學生案。[6]那個案子牽涉到好幾個學校，也抓了不少學生，我們同案的朋友也有些牽連。雖然我對那個案子所知不多，但知道有不少與我一樣年華的學生進去了。如今，我竟目睹一群與我一樣青春年華，還是學生模樣的政治犯，正被送到感訓監獄八卦樓裡。

他們被螺旋槳捲起的強風吹得彎腰駝背，亂髮飛揚。我則遠遠地站在一旁觀看，努力追尋著這些人的容貌身影，企圖找出他們就是成大案學生的任何蛛絲馬跡。當然是徒勞，因為那個案子的學生我一個也不認識。

看著這些年輕政治犯，我內心極為戚戚然。那些熟悉的神情與肢體，讓我直覺我們必然有過共同的經歷與學習、我們必然讀過一樣的歷史與文學，必然有著共同的嚮往與憤怒。然而我們卻有著不同的遭遇，他們帶著還是學生的模樣走進政治牢，而我卻陰錯陽差地在這荒島上邂逅他們，以一個旁觀者的身分。我感到萬分的悲愴，轉身回營。

罪與罰

禁閉坑裡的殘生

夏日尚未正式來臨，荒島晚春的五月只要一出太陽就特別熾烈，加上南風一颳，站到屋外又會讓人有渾身溼黏黏的感覺，只能躲回營房裡。那天下午第六中隊的莊進福來找皮鞋，要他一起陪著去禁閉室帶回一名新生，我也好奇地跟著去了。

我們來到營區後邊靠近流麻溝的一個小角落，這個角落四面圍著加了鐵絲網的高牆，中間一條走道，有衛兵把守著。我們通過衛兵崗哨走進去，一陣惡臭味馬上撲鼻而來。這條唯一的中央走道兩邊各有一排乍看像墳塚的大土堆，仔細一瞧才看出這些既非墳塚也非土堆，竟是一個個洞穴式的建築體。

這裡是指揮部所謂的禁閉室。說是禁閉室其實不成其為「室」的，每個所謂的房間只是個小洞穴，人在裡頭是站不直的，只能蹲坐著或趴著，「禁閉坑」是比較貼切的名稱。禁閉坑除了在面對走道的前頭貼地有一個開口外，沒有其他窗子，也沒有燈光。而這個開口更是狹小，只能容人爬進爬出，平常用鐵欄杆關著，飯菜由此傳送，吃喝拉撒都在坑裡頭。

我們是來將一位六隊的新生帶回他們隊部的，他被關在這裡有好一陣子了。我們走到關他的禁閉坑前面，看到他整個身子趴在地上，頭朝外，兩手抓著鐵欄杆，長久不刮而長滿鬍髭的臉孔露在洞口，對著外面喃喃自語。這應該是他慣常的姿態，只有這樣他才能呼吸到較為新鮮的空氣。

當他看到我們來到時，就開始對著我們口齒不清地大聲叫嚷。他鄉音濃厚，聽起來像是山東口音，又語無倫次，實在聽不明白說些什麼。對來帶他回去的幹部而言，他說些什麼其實也無關緊要了。

我們在洞口屈身蹲下，忍著洞裡撲鼻的惡臭，打開欄杆鐵門，然後幾乎是用拉的才將他拖了出來。莊進福一邊拖著他，一邊對他說：

「隊長要我來帶你回去！這次你可要乖一點，不要再亂來，知道嗎？」

他渾身發臭，似懂非懂地聽著，口中則繼續喃喃訴說別人聽不懂的話。他試著站直，卻又馬上倒了下去，顯然在洞穴裡趴太久，一時不能站得起來，只好蹲著。眼睛因久在暗中摸索，碰到外面強烈的陽光，也一時睜不開來。我們只好忍著惡臭，等在那裡讓他慢慢調適過來。

他顯然是這裡的老新生了，隻身在臺，不僅外頭沒人要保他出去，他自己也瘋掉了。平常在隊裡除了瘋言瘋語外，不時還會鬧事闖禍。就指揮部的立場來說，是應該把他送到花蓮玉里榮民醫院的精神病房去的，然而據稱那裡已無空床，而等著入院的又已是一長串了。六隊只好在他鬧事時把他關到禁閉坑裡，過一陣子才又放他出來。而這一次又不知道鬧了什麼事，顯然還蠻嚴重的，才被關這麼久。

他的鄰居是四隊隊員，滿頭的亂髮與滿臉的大鬍子糾纏在一起分不清楚，也趴在洞口，以兩顆圓滾滾的大眼睛直瞪著我們看。皮鞋說這個大鬍子隊員也是屬於不能放回隊部的，因為他晚上睡覺會做噩夢，亂喊亂叫，繼而連鎖反應引發全體隊員的鬧營。為了避免這樣的嚴重後果，只好把他「暫時」關在這裡。

這時關在禁閉坑的除這兩名外並無別人。其實平常陸續會有一些嚴重犯錯的隊員被送到這兒來，我們隊上就曾有一位多嘴的隊員，居然也有他的政治議論，說了一些臺北橋收費不合理，都是些貪官汙吏的話，被隊上長官聽到了，也被送來關了幾天。

在荒島的酷陽下，我們幾個人為了等這名六隊的新生恢復體力，幾乎都已受不了曝曬與惡臭了，然而他卻一再仆倒，站不起來，像隻剛出娘胎的小牛犢。過了好一陣子，最後他終於慢慢站了起來，眼睛也逐漸適應外頭的陽光，但也只能緩步移動。我們隨著他一小步一小步地，總算把他送回了六隊隊部。

不屈的戰士

皮鞋與我悶悶地走回我們五隊隊部，他嘆了口氣對我說：

「去年也有一位新生被關在那裡，還鬧出了大事呢！」

「哦！」我睜大眼睛，期待他多說，他於是幽幽地說起那件事：

指揮部的禁閉室其實原來並沒如此一副牢不可破、密不通風的樣子。會搞成現在這樣子，還是起因於另一位關在這裡的新生。

這是一位身分很特殊的新生，名叫韓文富，中共解放軍戰士，東山島之役被俘虜來臺。所謂的東山島之役是國府在一九五〇年代與美國中央情報局合作，組織一支「反共救國軍」，突擊福建東南沿海東山島的一場戰役。這場戰役最後以國府撤退告終，但卻俘虜了一些人當戰利品。韓文富即是其中之一，他被送到荒島的新生隊來關著已經很久了。他其實是所謂的「匪俘」。

前一年的有一天，他趁著大家正在忙著康樂會的活動而不注意的時候，竟然寫了好幾張「共產主義萬歲」之類的標語，到處張貼起來。他於是被關到禁閉室裡。

在禁閉室裡，他還是一樣倔強，而關在隔壁的恰巧是一名善於開鎖的管訓隊員。他們兩人竟然合謀將牢門打開，擊昏衛兵，一起逃出了指揮部。

然而在沒有外援之下，他們除了在這荒島的山裡山外繞來繞去之外，還能逃到哪裡？最後這兩個人當然是被抓了回來。韓文富罪行更重，因為衛兵是他動手擊昏的，於是隊裡長官對他用酷刑。

他被剝光上衣，用鞭子猛抽背部，抽得皮綻肉開，血痕斑斑。他咬著牙關，企圖挺過去。然而在抽過一陣鞭子後，竟有人在他已是傷痕累累的背上灑上鹽巴，遂令他痛得昏死了過去。

然後施刑者再從前面朝他頭部潑上一桶冷水，又讓他醒了過來。於是後面的皮鞭再次朝他背部猛抽，鹽巴也再次抹上，再次讓他痛得昏死過去。然後前面又有人澆來一桶冷水，讓他猛然醒來，如此周而復始。這些施刑的幹部對這「匪俘」是特別地同仇敵慨，而他竟是一次次挺了過去，並沒求饒。

「看到這裡，我就真的看不下去了。」帶著湊熱鬧的心情去當這場酷刑的旁觀者的皮鞋，神情悲戚地述說著，而我也聽得心如刀割，說不出話來。

彼此沉默了一陣，皮鞋顯然從悲戚的心情回復過來了，又說：

「不過這些新生其實比竊盜犯還可惡，他們的所作所為是危害到我們國家的生存的。」我聽了卻是無言以對。

韓文富在這次事件後據說被送離指揮部，不知所終。而那位我們去帶出來的六隊新生，聽說過後不久又因鬧事被送回了禁閉坑。

風中搖曳的野百合

在跟著皮鞋到處探索荒島的五月天，有次在一個晴朗的日子，我跟著他從指揮部的後門出去，跨過流麻溝的小橋。他笑著說：

「這條流麻溝原來叫作鱸鰻溝，聽說這裡以前還可以抓到大尾鱸鰻呢。」

「大尾鱸鰻」四個字特別用閩南語來強調，我聽了一笑說：

「現在大尾鱸鰻都到指揮部裡來了。」

我們穿過溪邊一些低矮民居，沿著小溪右岸往出海口走去。沿途右手邊大半是山崖陡坡，然後在經過一處較為平緩的山麓時，我看到土丘上立著不少小石碑，凌亂地散布在荒煙蔓草之中，竟是個亂葬崗景象。我心頭一驚，想著這可不像老百姓的墳墓，還沒開口問，皮鞋就說了：

「這些是以前死在這裡的新生的墳墓，死了之後燒成骨灰，又沒家屬來認領，就埋在這裡。」

這一個個向著大海的小小墓碑，經過多年都已經風化得字跡模糊，成了一片荒塚，埋了之後就沒人再來祭拜。陪伴這些孤魂野鬼的除了來自海洋的朝夕風雨外，就只有那沿著山麓一直開到海邊的野百合花了。這種白色野百合是荒島上生命力強韌的少數花卉，它們並不成片地開著，而是孤伶伶地這裡一叢、那裡一簇。它們不只開在山麓的坡地，往高崖仔細一瞧，也會發現從崖壁上突兀地冒出來的野百合，在風中搖曳著。

我們走到流麻溝的出海口，再往右拐，一條沿著崖壁的小路往上通到一個面海的山洞。皮鞋說這裡叫「勵志洞」。這個山洞並不深入，洞口向海敞開，地面倒十分平坦，像個內縮的半圓劇場，因而通風良好，光線充足，也十分陰涼。我想著這真是夏天避暑的好去處，皮鞋卻神祕地問起我說：

「你知道這勵志洞是幹什麼的嗎？」

「勵志洞當然是修行的好地方啦！」我隨口回應，他神祕地搖頭。

我又注意到地上有一大塊焦黑的痕跡，又答說：「嗯，大概以前的人在這裡升火取暖或者烤肉吧！」

他還是神祕地搖搖頭，然後一臉嚴肅地揭開謎底：

「這裡是火葬場！」並指著那塊焦黑的地面說：

「你看，就在這裡。」

洞裡原來的那陣清涼頓時化作一股寒氣，直侵骨髓深處，令我不寒而慄。皮鞋卻還若無其事繼續說著：

「剛才看到的那堆墳墓，都是先在這裡火化的。」

「現在——，還用嗎？」我有點結巴地問。

「當然還用！有死了的犯人需要火化的，都還是抬到這裡來。」

從這裡望出去是湛藍的天空與飄渺的大洋，海風習習吹進來，我心中默哀良久。

「走吧！」皮鞋也覺此非久留之地，催促著離開。

我們尋原路走回，再次路過那堆亂葬崗，我遙望著山崖上隨風搖曳的野百合，默念著「孤魂野鬼同志們，安息吧！」

悲情巴士

幽靈徵候群

初夏的六月，來到這荒島也不過兩個多月的事，我以參加留學考試為由請假，居然准了。

我在大學最後時日整天忙著，卻沒好好讀本科的哲學書，並沒自信可以以此出國留學，而臺大哲學研究所又因二月風暴停止招生。在這種情況下，我自忖身既無一技之長，手又無縛雞之力，入伍竟是個緩衝，又才下部隊，整個情況都尚未搞清楚，實在感到前途茫茫，只想著好歹先當完兵再說。而在臺北的宛文卻逕自為我報名留學考試，頗讓我措手不及。但轉頭一想，如能請得成假，這可是回臺北的好機會。遂也就匆促準備應試，而心裡最大的企盼卻是臺北的會面。准假後的心情是既喜且憂，喜的是即將來臨的臺北的重聚，憂的卻是要提前面對茫茫前途的壓力。

再過兩天就要回臺灣考試了，這天晚上臨睡前腹部開始感到些微不適，原不以為意，希望睡個覺就會沒事。到了三更半夜竟然痛醒了，腹部一陣陣的抽痛。心想可能吃壞肚子，於是摸黑起床，蹣跚著繞到營房後面，走到與六隊間隔的小廣場另一端的廁所去，卻也沒拉出什麼來，設法嘔吐，也無任何改善。

我幾次拖著腳步去到廁所，又回到床上。腹部依然犀利地抽痛著，痛得渾身冒汗，頭昏腦脹，似乎腹內有顆怪胎在裡頭興風作浪，要將整個生命攫取而去。既不拉也不吐，不像吃壞肚子。於是我慢慢撫摸尋找疼痛的具體位置，它似乎集中在右下腹，我開始擔心是盲腸炎，於是找尋到盲腸的位置，用力壓它，卻又沒壓到痛處。它似乎又移到左邊，但也找不到痛點。我就如此撐到了天色微明，聽到遠處伙房傳來黎明前待宰豬仔的吼叫。

我再度下床，穿好衣服，扶著肚子一拐一拐地走出隊部區，走到指揮部大樓後面上坡的醫務室。年輕的醫官被我叫醒了，他看到我慘白痛苦的臉色，馬上叫我躺下，聽著我陳述症狀之後，也用手撫摸我的下腹，然後困惑地搖搖頭說「應該不是盲腸炎」。然而他也診斷不出其他原因來，只好開了一些止痛藥，讓我在醫務室裡躺著休息。

隨著天色漸明，我的肚子漸漸平和，疼痛的感覺也漸漸消退。到了接近中午時刻，我元氣稍復，慢慢走回隊部，像是生了場大病，渾身虛脫。

在準備去搭機的隔天早晨，我病體初癒，正走過部隊前的小操場，一名隊員突然趨步過來，壓低聲音笑著臉對我說：

「長官，聽說你要放假回臺灣去。」

我吃了一驚，他消息如此靈通，竟知道我請假回臺的事。

「你怎麼知道的？」我板著臉反問他。

「可以請你幫我買些ＢＶＤ的內衣褲嗎？」他不回答我的問題，卻直接提出了請求，手掌裡還緊握著一把疊好的鈔票，舉起來向我示意。

我聽了又是一驚，瞪著他看，心想著這傢伙膽子真大，竟敢與新來長官如此攀交情。這個長得高眺結實的年輕人有張來自農村的臉孔，然而除了臉孔之外，身體其他部分卻都十分都會。在盛夏的日子，他穿的短褲不只熨得平平的，比起別的隊員可說又窄又短，緊繃著那翹起的屁股，上身穿的則是一件雪白的緊身短袖ＢＶＤ內衣，把健美結實的曲線表露無遺。這種剛從美國引進生產的名牌內衣，可是當時愛帥男生的最愛。他腳上穿的也不是一般隊員穿的布鞋或球鞋，而是一雙軍用中筒黑皮鞋，擦得又黑又亮。

他那麼愛美，即使淪落到這荒島來，也會仔仔細細地照顧著身上的每一寸。相較於大部分隊員邋遢委靡的樣子，他高眺的身材、結實又不誇張的肌肉，這樣一種運動員的體格，配上一身光鮮亮麗的打扮，簡直像個隊員的服裝模特兒。他若是個軍人，也定會是長官喜愛的儀表模範。然而這張來自農村的臉雖稱俊美，眼神卻帶著那麼一絲凶煞。

而這名俊美的隊員今天竟膽敢跑來請求我幫他買ＢＶＤ內衣褲。我注意到他的穿著已有一陣子了，對他喜愛把自己打扮得漂亮帥氣並不驚訝，我驚訝的是他竟敢請求一位新來的長官幫他做這件事。我看著他期待的眼神，一時摸不透他的心思。我雖身體虛弱，卻不想表現出遲疑之狀，決意對他們抱著敬而遠之的態度，於是斷然拒絕，然後看著他失望地走開了。

當天我搭小飛機飛回臺灣，沒想到又與醫官同一班機。他也是預官，再過一個多月就要退伍。在飛到臺東轉搭公路局班車回西岸之前，他叫我先同他到臺東的軍醫院去，再做一次較詳細的檢查，也沒能查出什麼問題來。最後他只能含糊地說些「不知是不是身心官能症狀」之類的診斷。此後一整年我在荒島，身體方面倒是風平浪靜。這次回臺前亙夜的劇痛彷彿是一場自我的身心試煉，又像是與荒島幽靈的一次交手。

我第一次從荒島的機場搭小飛機飛回臺灣，趕到臺北，倉促上陣參加留學考試，考得好壞實已難去計較了。

從荒涼的孤島回到熟悉的繁華的臺北，其實距離上次離開也才三個月不到，卻有恍如隔世之感，而在荒島所經歷的那綿延的靜寂的震撼竟一時消失在臺北的喧譁之中。我們的心思鎖定在這個留學考試所聚焦的前途問題上，我勉強接受這個退伍後立即出國留學的前景，然而對自己的準備卻甚無把握。心裡又想著，我在營裡的職位如今尚未確定，只能期盼不要擔任太繁瑣的職務，而能有時間準備接下來的一連串考試。

下部隊後的第一次重聚讓我依依不捨。然而在離開臺北的前夕，我竟聽到了一個令人震驚的傳言——臺大即將解聘哲學系包括王曉波、趙天儀等多位老師（陳鼓應已於前一年遭解聘）。由這一年來《新聞天地》與《自由報》等的歪曲報導來看，哲學系的整肅本就在預期之中，只是沒料到規模將如此之大，動作將如此荒謬，也令我悲愴之情洶湧不已，難以平復。在從臺北趕車回臺東的路上，我遂決然地做了個退伍後立即出國的決定。

荒野計程車

考完留學考試回到綠島的六、七月之交，我們這批新來預官開始準備接任即將退伍的上期預官的職務。眼見著周圍的同期預官已經陸續被安排了清楚的職位，我則每天還是分派到愈來愈多的繁瑣任務，看不出有何職位要接，直到有一天我接到命令——派駐綠島機場擔任特檢官。這顯然是周正的推薦，即將於八月退伍的他，已經從我們隊上調到機場去一個多月了，他當時是去接替一位臨時調回臺灣的特檢官。

綠島機場位於荒島的西北端，是個小機場，只能容小飛機起降。機場航空站是棟小屋，配置兩名特檢官，負責進出旅客的安檢。我是去接替周正的位子的，在七月初開始先去機場見習，直到他們在八月初退伍時正式接任。於是不久之後，我就開始有如上班似地一早吃過飯就前往機場，直到一天的班機結束才又回到指揮部。

每天上午吃過早飯，我與一起調到那裡去的三隊預官劉少尉從指揮部出發，用走的大約三、四十分鐘。兩個人或者趁著太陽尚未高昇一路趕過去，或者看有何便車可搭。回程也是一樣情況，只是在烈日下經常走得全身汗水淋漓，而便車的選擇就多一點，可以設法搭上往指揮部開的計程車。

原先待在指揮部裡，並沒注意到荒島民間還有一些車子——就是那麼四、五輛計程車，他們平常不是聚集在南寮漁港就是在綠島機場這兩個荒島的出入關口，等著載送來探親觀光或回營的乘客。

這四、五輛計程車在臺灣是通不過檢查、沒人要開的破車。每輛車總有些地方殘缺不全，外表的破損不說，有的缺了門把，一邊打不開；有的窗子缺了玻璃，乘客有時就只好任憑風吹雨打；有些車在荒島崎嶇的馬路上行駛，雖然開不快，整個車身還是會震得像要解體；大小車燈的問題更不用說了。這樣的車是拿不到行車執照的，而的確也沒有行車執照。

機場見習期間，有次我在大雨中有急事趕回指揮部，匆忙跳上一輛計程車後才發現它沒有雨刷，擋風玻璃被大雨淋得一片模糊，我在情急之下只能硬著頭皮讓他載。在大雨中司機右手掌舵，左手拿塊抹布，身子傾向左前方，幾乎壓到方向盤，以便他拿著抹布的左手能從車窗伸出到擋風玻璃前當雨刷用。他一邊踩著油門，一邊拚命用手抹除雨水，但也只能抹掉一小角落。他就如此一手開車，一手刮雨，而有幾個時刻，雨大到他的手再怎麼快也來不及刷的程度。我一路神經緊繃，他卻是識途老馬，把車安全地開到指揮部。我鬆了一口氣，這時他已經全身溼透了。

這些計程車司機大半不是本地鄉民，與這荒島上不少人一樣，來到這個三不管地帶討生活。在這些破車中，有一輛特別突出，又是由一位女司機駕駛。年輕的阿玉開的計程車不是一般轎車型的，而是一輛小巴士，大約可搭載十個人。它的座位不是前後排列，而已改成左右相對，像老式巴士那樣。這輛小巴士同其他計程車一樣，在臺灣也是通不過檢查的。

阿玉的小巴士雖然破舊，但她還是百般設法，讓車子維持在一個派上用場的狀況。她很照顧車子的外在與內裡，雖然白色的烤漆已經灰撲撲地失去光澤，她總是擦拭得乾乾淨淨，而座椅的海綿墊也已處處龜裂，她還是為它套上洗淨的舊椅套。她這個人也是一樣，雖然瘦巴巴、弱不禁風的樣子，卻總是穿戴整潔。於是在七月分的機場見習期間，我若有機會就會去搭阿玉的便車回指揮部。

悲情小巴士

機場見習的一天上午，我正輪值負責接機，這是上午的最後一班了。小飛機搖搖晃晃地停穩之後，先從飛機上下來神情哀戚的老少一家人，接著又下來了一群興高采烈的年輕人。

這群還在讀中學的年輕男女，一下飛機就嘰嘰喳喳、東張西望，無視於特檢官的存在，顯然是一起來荒島玩的。我還沒來得及進行安檢，航站大門口就來了一輛吉普車，下來的竟是副指揮官。他一進航站就對著這群年輕人說：

「抱歉！抱歉！我來晚了。」

頭髮已經花白的上校副指揮官長得高頭大馬，挺著一個肥胖肚子，已屆退休之齡，平常待部屬還蠻和顏悅色的。

原來他是來接這群年輕人的。接著我又得知其中一位女生竟是指揮官的女兒，她放了暑假，帶幾個同學來到荒島探望父親，也趁機遊玩。於是讓他們迅速通關，好讓副指揮官接走。這位女嬌客帶著一件大行李，看來要待上不只兩天，副指揮官搶著幫她提這件大行李，一夥人擠上了吉普車。

接著是神情哀戚的另外那家人，從他們的氣質與神情，一看就知道是來探望政治犯的。這家人有老有少涵蓋三代，看來是某位政治犯的妻兒老母，而由那位滿臉神傷的中年女出面答詢。

然後我聽她說出是去指揮部探望柯旗化，心頭不免一震。才來機場負責安檢不久的日子裡，這可是我第一次見到我所知悉的政治犯的親人來探監。來的這家人，其中一位是頭髮花白的老母，一位即是這位滿臉神傷的妻子，還有兩位看來還在讀中學的未成年子女。

辦完入境登記後，我接著進行飛機的回程作業，檢查完飛往臺灣的旅客，並送走了今早的最後這班機。結束後，我急著回指揮部辦事，衝出候機室看有無便車可搭，就看到阿玉的那輛小巴士正升火待發。阿玉從駕駛座上探出頭來喊著：

「特檢官要回指揮部嗎？我正要去那裡，要不要上車？」

我回答一聲「等我」就三步併兩步地衝上車，才發現裡面正坐著柯旗化這家人。他們一家人坐在一邊，我就坐到另一邊，與他們面對面坐著。

我一面同阿玉搭訕，一面探看著神色黯然的這一家人。在往指揮部的路上他們互相一語不發，或許是因為見到有軍官同車在座。我雖有心問候，卻也只能默然當個旁觀者。到了指揮部大門下車，這家人在門口的警衛室辦理探監登記，我則逕赴指揮部大樓辦事去了。

我在指揮部辦完事，剛走出大樓，沒想到又碰上那幾位興高采烈的少年男女。顯然副指揮官在接機之後，帶著他們先去鄰近景點轉了一圈才回來。他們一群人要住到指揮部的宿舍，部裡的長官們則從副指揮官以降，無不爭著接待這批嬌客，而指揮官的嬌女兒也大方地再次讓上校副指揮官幫她提那件大行李。

這群少年男女天真浪漫，出現在這肅殺荒謬的營區裡，顯得特別突出。我看著他們走向宿舍的活潑身影，回頭正要離開，卻遠遠看到柯旗化一家人還等在指揮部大門口。

這天下午，柯旗化這家人從指揮部探親結束，再次坐阿玉的小巴士回到機場，等待搭機飛回臺灣。探視過監中的親人，一家人神情似乎不再那般黯然，然而他的妻子紅紅的眼眶裡卻還是噙著淚水。

柯旗化十多年來沒有精神崩潰，又被送到新生隊來，卻不知出獄何期，可謂茫茫然不知所終。在這種情況下，看來他的家人可真給了他不小的精神支持。想到這個，我稍感安慰地目送他們一家人飛回臺灣。

而那群少年男女在幾天之內就把這荒島玩遍，回臺灣去了，指揮官女兒卻留下來一段日子。原來指揮官仰慕柯旗化之名，特定要他來幫這嬌女兒補習英文。這些日子，柯旗化就天天來到指揮部幹起他的本行，雖然就只有這麼一個學生。

這幾天，我在吃過早飯還沒去機場之前，無事坐在隊部前面時，就會看到柯旗化一個人往指揮部的方向走去，看來神情舒暢不少。

仲夏荒謬劇場

夏日酷刑

一九七四年七月底，我繼續每天到機場見習，而留在指揮部第五中隊的日子已經屈指可數了。

這天下午從機場一回來，我就來到第六中隊。在熾烈的太陽下，六隊小廣場上的沙子都已曬得冒煙了。我是來看站在廣場沙地上的一位新生，他周圍劃出一道小圓圈，明白地宣告這道圓圈是他的活動範圍，不得越此雷池一步。很清楚他正在接受懲罰，幾天來幾乎整個指揮部都被他一個人搞得人仰馬翻，連機場也不能倖免，而這懲罰正是他為此所付出的代價。

這是個晴空萬里的荒島夏日，火辣的日頭毫無節制地射向他。原來站著的他已慢慢彎了膝蓋跪了下來，甚至跌坐在沙地上。雖然曬得熱騰騰的沙子讓穿著短褲的他覺得跪也不是，坐也不是，畢竟還是比站著舒服些。但他那個光頭直頂著烈陽，曬得都要七竅生煙了，讓他感到昏眩難過。他的帽子也不知丟到哪裡去了。

他脫下鞋子，擱在頭頂上遮陽。然後又開始用手掏沙子，他撥開表層的熱沙，向地裡挖出較涼的沙土，掏出來撒在頭頂上。沙土順著光頭滑過臉頰，滑到身子，再掉到地上。他就再挖出一把撒在頭頂，如此反覆著。間或他又會拿起那隻脫掉的鞋子來遮陽。最後這些從頭頂滑下的沙土與身上的汗水混成團團塊塊，讓他似乎披上了滿身的迷彩。而他的臉已經難受得扭曲成一團，從勉強睜著的眼睛，露出著苦苦求憐的餘光，不時向旁觀的幹部討水喝。

他犯了嚴重的違紀事件，正在接受「烤刑」的懲處，被擺在那裡已經數天了。他叫邱長豐，雖是位新生，但從他的長相氣質卻難以看出他會是個政治犯思想犯。當他覺得穩當無事時，那股癟三之氣就流露而出，眼睛無處不在搜尋著如何可占些便宜。而在受苦受難時，他又是那麼一副哀號無告的哀民模樣，似乎可以拿出身上所有來換取救贖。

人間煉獄

邱長豐來自一個慣竊家庭，從小跟著父親到處流轉，沒受過什麼教育，幾乎目不識丁。平日就配合著父親的出擊進行後勤搭配，長大後也開始接受任務擔任前哨作業起來了。

有一次他失風了，被抓到警察局去。在刑求之下，他不得不供出背後指揮一切的父親。他父親大怒，不僅不去保他，關進監獄後也不去看他。

生性孱弱易欺的他，在監獄受著各種苦刑與壓迫。有來自獄吏的，而更多是來自同牢的，監獄成了他的人間地獄。然而有個機緣讓他想開始識字，當然又是遭來一番恥笑與作弄，這個小竊賊還想往上爬呢？他只好多方討好來換取同牢的同情，於是開始有人教他寫些簡單的字，他也就如此漸漸又得意起來了。

然而一個癟三能夠怎麼得意？一個生性與長相都要遭來欺凌的人，又是在監獄叢林裡，他能夠得意到哪裡去？有人開始教他寫些渾話，要他讀出來，以引發同牢們一番哄堂大笑，以此取樂。甚至有人將他所寫的胡言亂語偷拿給獄吏，而讓他遭來一頓懲處。

但邱長豐倒也渾渾噩噩地自甘自受，覺得能夠寫字就夠他滿足得意了。而隨著這番惡作劇的荒謬漸次升高，終於有一天有人教他寫了五個字。那些字的發音對他而言似有所感，也不甚明白其意，但他也樂在其中地照著寫了這麼五個字：「毛澤東萬歲」。

作弄他的人可是不能放過這良機的，他寫的這張紙被層層上繳到獄方高層。這事可非同小可，不是拉出來痛打一頓可以了結的。這白紙黑字讓他百口莫辯，五個字清清楚楚構成了他的叛亂鐵證，連獄方想幫他開脫都找不到理由。監獄將這物證送交國安單位來處理。

國安單位經過一番審訊，顯然也發現了邱長豐只是個沒有「政治思想」的小賊，然而也不能不辦，最後把他送到荒島的新生隊來「感化」。

捉摸不定的幸福

從臺灣的監獄轉到這荒島的新生隊來，對邱長豐可是個解放。這裡的日子比監獄的舒服安逸多了，沒什麼勞役，三餐吃得飽飽，而更重要的是他的新生同牢斯文良善多了。他想識字，可是來對了地方，而且隊部的長官是以對待新生的態度來對待他的。總之他不再像在臺灣的監獄那樣是個孱弱無助、受盡欺凌的可憐蟲。

他沒想到人世間竟然還有這樣的好地方，雖然沒能娶妻生子，但想起不用在慣竊父親的淫威下蠅營狗苟，不用在監獄同囚的作弄欺凌下苟延殘喘，他也覺得可以滿足了。隊部的長官比起監獄的警察容易應付太多了，每天早睡早起，三餐定時，也不用去特別討好賄賂長官。這或許是他有生以來最幸福的日子。

於是他又開始得意起來，癟三的個性又按捺不住了。他開始會因小事而跟別的新生鬥嘴爭執，甚至鬧事，也因此老是挨整，被打屁股。但比起臺灣的監獄，這些對他其實不算什麼，已經是過日子的一部分，他其實還漸漸感覺到這裡像個大家庭了。

而他不僅從這些新生學習識字，也耳濡目染開始學到一些政治觀念，隱約瞭解到令他關到這裡來的那五個字背後的意義。他也從新生們的吵嘴中模模糊糊感覺到不同政治立場的存在。原先目不識丁，沒能說幾句國語的他，慢慢地也去依附上一種政治立場。他開始學會說些「都是那些外省人如何如何了」的話。而這又引發了他與一些新生們的齟齬爭鬧，甚至因而受懲。

這樣的日子實在不賴！然而隨著日子逐漸過去，在新生隊所剩的刑期逐漸縮短，邱長豐心中的一塊陰影卻也逐漸擴大。過去在臺灣監獄的那段慘澹的日子，想起來就令他不寒而慄，因為他還沒服完在臺灣的刑期呢！這裡的舒服日子過完後，他可是還要回去那個臺灣的人間煉獄，繼續服完那似乎是無盡的苦刑！這個陰影隨著日子的飄逝，期滿結訓日子的一日日逼近，而逐漸擴大到占滿了他的整個思維。

他開始恐慌，也開始焦躁地與同牢爭鬧衝突。然後他想到進一步的鬧事可能可以讓他考核不過，而被留下來繼續「感化」。他很得意自己能想到這招，也開始搞出各種鬧事的名堂來。然而長官也摸著了他的這個心理狀態，在一陣懲處之後也同他講白了，他這樣做是沒有用的，只會徒然招來皮肉之痛罷了。

於是他想到了另一招，以自殺來要脅。他用刮鬍刀片割腕，一次又一次把自己割得血淋淋的，但傷口經過包紮後也都沒事。他有條苟活的命，像條街狗。原想以死相逼，以為可以換取長官的同情，然而長官們也不為所動，知道他死不了，不過卻不能讓他這樣胡鬧下去，只好沒收了他所有的小刀片。

然而一位經常同他鬥嘴爭鬧的老新生，卻會偷偷把小刀片放在他看得到的地方。他發現之後，又會拿來再表演一次，把自己割得血淋淋的。

為了懲罰邱長豐，隊部將他上了腳鐐，讓他不良於行，而且走到哪裡都會叮噹叮噹預告他的來臨。這一陣子他真是消沉得灰頭土臉，連作怪搗蛋的天性也不知消失到哪裡去了，甚至也懶得到處走，竟日縮在一處，也省得拖著腳鐐行走的累贅。而長官們也開始鬆了口氣，以為他已經接受了結訓離營的命運。

最後一場演出

經過一陣蟄伏，邱長豐又開始起腦筋。他想到了最後一招——逃亡。他當然不是真的想逃掉，他當然沒法泅過茫茫大海回到臺灣，安排外邊的人來接應渡海的想法更是會讓大家笑破肚皮。他只能想到，逃亡之舉將會引來長官們的震怒，而且震怒到要把他留下來繼續關著、不讓結訓的地步。於是他找到一個不算難的機會，拖著腳鐐溜掉了。

長官們果然震怒了，走掉一個人可是要全指揮部動員起來將他找回來的，港口機場也都要警戒起來。雖然大家知道他又再玩把戲了，不是真的逃走，而只是想再一次製造事端，以便能夠留下來不要結訓。然而要動員起來把他找回來可是件麻煩事，先是判定帶著腳鐐應該不會走太遠，於是在營區周圍內外仔細地搜查了幾番，竟沒發現。第二天開始，搜查範圍漸次擴大，山麓所有可能的隱蔽處，附近所有的民居，最後搜上了山。兩天之後還是不見這傢伙的蛛絲馬跡，這個瘋角色竟然還真會躲呢！不過開始有人擔心起他會不會真的採取了真正的最後手段，真的投海自殺了，因此指揮部也開始在海邊搜尋有無漂流物。他這次真的把大家整得人仰馬翻了，尤其是負責搜尋的主力六隊的幹部，可真把他恨得牙癢癢的。

精疲力竭的幹部們分批輪流上山搜查，直到第三天下午還是遍尋不獲。這時第四中隊隊長剛從臺灣休假回來，聽完了情況的彙報之後就說：「我知道他躲在哪裡！」接著也沒休息就帶著幾個隨從，拿著手電筒木棍等往山上去了。

一向十分機靈的這位中隊長顯然摸透了邱長豐的心理底層，知道他會去躲在哪裡。他其實躲得並不遠，帶著腳鐐畢竟難以走遠的。他也沒真的要逃掉，毋須走得太遠難以回來。他的目的無非是製造一個逃走的罪名，以便結訓不成。這位隊長在荒島待上多年了，幾乎把整個荒島踏遍，尤其知道一些一般人不會留意的隱蔽處，上了山之後就先集中在幾個點搜尋，憑著多年在山上的經驗，在搜過幾處地點而天色都暗了下來之後，就真的找到他了。

他躲在上山後不太遠的一個隱蔽的小山崖邊，那裡可以望見大海。他這幾天就躲在那裡，喝著帶在身上僅有的水壺，癡癡地望著大海。開始時他有點得意這次計謀可以得逞了，兩天之後他卻已經餓得開始擔心長官們怎麼還沒找上來。有幾次他聽到有人在附近山崖上走，顯然是搜尋的隊伍，但他們就是沒探身下來。

這天入夜之後，他想著搜尋隊伍已經收工，自己也餓得昏昏欲睡，就等著明天再說吧。不料又傳來了腳步聲，腳步踏在草叢上的窸窣聲愈來愈近，逼近山崖邊，讓他猛醒過來。然後突然一柱手電筒的強烈光芒直射在他身上，亮得讓他睜不開眼睛，接著傳來熟悉的四隊隊長的聲音：「我操他媽的，就在這裡！你給我出來！」旁邊也響起隨從們興奮的吆喝聲「出來！出來！」「他媽的！給我出來！操！」此起彼落。他被幾柱手電筒的強光照得睜不開眼睛，想著可以回家了，遂疲憊地摸著崖壁爬了上來。他被來人狠狠地從頭上推了幾把，才發現自己蹲在那個小山凹幾天，竟然讓他疲累地幾乎站不起來。身邊轟轟然響著各種咒罵聲，偶然從背後來幾下推迫，他就這樣昏頭昏腦地跟著四隊隊長的人馬，踉踉蹌蹌地下了山。

太陽兀自照耀著

入夜之後，營區本就一片死寂。六隊的幹部十分洩氣，正一面思索明天的搜山範圍，一面盤算著抓回邱長豐之後要如何來修理一番。這時從流廁溝的後門傳來了歡呼聲，四隊隊長一幫人馬帶著逃犯「凱旋而歸」，或者應該說把他拖著回來了。他幾天沒吃東西，已經餓得昏頭轉向，手腳發軟，帶著腳鐐一顛一拐地被拖回來。得意洋洋的四隊隊長親手把他交給灰頭土臉的六隊隊長。

六隊的長官們把邱長豐帶回隊部，眼看著已經十分虛弱的他，並不想馬上對他進行懲處，還是先讓他吃了飯、睡個覺，隔天再說。對於如何懲處他，六隊的長官們心裡是很矛盾的。這個「新生」

本就不該屬於這裡，來到這裡只是徒然增加管理上的困擾。而且他又特別「脫線」，經常讓人既好氣又好笑。這次他為了要能免於回到臺灣的監獄受苦，千方百計地製造事端，企圖能留在隊裡，永遠不要結訓。雖然因此為長官們惹來很多麻煩，卻也難免引起一些同情。在這種心理下，長官們也知道嚴懲他其實是沒用的，唯今之計只能期望他能平平安安結訓，將這個麻煩人物送走。

六隊幹部不想嚴懲他，譬如說關禁閉。但也不想打他幾個大板，不想在他結訓時後腿上還留著尚未痊癒的傷痕。但又不能不懲處他，最後想出一個「烤刑」，一個可以不留痕跡的刑罰，而這幾天又是無風無雨，正是好時機。

邱長豐這條韌命經過一夜的吃睡竟也恢復得很快，趕在長官們氣頭未消之前，又是活龍一條了。隔天下午，他被帶到隊部中庭的沙地上，光著上身，拖著腳鐐，沒戴帽子。一個分隊長在他周圍的沙地上畫出個小圓圈，勒令他不得越出此雷池半步，也不給水喝。

沒多久，荒島夏日惡毒的太陽就把他曬得汗水淋漓口乾舌焦。再沒多久，他感覺到光著的頭皮像是要烤焦了似的，讓他昏昏然跌坐下來。於是開始了脫鞋挖沙遮陽的一連串既滑稽又令人不忍的動作。偶而會來些隊上幹部，站在旁邊看著他取樂。他哀求著給水喝，只能招來一陣訕笑。

他每天一早就被帶到沙場的圓圈內受刑，直到太陽下山，才回隊吃飯睡覺。這些天來，荒島的太陽特別毒辣，天無雲，地無風。人站在太陽下沒多久都會難以忍受，營區的幹部大半躲到房裡，或待在樹蔭下。而他被罰著天天受著太陽的烤刑。如此一連幾天之後，才終於起風。而這時隊上的幹部也覺得罰夠了，終於讓他歸隊，這時他已被曬得更瘦更黑，像個泥炭似的。

後來到了秋天，我聽王舜傑講起，隊上的幹部很高興地辦理了邱長豐的結訓，把他送回原來關他的臺灣監獄去了。

夏末誘惑

僕僕的探監者

調到機場工作之後，天天接觸的是搭機過海的旅客。來此地觀光的遊客並不多，機票對大半鄉民也是個不小負擔，而以軍公教為主的荒島中產階級也沒有太多假期可以過海，因此在搭機旅客中，從臺灣渡海來此地獄探親的家人也就占了不少。我於是開始有機會見到各色各樣的探監者。

來探訪指揮部管訓隊員的並不多，他們比較像是被家人拋棄的一群，或許他們的家人是因為家境的關係，即使要越海來探親，也可能多是搭乘渡船，而不搭飛機。來探訪指揮部新生的也不多，因為他們大半孑然一身來到臺灣的，在臺灣並無親人，否則也不會繼續滯留在此。因此來探訪親人的主要都是以荒島的兩處重刑監獄為目的了——司法部的重刑犯監獄以及國防部的感訓監獄，而其中還是以來探望感訓監獄的政治犯居多。

這些探監者，有的是來探望兒子的，有的是來探望父親的，有的是來探望丈夫的，有的是來探望兄弟的，有的更是全家兩代甚或三代一起來探望家裡的男人的。他們多半帶著沉重的心情來到荒島，而也帶著黯然哀傷的神情離去，不少妻子女兒都是紅著眼眶噙著淚水飛回臺灣的。在那還看不到有任何解除戒嚴跡象的遙遠年代，他們總是帶著給受難的親人打氣的心情，強忍著悲痛來到荒島，傳遞給他鐵牢外的一線希望，然而離去時卻又禁不住地感到萬分地哀愁與絕望。

做為機場特檢官職責所在，我會詢問所有入境旅客來此的目的，若是來指揮部探親的，我會多加詢問所探者何人。然而若是去其他兩座監獄的，我只會憑其身分做些推斷，並不多加詢問。那種哀愁與絕望也在我內心底層蔓延著，然而卻又不得不保持一種漠然的工作態度。

落難的紅衛兵

在颳著強烈西南風的一個下午，有一位斯文英俊的男士下了飛機，我看著有些眼熟，一時想不出曾在何處見過。等到進到航站進行安檢時，才發現他是創辦《大學雜誌》的鄧維楨。我以為他是來探視某位政治犯，詢問之下竟是來探視我們指揮部裡的又一位「高級雇員」王朝天。[7]

王朝天幾年前還是臺灣媒體上大名鼎鼎的風雲人物，他在一九六六年文革高潮時以大陸紅衛兵的身分逃到臺灣，由於帶來當時大陸文革的第一手資料，頗受當局重視。他又口才辨給，到全臺各個學校演講，受到熱烈的歡迎。

然而沒想到，才沒幾年我竟然在這荒島上遇見他。來臺後沒幾年，他大概一直抱著紅衛兵的抗爭精神，竟然就與當局鬧翻了。當局不能容忍他，又不能公開處理他，遂將他依例放逐到荒島來。

這時他被安置在指揮部的第三中隊已經一年多了，與在我們五隊裡的那對難兄難弟一樣，除了吃飯睡覺，隊上長官是管不了他的。

王朝天長得強壯矯健，不分冬夏皆是足蹬運動鞋，一身短裝打扮。他典型的夏日裝束是白汗衫白短褲，加上白襪子白球鞋。他上身通常只穿一件當時流行的BVD貼身汗衫，露出身軀的健美曲線，而身上的汗滴則讓曬黑的皮膚閃閃發亮。他是這麼一副運動健將的樣子，渾身曬得比管訓的隊員還要黝黑，像個黑炭似的。天氣冷下來時，他頂多加件輕薄白色夾克，如此一身黑白分明。他確實天天在鍛鍊身體，打球慢跑，上山下海，到處遊走，總是一副隨時可以跑跳起來的姿勢，很少看到他安靜下來，這點倒是與五隊的那對「高級雇員」文質彬彬的形象相映成趣。

王朝天與那對難兄難弟還有一處更大的不同，他不像他們那般「識大體」，而簡直可說是不馴。他繼續發揮紅衛兵的抗爭精神，對在隊上所受到的待遇據理力爭，隊部則認為他是在無事生非。他又一天到晚在外頭活動，經常跑到荒島村落與鄉民結交往來，混得很熟，也不時會出現在機場航站送往迎來，儼然荒島鄉民社會裡的一號人物了。

王朝天的隊上長官十分擔心不知哪天他就要不見了，於是指派了兩個我們同期預官來看管他，要求隨時報告他的行蹤。然而這兩位預官如何能管得了他，連追都追不上，只能被他整得慘兮兮的，因而老看到這兩名預官給搞得緊緊張張、悽悽遑遑，不可終日。而我每看到他在機場出現，就會想像著哪一天他會游過那道黑潮逃掉了，就如同他當年游到香港那樣。

而今天，來探視王朝天的竟然是鄧維楨，我看著他出示的公文，上面寫著的頭銜是行政院的什麼顧問。我望著他往指揮部去的背影，納悶著他能提供王朝天什麼樣的幫助與慰藉。

打著蝴蝶結的女孩

她是個活潑大方的高女孩，有著一張清純美麗的臉孔，看來十七、八歲的豆蔻年華，在我進駐荒島機場後，她的第一次出現著實令我驚豔一番。

她燙著一頭那時只能在美國電影上才看得到的年輕女孩的短髮型，用半圓形的大髮夾從額頭將頭髮往後梳攏固定，鬆蓬的髮梢微微上捲，還繫上一個大蝴蝶結。相較於當時臺灣中學女生不准捲燙的齊耳短髮，她或者已經高中畢業，或者根本就沒在上學。她的髮型配合著天真無邪的笑容，蹦蹦跳跳的模樣，不時洋溢著一種青春少女的喜悅與幸福。

她的這種模樣與神態顯然來自臺灣的大都會區，甚至是來自十分洋化的家庭。她既非這荒島鄉民的親戚，也非因迷上這荒島景色而來造訪的旅人。每隔一、二個月，這女孩就隨著她母親來到這裡，為的是來探視在八卦樓裡的父親。她父親是個政治犯，而顯然她們母女倆已經來過多次了。

雖說她有著天使般的笑容，高䠷的身材卻已是發育成熟。隨著夏日的來臨，她來到荒島的穿著就愈來愈單薄。她一身散放青春活力的俊俏打扮，頗引來鄉民的異樣眼光，然而她倒十分自在，到處走動。

在每次探望過父親，回到機場等待飛回臺灣的班機時，她穿戴高雅的母親總是神情嚴肅，不發一語坐在一旁。而她則活潑地到處與人搭訕。尤其是與那些口嚼檳榔、衣衫不整、足履拖鞋的計程車司機有說有笑，混得十分熟稔，頗讓我感到醋意。她也會走上前來跟我搭訕，我卻仍得擺出機場特檢官的威嚴。雖然她的政治犯女兒的身分與天真無邪的笑容惹人憐愛，而她的青春打扮與成熟丰姿又極引人遐思，我竟不太敢正視她。

她穿戴體面、神容優雅的母親還是靜靜地坐在一邊，並不管她。她們母女倆這般不同的舉止，讓人猜不透她們此時內心的感受。我則企圖琢磨出她們的親人會是怎麼樣的一個政治犯？

由他妻子的優雅神容看來，他應該出身不低，頗有教養。而他女兒的舉止打扮也顯示出是來自一個頗為西化而開放的家庭。他這麼樣的一個出身，又會在哪裡忤逆了當道？

面對這麼一張清純可愛的臉孔，我不忍心問她到底她父親曾經發生了什麼事？而已經關了幾年？還要再關多久？她或許也不會輕易洩漏給我知道，或許連她母親也不曾對她透露分毫？而她在家裡也是這般天真快樂模樣嗎？

我企圖在她那天真的笑容中尋找出一絲憂愁，企圖在她那活潑的談笑中窺見到一點陰影，然而她總是像個遊興未盡卻要踏上歸途的快樂女孩，還在利用最後一刻到處尋找好玩的事情。而她那優雅安詳的母親也總是沒有表情不發一語地坐在一邊，讓人看不透心中有著任何翻滾。

我幾乎放棄了再去猜想的好奇心，然而唯一令我不安的是這隻有如蝴蝶般到處拈花惹草的青春女孩的風采。在荒島的酷暑下，一個年輕軍官再怎麼擺出威嚴，也會被她所散放的氣息所吸引，情不自禁將眼光拋向她。

這是個荒島盛夏的大熱天，她又跟著母親搭機來到荒島，而她的穿著更引人側目遐思了。她穿著當時臺灣都市正在流行的熱褲，一種女生穿的頗短的褲子，腳上一雙時髦涼鞋，讓她白皙的雙腿更顯得修長，而頭上依舊打著一個天使般的蝴蝶結。這種足蹬涼鞋、身著熱褲的俊俏打扮再度令我不敢逼視。

在探視過獄中的親人後，她那優雅的母親早已坐在候機室等著回航的班機，卻仍不見她的蹤影。過了許久，就在她們的班次即將飛來之前，她才手舞足蹈地踏進候機室，忙不迭地向母親訴說司機阿福載她去看還在修路的海水溫泉。她興高采烈的模樣讓整個候機室的人都為之感染，而身著汗衫短褲、滿臉鬍髭的阿福也已停好他的破計程車，手裡甩著一串鑰匙，挺個胖肚子，得意地步入候機室，腳下的拖鞋在地板上拖沓地喊嚓有聲。

我忙著安檢作業，偶而也將眼睛飄向那蝴蝶般的女孩，她已經結束對母親的報告，尋找另外好玩的目標。而這次我竟不巧看到她隔著一張桌子，彎腰前去向她攀談的對象拿個東西，她那已經夠短的熱褲，更是整個拉了上去，露出了半個臀部。

我不忍多看，即刻轉開眼睛，卻感覺到整個候機室都是虎視眈眈的目光，射向了這蝴蝶女孩。

寂寞旅人

來到九月中，荒島的暑氣未消，我按原訂計畫，再次請准假回臺灣參加英語托福考試。在搭機回臺時，我發現與一位經常來回臺灣與荒島間的馬小姐搭乘同一班機，與她同行的還有一位懷中抱著嬰兒的少婦。

年輕的馬小姐幾乎每個月都會來到荒島，探望在八卦樓已經關了多年的父親。她來得頻繁，與鄉民熟稔起來，後來就乾脆租了處民宅，一來就待上數天，方便就近探望父親。她如此頻繁進出荒島，總是板著臉孔，不帶太多情緒。來的次數多了，也與我們機場特檢官熟了，不再拘謹。我曾試圖多問兩句，她卻是守口如瓶，我只能隱約猜測她父親或與孫立人有關。

這天我搭機回臺灣參加考試，與馬小姐同一班機，與她同行的那位懷中抱著嬰兒的少婦，就是她所寄居民宅家裡的。飛到臺東後，我轉搭公路局的夜班車赴高雄再設法北上，上車時發現又與她們同車。她原是與懷抱嬰孩的少婦坐在一起，車子開之後，她發現我旁邊位子空著，就大方地移坐過來。沿途大半的乘客都已進入夢鄉呼呼大睡，我們則竟夜未眠，一路聊天，只感覺到車子在南臺灣暗夜的重山中彎彎曲曲地繞著，直到晨曦初起，而我們也抵達了南部的港市。

我們一路聊天，當年流行臺灣東南西北的各種話題無所不談，但就是對彼此的來歷一句也不提，好似諱莫如深。我們兩人都將荒島的一切拋在腦後，她不管我在荒島的身分，我也不問她那關在八卦樓的父親的事情，彼此就像是在客途上邂逅的兩個旅人。在大港市下了車後，我們就分道揚鑣了。

這次回臺北考試，準備較為充分，令我安心不少。而宛文努力在為我們兩人安排一起出國的計畫，也讓我在荒島焦慮懸宕之心漸漸踏實下來。這次回臺又聽到臺大哲學系大整肅的一些具體情況，這個夏天臺大整整解聘了十三位老師。而我出國計畫已定，對此竟只能感到有些心如死灰了。

風雨之秋

捧著父親回家——父子之間（一）

這一年的颱風或者不來，一來就接二連三。秋颱范迪之後，過了中秋不久的十月中旬，又有一強烈颱風形成，也朝東臺灣方向而來。整個荒島都警戒起來，我心中卻暗暗企盼著或許會再飛來什麼樣的候鳥群。

就在這個強烈颱風逼近之前，機場忙著送走停航前最後一批乘客。一個旅客捧著一個盒子來到候機室，等著搭飛機回臺灣。我檢查那盒子，裡面竟是一罈骨灰。這旅客看來已經三十多歲了，他說是來領取父親的火化骨灰。原來他那關在八卦樓的父親，在這次颱風吹垮了的那堵指揮部高牆時，正被派在那裡進行維護工事，就這樣被崩塌了的高牆給壓死了。

他父親已經關了二十多年，來不及出獄就遭此橫禍，遺體應是在山崖海邊的勵志洞火化的。我檢查身分時又發現，這位來領取骨灰的兒子也已經改了姓，或許是母親改嫁之故，我竟不忍多問。並非所有的家人最後都可以來帶領出獄的親人活著離開荒島。

隔天颱風逼近，天空日漸陰沉，大氣開始騷動，機場突然出現了一隊指揮部的人馬，帶來大大小小的建築模板，把航站小屋所有的窗戶全都封死了，連光線都難以透進來。原來這是我們長官的防颱之道，我也只好放棄提供候鳥庇護所的奢念了。

結果這次颱風在最後一刻轉向了，卻也帶來數天西南氣流引來的暴風雨，飛機停航數天，渡船更是多日停擺。暴風雨中，我們安全地躲在被模板封死的幽暗房舍裡，雨水還是滲了進來，卻也聽不到什麼呢喃燕語了。而封了幾天的小屋也開始累積溼氣與霉味，又停電了幾天，簡直像是被關在禁閉室裡。

後來模板終於拆了，但天氣還是一樣惡劣。飛機看一時天候，等著風雨較小的空檔勉強飛來，甚至就整天停航。整整一、二個星期沒能洗澡，後來受不了才在屋外接了一桶雨水，洗掉一些身上的霉味。內衣褲卻都換光了，洗了的也沒得晾曬。幾個禮拜後有一天上午突然出現陽光，兩個人忙不迭地洗衣晾衣，然而一到傍晚風雨又來。

荒島上的青菜也都吃光了，水果之類更是多日不見蹤影，船又開不過來，開始天天吃花生米、蘿蔔乾與鹹魚。整個荒島的奶粉都已售罄，有一次，有人從臺東帶來麵包土司，竟然也令我饑渴地狼吞虎嚥起來，竟遺憾沒有牛奶相配。

到了十月下旬，又有一次颱風的裙角掃過荒島帶來暴雨，臺東的鐵公路柔腸寸斷，而飛荒島的航班又得停飛數天，指揮部則又派人來將小屋用模板封死。

整個十月分，在每個暴風雨之間、西南風停歇的日子，開始颳起了東北風，預示著入冬季節的來臨。荒島冬天的東北季風又是另一番風雨，北風的強勁也是經常讓渡船停擺、飛機停航。中秋之後幾乎整個秋冬之交的十月分，就在這種南北氣流輪番交迫的惡劣天氣下度過，甚至有一天突然颳起一陣狂風，把機場航站大門的大玻璃吹破了。

如此竟月風雨不斷，渡船幾乎全部停駛，班機是飛飛停停，更讓人覺得荒島的孤立無援。

無怨無悔

閃躲的目光

六隊預官我的老同學王舜傑也是機場的常客。在荒島鬱悶無聊的日子裡，他養成了長途散步的習慣，每天晚飯後就會與同隊的另一名預官走出營區，往中寮的方向前進，走上很長一段才回頭，如此來回可以走上一個多鐘頭。有時他們就會走到機場來聊聊，並帶來一些營裡的消息。

也是在過了十月風雨之後的一個清朗深秋，他們在晚飯之後又出現在機場。我在入秋風雨以來很久沒見到他們了，正高興他們來訪，卻見兩個人都滿臉沉鬱，不甚愉快。

王舜傑一進門就憤慨地說：「你知道嗎？柯旗化這次考核竟然沒過！」

我聽了不禁傻住了，困惑地說：「不是都已經講好了嗎？」

「就是李××，實在太過分了，竟然不讓柯旗化過關。」

「怎麼會是他在阻礙呢？」我一臉茫然。

夏天時，柯旗化曾幫指揮官的女兒補習英文，入秋之後也早已重回福利社工作。那些日子，我們就聽說他的年度考核已屆，他是前一年十月從八卦樓過來的。王舜傑那時就曾提起：「他被送到這裡來已經快滿一年了，我們隊部長官對他印象不錯，聽說指揮部的長官，包括政戰主任，都同意應該放他走了。」政戰主任都同意放人，那就應該是沒有問題了。難怪前些日子偶而在營區見到柯旗化，可以感覺到他那一臉鬱結之氣減輕許多，也可看出那一絲企盼的神情。我私下慶幸著他終於可以被釋放，可以與妻兒老母一家團圓，心中十分欣慰。

接著十月風雨，機場的事情特別忙亂，直到今天再見到王舜傑時已經過了些時候了，卻看到他一臉沉鬱來述說柯旗化的事。

來自麻豆的李少尉是我們一夥十九個人中，與王一起分發到六隊的同期預官，長得矮壯卻有一張秀氣的臉。他平常的作為給人處事認真的印象，被隊部派去管福利社。也因此，在福利社工作的新生與隊員的考核的第一關卡，就掌握在他手裡，尤其是新生。

在那之前，我們確曾聽說過他與柯旗化的關係不太好，曾因小事而齟齬。想起柯的那倔強不馴的眼神，而李又是那副心思單純辦事認真的樣子，兩人會有緊張的關係，並不難想像。然而對我們而言，這些只是個人小事，不應該影響到柯的出獄考核的，不曾想過李少尉竟然會因此而不讓他走？這卻是令人震驚而憤然的。

王舜傑抱怨說：「我們隊上與指揮部其實都想讓柯旗化走了，沒想到竟然被他卡住了。柯旗化不知在什麼地方得罪他了？可是他也不應該搞得這麼絕啊！」李少尉做為一個柯旗化的直接長官，若在考核上不給他過關，上面的層層長官們也只能徒呼負負，當然不敢擔起讓他過關的責任了。一個單純的小預官竟如此操了柯旗化這一年的生殺大權！我聽了悵然良久，想不到竟然事與願違，他又要再等一年接受考核，也不知有無竟日。

過了兩天，我有事回指揮部。辦完事後，我不由自主地往福利社走去，我知道不可能安慰他，而且恐怕也傳遞不了同情之意。我只覺得有股驅力一定要去看望他，不管他是否知道我的心意。

我來到福利社前，頓時步履躑躅。我走進去，看到了一張變得更為慘白、更加黯然的臉。他見到有人進來，但內心中翻攪的悲憤卻讓他再也無法擠出那勉強的笑容來。我不敢與他正面相視，而他似也在閃躲別人的目光。我又再次感到挫敗，踉蹌地退了出來，而他那張緊抿著的無言的嘴，以及那雙充滿著悲切與怨恨的眼神，卻永遠銘刻在我心底。

高貴家族——父子之間（二）

初冬的一個陰雨綿綿、朔風野大的日子，從本島飛來的這次班機顫顫巍巍地降落。從飛機上下來了立即引起我注意的兩位女士，荒島無由的狂風吹亂她們的髮絲，揚起她們的風衣裙角，她們卻還保持著高雅的姿態。

在核對身分的過程中，那位年紀較大、長得較高的女士的姓名，從她的身分證上猛然跳了出來，讓我心中怦然一動。啊！原來他真的關在八卦樓裡！

每次我經過八卦樓總會遙遙瞻仰，心裡默念著那幾位我熟知的人物，雖然不知道他們是否就關在裡面。而今天，從這位高雅女士的名姓與年紀來看，就知道必然是他的姊姊，而他——陳映真的確就關在裡頭，我心頭頓時慌亂起來。

這是我第一次碰上陳映真的親人來探望，頓時又讓我思緒洶湧，投向那八卦樓。我努力按捺著，不在她們面前露出心中的波動。她們也毫無察覺，搭了部計程車朝八卦樓去了。我看著她高雅的背影，心中禁不住地哀傷起來。我又想著那位與她同來的年輕女士，年齡比我大不了太多，會是他什麼人？

不久之後，我再次見到了他的家人，這次來的是父子兩人。身材高大的父親頭髮雖已花白，卻仍保持著英挺的容顏與自若的神態。年輕兒子的姓名則是讓我能將他們與他聯繫在一起的線索。他的這位弟弟年紀也不比我大太多，卻有著歷經滄桑的神情。

從這位老者雍容自在的神情，我似乎可以看出，他對發生在兒子身上的這一切，必然有著瞭然於心的胸懷。我想到在獄中的他應該也是抱著求仁得仁，夫復何怨的心情吧！被這位老者的雍容大度所感染，我不禁也釋然了許多。

我從未見過陳映真本人，而這對父子——他的父親與兄弟的出現，讓我內心興奮不已。我端詳了他們良久，直到他們離去，企圖從他們的容貌與樣態來揣摩出他的形象來。他們是多麼雍容高貴的一家人啊！我心中充滿崇敬與興奮。

見過他們父子之後接連幾天，我滿懷欣慰，想起八卦樓裡的他時，不再那麼悲戚。經過八卦樓時，我想到的就不只是他，而且還有他們這麼一家人了。

勝利之光——父子之間（三）

又是一個灰蒼蒼的冬日下午，已是最後一班飛機了，候機室不再人聲吵雜，時間變得十分沉重緩慢。

這時計程車載來了一些最後的旅客，從車上下來了一老一少兩個男的。老者細看之下其實並不太老，只是淒苦的神情、稀疏的頭髮與佝僂的體態讓他顯得十分衰老罷了。那個年紀輕的留著平頭短髮，長得倒是方頭大耳，只是蒼白的臉色加上癡肥的體態，顯露出不常運動的生活方式，看出應該是剛被放出來的，只是一時難以判斷是從哪個單位。

這個年輕人看來三十歲左右，總是傻乎乎地笑著，一進候機室就用有點呆滯的眼神東瞄西看。他也坐不住，一下子站在門口向計程車司機打招呼，一下子又走到窗子旁邊對著外面發呆，像是發現了窗外什麼寶貝。那個看來是他父親的男的帶著憂愁的神情，忙著辦理出境手續，也不時回頭搜尋正四處遊走的兒子，生怕離開了他的視線。

老者在辦完手續後，就趕緊去把年輕人拉回來，兩個人一老一少找個位子坐好了。父親一隻手緊緊地抓著兒子的手，似乎怕他又跑開了。

飛機遲遲不來，荒島下午沉悶的空氣令人昏昏欲睡。整個候機室幾乎寂然無聲，就只有那位年輕人蠢蠢欲動的聲音，以及父親喃喃的安撫。最後疲倦的父親也打起盹來了。

那個年輕人繼續東張西望，看到站在檢查臺背後，穿著特檢官制服的我，好像發現了什麼似的，瞪著我良久。突然間，他站了起來，擺開父親的手，大步直直向我走來，臉上還是帶著傻傻的笑容。

「我在《勝利之光》上面看過你！」他走到我面前，用手指著我大聲說著，依舊是一臉傻笑。《勝利之光》是國防部的彩頁畫刊，發行到每個連隊，每個當兵的都十分熟悉。

「是嗎？」我心存警戒地回應他。

「我在《勝利之光》上面看過你！」他再一次大聲地說，然後又呵呵地笑著。他那看似瞪著我的眼神並沒停留在我身上，而是穿透了我的雙瞳，落在背後無盡的虛空之中。

我一時不知如何再回應。

這時他驚醒了的父親已經跑上前來，發現他是在對機場的軍官大聲說話，嚇了一跳，趕快把他拉開，然後回頭向我再三地道歉。

「對不起！對不起！」他低聲下氣向我猛磕著頭說：「我的兒子，他只是在胡言亂語，胡言亂語。請不要介意！不要介意！」

他一邊說著，一邊將他兒子拉走，推到座椅那裡。他邊推又邊回頭向我直說著「對不起，對不起」，而他體型碩大的兒子並不頑抗，只是在被推回座位同時，也還是笑嘻嘻地回頭看著我，嘴巴吐出一些不甚清楚的話來，只聽得到「勝利之光……」的餘音。

「沒關係！沒關係！」看到他父親滿臉驚惶，一再道歉，我只能趕快回答。

我試圖展現善意，讓他放心我是不會把他的兒子扣下來不放的。他們父子倆又坐回原來的位子，這次父親把兒子的手抓得更緊了。候機室又恢復了死寂的狀態，我則企盼著這最後一班飛機趕快來到。

飛機終於來了。回程的旅客一一上來接受離境檢查，這位傻笑的年輕人由他那惶恐的父親帶上來，於是讓我有機會詢問。

「他是哪個單位出來的？」我直接但溫和地問他父親。

他父親趕忙掏出一張國防部感訓監獄的釋放證明，如我所料是個政治犯。

我來機場大半年了，很少看到有人從八卦樓或新生隊放出來。前不久那個在風災中罹難的政治犯，離開時已成骨灰。此外就只見過一位張化民先生[8]，從八卦樓被放出來，竟是自行搭機回臺，沒人來接。

「他關了多久？」我繼續追問。而這個傻笑的年輕人似乎又想開口說話了，卻被他父親拉著手示意制止。

「唉！整整十年。」他父親一邊制止他說話，一邊回答我的問題。

他父親看到我繼續探問的眼神，似乎也感受到了我的善意，繼續說：

「就是一條『知匪不報』吧！他在服役當憲兵的時候！」

我同情地點點頭，也不想再多問什麼。

我心想，「知匪不報」的罪名大概還不至於落到這荒島的感訓監獄來，或許他當時年少氣盛，或許他曾有過什麼凌雲壯志，他父親顯然不願多說。但如今，他卻已落到精神分裂只會傻笑了。

我把他們父子送上飛機，傻笑的年輕人隔著窗子對我揮手告別，我也向他揮別。他父親並不回首，低頭垂目，似乎在祈禱著這次可以安然帶著落難的兒子回家去。

注釋（本篇除編注外，注釋者為林易澄）

1　編注：卡爾、道琳、老錢、一回、秩銘、譽孚、三雄、曉波、鼓應，事件發生時分別為，臺大法律系畢業服役中的盧正邦、臺大考古人類學研究所研究生黃道琳、臺大哲學系學生錢永祥、師大英語系夜間部學生周一回、淡水工商管理專校（現真理大學）學生宋秩銘、師大公訓系學生郭譽孚、臺大法律系畢業服役中的洪三雄、臺大哲學系講師王曉波、臺大哲學系副教授陳鼓應。

2 編注：柏楊與陳映真當時確實還在綠島感訓監獄，但李敖沒有待過綠島，李敖遭監禁的地方分別是警備總部保安處、景美軍法處看守所與仁愛教育實驗所。柏楊於一九七二年被送至綠島感訓監獄，一九七六年刑期結束後，被移到綠島指揮部第六隊當教官，形同軟禁，一九七七年四月一日才遭釋放。有關柏楊可參見卷一《柏楊回憶錄》節選。陳映真於一九六八年被捕，判刑十年，先至臺東泰源監獄，後送到綠島感訓監獄，於一九七五年七月出獄。有關陳映真可參見卷三季季《行走的樹》之〈亡者與病者〉。

3 柯旗化（一九二九～二〇〇二），高雄人。先後被捕二次。一九五一年，中學時代同學鼓岩國校教師陳文波受學生牽連，他也被捕判處感訓，在綠島近兩年才獲釋。一九六一年，他又受「方鳳揚等案」牽連判刑十二年，先關於泰源監獄。一九七〇年「泰源事件」發生後，他再次被送往綠島，儘管刑期於一九七三年屆滿，卻被延長感訓至一九七六年才得以離開。鄭鴻生遇見他，正是這段時期。

4 編注：梅濟民（一九二七～一九九一），黑龍江綏化縣人。任空軍四四一六部隊上等軍械兵時，因長官趙星吾收聽對岸廣播、對政府不滿，遭控包庇匪徒判刑七年，趙星吾則遭槍決，後又被指控在空軍臺南基地廁所寫下「打倒蔣中正」，判刑十五年，後合併服刑十七年。在獄中即以《北大荒》成名。

5 吳定遠，一九二八年生，四川人，被捕時為陸軍兵工學校中尉，在軍中並投考臺大數學系畢業。譯有《邏輯及演繹科學方法論概論》、《科學的哲學之興起》、《數學史》等書。根據判決書，一九四九年來臺後，他對反攻大陸失去信心，此後數年間，與席長安等以「大成」主義籌組革命組織。辯護詞則說，該組織旨在反共，雖對政府有所批評，並無顛覆之意。吳因本案於一九六三年，判刑十年有期徒刑。

6 成大學生案件為成大共產黨案，據本案判決書，一九七一年十一月，成功大學學生蔡俊軍、吳榮元等，不滿現實，經常收聽中共廣播，並在校內圖書館接觸《資本論》等馬克思主義書籍，草擬宣言，成立「成大共產黨」，擬推翻政府，實行共產主義。成員人際網絡並涉及多校學生，包括淡江、輔仁、文化、逢甲等大學、高雄商業學校、空軍幼校、海軍官校。淡江大學林守一並計劃以各校為據點發展組織，最後組成「全國大學生聯盟」。相關活動於一九七二年初為當局破獲。

7 王朝天，黑龍江人，本名季水生，獲釋後又改名王朝安。他是文革期間第一位逃亡來臺的紅衛兵，一九六六年十二月由深圳游泳偷渡香港，隨後被「中國大陸災胞救濟總會」接運來臺，曾受蔣介石、蔣經國召見。自傳〈我衝出了地獄門〉於《中央日報》連載。根據判決書，一九六七年四月在僑大先修班，他於黑板書寫「毛主席是太陽 是不銹的鋼 東方紅 太陽升 中國出了個毛澤東 他是人民大救星 他為人民謀幸福」，因此被捕，感化教育三年後，又以「代管雇員」名義「軟禁」在綠島十三年才獲釋。他本人日後則表示，因政府未遵守諾言返還財物，他不願成為國民黨宣傳樣板，引起蔣經國重視，警總派一教官誘他入局成案。

8 張化民，一九二五年生，山西人，根據判決書，一九六一年他因生活困頓不滿現實思想左傾，常在報刊雜誌發表偏激文字，

「以有利匪之宣傳」判刑八年有期徒刑。本文提及便是這一段刑期。一九七四年出獄後，他屢次失業，撰寫「中國統一與中共統戰問題之探討」傳發，又於一九七九年判決有期徒刑十年。

「臺大哲學系事件」案情概述

林易澄

本案涉及孫智燊個人心理因素與國民黨政權高層內部不同立場，案情相對複雜。儘管一九九五年臺大已組成哲學系事件調查小組提出調查報告，但因僅有受害教師的口述，缺少校方與政府史料，所知仍有限制。近期在行政院促轉會協調下，徵集調查局、國安局相關檔案，解讀後案情大致如下。

一九七〇年代初期，蔣經國準備接班政權，為爭取支持，以「革新保臺」角度放寬言論空間，鼓勵青年關心國是。這一時期，持自由主義觀點倡言改革的《大學雜誌》便是當時重要刊物。但民間批評逐漸超出當局容許範圍。臺大校園中，保釣運動引發的學運聲浪，便因此受到注意與壓制。一九七二年四月，《中央日報》刊出〈一個小市民的心聲〉，主張擁護政府穩定社會。同年十二月的「民族主義座談會」上，哲學系副教授陳鼓應反駁此文，與研究生馮滬祥發生爭論，哲學系學生錢永祥加入，指馮為職業學生。馮氏向校方告狀，訓導處發文要求哲學系解除陳鼓應導師職務，給予錢永祥大過處分。

一九七三年二月，錢永祥與考古人類學研究所學生黃道琳，陳鼓應與講師王曉波，先後被警總約談、拘留。本篇選文開頭所提及，鄭鴻生當兵前在哲學系所經歷便是此事。其後，因於「民族主義座談會」事件處分問題未配合校方，代系主任趙天儀被解除職務，改由美國南阿拉巴馬州大學助教授孫智燊回臺客座主持系務。臺大哲學系自殷海光以來，一直帶有深重自由主義色彩，此舉實有教育部整頓之意。但孫氏擔任系主任後，因獨斷系務與多位教師衝突，激發其反共心態想像，指稱哲學系為中共統戰據點基地。這一國際紅色陰謀論，起初並不為教育部所採信。但國民黨高層對於青年思想安撫、壓制的不同路線差異，形成政策隙縫。一九七四年四月，在與王昇政戰體系「心廬」（國防部心理作戰研究班）有所聯繫的馮滬祥協助下，孫氏油印傳發〈哲學系緊急座談會記要〉，將陰謀論公諸外界與媒體，致使此荒謬指控超出教育部控制範圍，直達黨政高層永靖會議，蔣經國裁示「嚴加辦理」而成案。與「心廬」關係密切的報刊，並將炮火指向教育部長蔣彥士與臺大校長閻振興，更進一步使教育部和校方在壓力下急於滅火停損，通過孫氏提出的系務人事案。最終，一九七四年夏天，儘管孫氏離臺返美，卻也成功使臺大哲學系教師多人遭到牽連去職。本文尾聲鄭鴻生在綠島服役時聽聞相關消息，則是這一階段。出自林易澄，〈威權體制與失控的執行者：從情治檔案重探臺大哲學系事件〉，行政院促進轉型正義委員會調查研究報告，二〇二〇年七月十一日。

臺大哲學系事件於一九九七年平反，王曉波、胡基峻、李日章和陳鼓應四人獲得復職，游祥洲、趙天儀、黃天成、梁振生、楊斐華（當時已歿）等五人接受校方六十萬元的慰問補償金。

一部紀錄片的完成

陳榮顯

◎二〇一九年時報文學獎散文首獎，二〇一九年十二月十六日首次發表於《中國時報》人間副刊。

陳榮顯

一九五八年生，國立藝專畢業。最早從事舞臺劇創作，一九九五年開始跟隨張照堂拍攝紀錄片。曾創作舞臺劇劇本《看不見的手》，並曾憑《臺灣軍人》獲金穗獎最佳紀錄片，以《風塵少年》紀錄片入圍戲劇類為主流的金鐘獎導演，拍攝政治受難者陳孟和的作品為《一個人之島嶼的理想生活》。

在漫長的紀錄片工作裡，拍攝M是一件極有意思的事。[1]

M是政治犯，一九五二年被關在綠島監獄，關了十五年。出獄時三十七歲，那天是一九六七年的大年初三，有一次他談起那天的事。獄方安排一艘小漁船載他到臺東，而他的父親和弟弟早已在臺東的碼頭等著接他回臺北。下了船後，他們搭計程車去高雄搭北上的火車，M說從下船到計程車上，雖然一路上心情都很激動，但都沒有落淚，直到計程車經過平交道看到鐵軌才突然流下眼淚，M自問自答地說：「我想那個鐵路象徵什麼？象徵文明的社會，被隔絕十五年後再看到鐵軌，感覺我已經重回文明的社會，是那種感情讓我流眼淚。」這時我打斷他的話，問說這個原因會不會太文學了？攝影師在機器後面也點頭，M看我們的神情，他沉吟地說：「那是我現在可以解釋的唯一的說法。」我說會不會因為你學美術的緣故，看到鐵軌聯想到交集、聯想到家人團聚？M陷入思索，我跟攝影師耐心地等著，不久後他說：「鐵路對我有著微妙的心裡，中學常要坐火車去學校，也會走路，鐵軌枕木的距離跟人的腳步不一致，所以印象很深，看到鐵軌時，有種無名的感慨。」

我跟攝影師故意邊聽邊搖頭，想激發他說更多。攝影師問他，會不會是經過鐵軌後才落淚，因為震動使得原本要落下的眼淚掉下來？M陷入思索，我們花了一些時間猜想其他的原因後才進行下一個話題。後來我很懷念這場訪問，有種奇妙的氛圍籠罩在現場，也籠罩每一個人身上，一起追索四十年前一次落淚的心境。

M是個能跟他討論記憶的人，也樂於討論記憶，他希望說出來的話是正確的。二〇〇五年，我第一次認識M，我問他牽涉什麼案子？他沒有直接談案子，只說那個時代只要是少年維特就會被抓走，我心裡微微一震，腦海立即聯想我是否也是少年維特？但M確實是，還是一副多愁善感的模樣。我們後來聊起綠島監獄，他說了很多的故事，我邊聽邊在腦海計算日期，一九五二年入獄，距今已五十三年，他怎能把事情記得這麼清楚！？後來我常去找他聊天，他是一個沉靜不多話的人，但聊起綠島話匣子就徹底打開來，他的話速不快，把細節心情都說得很清楚，有時他會停下來更正說過的話，像是腦中駐有一個偵查員隨時在檢查記憶，我很享受聽他講故事，他也一樣，像是很享受聽自己說的故事。過了一段時間，我就帶攝影師去拍他，驕傲地跟攝影師說我挖到一塊寶，攝影師問怎麼說？我打比喻回答他：現撈的魚其實並不如急速冷凍的好吃，而M就是將一座綠島的記憶庫原封不動地搬到今天，異常保鮮。

M在綠島的經歷有點特別，被逮捕時他是美術系二年級的學生，原本家裡開照相館，所以在綠島成為囚犯兼攝影師，幫有需求的政治犯拍照讓他們寄回家報平安，但工作主要是幫獄方拍攝宣傳照和樣板照，像是長官巡視、演劇活動、運動會、思想課、小組討論、壁報比賽，也拍攝自殺的政治犯，但被要求不准說出去。他的鏡頭一點也不自由，反而人比較自由，但也被限制在營區內。

因為攝影，讓他在漫長十五年的監獄生活獲得一次短暫的自由。一九六三年，獄方派他去拍攝一套綠島風景照片，做為外賓來訪時的簡報。這一年是在綠島的第十年，他帶著一位助手環繞綠島一周去拍攝，因為綠島本身是一座天然監獄，所以獄方沒派人跟著，但是他們每天都要回來報到。

M花了三個月完成這套照片。有一天下午M說起這趟旅程，環島時遇到岩壁就貼著岩壁繞過去，遇到海溝就將相機頂在頭上涉水過去，水深時將相機包好游泳過去，無壁可攀無海可游時就爬到山上再找路下到海邊：「滑下來後走龜灣海邊，貼著海邊的峭壁像螃蟹一樣一步步走，那邊螃蟹很多，走不到十公尺就碰到海溝，有一個五公尺寬的洞，沒有牆可貼，必須游過去，走到白沙灣是九十度的峭壁，攀著岩壁抓著兩旁的草爬上去，另一邊有一條垂直的陡坡，上頭有刺人的植物，要忍著皮肉痛滑下陡坡，滑下時我被咬人樹咬得唉唉叫。」M這麼詳細的敘說讓我迷惑，他說的是三十二歲的他；說的是那天的他；說的是滑下時被植物刺到的那一刻，但彷彿此刻就是一九六三年的那一刻。M是一位時光魔術師嗎？我聽他敘述時，陷入一種迷糊，望著眼前M生出的奇異感，覺得我面前並沒有人，我跟他都不在此地。我們身處綠島，我一個人站在陡坡底下看著一位年輕人從上頭滑下來，滑下滑下，再一會兒就會開口唉唉叫。

雖然M故事講得很生動，但就紀錄片而言，M並非理想的拍攝人物，他極少出門，是紀錄片忌諱的靜態人物，沒有活動可拍，他的世界都在家裡。M出獄後的人生並不順遂，上班，創業，結婚，離婚，事業失敗，我不知道他的人生境遇是否與政治犯的身分有關，但認識他的時候，他就宛若一個人在生活，他的客廳堆滿研究綠島監獄的書籍和資料，以及其他政治犯寫的回憶錄，而他畫了一堆綠島監獄和綠島風光的油畫則從客廳溢出到走道，所以在他家走路要很小心，除了一隻與他相依為命、女兒寄養的黑貓。

我剛認識他的時候，他已經停止油畫，每天就是看這些書和上網查看綠島監獄相關的訊息，每當與他的記憶不吻合，他就翻書查資料，或上網去弄清楚，再不清楚，就打電話找人一一求證，但是他不會去指正人家，只是要自己明白無誤。

認識M之後他就極少外出，全部的生活都在家裡，我感覺他像一隻把自己縮進殼裡的烏龜，徹底地縮進去，那個殼是他的家，也是他的綠島。家裡那一本本書，一張張畫，就像綠島海邊的石頭，被挑上來蓋成監獄，而這些書這些畫也築起一座監獄，他就住在裡面。他曾經說過，以前是被關，出社會後是自己關自己。

剛認識M不久時，我誇讚他的綠島記憶，並問他原因。他說政治犯出獄時都要宣誓出去後不跟任何人談起綠島，所以出獄後也不敢跟人談，甚至連想也不敢想，因為你腦袋想什麼他們都能知道，就會再被抓進去，那時我心想他在說一九八四的情節，但他說得十分真誠，又說，從綠島回來後他沒有一天覺得安全，所以很長的時間完全沒有想過去的事，直到後來社會比較開放，才開始回憶綠島的事，但是還是不敢開口跟人家講，只是在心裡想，後來愈想愈多愈想愈清楚。我想像一只氣閉鍋，在長久的、極強的壓縮下，蓋子打開一瞬間，完整而強烈的氣味瞬間宣洩出來，對M而言，那團氣味就是綠島的記憶，被他深深地重重地吸進身體裡，當時我以為是這樣，後來發覺不只如此。

剛認識M的那一兩年，他都忙著利用從前拍的綠島照片在畫建築圖，綠島監獄的建築在一九七〇年代拆光，因為監獄是政治犯挑海邊的石頭蓋的，沒有所謂的圖樣，幾年前，M聽到風聲說政府有意復建這些建築做為紀念館，他就開始畫建築復原圖，做為將來重建的施工依據。我拍攝過好幾次M畫圖，認識他的時候他已經畫了好幾年，他用的是建築畫筆，有尺有規，畫在一張長列的方格紙上，線條旁標有不同顏色的數字，看起來精細而專業。有時他停下筆去翻找舊照片，然後拿尺去量裡頭建築物和門窗的長寬高，還會量裡頭的人的高度，來換算建物門窗真實的長寬高。對於尺寸比例，他一絲不苟，認為精確如同真相絕不能有一絲含混，就像對記憶的堅持。這套建築圖一點都不好畫，照片裡的建築物有的只有正面沒有側面，有的建築又缺了一角，這時他要去想過去事來補足這個缺憾，有時要強迫自己去想一塊絆倒過他的石頭，因為這塊石頭連結到某棟建築物的外觀，有時去想他被管理軍官斥責的場景，也要去想打石頭，挑煤炭，一些皮破血流的事，想起傷心往事時他邊畫邊掉淚。

M除了建築物畫得精確，對裡頭的器物也同樣要求。畫到廚房時，他想起從前挑水倒在廚房的水池，去那邊殺過豬，廚房裡有一個一公尺的大鼎，但他突然記不起廚房的鹽巴放哪裡？用什麼容器裝？他被這個疑惑困擾很久，百思不解，最後只好打電話探聽從前在廚房工作的人的電話，問到電話後，他打電話去問那時候廚房的鹽巴放在哪裡？用什麼裝？M說接到電話的人都奇怪問這些幹嘛。聽他這麼說，我腦海浮現這樣的情境：三更半夜，一位曾在監獄廚房服勞役的政治犯正在家裡睡得安熟，突然被一通電話驚醒，一個不知道從何處來的鬼魅打電話纏著他問：鹽巴放哪裡？鹽巴放哪裡？起初接電話的人感到大駭，抖擻到腦袋空白一片，什麼鹽巴！？到底什麼鹽巴！？

五十年前的鹽巴呀！鬼魅說。

M的這段精采故事，縈繞在我心裡好幾天，後來我想到M恰是這隻鬼魅，一隻強索記憶的鬼魅，當所有的政治犯都努力遺忘掉過去的痛苦記憶，平安過日子時，他卻突地冒出來纏著人要索討，索討的不是別的，是記憶，要人家把不要的記憶都給他。

拍攝M畫圖，尤其在冬天晚上的檯燈下，是件令人感動的事，感覺他從虛空中召喚過去回來，在做一件極其龐大的復原工作，好像綠島監獄裡頭全部的人，全部的生活，全部的一景一物，全部的光陰，匯集到現在，匯集到一位叫M的人的小小的身軀裡。

我的紀錄片企畫書封面有著這樣的字句：在大家向前走的時代，一個後退的身姿，格外刺目。

M為何需要如此多的綠島監獄的記憶？我想到一張蜘蛛網，一張用記憶結成的蛛網，起先是小小一張，一隻蜘蛛每天攀走在絲網上，用記憶補綴缺掉的絲線，補綴斷掉的絲線，絲網愈結愈密，愈結愈大，愈結愈緊，最後結成一張龐大的絲網，一張記憶的網絡，而M是這隻蜘蛛，是這個網絡王國的國王也是囚犯，再也下不來。

後來我看到M拍的那套風景照，三十八張的黑白照，我跟攝影師看得很激動，我們看到四十年前綠島的景物，綠島的光線，裡頭流動著異樣空氣，M強調說那是自由的空氣。後來我決定另外做一個《自由之路》的紀錄片企畫。有一天，我跟攝影師先到綠島踏查，想重走一遍M的自由之路，最後我們敗興而歸，因為他說的那些峭壁和海溝讓人看了就怕，遑論攀爬或下海，我們問了當地的人也說絕無可能。那趟綠島回來後，我跑去跟M抱怨，說他的記憶有誤，他聽完笑了笑說，你們是不可能重走那條路，當時我在綠島服刑十年，我是抱著政治犯沒有明天，死前也要看看被關在哪裡才甘心的心情繞島一周，完全沒有想到危險，最後他說：我是不會記錯的。

M在二〇一七年過世，我常想著他。M快樂嗎？他說常做惡夢，夢到被抓回綠島，很痛苦，晚上都要喝酒才好睡。但他也說，我很懷念在綠島的生活，那是我一生最快樂的時光。他快樂還是痛苦？我真的不知道。

後來我跟攝影師完成一部M的紀錄片，影片裡頭他都沒走出家門。

注釋

1 編注：本篇主角M為陳孟和（一九三〇～二〇一七），臺北市人，兩度入獄。一九四八年考取師大美術系，十二月準備赴中國讀書，被控投共，於基隆碼頭被捕，入獄七個多月。第二次於一九五二年一月三日，遭控參與臺灣省工作委員會學術研究會組織，判刑十五年。在綠島新生訓導處服刑期間，擔任照相館外役的工作，留下許多珍貴照片。一九六七年一月二日出獄。陳孟和憑著記憶與舊照片，創作許多綠島的油畫，並協助之後新生訓導處全區模型製作與第三大隊的重建、展示規畫。

逃亡（節選）

彭明敏

◎收錄於二〇〇九年六月《逃亡》，玉山社。

彭明敏（一九二三～）

原籍高雄，出生於臺中大甲，二戰期間留學日本東京帝大時遭空襲美機炸斷左臂，戰後返臺入臺大政治系，出國留學取得加拿大麥基爾大學航空法碩士與法國巴黎大學博士，返臺後任教於臺大，一九六一年任臺大政治系主任。一九六四年與學生魏廷朝、謝聰敏發表「臺灣人民自救運動宣言」，遭判刑八年。一九六五年蔣介石因國際輿論壓力下令特赦，獲釋後遭嚴密監視，一九七〇年化裝逃亡瑞典，再轉往美國。一九九二年返臺，曾於一九九六年代表民進黨競選總統。著有《自由的滋味：彭明敏回憶錄》、《逃亡》等。

臺北市青島東路警備總部看守所第二病房

警備總部青島東路看守所鄰近於臺灣大學法學院，十多年來每一次到法學院上課及以後在法學院教書時，經過那個地方，都以畏懼和神祕的感覺看那幢建築。大門緊閉，兩層樓的每個窗戶都以鐵欄杆隔著，周圍的圍牆上都以尖玻璃或鐵釘插著以防跨越，在裡面到底在發生著什麼事都無法也不敢去想像，好像是一個與世隔絕的人間地獄。不過，這個「地獄」在那時對我來說，還只是一個抽象的存在而已。

造化弄人，一九六四年末，我卻住進這個過去覺得那麼可怕的世界裡面去了。我被配住的是裡面的「第二病房」。其實這並不是病房，看守所裡面有五、六間特別房間給「重要囚犯」住的。每一間住兩個人，內有洗臉臺、馬桶和兩張行軍床，聽說從前雷震和蘇東啟也是住在這裡，我的「同犯」謝聰敏和魏廷朝也分別住在其他的「病房」。其他普通「囚犯」都是住在較大囚房，幾十個人擠在只有一個地板的大囚房。跟我同房的是一個大陸籍的少校，因為出入境有關的貪汙事件被判兩年多徒刑。這裡是軍事監獄，只有軍人身分的犯人和政治犯關在這裡，政治犯在這裡關一段時間後都會送到綠島或其他監獄服刑。我的同房人說他是「反情報人員」，什麼是「反情報」我也不懂，他說一輩子就算犯過罪，那個身分也不會喪失的。我猜想他被安排與我同房是有特殊任務的（我被特赦回家，他也服刑二年多釋放，有一天忽然來我家看我，我有點驚訝，原來他是要來告訴我，他手中有我在獄中所寫稿子的斷片，口氣好像要敲詐似的，我故意裝作聽不懂，不理他。這也是中國腐敗文化的一面，令人不齒）。

我進去不久就是聖誕節了，當晚從隔壁房間聽到幾位女囚唱聖誕頌，那哀怨的聲調，聽了心如刀割。原來「第一病房」住的是廖文毅的嫂嫂和一些女囚犯，廖文毅嫂嫂的兒子也被判死刑，每週幾次帶著腳鐐在中庭放封走動，他的母親從窗戶可以看到自己兒子帶著腳鐐搖搖晃晃地走動，想到做母親的感受，不知如何承受得了。

我也每週幾次一個人在中庭放封走動，在大房的幾十個「同僚」都會用手比勝利手勢來鼓勵我，我也以同樣手勢回應。每遇到過年等重要節日，我會收到一些禮物（罐頭、肉鬆等食品）說是蔣經國送來的。蔣經國曾幾次親來巡視，他來的前日，獄內就大做清潔，我們床單都要換剛洗好的。他一來到，獄中就放鞭炮，以示歡迎。但他從未到「病房」這邊，僅巡視大房。

幾次看到「犯人」被拖出去執行死刑，要執行死刑的早上三、四點，辦公室的燈都會亮起來，大家都知道有人要被槍斃了。被拖出去的人，有的默默就死，有的掙扎狂喊抵抗，被強拉出去，使我聯想到高雄中學時代，對面的屠宰場殺豬時豬的哀號聲，無限的悲痛，人生恐怕沒有比這更殘忍的事情了。有執行死刑之日，所有的囚犯心情都很沮喪，如喪考妣，監獄的氣氛非常寒懍。

在此期間，除了報紙雜誌等報導或評論當前政治者外，有的如辭典或歷史類等書籍，被准由家人送進來，故能把英國前首相邱吉爾的數部巨冊「回憶錄」，從頭到尾全部耽讀，可算是最大快慰之事。

特赦

一九六五年十一月三日。

早上起來準備開始例行的監獄生活，忽然想到今天是日本求學時期最重要的一個節日「明治節」，是明治天皇的生日。早餐以後不久，突然一位獄卒來找我說看守所長要見我，就帶我到他辦公室去。我一坐下，他就平淡低調地說：「上面通知你已經被特赦了。」他面無表情，好像僅是要轉達一件公文似的，我也沒有感覺突然或意外或興奮。我的第一個反應就是問：「謝聰敏和魏廷朝呢？」他回答：「謝聰敏減為五年、魏廷朝減為四年，」所長繼續說：「你要回去整理自己的東西，準備下午回家。」我特別記得很清楚，他特地吩咐我回家以後不要做放鞭炮等慶祝活動，這顯然是上面所交代的。

不感覺到意外

我因為與謝聰敏和魏廷朝共同準備發表「臺灣人民自救運動宣言」，於一九六四年九月二十日被捕，在辛苦的幾個月掙扎期間，經過多日的疲勞轟炸審問，也經過無紙、無筆、無書，完全孤立的時期，也輾轉幾個監獄，有的是非常破舊的老木造房，每次到廁所都要衛兵帶去監視。在那裡和東海大學化學系的吳俊輝[1]同房，他是一位理想堅強的優秀青年，對我特別關照，甚至幫我洗衣服。那個破舊的牢房中，只有兩個狹小的床鋪，沒有桌也沒有椅子，不睡覺的時候也只有坐在床上。有一天我和吳俊輝要共坐在同一床上說話，衛兵看了立刻衝進來，命令我們不可坐在同一床上講話，我們覺得莫名其妙，以後才發覺他們的用意。原來他們把我們兩個關在一起，為的是要看看持有相同政治理念者在一起時，會不會透露在被訊問時所隱匿的什麼祕密消息，所以一直在二十四小時監聽著我們在說什麼。難怪兩個床鋪放在房間相對內壁的側邊，其間有點距離。如此，若果兩人坐在同一床上講話，聲音太低不易錄音，必須分開坐在不同床上，聲量自然提高，便於他們的監聽錄音。

那時候我母親送來的聖經是唯一獲准送進來的，這是我第一次將舊約到新約聖經全部看了一遍。

在腐朽的窗沿木頭縫內長出有一枝約二、三公分的雜草，這是唯一在房內生長的生物，我每天澆水照顧，看它長大是我最大的慰藉，我離開監獄後還時常懷念那枝雜草。

有的監獄設備好，有冷氣，並有一位老兵為我服務，可是不准有筆，不准有紙，不准有書，一天二十四小時除了睡覺吃飯以外，完全無所事事。那時才發覺，對我們讀書人來說，不能寫、不能看書也不能到外面走動，是精神上最痛苦、最難受的折磨（以後聽傅正告訴我，他在綠島二、三坪牢房內，過了這樣生活六年，我覺得他沒有發瘋才是奇蹟）。最後載送到警備總部的另一囚房，住了幾個月，其間，他們派一位年輕軍中作家和魏參謀來照顧我，並且時常來與我聊天，這二位比較開明，算是知識分子，他們安慰我並說明政府的各種苦衷，而且魏參謀一再告訴我：「你大概不久會放回家了。」原來我被捕以後，國內外的反應相當強烈，我那時候在國內和國際學術界有一定的知名度，所以我的被捕，政府無法掩蓋，我被捕後不到一個月，哈佛大學世界聞名的中國研究學者費正清教授初次投稿給《紐約時報》，揭發我被捕的事實。以後一連的外國社會的反應都來了，國民黨政府在外使館頻頻報告國際間對此案的抗議和關切，包括學術界、美國國務院、美國國會議員、媒體，甚至國際會議等，紛紛表示關切，要求公布此案的真相，國外臺僑也陸續向國民黨政府提出抗議。當時日本臺獨聯盟主席辜寬敏，向當時的駐日大使魏道明提出陳情書，並將副本分寄給臺灣中央機關部會首長。

以後知道國民黨為了處理此案件曾成立五人小組，由蔣經國、蔣彥士、張群、閻振興、陶希聖所組成，可是很少開會，主要是由陶希聖出主意的。

在魏參謀一再說會很快放我回家的說法之下，我心裡上是在等回家的最後決定。可是忽然有一天，魏參謀來用很尷尬的口氣說：「對不起，上面決定這個案件還是要完成司法程序以後再處理」，當天就把我送到青島東路看守所，同時正式起訴。這對我是一種意外和失望。

我關在青島東路看守所，經過軍事法庭裁判被判刑八年，這樣算是「司法程序」完成了，我雖然被判八年，關在青島東路看守所時，心理上還是感覺隨時可能以某種方式被釋放的，所以所長告訴我被特赦時，我感覺是意料到的事情終於來到了，沒有感覺特別意外。

回家

十一月三日晚上九點四十五分正，我走出監獄大門。他們把我釋放的時間故意這樣精確安排，顯然要使得這個消息趕不上晚報的出報，但能趕上晚間最後的電視新聞播報，到那時候，我已回到家裡，我家門口也不會有歡迎的人群匯聚了。看守所長和警備總部政戰組的王軍官陪我坐吉普車，把我送回溫州街臺大宿舍，我到的時候我們全家包括我的母親，已經接到通知，都在家等我。

一進門大家見面的時候都很冷靜，沒有擁抱，沒有歡聲，忍著淚，氣氛相當沉重。不過經過十三個月的坐牢，現在回家，確有鬆了一大口氣。但是大家感覺有一股難以捉摸的暗雲停留在大家的頭上，未來仍在五里霧中。其後的發展證明事情是多麼困難、多麼複雜、多麼危險，也證明所長擔心我們會放鞭炮慶祝都是杞憂。當天晚上就發覺我家周圍有特務人員不斷在徘徊。

以後怎麼辦？

休息幾天以後就開始要面對一個不可避免的問題了：以後要做什麼？因為我被捕時是臺大教授身分，覺得在禮儀上應先向臺大校長報告，所以就專程去臺大錢思亮校長公館拜訪，一開門他看到我，態度非常冷淡而尷尬，在玄關也沒請我進屋，草草幾句就出來了。我的意願當然是再回臺大教書，但看起來這是太天真的想法。那要怎麼辦？

我出獄不久，王昇和寧俊興二位將軍就正式請我吃飯，很客氣地恭喜我恢復自由，但都沒談到實際問題。王昇將軍是總政戰部主任，我被捕前曾請我在他們系統的學校兼教國際公法，學生反應似乎不錯。我被捕期間，他看到我時就苦笑著說：「你被捕那天，我們學校校務會議還曾通過聘請你當政治系主任呢。」寧將軍從前我不認識，不過我在青島東路看守所時來看我幾次，很客氣地安慰我，還有一次要我寫政治改革的建言。說起來很諷刺，我和他們的私人關係是友好的。有一天調查局長沈之岳邀請我和李敖吃飯，我們二人到調查局和平東路日式房子改成的招待所，沈局長未到前，我們在客廳等待，我立刻注意到日本式的天花板已被拆下，代以有無數小孔的甘蔗夾板，而我待過的幾所監獄，已使我對這種天花板相當熟悉，我看看李敖，又抬頭看看天花板，他隨即領悟，我們的對話一定會被錄音的。

警備總部的安排

關於我未來的出路，可以猜想到國民黨的基本立場是：

一、不可讓我再與青年或學生接觸，以免我的思想傳染。

二、要找一個名義上的職務給予薪俸，使我能維持生活。

三、要嚴重監視我的生活動態。

我的希望是：

我要維持做一個學人的尊嚴，繼續教書也好、研究也好，要一個與我在國際和國內學術地位相符的正常工作。

顯然，兩方面的想法實在無法兩立兼顧的。警備總部提出了具體建議，要我接受黨部「大陸研究所」研究員的職務，薪水臺幣三千元，兼國立編譯館特約編纂，薪水臺幣二千元，可是不必上班，甚至說可以在北投蓋一個房子給我住，不必住在臺大宿舍。他們一再派人來勸我接受這個安排。

我過去對國民黨「大陸問題研究所」一類機關，非常鄙視，現在要我掛名在那種機關，對我來說是莫大的侮辱，我堅決拒絕了這個提議，坦白告訴他們我絕不會接受這份工作，他們一再勸我接受，最後，我有點不耐煩，帶著火氣說：「我寧願在路邊擺攤子賣書，也不願接受那份工作。」他們認為我這麼說是對他們的一大侮辱，認為我太驕傲且不合作，對我的印象壞極了。

調查局接辦

因為我和警備總部關係那麼惡化，他們好像決定改由調查局來接辦此案件，試圖解決問題。有一天調查局的一個處長王淦來看我，他相當客氣地告訴我，現在這個事情由調查局來辦，他說：「警備總部的人都是軍人，不懂文人學者的心態。」言外之意是調查局人員比較瞭解文人的想法，所以他們比較適合處理此事。

臺灣軍、政界的常識是重大案件不論刑事或政治的，各機關單位都爭著要辦，因為辦重大案件可以爭取特別經費，有機會表功，有關人員高升機會也大，也可以升高該單位的名望權威，所以調查局好像很高興來接辦我的案子。

在和調查局王淦處長接觸過程中，發現也找不出雙方可以接受的職位。有一天忽然接到通知說翌日蔣經國要接見我，到時會派車來接我。這個意外的邀請，措辭非常客氣，我直覺必須警惕。我想起當選「十大傑出青年」時，曾婉拒他的邀請，而引起普遍臆測。這個邀請是否可靠？這是不是一個陷阱？我一進入他派來的車子，會不會就永久失蹤？我想起二二八事件時臺大林茂生教授那出名的故事：一部車子到他家來，說是臺大校長要請他去開會，他坐車一去，永遠不再回來了。我告訴他們，我不要車子，只要告訴我地址，我自己坐三輪車去就好了。隔天，我按時來到「青年救國團」，蔣經國的親信李煥接待我。他講話溫和斯文，請我就座，並沒有立刻帶我去見他的老闆，他花了近一小時，詳細說明「青年救國團」的所有活動，努力表示他們是多麼開明，多麼盡力幫助青年學生，我沒有什麼好說的。他們似乎仍在努力說服我，甚至爭取我的合作。最後，他終於站起來，說：「我去看看，蔣主任空了沒？」他走出去一下，回來說：「好了，他正等著你。」

李煥帶我進入蔣經國的辦公室，我一進入，他便從書桌後方走出來，微笑著與我握手，請我坐下。我跟他沒見過面，所以他的第一句話：「好久沒有看見你了」，使我有點驚訝。我們談了一些家常之後，他轉了話題，嚴肅地說：「很多人都非常關心你，有沒有什麼困難？有沒有我們可以幫忙的？」我很坦率地說：「有的，我還沒有工作，坦白地說，我很希望能再回到臺大教書。」他臉上閃過一絲尷尬神色，轉向李煥問道：「有沒有與錢校長談過？」這下輪到李煥尷尬了，他避開正面回答，支吾地說：「我們會與他商量這件事。」這場會談約三十分鐘，我的感覺是複雜的。

陶希聖曾透過我的律師，希望我進入中央研究院或位於政大的國際關係研究所等等，我說中研院可以考慮，但政大就不必了。有一天國際關係研究所吳俊才所長親自乘車到我家，我沒有出面見他，他把政大的聘書放在我家就離開，以後就沒有下文。所以我的出路還是沒辦法得到解決。[2]

自己找工作

我經過與警備總部和調查局接觸，結論是要依靠他們解決我的工作問題，是不可能的了。所以我就開始自己試圖找工作，包括美國馬里蘭大學臺灣分校，外國雜誌社翻譯，但都因為政府介入而沒有成。令我訝異的是，竟有一位五年制專科學校的董事長來找我當該校的校長，但這也沒有下文。所以自己也沒辦法找到工作。

梁肅戎的介入

梁肅戎律師曾因為辯護《自由中國》雜誌社的雷震而出名，我被捕後第一次允許家屬探監時，我母親來了，她建議僱請律師，我告訴她不必請律師，我要自己辯護，但她很憂慮，覺得聘請律師較方便，因為他可以隨時探視被告，可以做傳話的工作，她只是這樣暗示並未明說。幾個星期之後，我終於同意，由他們去決定要聘誰，最後他們以臺幣四萬元請梁肅戎當律師。

我被起訴後，就開始準備答辯，寫了一份詳細的答辯書。開庭的時候，我的答辯書以外，我的辯護律師所提出的辯護書，竟是把我的答辯書全文引用，僅於最後加了一句「被告這麼說的」，如此而已，完全沒有他自己的一句辯護意見。而謝聰敏的辯護律師則很機警靈活又有力，論辯尖銳，相較之下實在令人覺得洩氣。

聽說他要接受我母親聘僱之前，曾經去向國民黨請示是不是可以接受，國民黨欣然同意，認為本省人竟然願意請外省人，是一個很好的現象。在正常的法治國家，若純粹從律師專業倫理來說，一個被告律師竟跑到原告去請示和密商，是最嚴重違背專業倫理，憑這一點就可以取消其律師資格的。然而他因這種關係，我出獄後，繼續來關切我。其實，這個關切，與其說，是為了對我個人的關心，不如說，是為了遂行其旺盛的政治企圖。他來看我時屢次說：「我們將來可以合作，在政壇成為強大力量。」（意思大概是他代表外省人，我代表本省人，結合一股勢力出來。）所以他對我的出路及其他困難的解決，確實也盡了不少力，也成為我和國民黨政府當局間，很有效的溝通管道。我的許多意見和願望，他確實報告給國民黨有關單位。我離開臺灣以後，聽說國民黨想透過他來勸我回國，他的答覆是：「免談！原先都已談好的條件，結果卻教職不給，還成天跟蹤。你們這樣整人，還來找我做什麼？」

軟禁與家屬受監視

我出獄回家後，立刻受二十四小時監視，分三班輪流看守，有吉普車、三輪車、摩托車。我家溫州街十八巷的巷口有一違章建築，一對退伍軍人夫妻在賣香菸，這裡就成為這些特務的根據點，也變成關心臺灣政治的外國觀光客參觀點之一。

他們並不禁止我外出，但我一踏出門外，立刻被前後左右包圍，我說這不是跟蹤，而是前後左右擁著我走。我坐公車，他們也跳上公車。我坐三輪車，他們也以腳踏車或摩托車跟著走。我進藥局買東西，一走出藥局，他們就馬上去問店主我買的是什麼東西。我到郵局買郵票，他們也馬上去問我買的是什麼郵票。我與朋友（尤其是外國人）在餐館吃飯，他們就在隔壁桌叫菜吃，試圖聽我們在講什麼（我懷疑他們在使用竊聽器）。我太太去市場買菜，他們明目張膽地檢視菜籃內有什麼東西。我的孩子在學校寫週記，別人的週記，隔天就發回，我兒子的，就要送警備總部檢查後，一週後才發回，他們在學校被另眼看待、被鄙視，心裡的痛苦無法言喻。我二哥的兒子就讀初中，有一天學校作文題目：「我最尊敬的人」，據說全班都寫蔣總統，只有他寫「我的叔叔彭明敏」，老師大驚，立刻通知家長到校，警告說：「你的兒子思想有問題，要小心。」

我有時坐火車回高雄探視母親和大哥，我在火車站買票，他們就站在我的正後方，看我買到哪裡的車票。我一到高雄火車站，又開始受他們跟蹤。有一次我從火車站坐計程車到大哥家，付錢後約一、二十分鐘，計程車司機很緊張又匆忙地跑回來告訴我們，他被人攔問載什麼人？付多少車錢？司機似乎不知我的身分，以為是有壞人對我有所謀，好意折回來警告我們，令我們啼笑皆非。我高雄大哥醫院屋頂老舊要翻新，工人將屋頂拆下，特務人員竟爬上屋頂從上面直接監視屋內的動態。大哥的醫院是在巷子內，每次我一到他家，整個巷子及附近一帶，好像實施戒嚴，進出的人都受特務盤問。我母親是一位虔誠的基督徒，每週日做禮拜外，晚上也要到教會參加禱告會，她出門總有兩位女特務隨從她進入教會內，坐在她的兩旁，我母親仁慈地以傳道心情，當牧師讀聖經或會友唱聖詩時，總是幫她們翻聖經和聖詩，讓她們知道現在讀哪一節聖經，唱哪一段聖詩。我們常開玩笑說，這些女特務跟我母親去教會，聽講道、讀聖經、唱聖詩，恐怕已改信基督教了。

我姊姊在臺北中山北路開婦產科診所，門前經常有特務人員站崗，使一些婦女患者感覺畏怖，不敢進去。

臺大法學院有一位我的學生，大陸籍，孤身在臺，沒有親人，所以我同情他，有時請他到我家裡吃飯，也經常在我家進出。聽說我的事件一發生，他立刻跑到法學院教務處，要求從他所有的資料中，把我的名字刪掉。

有一位西螺出身的學生廖國仲，他是文化大學夜間部學生，出身清寒，在臺北打工苦學，我本來不認識他，我被釋回家被監視中，他要求朋友介紹到我家來認識，以後有時帶一些水果來看我。有一天，他騎摩托車又帶水果來向我辭行，我問他到哪裡去？他說：「明天要搭機去美國」，我嚇了一跳！「你明天要出國，今天還敢來看我，你的身分都已被登記了，不怕明天出國許可被取消嗎？（過去有例子，在機場搭機前被阻出國）」他微笑說：「我不怕，我還是覺得應該來向你辭行。」也有這種人，使我衷心感動。（他赴美後，苦工多年，事業非常成功，我到美國以後，在生活上支助我不少，也對臺僑的各種活動慷慨支援，備受敬重。）

郭鑫生是我在臺大法學院時的學生，孤身在臺，年紀比一般學生大，辛苦努力，考取律師資格，經常在我家出入，與我母親很談得來。我的事件發生後更常到我家，與母親等策劃如何營救我。我被特赦、軟禁而無工作時，還曾提議與他合開「律師事務所」。我逃出臺灣以後二十多年，仍繼續與我家保持聯繫，直到一九九二年返臺。他的長久深情，令人感動。

我所有的親戚都被禁止出境，包括我堂兄（臺大醫學院彭明聰院長），我的親戚財產的異動都要特別去報備。所有的親戚和所謂「親友們」除了極少數例外，都不敢再和我接觸，避之唯恐不及。比起我當系主任、年輕教授、聯合國代表、各種國際會議代表等，紅得發紫的時候，門庭若市，使我體會一個人在落魄時，才能知道誰是真正的朋友，感嘆人情冷暖，不勝唏噓。

有人說你不要管人家跟蹤你或監視你，你過你的生活就好了。這樣說起來容易，但是如果真的遇到了，心理上的不平、憤怒、壓力是無法忍受的（陳水扁前總統女兒陳幸妤的心情，能夠充分瞭解和同情的），有時候我很衝動從我家後院拾起石頭，丟向前門監視人員的頭上，雖然沒打中，但這樣至少能抒發一口悶氣。

有時我故意帶著相機出門，在特務跟蹤我時，突然回頭假裝拍他們，他們會立刻躲避起來，匆匆離去。有一次，在我家巷口附近，又假裝要拍他們時，忽然其中一個特務衝過來，不發一語，將我的相機奪去，往大馬路方向逃跑。我立刻打電話向調查局的王淦抗議，並向管區派出所報案。當日下午就接到派出所通知「有人撿到」我的相機，要我去領回，此事就此不了了之。

淡水工商管理專科學校（現為真理大學）由臺灣基督長老教會所設立，家姊彭淑媛因為在雙連教會長久熱心服務，擔任長老多年，故受聘為該校創校校長。她就任時正是我的案件發生的時候，所以她在建校繁忙之際，頻頻受到無數的干擾和陷害，為了應付這些事情，弄得精疲力竭，許多非常卑鄙不當的攻訐不斷發生，實在難以做下去。自從我被釋放以後，當局開始更加以施壓，要強迫她辭職。該校董事會董事長蔡培火卻與國民黨勾結，對她橫加壓力和騷擾。我逃離臺灣，國民黨的態度更蠻橫起來。董事會接到通知，如果家姊不自動辭職，教育部就要下令解散董事會。她只好於一九七〇年十二月離開淡水工商學校。

外國的邀請

我被特赦以後，就接到一些國際會議和大學發邀請信或聘書，要我到國外去。第一個是瑞士日內瓦召開的「世界基督教學生協會會議」邀請我去參加，但是無法出境。我的母校加拿大麥基爾大學（McGill University）也邀我去教書。另外，密西根大學也正式發聘書，很具體地將旅費和薪水都列出，要我去教書和研究。其他美國哈佛大學、加拿大多倫多大學都表示有意聘請我去，但是我的出國申請有時無法找到保證人（當時出國要有保證人），有時雖然找到保證人，但不准出境，所以都沒有成行（後來知道，是否讓我出國，在國民黨內部曾有激烈的討論，結果都是被否決掉）。

不少有心的外國教授、記者、朋友都不顧監視，到我家訪問。有時我故意請這些人公開到餐館吃飯，讓他們看看特務人員那麼緊張在隔壁桌叫菜監視。有一位日本著名教授，來看我幾次，有一次帶一位年輕女助理來，她幫我帶了一些資料到國外去，就是將資料隱藏在胸罩內，成功地帶出去，所以外國媒體和學界相當清楚我的處境及臺灣政治的真相。

另一小插曲是，有一天，我看見一部車子開到我家門口停下來了，當監視的特務們向前擁上時，一個高大的洋人，帶著一疊厚厚的大紙袋，不理會那些特務，下車走向我門口，原來是史坦福大學教授馬克．曼可（Mark Mancall）。他以前來過臺灣的時候，我就認識了，這次來看我，我們相約翌日在國賓飯店吃飯，赫然發現特務也在鄰桌吃飯竊聽我們的談話。那天下午，曼可教授便離開臺灣，不久之後，他的臺灣入境簽證就被取消了。

與國內年輕人的接觸

我受軟禁，大部分的朋友都不敢接近，可是有一些關心國事，擔憂臺灣前途的青年們則有勇氣地來看我，雖然他們來訪問有時要被監視人員登記身分證，他們都是極有政治意識的年輕人，想為臺灣的將來做一點事。到我家裡來，他們常在一起激昂、憤慨地討論國民黨政策的虛偽和欺騙以及臺灣人的處境，討論如何成立組織或者出來競選等具體行動。不幸的，這些人以後一個一個被逮捕，並且都承認在我家裡聚會討論計畫。

其中有一個叫陳光英，有一天獨自來看我，說將要去日本，我祝他旅途愉快。約一個月後，他又來說在日本想去看流亡的臺灣人，包括史明（《臺灣人四百年史》的作者），希望我介紹他給史明。

我雖然未曾見過史明，但大家都知道他在日本臺灣獨立運動中自成一派，並且出版期刊，不斷鼓吹臺灣獨立，所以我勉強答應用一張自己名片，寫：「來者是一位認真的臺灣青年，請予關照」，署名「牧山」，告訴陳可以向史明解釋「牧山」就是我。二、三個月後，他說已從日本回來，並說史明託他帶些東西要給我，就是臺幣五千元、一些宣傳刊物和一個我沒見過的小廣播器，他說使用此廣播器，附近地區的人都可以聽得到，但我覺得它看起來像一個玩具。我將五千元還給他，將刊物和廣播器留在我家，後來我幾乎忘了這些東西的存在。

調查局的威嚇

有一天，蔣經國從日本訪問回來，王淦來找我說沈之岳局長邀請我吃飯，我又到了調查局招待所，這次客人只有我。還未進門，在前院子就感覺氣氛有異，前庭的幾棵大樹都有人躲在後面，有兩個面孔猙獰難看的人在門口接我，自稱是調查局科長或組長，並道歉說局長臨時有事不能來。我被引進餐桌，一開始感覺氣氛怪怪的，開始上菜、倒酒、進食，彼此談了幾分鐘後，其中一人忽然板起嚴肅的臉孔問：

「彭先生，我們有些問題要問你，你有沒有寫過信給海外的臺獨分子？」

「沒有。」

「請你再想想，確實沒有嗎？」

「確實沒有。」

「好吧。」他站起來，拿出一個公文紙袋來，從裡面抽出來的就是我向史明介紹陳光英的那個名片。

「這不是你寫的嗎？」

「是，我寫的，但這只是一張介紹便條，並不是信。」

「你認識史明嗎？」

「我從來沒有見過他，」我想解釋事情經過，但他們不理會。

「你不知道這傢伙是共產黨，曾到過延安嗎？你不知道他與劉少奇有關嗎？你不知道他是通緝犯嗎？」

「這些我都不知道。」

「你不是經過陳光英收到二十萬日幣、一個廣播器和一些臺獨刊物嗎？」他並指出陳光英每次到我家的正確日期和時間。

「陳光英帶這些東西到我家來，但我把日幣當場退還，那些刊物也毀棄了，至於廣播器，那不過是個玩具，在日本到處都可以廉價買到。」

「你知道那筆錢是要你做政治活動的？」

「我沒收下那筆錢。陳光英說是史明要送給我的禮品，那玩具是在日本百貨店四、五百日幣就買得到的，我經常收到人家送來的各種刊物，有的我都毀掉的。」

他們不接受我的解釋，並認定我繼續在做叛亂的工作。

「我們已逮捕了許多年輕人，他們也承認都是受你的指示從事叛亂活動，他們也承認你是臺灣的最大亂源」，我沒說什麼了，只聽他們在那兒一直咆哮。他們一方面這樣講，一方面又說：「不要客氣，請吃，請喝。」這種請客從來沒看過、聽過。最後有一個人當面說：「你不要以為靠美國人就安全，我們隨時可以把你消滅掉，」接下來又說：「請不要客氣，請吃，請喝。」這場怪誕的晚餐延續了相當久，已過半夜了，我以為會當場被扣押，可是，還是在和平東路人煙稀少的半夜，以吉普車把我送回家，已是凌晨一點以後了。

一個事實，完全明白了，陳光英竟是一個徹頭徹尾的特務線民，他費盡心機以史明、介紹信、廣播器、臺獨刊物、日幣等，設上圈套，為調查局製造理由，企圖把我幹掉。我許多年輕朋友被捕，也大都是因為他的密報。他因此得到鉅額獎金，改名換姓，到南美洲做生意去了。

無論如何，許多年輕人經常在我家討論政治和具體行動，這是事實。所以在當局的眼中，我還是在鼓勵或煽動年輕人從事反政府的「叛亂」活動。美國情報機關在他們的報告中也認為我繼續在做反政府的活動，說我似乎想為臺灣獨立而「殉道」。

我在被軟禁期間，確實繼續寫一連串評論臺灣政情的英文稿件，經祕密管道寄到國外發表，也送給美國在臺使館，他們收到我的文章，斷定我繼續在從事於反政府活動，非常危險。

要做決斷的時候了

我周圍的情勢已經惡化到極點，沒有工作，跟國民黨政治機關的關係也已經決裂，無法補救，連生命都受到威脅，外國媒體開始傳言，我可能會再被捕，以我看來現在只有幾種選擇了：

A不要「尊嚴」，不要「驕傲」，依照國民黨的安排，接受自己認為不妥當且不名譽的職位和薪俸，不再與熱愛臺灣的青年人或學生接觸，不再論政、批評政府，不再與國際學界朋友和媒體接觸，更不再撰文祕密寄到國外發表（除非是支持國民黨政策的）。總之，自此終生乖乖做一個順民。

B繼續拒絕接受他們的條件，繼續與熱血的青年們談論時政，鼓勵他們從事各種政治活動，繼續撰文指出國民黨的荒謬政策將導致臺灣於毀滅。如此則須面臨下面的可能：

一、再被逮捕，被判死刑或長期坐牢。

二、被暗殺（已有知道國民黨內情的朋友給我警告）。

三、被終身監禁，如張學良或孫立人。

C冒險脫出臺灣。

George Todd牧師和Milo Thornberry牧師及其夫人Judith

我被捕前認識了臺南神學院美籍牧師George Todd（按：杜佐志），他雖然是一位傳教士，同時也是一位積極活動而有創意的社會運動家。他不是浸在教堂講道，只想拯救靈魂的那種傳統牧師，是對社會的公義、不公義、人權、民主、自由同樣關切的一個行動家。他在美國從事社區組織而聞名。來到臺灣以後，也對臺灣的政情和國民黨的專制獨裁，非常關切。跟我認識以後，我們常見面，對臺灣社會和政治各方面的嚴重問題，討論和交換意見。他也曾邀請我到臺南神學院以臺語演講關於人民自決問題。他對我關於臺灣政治民主的改革意見，完全贊同。他很喜歡與臺灣基層社會庶民打成一片，故被開玩笑說成「流氓牧師」。我被特赦以後，他曾把來到臺灣不久的臺北神學院教授Milo Thornberry夫妻（按：唐培禮與唐秋詩）介紹給我。Thornberry夫妻是年輕的美籍傳教士夫妻，充滿理想，他的思想方向類似George Todd，對臺灣的社會、政治、民主、自由、公義表示密切關懷。Thornberry牧師夫人Judith，專研社會學，也對臺灣婦女問題，深有興趣，有一天她忽然問我，能否帶她上酒家看看，使我嚇了一跳。因為他們住在陽明山神學院宿舍，所以我有機會就逃離監視，在他們家祕密見面，也透過他，認識數對同樣思想的美籍傳教士夫妻。這些傳教士將成為我要脫離臺灣的重要關鍵人物。Thornberry夫妻知道臺灣政治犯和家族的悲慘情況，曾經在國外募款對政治犯家族給予經濟援助。為了要給他們政治犯名單，我、謝聰敏、魏廷朝都相當地努力幫助他們密查，並去分配這些救助金給政治犯家族。謝聰敏和魏廷朝以後再被捕、被求刑，這也是其理由之一。

決心逃亡

調查局王淦處長來訪愈來愈頻繁，梁肅戎也更加努力要斡旋，但都無結果。美國使館和外國媒體都也知悉我與當局的關係非常緊張，他們都認為我的再被逮捕或更壞情形隨時可能發生，將不可避免（他們一再報導我似乎準備為了臺灣獨立而「殉道」）。我也感覺事態愈來愈嚴重緊迫，而愈惡化。王淦一再苦口婆心地勸我接受他們的安排，說這樣一來，既有工作，生活問題也可以解決，而且對我造成這麼大痛苦的監視，也可以結束了。顯然，國民黨裡較開明的分子，仍然希望我妥協，想說服我靠向他們，公開表態向他們認同。我不時感覺極端的絕望和沮喪。這樣過日子，實在不像人的生活，既沒有工作，親友圈子愈來愈縮小，不但活得沒有意義，被捕或被暗害的威脅不斷懸在頭上，在這樣孤獨隔絕的氣氛之下，我感覺好像快要窒息了。王淦和梁肅戎的來訪，變成一種難忍的刺痛了。

情勢惡化以後，我就更常深夜到 Thornberry 陽明山神學院的宿舍，去說明我所面對的惡劣情勢。經過多次的深入討論及分析，他們從一九六八年後期就開始勸我應該考慮逃亡到外國。起初我相當遲疑，說我有家庭，也還想為臺灣前途做一點貢獻。他們卻指出我一旦喪命，不是對家庭和臺灣的損失更大嗎？終於有一天我告訴他們：「我不得不逃亡」了，於此他們反問：「你真有決心冒險嗎？」我就告訴他們，我已經思考相當久了，逃離臺灣成功的可能性到底有多少？我的看法差不多是一半一半，失敗的話就要接受被殺的危險。可是回想起來，這樣的生活已快五年了，這樣活下去也沒有什麼意義，我願冒此險。他們就說，如果你想這樣做，凡是能夠幫忙的，都願意全力以赴。

在這個階段不過是一個抽象的基本決定而已。以後日本有一位可信的媒體人士，來訪問我，我就把這個決心洩漏給他。他很熱心，他要最後一次公開向美國政府請求，援助我能應聘出國，同時寫一私信給美國國家安全顧問季辛吉，請他幫忙。同時我要求他把我逃亡的意思傳給東京臺灣獨立聯盟的宗像隆幸（宋重陽）先生。這位宗像先生是一位非常特殊的日本人，大學畢業後就在日本臺獨聯盟擔任專職人員，一生奉獻於臺灣獨立運動，雖未曾謀面，但知道此人是誠實可靠的，以後我就全力計劃逃亡的具體方法。[3]

到哪裡去？怎麼樣去？陸路？海路？空路？如何保密？

為了守密，我採取所謂直線方式，每一個人只知道自己負責進行的部分，只有我一人，知道全盤計畫的詳細。

既然要逃亡，要到哪裡去？怎樣去？首先要解決。其實這二個問題是連接不可分的，還有一個大問題就是如何守密？一個獨臂人，沒有任何證件，要偷渡到外國，必須要有不少陌生的第三人幫助才有可能。這些人哪裡去找？誰願意做這種事？在國民黨統治之下，不論國內或國際，他們的情報特務密布，無孔不入，如何保密是一個極大的難題。想像只有兩種人有可能做，一種是出於俠義心，一種是出於錢財慾望，但是國民黨常以鉅額報酬來收買情報，因為人性弱點，上述兩種人，也隨時有可能因國民黨超大報酬，出賣祕密。

關於逃亡目的國家，初定以跟臺灣沒有邦交的國家較好，因為如果到有邦交國家，立刻會發生「引渡」問題，引起複雜的外交糾紛，恐難安住下去。另一方面又考慮到，比較容易接受我的國家，必須是對政治犯較寬容的國家，例如法國、加拿大和瑞典等北歐國家（尤其加拿大和法國，我曾留學過，較有淵源），美國和日本都除外，因為兩國政府對我的案件並不同情，包括季辛吉，雖然過去他曾兩次邀我參加在哈佛以及在東京所舉辦的國際會議，我與他個人相當熟識，我的事情發生後，他也曾向國民黨當局關切過，但請他協助我出境的事，就很冷漠，原來他當時正在祕密策劃接近中國，而不願插手我的事。

逃亡的工具只有船和飛機二選一。如果坐船只能到臺灣鄰近的國家，如日本、菲律賓、印尼、新加坡等，中國完全除外。但是這些國家，都不適合做為目的國家，而且乘船偷渡，我曾託人探聽基隆、淡水、臺中、安平、高雄、東港、恆春等港口情形，結果都是說，臺灣所有港口，都被嚴密監視，船上人員出入港口，都受嚴格檢驗，故偷渡幾乎不可能。（依過去經驗，也可以想像到，船員遇到有偷渡人，必會去密報，以獲鉅額賞金。）所以乘船偷渡的可能性必須排除。但如果要到法國、加拿大或北歐國家等等，都必要經過幾個第三國，一個沒有任何證件的獨臂人，要輾轉數國到那邊去，其難度恐怕不輸於計劃在月球登陸。

經過長期考慮和 Thornberry 等人討論結果，最後選擇瑞典做為目的國。主要是因為該國的「國際特赦組織彭案小組」已經充分瞭解我的處境，與我已有聯繫，在那邊得到政治庇護大概較無困難。所以還是計劃想辦法坐飛機，飛往瑞典。

與外國的祕密通信

既然決定要坐飛機，如何解決護照、檢疫黃皮書等國際旅行證件？我們首先將此計畫祕密告訴日本宗像先生，一再告訴他絕對要保密，同時要請「國際特赦組織彭案小組」詢問瑞典政府能否給予政治庇護。

要進行此計畫就發現如何能夠與外國迅速祕密通信，是一個重要關鍵。在我被監視之下，所有郵件都要嚴格檢查，所以無法使用普通郵政管道。在七〇年代初期，觀光事業根本未發達，出國的人稀少，也不頻繁，所以最初我們只有由 Thornberry 請傳教士們打聽哪一個人要出國，那個人是可靠的話，就把信件託他帶到國外投遞。對方要回信也無法直接寄到臺灣，而要找可靠的人親自帶到臺灣交給Thornberry等傳教士，再轉給我。例外的，有時對本國人也託他做此事（有一次託李敖的朋友帶一封信到國外，當然他們不知道信的內容，因為這件事，其後李敖吹噓他是幫助我逃亡的大恩人）。這樣的方法非常費時，時間也無法把握，可是計畫初期，還是不得不以此方法對外聯絡。以後得到傳教士們的幫助，在香港用別人的名義開一信箱，專供我用，一切外國來的信都先寄到香港信箱，而有教會有關人士定期一個月一次會到臺灣，所以就請他把我的信帶進來。[4]有這個安排，跟外國通信比較順暢了。以此方法，於一九六九年五月得到瑞典彭案小組回覆，瑞典政府同意給我政治庇護，同年七月，他們再次確認這個決定說，只要我抵達瑞典領土，不管有無必要證件，他們即可接納。據說瑞典當局已經通知瑞典各港口、機場，如果我到達，沒有任何證件也可以入境。為了通信守密，決定今後在通信上，將我稱為X氏，將可能來臺的日人（看後述）稱為A氏，而在美國傳教士之間，稱我為Peter（我在外國留學時未曾取任何英文名）。

用什麼護照？

既然是國際旅行，必須要一本護照。既然無法申請到臺灣護照，只有想辦法用他國護照，這個護照怎麼拿到？假護照不考慮也不可能。所以就跟宗像先生商量要使用日本護照。我們與日本雙方都同意，請一日本旅客到臺灣來，我利用該護照離開臺灣，日本旅客再報遺失護照，由日本在臺領事館發新護照回國，這個方法大家都同意。可是問題來了。出入境要檢查核對護照本人與照片，所以我出國時需與日本人的護照相片吻合。我們臺灣這邊的提議是：我變裝後，把變裝照片寄給日本，在日本找一位與我照片相似的日人（必要時，他也加以變裝，使他與我相似），以我的照片申請護照來臺。宗像認為，這方式理論上可以，但實際上不可能做到。要找一位面孔、身材跟我相似的人，幾乎不可能，或許可以找職業演員來變裝，裝得與我一模一樣，問題是哪裡找這種人？誰願意做這種事？那個人可靠嗎？就算付高額報酬請他，他會到報酬後，可能以更高價格再賣給國民黨，所以這不可行。但我們還是堅持此法最理想。宗像卻提出了與我們相反的對案，即他要把一個日本人護照上的照片寄給我們，我要設法變裝得與那日本人照片一樣，持其護照出國。我們覺得在我目前的處境裡，要好好變裝是不可能的。如此，護照問題就陷於僵局了。我們還是堅持我們原初的方法，擬定初步工作計畫寄給宗像了：

一、由此地拍攝X氏經過化裝的照片寄到東京。在日本尋覓體型酷似X氏（身高一七五公分、體重七十公斤）的日本人A氏，請此人盡可能喬裝成與照片相似的模樣。

二、A氏使用由此地寄去的照片向日本政府申請護照，取得後再向東京的國府及加拿大、瑞典、美國等大使館申請觀光簽證。

三、A氏於來臺後將其護照交給X氏，X氏則持此護照前赴東京或瑞典。

四、於X氏安全抵達目的地後，A氏向臺灣的國府及日本大使館報告遺失護照，請求協助歸日事宜。

五、國府經調查，如果發現有人持此護照非法出國，並且以此詰問Ａ氏，Ａ氏則堅決主張遺失護照確屬事實，並且聲明不為其後果負任何責任。

六、國府及日本大使館因無任何對Ａ氏的具體不利證據，因而只有將其送返日本。

還有：

（Ａ）能否尋覓到擔任Ａ氏角色的人？此一人物應當是願意為我們的工作犧牲奉獻的人，也可以是想獲得相當報酬的人。

（Ｂ）以上計畫必須絕對保密。於今後的通信中，請以「Ｘ」代表本計畫。

我們預知日本方面不會接納這個辦法的。正在苦惱時，Thornberry忽然想到有類似電影情節，且也在美國《新聞週刊》雜誌上看到，實際上也發生過的，東德人欲逃到西德時，曾把別人護照上的照片撕下，再換貼自己的照片上去，以此瞞過檢查人員過境。當時的護照是用相片貼上，再蓋騎縫鋼印在照片上，所以技術上，需要製作一個鋼印。我們將此方法告訴宗像，他初步反應是如何仿造鋼印？他毫無頭緒。不過以後因為沒有其他解決辦法，他只有接受我們的提議，決心投入學習仿造鋼印的艱苦工作。為了要仿造騎縫鋼印，宗像日以繼夜地四處打聽材料及技術方法，經過長期的試驗修改，漸漸有自信能夠做出幾可亂真的騎縫鋼印。宗像盡心努力的精神，使我們非常感動和感激。這個辛苦，他曾在其「回憶錄」裡有詳細的記述。

初步計畫擬定後，宗像就在日本積極找尋適當的Ａ氏，因為我一再強調守密的必要，他必須找可靠的人，這也令他絞盡腦汁地尋覓。這期間我也不斷以日文和英文寫文章，祕密帶出國外，在美國和日本發表有關臺灣國民黨政府逮捕異議分子的打壓政策。

忽然接到宗像密信說，終於找到一位適當的Ａ氏，他叫阿部賢一，是宗像的高中同學，也是摯友，在南美洲工作過，年齡三十二歲，身高矮我五公分。其實年齡和身高較無關重要，宗像認為絕對可靠、有信用，據說他向阿部先生簡單說明此計畫時，阿部就一口答應了。如此這最大難題解決了。為此我寫了一封感謝信：「物色Ａ一事承蒙諸多心勞，不勝感激。Ａ之可信度是非常重要的一環，萬一中途被背叛，定將招致致命性結果，所幸此人為仁兄舊友，對其性格極為洞悉，我絕對相信仁兄可信賴的判斷，我可以放心。身高較弟約矮五公分一節，相信無甚大礙……。」

計畫愈來愈具體化，執行的時間愈接近的時候，許多事情（例如：日本出發時間、Ａ氏來臺接觸方法等等），不能再用過去需要幾週的通信方法聯絡，所以決定使用電報暗號來聯絡。

我們需要假定許多可能發生的情況，例如：

一、如何通知Ａ氏何日何時出發？

二、Ａ氏到臺後如何見面？

三、他除護照外，還需帶什麼其他證件？，例如：檢疫黃皮書

四、他的機票買到臺灣或香港或瑞典？

五、他在臺灣何時報失護照？
六、我是預計Ａ氏到的當天護照給我後，第二天出發，如果當天晚上Ａ氏受臨檢，發現沒護照，我需立刻取消計畫，那時該如何聯絡？
七、萬一通知Ａ氏從日本啟程，臨時變更日程，該如何聯絡？
八、Ａ氏到臺灣，萬一因飛機延誤或其他原因，無法依約見面，怎麼辦？

許多可能情況都要詳細事先講好，所以我寫了幾封信給宗像，一而再地說明所有可能發生的意外情況。

變裝

我建議逃亡以冬天為佳，因為冬天可以穿大衣，比較容易變裝。我的左手義肢平常都是插放在口袋，已成為我的標誌，計劃變裝出國時，我們決定逆向操作，將義肢取出，以三角巾環背著，做骨折受傷狀，反而不會被認出。我曾前往中山北路的一間位在二樓的美容院兼賣假髮的，購買假髮，他們不認識我，我告訴他們是要演戲用的。我也開始準備留鬍子，並小心計算要長好一定長度的鬍子所需時間，試過後知道約需一個多月。同時也要讓監視人員習慣長時日沒看到我，使他們覺得我愈來愈少出門，所以就最後一次以沒鬍子的樣子外出，給他們看我還在家裡，之後一個多月就無法再出門了（除了深夜祕密外出）。

脫出前夕

開始留鬍子前，決定最後一次到高雄探視母親，我的母親那時身體不舒服，大多時間都待在二樓房間裡，她的房子是我大哥的緊鄰，她的電話裝在一樓，每有電話，她便需要走下樓，相當吃力。我這次去看她，決定幫她裝一個分機在二樓，免得她為接電話跑上跑下，覺得這是我能為她做的最後一件事，之後我買了一束鮮花，到郊外拜掃父親的墳墓。

後來才知道，母親那時覺得我的所作有異，以為我想自殺，她並沒有透露她的懷疑，但是我快要搭火車回臺北前一兩個鐘頭，她突然很嚴肅地對我說：「你必須要相信上帝，你一定要相信永生。」她帶著幾乎生氣的聲音說：「你一定要有信仰，一定要常禱告，常讀聖經，不然的話，你的生命沒有用了。」

我的心情非常沉重而悲傷，這將是我最後一次看到她，而我們的分離竟沒有比這樣較溫暖一些。以後才瞭解，那時她正在努力壓抑她內心深處的激動。

回到臺北，我開始整理文件，燒毀日記、通信等等個人信件。我從日本小學時就有每天寫日記的習慣，所以被關的十三個月外，每天的日記都在家裡。我決定把這些日記通通燒毀，包括我認為珍貴的資料，如：我與胡適之先生來往信件、美國棒球名將貝比．魯斯（Babe Ruth）的簽名片（我在日本念小學時，他來日本訪問，我直接寫信向他要簽名，他就寄給我了）[5]、與「國際特赦組織」往來文件，當然包括與宗像的幾十封通信。為此花了幾個禮拜，每日在宿舍後庭一件一件不捨地燒毀。當然我的家人事先並不知道我的逃亡計畫，不告訴他們理由是，我出走後，當局一定會嚴厲調查，若他們事先知道，就會被冠上「知情不報」的嚴重罪名，所以為了保護他們，我忍住不讓任何家人知道。我的妻子兒女似乎覺得這幾星期來我的行動相當奇怪，尤其兒子頗起疑心。我花了許多時間，伏案寫遺囑給妻兒、母親和其他親屬。我也祕密約見謝聰敏和魏廷朝，但沒有告訴他們我即將出走，僅在心中暗地與他們告別。另外，我寫了一封英文聲明，解釋我決心離開臺灣的理由，假如我被捕，以任何手段從我榨取得到的「自白」「悔改」或任何所謂我親寫的文件，在聲明中都事先予以否認。這份聲明將祕密存放於臺灣，其副本三份則先送到香港、日本和美國，萬一逃亡失敗，便將之公布。

進入逃亡的最後階段

計畫進入最後階段以後，我們再確認必須準備的各種事項。

A氏最後的準備需要：

一、護照、檢疫黃皮書，其他海外旅行所需證件。
二、機票從東京─臺北─香港─瑞典（斯德哥爾摩）經濟艙開放機票一張。
三、護照內需有香港、法國、瑞士、西德、荷蘭等國的簽證。
四、需要在臺北住十天的準備（包括旅館、膳食及回日費用）。

X氏需準備：

（一）A氏來臺的日期確定後，訂旅館，以至少三星級以上旅館，避免臨檢。

（二）籌備宗像及A氏所需費用。

執行的計畫表

經過多次的通信，我們再詳細計劃行動日程。

第一天（禮拜二）

A氏在白天抵達臺北，立刻去旅館登記（需出示護照，住十天），之後把護照、機票、黃皮書等所有旅行需要文件和蓋有騎縫鋼印的X氏照片十張，裝在大信封內。A氏帶著大信封，臺北當日下午三點，在日本航空公司臺北支店的正門口（地址是：南京東路二段七十一號），搭計程車較容易到。在那裡有一位自稱「三木」的人，右手帶相機，A氏就將大信封袋交給「三木」，同時告訴「三木」，他住哪個旅館。萬一因故，當日下午三點無法見到「三木」時，當天晚上九點再到同一地點會面，萬一晚上又無法會面，翌日上午九點、下午三點、晚上九點再到同一地方會面。

外幣換臺幣時，需提示護照，A氏把護照交給X氏後就無法換臺幣，故A氏抵臺後還持有護照時，須立刻將在臺十日所需費用全部換為臺幣。

第二天（禮拜三）

X氏會再想辦法與A氏聯絡，確認前一天沒發生事情（萬一第一晚A氏已把一切文件交給「三木」後，半夜在旅館遇到臨檢，那時A氏已無護照，警方會懷疑，此時計畫立刻取消。X氏會在第二天將證件還給A氏，A氏即向警方報告找到了，立刻返回日本）。

第三天（禮拜四）

X氏從臺北經過香港飛往歐洲，如果安全離開臺北，X氏的代表會與A氏聯絡，在這之前A氏需留在旅館，不要外出。

第四天（星期五）和第五天（星期六）

A氏應留在旅館，不得外出。

第六天（禮拜日）

A氏要報警說發現護照遺失了，因為是禮拜天，只有值班人員，不對外辦公，禮拜一才會處理。

A氏報警遺失護照後，就要終止歐洲旅行，要求送返日本。

注意事項：

一、X氏安抵瑞典後，這個事實在A氏安全返日前，不會公開，就算要公開也不會說明如何離開臺灣。

二、為了這計畫所有支出費用，將由X氏負責清還。

三、護照遺失事件每個月都有幾件發生，而當事人都無事回國，A氏應該對警察說，他把護照等文件放在口袋，在臺北各地走動或搭計程車時，遺失了。

四、萬一警察已經發現，有人利用他的護照出國，以此審問A氏時，A氏須徹底堅持只知道證件遺失，但誰誤用，不知道也無法負責。

五、一般說來，警察對外國旅客較客氣，不會太逼問，所以要泰然應付，萬一有威脅或有收買意圖，這都是欺騙手段，不要落入陷阱，必須要堅持什麼都不知道。因為沒有證據，他們只好把他送回日本。

六、將來萬一臺灣當局發現X氏利用A氏的文件出國，那一定是一個月以後的事情，不必擔心。

七、要住的旅館不要太便宜的，因為便宜的旅館常受臨檢。建議一天五、六美元（一美元四十臺幣），約臺幣二百至二百五十元之間。

推薦下列旅館：

（1）鑽石大飯店（Hotel Diamond）中山北路農安街二十一號

（2）王子大飯店（Hotel Prince）中山北路一段一三五巷十三號

（3）亞士都大飯店（Astor Hotel）林森北路九十八號

（4）瑞士大飯店（Hotel Swiss）南京東路、林森北路口

（5）林口大飯店（Hotel Linkou）中山北路三段五十五巷三號

（6）中國大飯店（Hotel China）館前路十四號

（7）光華大飯店（Cathay Hotel）南京東路一段三十六號

*特別推薦2、3旅館

A氏抵達臺北當天，將十天所需臺幣先行兌換，因為換外幣需要護照。

電報密碼

逃亡計畫付諸實行日時已經急迫，已經不能再用費時的方式聯絡，所以決定改以電報暗號方式聯絡，例如：

一、護照、簽證都有一定的有效期間，故不要過早申請到，待我們通知後才開始申請。可以開始申請時，我們打如下電報：

Please send official document（請寄公文資料）

二、所需要的旅行文件全部入手了，就由日方發下記電報通知我們：

Must return USA, sorry can not go to Taiwan, Smith

（需回美國，無法赴臺。史密斯）

三、A氏一切準備好，隨時可以啟程時：

Smith returned（史密斯回來了）

四、X氏決定A氏出發的日子（例如一月五日）：

Will send certificates by January 5（一月五日前會寄證件）

請A氏於一月五日從日本出發，也是抵達臺北的日子（中午以前）。

五、萬一A氏無法在指定日出發，就順延一週（依上例就是一月十二日）：

Mary hospitalized（瑪莉住院了）

六、萬一A氏順延一週仍無法啟程，出發日另訂：

Send documents by January 10（一月十日前寄出文件）

七、無論何理由，A氏不可能出發而取消計畫：

Contract terminated（契約終止了）

八、X氏決定取消計畫時：

John hospitalized（約翰住院了）

九、A氏安全返回日本：

Congratulation（恭喜）

十、萬一A氏需臨時變更出發日期：

Marriage January 10（一月十日結婚）

十一、對方改出發日期時：

Inauguration January 20（一月二十日開幕）

A氏改於一月二十日出發

十二、萬一X氏計畫暴露被捕：

Mary ill（瑪莉生病了）

日本發來的電報給臺灣神學院的 Milo Thornberry 收。而我打給日本的電報，都是發到九州宗像妹妹的家，由妹妹轉。

一九七〇年一月二日決行

慎重考慮各種因素後，我們決定於一九七〇年一月二日決行。那時正巧是美國副總統安格紐訪問臺灣，相信政府安全機關全力忙於接待貴賓，所以「Send certificates by January 2」的電報發出去了。

我於十一月十日發出這電報，並且告訴他最好住在「天使大飯店」(松江路上)，萬一客滿，再在上述旅館參考名單中擇一，並且要求他們在下列航空班次中擇一班次(都於中午前抵臺北)：

1 JAL725 10:20 a.m.

2 JAL741 11:05 a.m.

3 MSA637 11:20 a.m.

4 JAL701 11:35 a.m.

同時預訂一月三日 CPA 451 班次，晚上十時三十五分臺北飛香港經濟艙機位。原希望 A 氏抵達後再訂到香港的機票，但怕屆時旅客太多，客滿無法訂到該班次，會增加危險，只好提早預訂。

依照規定出發二十四小時前，要向航空公司確認，可以用電話，不需本人前去，但不可以在臺灣以

Ａ氏的名字預訂飛香港的位子，以後萬一被詢問，會證明Ａ氏已有人在臺灣為他做事。

注意事項：

一、Ｘ氏安全離臺以前，切勿報警遺失護照。Ｘ氏離臺後有人會打電話到Ａ氏旅館，問他：「要不要買茶包？」這表示Ｘ氏已經成功離臺，可以報警遺失護照了。以後改變由人送一份「臺灣旅行須知」小冊子到Ａ氏房間。

二、萬一報警遺失護照時，警察已發現有人為他預訂一月三日到香港去，問他為何在日本就預約了三日去香港？他須堅持原定一週後才要去的，是航空公司弄錯了，他不可能二日到，三日就去香港。

見證人祕密隨行

我們估計計畫成功率是一半一半，也預料萬一被發現被捕時，他們可能祕密把我殺害，裝著不知道此事，說我失蹤了。因為這計畫是祕密的，沒有人知道，所以外面只有接受這種說法。但是我們希望，不論成功或失敗，有一人能見證，究竟發生了什麼事。

有一位非常虔誠正直的美籍清教派牧師，派駐日本工作，也是Thornberry的好友，我們也讓他知道這個計畫的大概。[6]他對臺灣的政情，也非常清楚，曾經為了要幫助政治犯家族，在美國募款，同時也為我的逃亡計畫，赴國外募款過。我們和他商量討論後，他志願做我逃亡的現場見證人。所以他就預訂一月二日以前飛抵臺北，跟我完全不接觸，但是預訂跟我同班機飛往香港，祕密看著我由臺北到香港的行蹤。如此一切計畫就緒了。

準備就緒，即要決行前夕，回顧自從決心冒死一試，直到現在，外國朋友們的俠義協助，對於脫出的大策略，與外國祕密聯絡的管道，脫出途中的接應，見證人的安排，經費的籌備等等都是關鍵也是絕對不可或缺的援助，但畢竟他們是外國人，對於臺灣社會內部的複雜曲曲折折，不甚瞭解，而全球知有此計畫的臺灣人，只有我一人，所以與日本宗像隆幸聯絡，如何保密，如何化裝，電報暗號，可能意外發生的各種狀況，準備過程有無漏洞等等，都只有我一個人去思考，無人可以請教，無人可以商量，無人提供意見，無人一起檢討，一人在臺北市溫州街十八巷四號臺大宿舍小書房裡，日以繼夜窮思苦慮，常在半夜驚醒想到一件事，立刻跳起來把它寫下，怕到了早晨會忘記。知覺成敗生死，全聚於我一己，痛感悵然孤獨。

遺囑

事先否認萬一被捕而被迫所做「自白」「悔過」一類聲明。

如上所說，這個計畫成功的機率是一半一半，所以我決定留一些遺囑，不論成功或失敗，向家屬及社會做一交代。我把要給家屬的遺書交給Thornberry，請他在我離開臺灣以後，親自交給家屬。另外，用英文說明，我為什麼不得不出走，把這個文件，分別寄到日本（宗像先生）、香港（《華盛頓郵報》駐香港特派員Mr. Karnow）以及美國朋友處。

對家屬的信中特別對兩個孩子說明：「你們還不大瞭解臺灣的政治情況，但在你們長大以後，也許能懂我不得不離家出走。國民黨當局知道以後，一定會用各種方法把我醜化抹黑，對你們來說一定是非常難堪痛苦的，希望你們要堅強，專心學業，不要受外面種種攻訐的影響，我知道這是非常困難的，不過也不得不面對的殘酷事實。要保重身體，希望學業進步。」

對於社會交代的英文信：

（意譯）

我要離開此地，因為我和我家屬的安全受到威脅。我覺得這是保全我的生命及解除我的家屬所受困擾的唯一辦法。自從一九六五年，我從軍事監獄放回家以後，我全家一直在受著嚴密監視，日夜備受干擾。我已得到可靠的祕密消息，特務機關將對我的生命有所企圖。整個情勢已使我相信要確保我生命的安全及家庭的平安，沒有他途了。我十分瞭解要這樣做，所冒的危險及其政治後果，但還是要做這痛苦的決定。過去幾年，特務機關一再設局要陷害我，使我被判死刑。調查局牛科長和劉組長曾當面威嚇我說他們隨時能夠殺我。與特務機關有關人士也曾一再警告我有生命危險。我於一九六四年被捕以後，一直被國民黨機關抹黑攻訐。我出門一步即受特務人員跟蹤或包圍。我的家屬每一個都受特務人員的騷擾。連我子女的每日例行活動（如往來學校）也受嚴密監視。這對他們的敏感心理已有極大影響和打擊，使他們近於精神崩潰。我姊也受到極卑鄙的干擾，其詳細言不盡的。

我一生，在嚴格意義上說，從未從事過真正的「政治活動」，我雖然因一九六四年的事件而受軍事審判，不管國民黨怎麼樣的宣傳，它並不是政治「陰謀」。只是做為一個國際法學者，欲發表其對臺灣政治情勢的看法，而依我看法，現在政府的立場和政策，是多麼愚笨、變態、不公、專制，不理智而恐怖的。自從出獄以後，我未公開發表政治意見，更沒有從事政治活動，但是政府仍無法寬容我的存在。這僅證明政府十分自知其政治立場無法維持，不合理而不穩定的，同時表示國民黨堅決要以恐嚇及其他任何手段來彈壓所有無法接受其虛構和神話而能夠證明臺灣的真相和現實者。

政府認為只有一全面性的恐怖手段才能使異議者不敢作聲，而延續其政權。政府自己承認必須加強全島的「安全措施」。現在我要離開此地，在外國尋求自由，如果因而被捕，我必會受拷問，甚至被置死或會被迫「自白」，或將有「證人」出現，證明我有「陰謀」計畫推翻政府，說我是「共產黨間諜」或說我與其他重大「政治案件」有關等等（這種「證人」都是用錢請來，或由獄裡政治犯中以金錢或減刑作餌叫來的）。我萬一被捕以後，所做的一切所謂「自白」或

「聲明」都是被強迫或被灌藥所做的，全部不是出於真意，在此事先全部否認之。相信因為異議而受殘忍專制政府迫害，因此想逃亡，並不是罪惡；他要尋求他國的庇護是國際所承認基本人權之一。連《中華民國刑法》二十三條和二十四條分別都規定：「第二十三條（正當防衛）：對於現在不法之侵害，而出於防衛自己或他人權利之行為，不罰。但防衛行為過當者，得減輕或免除其刑。第二十四條（緊急避難）因避免自己或他人生命、身體、自由、財產之緊急危難而出於不得已之行為，不罰。但避難行為過當者，得減輕或免除其刑。」關於這警察國家可怕的一面，不必再說，僅望世界輿論運用其力量，對國民黨政府施壓，讓我全家能夠走離此地，在其他地方安住。我要向世界呼籲，請注意可憐的政治犯——這些被遺忘的良心犯。只要世界的良心能洞察到臺灣這最黑暗的一面，我願與他們共同分擔命運。

離家，飛離臺北

我們決定，我需於離臺二天前離開家，在臺灣的最後一晚，在美籍傳教士臺北市內的家中過夜。既然已決定一月三日晚上班機飛離臺灣，所以需於一月二日離開家。

一九七〇年一月一日，就是我在家的最後一晚，我努力不要太感傷，可是傍晚五點以後，情緒就開始起伏，到了晚上十一點三十分左右，我坐在客廳沙發上，兩個孩子將就寢前，我叫他們來量一量他們的身高，結果：彭玟一六五公分、彭曄一五二公分，十一點四十分他們就去睡覺了。

一月二日，我清晨五點三十分起床，外面正下著大雨，六點左右雨停了。我穿上鞋子，又再脫下，到衣櫃取出手帕，彭玟醒來，從蚊帳內問：「爸爸，你要出去嗎？」我說：「是。」他再問：「什麼時候回來？」聽到後我語塞，差一點流淚，哽咽地勉強小聲說：「幾天以後了，你好好睡覺吧。」他非常敏感，隨時感覺有異樣的事將要發生。我六點二十分從家裡出來，沒有雨了，在和平東路叫了一部計程車，在信義路和連雲街口的中式早餐店吃甜餅，吃完以後，在信義路口買一份報紙，再叫計程車到傳教士家，他請我喝一杯咖啡，他太太幫忙裝行李。傳教士們合買了一件羊毛外套為我送行，也送我一個用過的行李箱（他們認為全新的容易引起注意）。[7]

忽然想到要再看一次孩子們一面，透過二哥傳話，約於晚上八點三十分在市立女中附近見面。

下午準備按照事先的祕密安排，到日本航空公司前與阿部賢一先生見面，取得相關文件，因為美國副總統安格紐來訪，許多人在街上排隊歡迎。三點按時見到阿部先生，一起到亞士都飯店二樓喝啤酒。一切似乎都按計畫進行中。到五點三十分帶阿部先生搭計程車逛市區，請他在東方出版社對面餐館吃晚飯。然後回到傳教士家，Thornberry 夫婦也到了。晚上八點三十分到市立女中，太太和兩個小孩都在那裡，他們似乎知道我要遠行，我在那裡，心裡暗做與他們最後的告別。離開時看到彭曄流著眼淚。一句法國諺語講得真對：partir, c'est mourir un peu（to leave is to die a little：離走，就好像要死了一點似的）。

一月三日早上十點，打電話給阿部先生，約在中午十二點至下午一點三十分之間在哈林餐館吃中飯，二時再回到傳教士家，他們正在換貼護照上的照片，順利完成。開始晚餐，這算是我在臺灣最後的晚餐，中途百感交集，禁不住激動流淚，不得不起座，跑到另一個房間。我們預定晚上九點三十五分離開傳教士的家，飯後約有一、二個鐘頭，為打發時間，Thornberry教我們玩簡單的撲克牌遊戲Oh Hell。傳教士的太太開始幫我化裝，她開玩笑說：「沒想到做為傳教士的太太，任務還包括幫人變裝逃亡。」

晚上九點三十分出門在新生南路叫計程車，搭到松山機場時，那位要隨行見證的傳教士和另一對美籍傳教士夫妻（將到送行區目送我搭機者）[8]，也抵機場，可是我要假裝不認識他們，我們前後辦理報到手續，以後在二樓候機室等候約十幾分鐘，廣播開始登機，我就第一個趨前登機，順利過關，行李也沒有檢查，看來一切順利，所以安心地鬆了一口氣。正要上登機梯，突然被一位機場人員攔住，要我再回到登機口，我大為驚愕，以為完了，被發現了，那對在觀望臺的傳教士夫婦，看到我被叫回來，也大起恐慌。原來是，我的機票沒蓋行李檢驗章，補蓋後再行登機。進入機艙，坐上位子，繫好安全帶，我知道那位要隨行見證的傳教士也同在機上，但我非常緊張，不敢抬頭張望究竟他坐在哪裡。不久機艙門關了，飛機開始滑行，尚未起飛前，飛機竟然又折回頭了。我又再次驚愕，心想這下真的完了，大為緊張。飛機停了幾分鐘，廣播響起說機械有問題須檢修，約三十分鐘後，檢查好了，飛機滑行後向天際飛去。送行的傳教士夫妻事後對友人說，他們在機場為我送行，差一點被嚇死了兩次。我本人更是如此。

有一對傳教士夫婦，家距松山機場不遠，往來飛機都須飛越其家上空，他們每次都能清楚聽到飛機的聲音。一月三日晚上十點半，他們特地在家苦等，要聽我坐的班機按照時間飛越其家，但一直等候，時間也過了太久，還聽不到飛機飛越的聲音，難道飛機沒有起飛？是否因我被發現而飛機不飛了？他們在家很焦急，坐立不安。遲延近一小時後，才聽到飛機來了，但他們又開始擔憂，我有沒有坐上飛機？有沒有被發現而被捕？又焦急起來。等到赴機場送行的傳教士回來報告經過，聽到我確實安全離開臺灣，才安心下來。

Thornberry夫婦獲悉我已安全離境以後，即日深夜到我兄住家，敲門叫醒我嫂，急告以我已經離開臺灣，並將我的遺囑和衣服帽子等交給她，翌日早晨她即將其帶到我家，我兄也即乘火車專程將我遺囑帶到高雄給母親看。全家族的極大驚愕和複雜心情，恐怕無法描寫的。

我於一月四日凌晨零時二十分抵達香港機場。

在香港的一夜

已經事先聯絡好的美籍傳教士（按：高佑恩，Bud Carroll）在香港機場接我。看來他好像和我一樣緊張，帶我到一間小汽車旅館後，打電話給太太，告訴她一切順利，也告訴她我很好。後來他寫信給朋友，描寫當時的情況：

我一直猜想，到底他會裝扮成什麼樣子？旅客一個接一個下機，他跟在見證傳教士後面出來了，是一個笨拙的披頭派傢伙，我的天啊！

我在旅館訂了間雙人房，因為時間很晚了，而明天早晨要出發，所以我想在旅館過夜是一個好主意，這樣也比較不會被認出。我們這個地區，每一個人立場如何，都很難捉摸的，我們就是不願意被那些「親愛的」特務們認出來。他那麼興奮，根本沒有想要睡覺，對於成功脫出臺灣，好像還無法置信似的。我們一直談到三點半，我說我需要至少睡一小時，我請旅館早上五點半叫我，那混頭的櫃檯人員竟於四點三十分叫醒我們，所以我等於沒有睡一樣。他於五點半起來，開始梳理化裝的亂髮，又調整拳擊似的手套，這真是可愛的景象，在看到他把粗重的裝束，一層層地剝下，這真是一個天下奇觀。當他終於恢復人樣時，就可以看到這幾個月來，他煩惱勞心的結果，他確實憔瘦多了。可是，他的精神和閃亮的眼神，一點兒都沒有變。

我們叫了一部計程車，六點抵達機場。過去幾天，我一直在分析研究所有可能發生的情況，而每一個情況都有其潛在的危險性。他同意我所做的行程，認為在曼谷轉機等幾個小時沒關係，總比在香港等候安全些。但願我們的決定是正確的。他因為太緊張，沒有跟我打招呼說再見，就開始要走下樓梯去登機，但忽然自己察覺到，轉過身來說再見和謝謝，我衷心感動。

回想我們坐在旅館床上聊天時，我告訴他：「想到世界上還有人那麼關心某一些人的人權、尊嚴、自由和自我表達，而且還有人願意熱心幫助他，這不是太美妙了嗎？」他想了一會兒後說：「那就是這整個事情，使人多麼謙恭的地方。」我回到觀望臺注視著。上午七點十分他的飛機起飛了，這是我們所喜愛的人，新希望的開始，新日子的開始。

在香港出境過關時，其海關人員竟還記得我於前夜才抵達香港的（大概是因為我的外型特異），似有一點疑惑，半開玩笑地說：「你不是昨晚才到的嗎？怎麼那麼快就要離開，香港不好玩嗎？」我支吾其詞，勉強笑一笑，安全過關了。

那位在香港的傳教士看我離開香港後，即打電話給臺灣的 Thornberry，以英語暗號告訴他「瑪莉安產雙胞胎，大歡喜！」（意即我和見證人兩人都安全成行了）。

Success !! 成功了！

香港和泰國都在國民黨情報組織網裡面，所以我還是不能掉以輕心。我搭國泰航空班機離開香港，八點半抵達曼谷機場，換搭北歐航空十點半班機飛往哥本哈根。因為曼谷氣溫悶熱，我穿大衣、戴假髮，滿身大汗，當飛機飛越阿富汗上空時，從機上看地面風景是多麼美麗，感覺到我是一個自由人了，能夠回復到為人的尊嚴，開始感覺輕鬆又興奮，在機上叫了啤酒，自己慶祝。下午四點半飛機在蘇聯 Tashkent（按：塔什干）降落加油。機場人員制服完全和電影及相片所看到的一樣，機上旅客把護照給他們扣留後，下機休息。機場建築好像法院似的，我們在二樓休息，販賣部的東西，質劣價格又貴，女店員既老又醜又不親切，我買了兩個靠墊套，美元三塊半。對蘇聯印象並不好。以後在機上稍睡片刻，下午六點四十分抵達哥本哈根。

哥本哈根機場很漂亮而乾淨。立刻打電報給日本宗像和香港的傳教士，報告「成功」了，也寫明信片給一些朋友，亦隨即打電話給瑞典斯德哥爾摩「國際特赦組織彭案小組」負責人 Karin Gawell，告訴她我已經到哥本哈根了，她聽到我的聲音，大喜又大叫：「It is not true!!（不會是真的吧!!）」飛機延遲三十分鐘，晚上十點三十五分才出發。我在飛往斯德哥爾摩的機上，將全部變裝裝束脫掉，空服人員看到都驚倒了。零時抵達斯德哥爾摩機場。為了避免觸犯「偽造證件」罪，我不使用日本護照，我等其他旅客全部通關後，才到入境海關告訴他們：「我沒有證件」，立刻有一位年輕官員，引我到他的辦公室談話，約十分鐘就過關了。在機場 Karin 等「彭案小組」七、八人來接我，帶了雪衣、雪靴、毛帽、圍巾等一大堆保暖物品，他們大概以為我從亞熱帶來，一定僅穿著一件薄薄的南方衣來的。我們走出機場停車場，想打開汽車門時，發現因為太冰冷，鑰匙孔結冰插不進去，花了些時間，才勉強打開車門發動。他們安排我住在一位瑞典政府中級公務員 Lunden 家，他太太是英國籍。到了他家，他們給我一小房間，床旁小桌上的小花瓶插著一枝玫瑰花，下面有一張小卡片寫著：「Welcome to Sweden（歡迎來到瑞典）」。我吃了兩顆安眠藥，五年多從來沒有那麼熟睡過。

一月五日早上九點三十分醒來，下午一點由Karin等三位人員陪伴再到機場，正式辦理申請政治庇護，在那裡被詢問近三小時，非常客氣親切，與入境管理人員談話後，在機場餐廳喝了一碗湯，再回家吃晚飯。晚上和他們聊天至半夜才上床。

向瑞典政府申請政治庇護，還發生一小插曲。他們在我未到以前，早已答應給予政治庇護，但我一到，既無證件也無真實相片，如何證明我就是那個「彭明敏」？在正式辦理庇護的程序上，必須驗明正身，確定我是彭明敏本人無錯。（可以說瑞典當局做事認真，也可以說有一點「官僚」。）他們只好登報紙廣告，謂：「此有自稱彭明敏者，如有能確認者，請來指認。」幸虧我在法國巴黎大學留學時，曾認識了一位瑞典留法學生，也到過其在瑞典的家裡，她現住在Stockholm，看到廣告，就來證明我的確是「Ming-min Peng」。竟也有一位瑞典教授說要來作證，這就有一點怪了。我與他未曾謀面，據說他曾讀過我發表過的幾篇法文論述，如此而已。

另一齣悲喜劇則在臺灣發生。我於一月二日離家，但負責監視我家的特務們，毫不知情，其後一段時間，他們仍繼續向上面報告，我「在臺灣」的行蹤，例如，某日某時到了某處，也到了某餐館吃飯，所以他們也需到該餐館，點菜吃飯，以便監視及監聽等等。這些報告當然是假的，不是事實，只是為了報銷而中飽私囊而已。事後被發現，從高層到基層，都受到嚴厲處分。這證明我們的計畫和守密完全成功。

我到瑞典後一直憂心阿部先生在臺灣的安全，他一定已經知道我已於一月三日安全離開臺灣，依照事先計畫，他應該於一月六日報警遺失護照，日本使館領到新護照，立刻返回日本才對。可是我在瑞典一直都沒有他的消息，使我很擔心他是不是在臺灣出事了？等到一月十八日才接到暗號電報「Congratulation（恭喜）」，意思就是他安返日本，我才鬆了一口氣。原來他在我離開臺灣後，輕鬆了，就跑到菲律賓悠哉度假幾天再回日本。

我抵達瑞典後即向其移民局申請在臺家族移住瑞典，不久入國許可證也發出來了。故一方面在臺家人向局申請出國，另一方面我也向國際紅十字會等人道慈善團體求援，使能與家人團聚，也有美國學者友人當面向蔣經國請求放人，所得到的答覆是：「依法辦理」，陶百川先生也說話了，但二十年間，臺灣當局還是繼續監視家人，不准出國。

1 編注：吳俊輝，一九三九年生，臺中市人，與江炳興同為臺中一中學生，高中畢業後江炳興投考軍校，吳俊輝就讀東海大學，兩人與臺中一中等同學合組「自治互助會」，並開始與高雄施明德的「亞細亞同盟」與陳三興「臺灣民主同盟」互相聯繫，組織於一九六二年被破獲，吳俊輝與江炳興都判十年，江炳興之後在泰源監獄期間因密謀起義，遭判死刑。

2 編注：此處提到的國際關係研究所，前身為國際關係研究會，一九五三年設置在總統府機要室內的資料組，一九五五年國安局成立，研究會併入成為政策研究室，一九六一年改為中華民國國際關係研究所，吳俊才是於一九六四年接任所長，一直到一九七五年才改為國際關係研究中心，隸屬政大。不過按照彭明敏另外在《自由的滋味》所記憶，當時國際關係研究所已逐步脫離軍方，並與政大有所聯繫。

3 編注：宗像隆幸（一九三六～二〇二〇），鹿兒島人，漢名宋重陽。因結識許世楷，認識到臺灣獨立運動，明治大學經營學部畢業後，一九六一年七月就加入臺灣青年社，開始擔任《臺灣青年》雜誌工作，一九七〇年彭明敏脫逃計畫，宗像隆幸亦為重要一員。一九七〇年臺灣獨立建國聯盟成立後，擔任日本本部中央委員，後曾任國際特赦組織日本支部理事、臺灣獨立建國聯盟日本本部顧問等。有關宗像隆幸如何協助脫逃計畫亦可參看本卷唐培禮《撲火飛蛾》節選。

4 編注：協助在香港開信箱的是美國傳教士高佑恩（巴德，Bud Carroll）。巴德也是彭明敏脫逃到香港時，去接機的人。

5 編注：彭明敏父親彭清靠曾於一九三三年至日本東京帝國大學附屬泉橋慈善病院進修研習婦產科兩年，因此彭明敏這段時間曾短暫在日本讀過小學。

6 編注：此人即為德威特・巴奈特（Dewitt Barnett），關於巴奈特可參看本卷唐培禮《撲火飛蛾》節選。

7 編注：此為傳教士家即為希斯夫婦（Mike and Judy Heath）。可參看本卷唐培禮《撲火飛蛾》節選。

8 編注：去機場看彭明敏有沒有順利出關的為胡佛夫婦（George and Dot Hoover）。可參看本卷唐培禮《撲火飛蛾》節選。

撲火飛蛾——一個美國傳教士親歷的臺灣白色恐怖〔節選〕

唐培禮（Milo L. Thornberry）

◎收錄於二〇一一年二月*Fireproof Moth: A Missionary in Taiwan's White Terror*，美國Sunbury Press, Inc. 出版。中文版二〇一一年十二月由允晨文化出版，賴秀如譯。本篇選文為允晨文化翻譯版本。

唐培禮

（Milo L. Thornberry，一九三七～二〇一七）

在德州北部長大，為波士頓大學宣校與世界宗教神學博士。一九六五年底，與前妻唐秋詩（Judith Thomas）奉衛理公會派任到臺灣傳教。抵臺初期，認識因特赦出獄沒多久的彭明敏，之後協助彭明敏於一九七〇年脫逃出境。隔年三月因美國商業銀行爆炸案牽連，唐培禮夫婦在四十八小時內遭驅逐出境。回到美國後，繼續從事宣教與教學工作，也在阿拉斯加州和奧瑞岡州擔任牧師，二十多年無法以美國護照出境。二〇〇三年，唐培禮才有機會再到臺灣，並接受人權工作的表揚。著有《撲火飛蛾——一個美國傳教士親歷的臺灣白色恐怖》（*Fireproof Moth: A Missionary in Taiwan's White Terror*）。

倒數計時

要生存，恐懼是不可或缺的情緒。

——漢娜．鄂蘭（一九〇六～一九七五）

儘管秋詩和我都很心煩意亂，還是依約每個星期跟彼得（按：準備脫逃計畫時，他們決定幫彭明敏取英文名字做為代號）、胡佛夫婦（George and Dot Hoover）和希斯夫婦（Mike and Judy Heath）見面。彼得會變裝成日本嬉皮樂師出國，我們得在一本「遺失」的護照貼上他易容後的照片。一九六九年整個秋天，他做了個實驗。整整四星期，他上唇留起鬍子，白天則足不出戶。他還是會在午夜過後出來跟我們碰面，不是在胡佛家就是在希斯家。但這段期間，完全不讓跟監的人看到他的蹤影。當鬍子留得差不多他要的長度後就刮掉，等到真正要離開前四個星期，再把鬍子留起來。

刮掉鬍子前，彼得先到自助式照相亭，拍了好幾張護照用的照片。這些照片都送去日本給宗像隆幸（Munakata Takayuki），當時他已經找到日本籍的阿部賢一（Abe Kenichi）願意到臺灣來「遺失」自己的護照。宗像製造了一部壓紋機，壓出來的圖案就跟日本政府在護照上的壓紋一模一樣。取得阿部賢一的護照後，他們在十來張照片上壓紋，其中一張壓紋的地方，看起來就跟原版完全相同。

隨後，他們再把這些照片送回臺灣。

大家都認同變裝出逃，也都覺得彼得看起來真的很像他要假扮的日本嬉皮樂師。問題是他的手臂怎麼辦？

果不其然，邁可（Mike Heath）問了一個他這種老實人一定會提的問題：「我們怎麼有辦法讓他的斷臂不洩漏祕密？」大夥兒以前已經討論過這個問題，但從沒講得這麼直接，也不曾在彼得面前談。

「可以這麼做，」達特（Dot Hoover）說：「與其希望他們不去注意他的手臂，不如假裝嚴重燒傷的樣子包裹起來。以前在醫院當護士的時候，我已經包紮過許多次。人家會注意到他的手，但是看到的是胳膊下面吊著一個大繃帶，看不出他沒有手臂。」

「對呀，」我說，「他甚至可以編個故事說，在臺北的餐廳被熱湯燙到了。」

聽來像個笑話，彼得被這氣氛感染，也笑著說：

「說不定我還在生氣，考慮回到日本以後要控告那家餐廳呢！」

秋詩說：「我覺得綁繃帶應該行得通。」

彼得也同意，達特則說，她會在出發當天晚上，把所有需要的材料和設備準備好。

* * *

出發日期訂在一九七〇年一月三日，星期六。大家都不喜歡星期六晚上出發，我們覺得最好的時機應該是很多人在機場的時候。但是彼得打算在機場人最少的時候離開。暗地裡，我們和胡佛、希斯兩對夫妻討論到這件大家都擔心的事。最後結論是，相較於到底他應該決定何時出發，或許更重要的是他內心的平靜。所以，就是星期六晚上了。

還有一件事跟彼得內心的平靜有關。

「你們當中應該有人一起到機場，看著彼得上飛機。」秋詩說這話的時候，只知道屆時不應該是我們夫妻任何一個。安全起見，最好是新加入的成員。她說：「另外，巴德（Bud Carroll）會在香港機場。我希望我們能夠有個人跟彼得一起搭飛機，這樣不管飛機上發生什麼事，都有人親眼目睹。」

「這是個好點子，」彼得說：「如果有個人在飛機上，我會覺得好過一點。但你想誰會願意這樣做？」

「最好是任何一個跟這件事無關的人。」我說。大家都點頭同意。

靈光乍現，我突然想到：「德威特．巴奈特（Dewitt Barnett）[1]這個人如何？」

「我不知道他願不願意，」彼得說：「但我們可以問問他。」

話很快就傳出去。碰巧德威特剛好要在十二月十二日和十三日來臺灣兩天，我們有機會跟他當面討論。

「當然沒問題，我願意做這件事，」他的語氣好像這根本不是個難題，「告訴我時間和哪班飛機。」

「彼得會在一月三日星期六晚上出去，」我說：「我們希望你從日本搭乘那班日航班機來臺，然後彼得在臺北上機。」

「何不星期五晚上我就搭機來臺，先跟你們碰面，好知道一切都按計畫進行？」他問道。

我原本要說，這時候跟彼得本人碰面是個不必要的風險，但是彼得比我先答話。

「我覺得這是個好主意，」彼得說：「我想去機場之前先見到你。」

就這麼定了。希望當這班飛機離臺時，彼得和德威特兩人都上了機。如果他們兩人都在飛機上，萬一發生什麼事情，好歹我們有個目擊者。

我很少把脫逃計畫寫在筆記上。十二月二十日當天，我寫下巴德從香港傳來的消息：「昨天傳話來了。錢已送到，我們準備進入最後階段。」雖然「美國公誼服務委員會」（AFSC）不斷有資金送來協助政治犯家屬，我們從沒有把這當中任何錢用在脫逃計畫。我們那幾位美國友人謹守承諾。不知道是不是真的，但聽說韋禮遜（Don Wilson）當時有辦法從長老教會的「宣福基金」當中取得若干費用。手上已經有錢，我們用阿部的名義買了一張一月三日星期六的機票，阿部本人則會在星期五從日本來臺。

前一個星期六晚上，我們派喬治和達特到機場去，勘查一週後彼得要搭乘的那班晚上十點的飛機。我們則在希斯家等他們回來。當他們十一點多回來的時候，兩個人都臉色鐵青。

喬治說：「機場連一個人都沒有！」我從沒見過他這麼激動。

「我們到樓上的訪客候機區，那裡可以鳥瞰整個出境區和外面的停機坪，」達特解釋道：「一旦彼得進入機場，除非他離開出境區，通過海關，我們都可以看見他，直到他登機。但我們今天看到的景象真叫人擔心。」她就事論事地說：「這是晚上最後一班飛機。其他的航空公司櫃檯都關了，我們的班機只有一個地勤職員。沒有人！沒有人從這裡登機。」

「我們只看到安檢人員到處晃，」喬治說：「我覺得選擇星期六晚上對你而言簡直是自殺，彼得。我認為應該重新安排你離開的時間，改成星期六白天或下個星期。」

我知道彼得正在慎重思考。當時一片死寂，接著他開口了。

「不，」他說：「我們不要變更計畫或換機票。我還是認為這是最好的時間。」

沒有人再說任何話了，但是胡佛夫婦兩人帶回來的消息讓我們都清醒過來，包括彼得在內。彼得當晚離開後，我們和其他人繼續討論。大家談的並不是試著要彼得改變主意。心意已決。我們進一步討論的是大家心裡都想過，但是不曾一起討論的話題。

我問：「萬一彼得在機場被捕怎麼辦？」

喬治現在已經從機場驚魂恢復過來，他務實地說：「我們唯一能做的就是把消息傳出去，讓外頭的朋友把他被捕的消息廣告周知。」

「同時，最好是，」我說：「有辦法在我們被捕之前傳出去。」

「想想看，」秋詩難得打破她在聚會中沉默不語的習慣，這回她說話了：「我們不能讓這些獵犬圍著彼得轉。也沒辦法只靠我們解決。既然已經有了計畫，一定會成功！」

＊＊＊

一月二日星期五傍晚，彼得和阿部在城裡某處見面，然後把他的護照帶到希斯家。現在是計畫中最嚴峻的作業時刻：把護照上這個日本人的照片除去，換上彼得變裝過的照片。護照戳記是圓形的——大約有三分之一的圓周落在照片左下角，其他的蓋在護照頁面上。我們從敘述東德出逃者的文章裡學到，得先把照片分開，這樣原來照片的底部才會完好如初。發放護照當局使用的膠水很黏，如果想把整張照片都移除，結果是連下面的頁面也會撕破。

我的任務是先把照片分開，然後把新照片貼在原來照片的底部上，這樣一來，新照片就會跟原來的照片一樣厚。在這之前數星期，我已經用一把很薄的刮鬍刀在照片上練習，現在已經很熟練了。

星期五晚上我把好幾張照片分開。這些照片變更的部分，都和目前護照上面的鋸齒相吻合。我們花了很長的時間在決定到底哪張照片最恰當。彼得有時候會過來桌邊，看看進展，但是大部分時間都跟不在桌邊七嘴八舌的其他人閒聊。對彼得而言，簡直是過了萬古千秋之後，照片總算挑好，開始執行。秋詩拿著黏膠，把膠水塗在照片後面，然後小心翼翼地黏上去。改造得維妙維肖！

彼得最後的二十四小時都在希斯家待著。我們和胡佛夫婦回家睡了一覺，但是其他大部分時間都跟彼得在一起。

星期五深夜，或者是星期六凌晨，彼得回了家一趟。他不讓妻小知道他要離開了，萬一他們知道，就會被連累受罪。那天他進到小孩和太太房間，向他們無言地道別。[2]等到他回到希斯家跟我們說的時候，彼得哭了。我想這是我唯一一次看到彼得哭泣。我們都跟他一起落淚。

到了星期六早晨，能做的都做了。現在多的是時間，我們就玩起德國橋牌（Oh Hell），這是秋詩在多年前學會的一種紙牌遊戲，很容易上手。跟橋牌不同的是，德國橋牌的玩法是要不多不少贏得你所叫出來的墩數。一整天下來，我們七個人就輪進輪出，一直有四個人在餐桌上玩牌。

當大家準備好共進最後的晚餐時，我們送了一件開襟針織毛衣給彼得。這是秋詩和達特去買的臨別禮物。

秋詩把毛衣拿給他的時候說：「到了瑞典，你會需要這個。」

「謝謝，」彼得勉強擠出話來：「謝謝你們每個人所做的一切。」

彼得從他桌旁的位子站起來，往他的行李袋走過去。在二十四小時內第二次，屋內每個人都淚眼矇矓。

德威特星期五晚上就從日本搭那班飛機來臺。彼得跟他一起去機場。我們覺得這並不明智，但這一點對彼得似乎很重要。希斯家距離機場只有大約十五分鐘。德威特在九點前後抵達。當我們其他人忙著跟德威特打招呼，也跟彼得說再見的時候，達特和喬治先出門搭計程車，這樣他們就會比彼得和德威特先到機場。

彼得和德威特一到機場，就各走各的。胡佛夫婦已經直接到訪客候機區。仍在為上星期經驗擔心的喬治和達特，這回先是嚇了一跳，然後大大鬆了一口氣。他們看到一大群日本觀光客從巴士下車，排起隊伍魚貫報到，準備搭乘這架最後班機。緊跟著他們的是，戴假髮，蓄鬍鬚，一隻手臂吊著繃帶，另一手提著吉他箱盒的彼得。他現在是一個來臺北參加新年慶祝活動，結果燙傷手臂的日本樂師。彼得一路跟著日本觀光客直驅海關，又往飛機走去。

這群觀光客帶來的好運道，讓胡佛夫婦欣喜若狂。當彼得進到海關區的時候，他們看不到他，就移到另一處，等著看他出來走到候機區。正當彼得正要跨上飛機階梯時，一個官員從航站跑過來，又把他帶回去。喬治和達特看到彼得抬頭找他們，心想這下完蛋了。兩人過度驚嚇，完全動彈不得。

在他們離開之前，又看到彼得自己一個人走出來，回到飛機上。胡佛夫婦不知道為何他被帶回去，現在又為何搭上飛機。我們後來才知道，因為太緊張了，彼得把一些文件掉在海關官員的櫃檯。這個官員過來把彼得帶回去確認，同時拿回他的文件。[3]

緊張得心臟砰砰跳，他們兩人看著飛機一路滑行到跑道盡頭。然後，飛機轉過來，竟又滑回航站。第二度，胡佛夫婦認為彼得被發現了。官員們和機場人員進進出出飛機，但是彼得並沒有出來。

* * *

在希斯家等候的我們，也都覺得一定哪裡出了狀況。好幾個星期之前，邁可・希斯就認定晚上的最後一班飛機，幾乎就直飛過他們家上空。正常起飛時間大約四十五分鐘過後，都還沒聽見飛機起飛。

邁可說：「通常我一開始計時，從沒晚過五分鐘。」

「你想我們會不會沒聽到飛機起飛的聲音？」秋詩問道。

「如果妳以前聽過，」邁可說：「妳就知道我們不可能沒聽到。」

沒有人說破，但是每個人都做最壞的打算。

飛機又停在航站大約二十分鐘左右。終於，機上乘客興奮起來了。沒有人下機。機艙大門關起，飛機滑到跑道終端，這次，起飛了！

* * *

飛機一起飛，我就提起嗓門說：「邁可，你對了，就是這聲音！」「我們還不知道延遲起飛的原因呢。」秋詩說。

這下大家都陷入緊張的沉默。

胡佛夫婦總算回來了，他們情緒已經緊繃到幾乎說不出話來。最後，我們總算恍然大悟，也確認彼得在機上。秋詩拿出玻璃杯和一瓶酒，大家舉杯互敬。

慶祝過後，我們回到神學院的家以前，還有一項任務。離開之際，彼得給了我們一個9×13吋的牛皮紙信封，要我們在他脫身後，送到他哥哥家。

街燈昏暗，路上很黑，牆壁又遮掉了大部分屋內的燈光。但因為距離不遠，我們走路過去。當時已過半夜，我們找到大門，按了門鈴。

門開，燈亮，秋詩走進玄關亮處，馬上把信封交給彼得的嫂嫂：「彭明敏要我們把這個交給你。」我當時站在秋詩背後的暗處，猜想彼得嫂嫂並不知道我也在場。

「謝謝！謝謝！」她說，毫不猶豫就收下信封。「已經很晚了，」秋詩說：「不好意思，我們不應打擾太久。」

他嫂嫂很客氣地回應：「沒關係，」她又說了一遍：「謝謝！」才關上大門。

我們沿著暗巷走到街上招計程車時，秋詩沉吟道：「奇怪，她好像正等著我們去拜訪。」回到神學院的家時，已經過了大半夜，開始等待從香港打來的電話。

一直到當天凌晨二點，電話都還沒打來，我忍不住擔心是不是發生了什麼事。勉強睡了幾個小時，但醒來後更焦慮，因為電話鈴聲還是沒響。事先我們已經說好，等巴德打電話來，而不是我們打到香港去。

大家都沒上教堂。喬治打來探聽有沒有消息。聽我答「沒有」後，就主張他和邁可乾脆過來我們家練投籃，這樣好歹有點事做。秋詩待在屋裡等電話。當她過來報好消息的時候，我們都在球場。透過彼此事先約定的密碼：「雙胞胎安產誕生」，巴德說彼得和德威特都安全抵達香港，他們整晚談個不停，一直到當天上午，巴德送彼得搭上飛往瑞典的飛機。

我們繼續投籃——又跑、又吼、又跳、又叫！幾個月來緊繃的神經總算開始放鬆。

星期一，我們又接到巴德打來的電話，說彼得已經從哥本哈根派來電報，說他正要轉機，飛往旅途的最後一站，很快就要抵達斯德哥爾摩了。

事件過後

如果威脅是真實的，就不算疑神疑鬼。

——謝聰敏（一九三四～二〇一九）

成功脫逃的興奮非常短暫。有一天，我從中華語言研習所的董事會得知，三個星期前，調查局就在探聽秋詩和我的消息。「他們兩人有誰是董事會成員嗎？」「在語言研習所有權制定政策嗎？」「住在哪裡？」

就目前所能找得到的答案，這些問題或許跟我們在研習所內，牽連到一個臺灣籍的魏姓（不是廷朝）老師有關，他以黨外候選人的身分設了辦公室，一直抗拒政府施壓，不肯退出選舉。研習所的主任也受到壓力，要開除另一個臺灣籍的老師喬治·吳（George Wu），只因他跟魏老師友誼甚篤。政府當局還打算要把魏太太在小學任教的工作搞掉。

秋詩在包德甫（Fox Butterfield）[4]離開臺灣回紐約之前，把魏介紹給他認識，於是包德甫寫了一篇有關魏的文章刊登在《紐約時報》上。調查局要知道是誰安排的。因為這篇文章的負面宣傳引來國際矚目，調查局不能讓魏本人被開除，同時也釋放他父親，不再以羈押魏父的方式逼他退選。

後來才知道，調查局把罪魁禍首加諸於傑瑞・福樂（Jerry Fowler）頭上。我們認識傑瑞，他太太蘇就是幫我們安排收養李察的人。[5] 一九六七年，我們跟蘇一起經歷了重重的收養程序調查，也曾邀請他們到我家來吃飯。彼得聽說傑瑞・福樂是美國大使館職員，覺得不妨跟他見個面，於是我們那天也邀請彼得一起來吃飯。後來我們懷疑他是中央情報局（CIA）的人，就跟他保持距離。因為福樂是美國大使館政治組二等祕書，如果他對記者洩漏什麼訊息，調查局也拿他沒輒。

調查局在問我們的消息，讓人挺困擾。但是同一個星期內，我們又得到消息，換發居留許可證已經獲准，有效日期到一九七〇年底。如果他們知道我們跟彼得已經建立了四年的關係，或知道我們涉及發放現金給政治犯家屬，很難想像他們會更新我們的居留許可證。拒絕更新居留許可通常是外事警察最常用來對付不受歡迎外國人的方法。

一月六日星期三，魏廷朝到家裡來。一聽到發生了什麼事，他興奮極了，沒問我們是怎麼知道的，也沒問我們在這場脫逃記當中是否扮演任何角色，我們也沒說。

星期天，一月十一日，我跟往常一樣到臺南。在那裡，我得以跟萬益士（Rowland Van Es）和其他人慶祝彼得成功脫逃。他們都不知道任何細節，我也隻字未提。

等我星期四回到臺北上課，開始加緊忙起註冊組的工作。到了一月十七日星期六，不管新的居留許可證讓我多麼鬆一口氣，兩則對話又讓我神經繃緊。

「啊，老孟！」一打開廚房的門，我說：「歡迎！好久不見了！」

老孟是個四十歲的大陸籍異議人士。留著長鬍子，總是笑臉迎人，外表看起來就像他的老祖先——中國哲學家孟子。前一年夏天我就沒看到老孟了，在這之前，他當過我的中文家教好幾個月。老孟看了一眼通到廚房的紗門，這是我們平常使用的主要出入口。

「很抱歉這麼久沒來，」他說話的時候，並沒有跟著我走到客廳：「我沒有更早來是因為朋友警告我說，你跟秋詩都被監視了。」

「我不是責怪你沒來，」我說：「他們還說了些什麼嗎？」

「沒有，只說某些情治機關對你有興趣，」他說：「我不知道是哪個單位。」

老孟好像急著要離開。以往他當我家教老師的幾個月期間，總是待很久，好像根本沒什麼其他事要做。

「你要不要來杯咖啡？」我問道。雖然老孟喜歡教我中國文化和禮儀，但是他對西方的生活模式也求知若渴。我知道他來我家都不喝茶，而要喝放了很多牛奶和糖的咖啡。他每週來幾次教中文課的時候，總是留下來吃午餐。雖然我們通常都吃中餐，但是偶爾會做漢堡。對很多中國人而言，生洋蔥真是難吃，但是老孟堅持吃漢堡要加生洋蔥，因為美國人都這樣做。

「不了，謝謝，」他說：「我不應該在這裡待太久。」

道別之後，他就消失在行政大樓和禮拜堂前面的巷子，往公車站後面走去。

老孟前腳剛走，駱維仁後腳就到。瘦削身材，一頭鬈髮，戴著厚厚的牛角眼鏡，維仁和他太太高天香就住在我家小巷正對面。他們夫妻都是普林斯頓的博士，回臺灣到神學院教書時，我也差不多那時候被派來神學院。他們的兒子信達（Teddy）比伊莉莎白小一點，兩人現在已經是最要好的朋友。維仁教新約，也參與臺灣聖經公會翻譯新版臺語聖經的工作。天香教基督教教育。兩人都在臺北長大。他們在美國住了五、六年之後回臺，是我們在教職員當中的至交。

「你有幾分鐘時間嗎？」維仁站在紗門外頭說。

「進來！」我一邊說話，還一邊理著頭緒回味老孟的話。

我和維仁在神學院每件事情上都密切合作。因此我猜他是來討論他、天香、秋詩和我得向學校提出的總課程和畢業要求的修訂版本。他走進來，坐在客廳裡他通常坐的位子上。

「我有些壞消息，」他說：「今天早上我跟陳哲宗院長提到我們的方案時，他說他聽聞你被監視了。」

「被監視」是個令人不寒而慄的訊息，對臺灣人和大陸人更是比對外國人恐怖，因為我內心覺得，最糟的情況就是被驅逐出境。但是臺灣人沒有這種幻想。他們不時就知道有些人失蹤了，許多人就此沒有音訊。某某人「被監視」是白色恐怖時期臺灣人每天日常生活的延伸。至今尚無外國人失蹤的事實，但這並沒有降低維仁的話帶來的恐怖效應。而他說這話之前才沒幾分鐘，老孟也說了一樣的話。我覺得脊椎發出一股寒顫。

「哲宗怎麼會知道？」我問。

「他說是張信一的父親昨天跟他說的。」信一是我最聰明的學生之一，今年六月畢業之後，就要出發去波士頓大學念研究所。他的父親是臺北很傑出的長老教會牧師。

「信一在幾個星期之前曾來看我，說他懷疑兵世哲是某個情治機構的職業線民。」我說。信一告訴我過，兵世哲有個哥哥在調查局上班，另一個哥哥在警備總部工作，姊姊則畢業於北投的政工幹校。

「我也一直都在懷疑他，」維仁說：「在他身邊說話，我都很小心。」

「信一當時並沒有提到我是不是被兵世哲或任何人盯上，」我說：「我想他如果知道就會跟我講。」

「我不覺得意外，」維仁說：「自從政府開始施壓，要教會退出普世基督教協會以來[6]，我想我們好幾個人都被監視了，因為我們都曾就這件事情給暂宗建議，包括你在內。」

這是我被注意到的全部原因嗎？我希望當時能夠跟維仁討論其他可能也會招致監視的事情，包括彼得的脫逃，但我還是沒說。

五天後，一月二十二日，收到彼得的第一封來信。吉姆從香港帶信進來。彼得回報說，他到瑞典時已經是一月四日半夜。在哥本哈根轉機時，曾打電報給香港的巴德和在日本的朋友。

飛機降落斯德哥爾摩之前，彼得說，他到洗手間撕毀假護照，沖進馬桶裡，這樣就不會因為持有假證件旅行而被起訴。

等到下了飛機，某個國際特赦組織的人已經獲通知，來跟他見面。他宣稱自己是無證件者，要求政治庇護。直到正式獲得庇護之前，都不會對外宣布他脫逃或現身瑞典的消息。

星期天，阿部到日本駐臺北的大使館，說他護照遺失。他們叫他星期一回去拿新護照。彼得預期阿部一回到日本就會有消息，但是整整一個星期過去了，阿部都還無音無訊。彼得擔心得快抓狂，不知道到底發生了什麼事，搞不好阿部被抓起來？在斯德哥爾摩擔心了兩個星期之後，消息終於傳來，阿部回家了。原來在一月四日拿到新護照之後，阿部決定延展他的「假期」，又去了菲律賓之後才回日本。

彼得也回報說，德威特的座位就在他後排的另一邊。彼得登機時，德威特已經坐在位子上。他們眼神交會，德威特半笑半不笑地示意，然後就轉回去看他拿在手上的雜誌。當飛機降落在香港，按照事先安排，他們沒有說話，也沒慶祝。德威特自顧自離去，彼得出關就發現巴德已經在等著他。

* * *

臺灣當局何時知道彼得已經脫逃，到現在都還不清楚。我們收到彼得來信的隔一天，當時他已經離境二十天了，顏先生打電話來，我們請他來吃晚餐。兩年多前，彼得就引介我們認識顏艮昌先生[7]，他是臺北印刷工會理事長。顏先生是個傳奇性人物。他早在二十年前，發生二二八事件的時候，就當過印刷工會理事長。這個工會強勢到當國民黨士兵在整個臺北城濫殺無辜的時候，他們包圍了工會總部，逼得士兵後來退縮離去。多年後，顏先生被選為國大代表。他個子矮小，禿頭，總是戴著金邊眼鏡，酒喝得實在太多。

每次跟顏先生在一起，總是很有得聊，而且一定有新鮮話題。

「在街上看到某個人，你認得出來是臺灣人還是大陸人嗎？」有一次他問我。

「從他們講話方式分辨嗎？」我反問他。

「不是，你還沒跟他說話就可以分辨得出來。如果他們站得又挺又直，這是大陸人。臺灣人總是有點彎腰。」顏先生嘲笑自己和自己的同胞說：「這姿勢是因為多年來在大陸人面前打躬作揖的結果。」

「你知道如何分辨富人跟窮人嗎？」另一次他又問我。

「不，我不知道。」準備又要再上一課。

「因為富人比較有錢，他們吃得比較多，因此也得花較多時間在馬桶上。有錢人拉更多屎，這是富人跟窮人之間的差別。」

然而，顏先生今天沒有什麼風趣睿智的話。他的態度比平常嚴肅，跟我們習慣的顏先生很不一樣。晚餐時刻，他提到當天下午跟一個中文報紙記者的談話。

「那個記者說，彭明敏在美國。」

「不會吧！」秋詩說。

「國民黨已經出面否認，說彭明敏還在臺灣，但我想他們是在放煙霧彈，」他說：「我直接去彭家問彭太太。她說兩個調查局的人下午三點來過，質問彭的去處。然後他們跟她說，彭去了美國。調查局的人走後不久，《紐約時報》記者和《美聯社》記者也都來問同樣的問題。我跟她講，我要來見你們，看看知不知道情況。她沒說不要來，但是她要確定我沒有被跟蹤。」

「你有被跟蹤嗎？」我問。

「有，但是我換了好幾趟計程車才擺脫他們，到這裡可花了我一百八十塊新臺幣呢！」他笑了起來。

「我們沒聽說任何事，」我說：「已經好幾個星期都沒聽到他的消息，正猜想他最近會不會是到高雄去探視母親了。」

「我不認為美國會歡迎他。」秋詩說。

「你覺得有沒有可能他已經被捕，現在政府只是在掩耳盜鈴？」我問。

「我不覺得，」顏先生說話時好像在思考這個可能性，接著說：「我想他已經走了，如果真是如此，對他而言倒是件好事。讓我們乾一杯！」

「我們什麼酒都沒有，」我說：「恐怕得用咖啡來慶祝吧。」

＊＊＊

彭明敏脫逃出境，對蔣氏政權造成公關上的大惡夢。他們先是否認彭已經遠走他鄉，等到全世界都比國民黨更早知道彭明敏已經出境之後，他們大大出醜，顏面掃地，隨後改口，結果更加麻煩，因為他們對外宣稱彭的脫逃日期，比真正的時間整整晚了三個星期。

當我跟魏廷朝碰面，給他資金送去給政治犯家屬的時候，他詳細說了幕後故事。

「他們不相信彭明敏已經走了，因為被派去監視跟蹤他的情報小組報了出差費憑據，宣稱跟蹤彭明敏全臺到處遊走，事實上他已經出國好幾個星期了！」

「想必蔣經國和他老爸對這些情報人員會很不爽，不是嗎？」我幾乎要咯咯笑了起來。

「當他們知道這個跟蹤小組已經報了三個星期的假帳，不久之後——透過他們經常用的手法——就讓警衛自白，原來這批人已經好幾個星期，甚至數月之久，都沒看到彭明敏了，但他們竟然還一直寫假報告，宣稱一路跟蹤他。當然，這些內幕都不會讓外界知道，這會讓政府太丟臉。」

「你知道那些負責的人會怎樣嗎？」

「調查局裡的許多資深官員丟了工作。那個曾經狠狠威脅彭教授的主管，現在成了代罪羔羊，已經關進牢裡去。」

「那些填假報告的警衛呢？」

「都失蹤了。」魏廷朝說。

＊＊＊

政府終於承認這件事，准許報紙刊登小小的新聞，暗示他是在美國中情局的資助下脫逃。對許多人而言，這似乎是合理的，因為大家無法想像如果不是有這種機構協助，還有誰能從這個島上逃開？彼得，當然，堅稱除了在瑞典之外，並未接受任何政府協助。而他說的是實話。每當我想起這件事，都還會忍俊不住。

＊＊＊

政府知道有關秋詩和我什麼事情，或者他們對我們興趣有多高，這都不清楚。我們猜，他們對於我們和彼得的關係、我們跟協助政治犯家屬的關聯、甚或是彼得的脫逃等，應該所知不多。我們在想，還有很多其他因素，讓當局注意到我們：語言學校的情況、我向陳院長針對政府向臺灣長老教施壓，要他們退出普世教協（ＷＣＣ）的報告、我在普世教會學課堂上談論到ＷＣＣ事件、各種從神學院或其他地方對我平常看待政治情勢的密告、甚或是我跟顏先生或其他臺灣異議人士的往來等等。這些事情當中任何一項，都足以引致安全單位的注意。

幾乎每一天我都在猜想，這樣會不會太過於疑神疑鬼，誇大了有人提醒我遭到「監視」的嚴重性。後來跟謝聰敏見面時，我跟他探討這個看法。坐牢多年，謝聰敏當時還是很憔悴瘦弱，導致他濃密的眉毛顯得比平常更搶眼。

「隨時都有好幾千人被監視，不是嗎？」我說。

「是，」他說：「但是某些人比其他人被監視得多一點。」他這句話讓人聯想到《動物農莊》（*Animal Farm*）裡頭的一句話：有些豬「比其他豬更平等一點」。如果不是我很確定謝聰敏以前並沒有讀過這本書，或許會以為他是故意拿雙關語來說笑。

「自從彭教授逃亡後，魏廷朝和我現在都遭到二十四小時監控，他們不相信我們跟這件事無關，」他說。同時，好像要跟我再度確認一番：「他們跟蹤我們之緊迫盯人，不比跟蹤彭教授差多少。」

「你會遭到比較多的關切，我不意外。不過最近這幾個星期以來，也數度有人提醒秋詩和我，說我們遭到監視。」

「有個方法可以知道你的信件是否被檢查過，」他說：「我在牢裡遇見一個人，曾經在郵局安檢部門工作，因為偷了信件裡面的錢被捕。他跟我說過臺灣內部每封信件的註銷戳上面，都有郵政編碼。看編碼就知道這封信是不是被拆開檢查過。」

「哇！」我驚訝只說得出這句話：「你知道這些編碼？」

「知道，」他說：「很簡單！」

他從夾克拿出一張紙來，在背後畫出註銷戳的圖案。

「你可以從郵局看出這封信經過哪些程序。首先，從日期和時間可以追溯是哪個郵政人員處理你的信件，萬一有什麼重要東西被放行，他就得負責任。」

然後他指出戳記底部的括號，裡面只有一個字。

「有三個不同的字會在這個括號裡，」他一邊說一邊寫：「這個字意謂這封信未經檢查。另外這個字意謂經過郵局安檢系統檢查。最後這個字則是經過警備總部檢查。如果你開始收到許多信都有最後這個字，你就知道他們最近對你真是很感興趣。我收到的所有信件，都有警備總部的字在上面。」

謝聰敏給我這張紙條，我把它藏在皮夾裡。

「謝謝！」道別的時候，我兩度道謝，對於謝聰敏和魏廷朝兩人關在獄中，竟然還能夠探聽出這些事，深表敬佩，但是對皮夾裡的這張紙條也有點害怕。雖然我們並未透過這個郵政系統來寄送任何敏感東西，還是好奇自己有哪些信件曾經被檢查過。

一回到神學院，我馬上到置放每日郵件，任人自取的那間辦公室，一封一封找過，看看有沒有寄給我的信，也查看不同信件註銷戳上面的文字。大部分信件的括弧都是「未經檢查」的字樣，有一些則有「郵局安檢系統」檢查過。我當天沒有信。但是接下來幾天，每當我收到信件，沒有一封

「未經檢查」就放行。好幾封信有「郵局安檢系統」的字樣，也有不少有「警備總部」的字樣。接下來幾個星期，我的信件出現愈來愈多警總安檢的字樣。

我想到謝聰敏所說的，某些人「比其他人被監視得多一點」。也想到他那天臨別前最後的一句話：

「如果威脅是真實的，」他說：「就不算疑神疑鬼。」

若是耶穌會怎麼做？

我想加入自由戰士的行列，但是我的宗教困擾我。基督徒可以拿起槍枝和棍棒，對付自己的同胞嗎？

——丹尼爾M．N．致信詢問柯林．莫里斯牧師（一九六九）

瞭解到宗教信仰所激發的暴力在九一一攻擊中所扮演的角色，再沉痛回想更早幾個世紀當中，基督教對暴力的祝福，我對於基督徒在追求正義時，是否有使用暴力的合法性，抱持猶豫態度。有人主張宗教激發的暴力，乃是為正確的結果所當為；我們也不得不承認，宗教界人士對國家暴力的默許，不論是在越戰或美國侵略伊拉克等事件，事實上都讓使用暴力合法化。尼布爾（Reinhold Niebuhr）在一九三二年的警句，用在一九七〇年所發生的各種事件看來，似乎特別貼切。他寫道：「一旦脅迫的因素取得倫理上的正當性……我們很難在暴力脅迫和非暴力脅迫之間，畫出一條絕對的分界線。」

＊＊＊

在彼得脫逃之前，秋詩和我已經再三考量過休個長假。原先宣教部對我們的安排是在臺灣服事五年，然後休假一年，屆時我可以完成論文。但是在一九六九年秋天，和一九七〇年春天發生了兩件事，因緣際會地改變了這個規畫。當時我們相信的可靠消息都說，政府已經盯上我們，甚至已經在監視，如果這時離開臺灣一整年，到時候得再申請新的居留許可，可能就回不來了。

目前的居留證到一九七〇年十二月才到期，因此我們決定，先申請在一九七〇年夏天休假三個月，再回來繼續三年的任期。等到三年任期也期滿後，才休假一年去寫論文。因為我在一九六五年春天已經完成波士頓大學的課程和考試，校方同意根據我所提的時間表，展延繳交論文的時間。

一度想過整個休假期間都不離開臺灣，但為了李察歸化為美國公民，無法在美國境外處理，不得不出境。在臺本地政府對領養沒有問題，但是美國領事館官員卻一直有意見。因為他們再三為難我們，要李察得回到臺中的兒童之家，我們決定先讓他到美國歸化入籍，暫且不管回到美國是否還會出現其他問題。

即使持有居留許可證，臺灣政府也未必就不會拒絕我們出國三個月後再入境。但反正我們也不知道臺灣政府到底知道多少底細，因此我們決定休三個月的假。

＊＊＊

這樣一來，這年夏天要怎樣把錢發送給政治犯家屬？謝聰敏和魏廷朝需要一個聯絡人，幫忙把香港送來的錢給他們。我們不想冒險讓他們兩人直接跟帶錢過來的人聯絡。胡佛和希斯兩對夫妻都會願意幫忙，但是他們為期一年的語言學習課程已經結束，準備在夏天分別到新加坡和砂勞越赴職。我們決定再找一對從來不曾涉及過去任何事情的宣教師夫妻幫忙。

三月間，我們跟許可領夫婦（卡萊爾與露絲，Carlisle and Ruth Phillips）接觸。兩人在我來臺灣之前很多年，就已經在臺灣待過。在那之前，他們是共產黨取得政權之後，最晚離開中國大陸的一批宣教師，離開中國之前有段時間還遭到軟禁。他們在臺灣一直都跟衛理公會在臺灣的大陸人一起工作，當時，卡萊爾是臺北一家衛理堂的牧師。不過，跟大部分我在臺灣認識的所謂「中國通」不同，這對夫妻對臺灣人很有同情心。他們也是可以信賴的人，萬一拒絕我的要求，也不至於背叛我或我們所要做的事。

我們到一家小餃子館吃午餐，席間我們解釋當時跟謝聰敏和魏廷朝兩人在做的事情。同時為了安全理由，現在都分別改稱他們兩人為「東尼」（Tony）和「馬修」（Matthew）。因為秋詩和我得回去美國三個月，希望他們能幫忙協助政治犯家屬。

「我們想請你當聯絡人，在帶錢進來臺灣的人——大部分時候是白傑民（Jim Brentlinger）——跟東尼與馬修之間，擔任中介者的角色，」我說：「你們必須祕密碰面，但是他們兩人很厲害，知道怎樣不會被跟蹤。」

「當然我們願意做這事！」露絲沒等到卡萊爾說話，就爽快答應了。她的頭髮是少年白，露絲臉上總是帶著微笑，眼睛發亮。卡萊爾看起來有點怪癖，跟你說話的時候幾乎不會看著你，任何問題都得花點時間才回答，但每次他說話的時候，我都很仔細聽。經過一陣子沉默，他也點頭同意露絲的話。

「我們幾時要跟這兩個年輕人見面？」露絲說道。他們馬上就要著手安排，當時讓我嚇了一跳，也總算鬆了一口氣，知道一九七〇年整個夏天，整個計畫都還會持續下去。

「有一種可能是，」秋詩打破沉默：「到了九月，我們無法回到臺灣。在這情況下，你們得決定何時開始不再繼續當聯絡人。」

「萬一需要，」露絲說：「我們會決定。但是我們可不是臨陣退縮的人。」

＊＊＊

雖然已經讀到許多文章，描述越戰期間美國的兩極分化，但是人不在國內，還是難以感受到真正發生了什麼事，畢竟我們原先都埋首在臺灣的事情上。當紐約的杜佐志聽說秋詩和我回國度假，就堅持我們應花相當時間和力氣去瞭解自己家鄉發生了什麼事。當時他是美國長老教會全國傳道委員會的主管。但是我們自己教會宣教部則希望秋詩和我去拜訪在沃斯堡的支持教會、演講和休息。

在衛理公會安排的行程表之外，杜佐志又幫我們加上其他行程，以及從加州到紐約一路上的聯絡人。

在我們離開臺灣之前的幾個月期間，發生了好幾件事，這當中可以看出杜佐志建議的行程相當有智慧。一九六九年十二月，美國自二次世界大戰以來，首度恢復徵兵抽籤。隔年二月，美國空軍在越南美萊村（My Lai）和美溪村（My Khe）大屠殺，造成數百平民百姓死亡事件遭到證實。[8]三月，美軍開始轟炸北越在柬埔寨的保護區和補給線。五月，美國跟越南部隊入侵柬埔寨。大屠殺和美軍戰線擴大到柬埔寨的新聞，引致世界各地前所未有的撻伐。無法主導國內輿論的尼克森，看起來已經失控了。

尼克森決定一試，看看跟毛澤東和中國共產黨是否可能做出任何形式的和解。一九七〇年一月，美國國務院一名發言人首度講出「中華人民共和國」的正式名稱，而不是平常掛在嘴邊的「紅色中國」或「共產中國」。這個詞彙是給北京的訊號，但是不僅北京聽見，臺北也聽到了。北京和臺北也都注意到，美國國務院在三月間宣布，放寬美國人到中國的旅行限制。當年四月，蔣經國到美國來，替國民黨說話。

蔣介石之子蔣經國，曾經在蘇聯待了十二年，跟俄羅斯女子結婚後，兩人在一九三七年回到中國。當國民黨失去大陸，撤退到臺灣之後，蔣介石派兒子擔任好幾個祕密警察組織的頭頭。[9]以蔣經國這樣的背景，用史達林模式建立國民黨情治機構並不足為奇。對於在美國支持蔣家的反共人士而言，若非不知情，就是便宜行事地忽略這個事實。在臺灣，蔣經國的名字很容易引來恐懼——對他主導白色恐怖的恐懼，同時也害怕他可能輕率地跟中國共產黨達成協議，不讓臺灣人自己決定他們這個島國的將來。

擔心尼克森開始試探跟中華人民共和國打交道的，不只是國民黨而已，主張臺灣獨立的人也都憂心忡忡。一九七〇年初期，「臺灣獨立建國聯盟」（WUFI）成立，負責協調所有臺獨組織。對海外運作的臺獨聯盟而言，蔣經國訪美剛好提供了最佳的抗議機會。WUFI舉辦抗議蔣經國的示威，不論他到紐約任何地方，都一路抗議。

四月二十四日，「小蔣」準備在紐約的廣場飯店（Plaza Hotel）對「遠東美國工商協進會」發表午餐演講，有二十五個示威者集結在飯店外抗議。當他穿過廣場飯店的旋轉門時，WUFI成員黃文雄從雨衣裡掏出手槍，跑向前去，對著蔣經國。紐約幹員詹姆士・季德（James Ziede）當時奉派去保護蔣經國，看到黃文雄就一把抓住他的手臂。這一槍打中玻璃門而不是臺灣的行政院副院長。在黃文雄掙扎著高喊：「讓我像個臺灣人般地站起來！」之際，黃文雄妹婿鄭自財也被捕。兩人都是WUFI的成員。

要不是因為美國當時越戰爭議日熾，刺蔣案應該是更大的新聞。但是十天後的五月四日，當參加肯特州立大學（Kent State University）反戰遊行的四名學生，被俄亥俄州國民警衛隊殺死之後，已經很少人聽說廣場飯店的事件了。

肯特州立大學槍擊事件發生五天之內，超過十萬人在華府發動大示威，窗戶被砸、輪胎被刺，到處都有人縱火。尼克森首席演講撰稿員雷・普萊斯（Ray Price）說：「這已不是學生示威。這是內戰！」安全起見，尼克森本人被送到大衛營兩天避風頭。美軍第八二空降師進駐行政大樓地下室。四百萬學生繼續抗議或絕食，九百所大學因為暴力和非暴力示威不斷而關閉。文化上與政治上，美國都陷入內戰以來不曾出現過的嚴重對立衝突。

＊＊＊

在一個外界認為瀕於內戰的國家，很多人忽略的一點是，黃文雄企圖致蔣經國於死地，可說是臺灣人在蔣氏政權自一九四九年撤退到臺灣以來，首度發生的高調暴力反抗事件。

顏先生，我們在印刷工會當理事長的朋友對於這件事情之所以失敗，所持看法是：「臺灣人不懂得打鬥；連怎麼開槍都不會！」雖然有關這起事件的新聞，在美國很快就退到後面的版面，餘波盪漾的結果是臺灣政府更高壓的控制。

＊＊＊

我收到一封從香港轉來的美國朋友來信，提到既然尼克森似乎開始要轉向，跟中華人民共和國恢復關係，他提出一個非常唐突的建議，主張臺灣需要發動「一件血腥事件」來讓各界注意其困境。我對這種主張並不全然意外。

「真是說得容易，」把信唸給秋詩聽的時候，我加了一句：「他自己又不在這裡。」

「而且他也不是臺灣人。」她說。

下一次見到東尼的時候，我對他提到這封信的看法。

「彭教授曾經說過，外頭的朋友總是動不動就建議我們拋頭顱，灑熱血。」他笑著說道。

我不認為這個朋友是要我們去發動一起事件，而是就他的觀察，要如何才能動員國際輿論。

在「以暴抗暴」這方面，他並不是唯一持此之見的人。那年春天，我訂了一本一九六九年由我們宗派的出版社亞賓登（Abingdon）出版的書。作者柯林・莫里斯（Colin Morris）是個英國衛理公會宣教師，同時也兼任辛巴威共和國（以前是英屬北羅德西亞）總統肯尼士・卡翁達（Kenneth Kaunda）的顧問。莫里斯此書旨在回應基督徒是否應該拿起武器，加入非洲的反殖民地抗爭。

莫里斯坦率明確地回答：是。這個世界，他說，是由「非年輕人、非有色人種和非窮人」所統治；唯有暴力革命才能推翻他們，為全世界大多數人提供一個合適的未來。莫里斯主張，基督徒不僅有權力，也有責任參與這場奮鬥。這個問題對我而言非常重要，沒想到我的宣教同仁竟是如此回答，讓我又驚又喜；更何況我自己宗派的出版社，也認為這樣的內容適合出版。

在〈非暴力的聖牛〉章節中，莫里斯說：

消極抵抗的成功，端視於啟發輿論，讓大家對那些甘願犧牲自我尊嚴，配合官方權力者感到羞恥或憤怒，不願給他們正義。

當代殘忍無情的暴君不會跟批評他們的人，玩什麼和善的遊戲。很難想像希特勒或史達林會害怕看著甘地絕食而死。他們可能還會幫他一把，悄悄地把他幹掉，除了地窖牆壁的一絲血跡之外，看不出任何他的死因……那些消失無蹤，下落全無線索的人，對自由沒有實際上的號召力。

莫里斯說的話，彼得以前就講過，而我也對臺灣非暴力抵抗的效果做出結論。莫里斯接著提到對他個人最具決定性的觀點：身為一個寫信給基督徒的基督徒，「我的看法端視耶穌對什麼是暴力的態度」，讀到這裡，真希望彼得能在身旁，跟我一起討論。

在〈若是耶穌會怎麼做〉這一章中，莫里斯恰當地提醒讀者，雖然我們不知道耶穌的史實，而且大家都說他是個主張非暴力的人，但是研究他那個時代的非主流基督教歷史學者有一說，認為耶穌是因為反抗羅馬政府而被處死。福音書企圖證明這種說法為偽，大部分基督徒也都普遍接受福音書的說法，但是莫里斯並不苟同：

福音書上所描繪的耶穌，可比擬為一九三〇年代某個德國教會人士的傳記，內容完全沒有提到他對納粹的看法……如果耶穌真的對身邊所有事情都是非暴力，或認為是不重要的，那麼我們讓他跟我們當代生活有關的努力都是枉然，因為他活在自己的年代時，也都跟任何事情無關。尤有甚者，他會變成一個危險、浮躁的蠢蛋，做一些模糊曖昧的舉動，說一些挑釁的話語，結果引致其追隨者遭受血腥報復，還一路抗議說他自己遭到誤解。

* * *

莫里斯道出我自從念神學院以來就出現的問題，碰巧在努力要解釋耶穌跟暴力反抗之間有所牽連之際，他得知布蘭登（S. G. F. Brandon）所寫的《耶穌與狂熱者》（*Jesus and the Zealots*）一書，當時正好出版。

我馬上訂了布蘭登的書，整個一九七〇年春天都在閱讀。布蘭登是備受尊敬的新約專家，至少一直到他的這本書出版之前都是。書中提到耶穌時代，反對羅馬統治的狂熱者，在巴勒斯坦發動游擊戰而烽火連天。他仔細寫下當時民間疾苦的細節，但是在福音書中卻只有隱晦地提到當時所發生的事情。布蘭登認為，因為馬可福音這本被視為第一部福音書的內容，是在猶太戰爭到達最高潮時候，在羅馬寫的。因為耶穌是以煽動叛亂之罪遭處死，當時的基督徒處境飄搖，他們得靠著馬可福音寫道，耶穌之死是個悲劇性的錯誤，以便基督徒得以存活。這種觀點成為基督教會的非主流觀點。

檢視各種細節，諸如耶穌凱旋進耶路撒冷、推倒兌換銀錢的人的桌子、以及他對徵稅的反應，在在都說服布蘭登主張，耶穌雖然不是一個狂熱者，但是很可能同情這些想要反抗羅馬統治的人。

我開始認為試圖把耶穌寫成對羅馬沒有威脅，是早期教會一種自我保護的合理行為。我在臺灣的長老教會也看過類似的寫作文章。做為一個臺灣教會，他們一直受到政府懷疑，還不時遭到迫害威脅。長老教會當時的刊物中，對於所有跟政治有關的內容都有一種故弄玄虛的味道，但大家又都讀得懂。我不是很確定，但是想必早期教會和福音書內容也是如此。

布蘭登細膩的研究，驗證我以前對福音書裡面耶穌的疑問，同時永遠改變我對耶穌生命中主要事件的看法。跟莫里斯一樣，我要在臺灣做什麼事情的立場，端視我相信耶穌對「什麼是暴力」的態度而定。雖然我同意布蘭登的看法，耶穌可能不給猶太人上帝的恩典，在在顯示他跟狂熱者不同。但是針對耶穌的使命，我的結論是，包括但不僅限於對羅馬的抗爭。

儘管莫里斯斷然肯定使用暴力對抗不公義的態度，我並不苟同，但是我也永遠不再認為耶穌是福音書裡面所假定的和平主義者。耶穌必然曾經是一個和平主義者，但他也可能想過，當他來到耶路撒冷對抗宗教和政治當局的時候，大家會起來推翻羅馬，就如同在他之前兩百年，人民推翻希臘的情況一樣。或者是，他可能相信對抗上帝會引致天使兵團從天而降，消滅羅馬人。或者是，雖然福音書說的剛好相反，我開始懷疑他可能在對抗當局的時候，其實也未必清楚會有什麼後果，只知道他自認當時做的事情是對的，即使這會奪走他的性命。

在我準備離開臺灣時，已經不再認為耶穌是個和平主義者。如果九月我還能回到臺灣，已經決定屆時自己要做什麼了。

＊＊＊

這趟返鄉之旅的主要目的，是完成李察歸化為美國公民的程序。其次的目標是拜訪支持我們的教會——位於沃斯堡的第一衛理公會，該教會負起支持我們的責任。另外一個目標，則是試著瞭解美國正在發生什麼事。杜佐志幫我們安排各地人士和組織，從柏克萊大學到紐約都有。

杜佐志要我們從人民的角度瞭解反戰運動。他安排了一場在柏克萊的會議，跟一群曾經發動反戰示威，打亂一九六八年衛理公會大會的社運人士見面。我們住在舊金山市區，有人跟我們說明如何開車經由海灣大橋到柏克萊的一棟房子。帶著四月剛滿四歲的伊莉莎白和未滿週歲的李察，我們全家總動員，開著租來的車子出門。那棟房子是位於老舊邋遢社區的一棟老舊邋遢房子。

大約十到十五個年輕男女歡迎我們，全都坐在只放了枕頭的地板上。這些人當中，可能有些剛開始跟教會有聯繫，但我感覺大部分都沒有，而且他們聚在一起是為了挑戰宗教組織。

安排會面的主辦者想辦法讓我們覺得賓至如歸。過了一陣子，有人打開袋子拿出一種叫作皮約特（peyote，一種仙人掌）的東西，說是上個星期從科羅拉多州的原住民那兒拿來的。我不知道那是什麼。他們把皮約特塞進煙管裡，點燃後大家傳著抽。因為我一開始就抽自己的菸斗，於是沒抽皮約特。秋詩覺得那樣有點沒禮貌，但我不覺得冒犯，這群人好像也沒有為此不高興。一小時後，我們的主人開始一個個在地板上睡了起來。到後來，除了我們之外，每個人都睡著了。我們抱起李察和麗茲回旅館。

在紐約市，杜佐志安排我們跟一群回到美國的和平工作團志工，在曼哈頓上西區碰面。我發現跟這群年輕人比較合得來。他們在美國境外的經驗就跟我在臺灣一樣，也比較懂政治。他們都積極反戰，但是跟我們上次碰到的那群人相比，沒那麼尖銳。

杜佐志甚至安排我們跟黑豹黨的人見面。在下東區的貧民窟，我們好不容易找到一棟公寓，在樓上跟兩個紐約市黑豹運動領袖見面。同樣的，杜佐志事先已經提供足夠的介紹，這樣的聚會，我們才免遭受公開的敵意，那是黑豹黨對北美白人的基本態度。我們能夠見到黑豹黨人，也是他們信任杜佐志這個北美白人的明證。用一種好像在討論回去旅館要怎麼走的柔聲低語說話，他們排除金恩博士和民權運動的非暴力手段，並且認為使用武力是黑人生存的唯一手段。他們也仍承認，畢竟政府當局在武器裝備上具有絕對優勢，他們對黑人的保護其實有限。

那年夏天最奇怪的一場會議，是跟黃文雄和鄭自財碰面。這兩位一、兩個月前才準備暗殺蔣經國的人，當時因為許多住在美國的臺灣人拿房子當抵押，得以保釋在外。在這起企圖暗殺事件發生之前，我們都沒聽過這兩人。鄭自財當時是美國臺獨聯盟祕書長，三十三歲的黃文雄是康乃爾大學博士生。那一槍是黃文雄開的，可能是因為他當時還單身，而鄭自財已經結婚有兩個小孩。

因為他們不能談論任何有關暗殺企圖或接下來開庭審理的話題，我們很快就聊不下去。現在回想起來，決定跟他們見面似乎有點愚蠢。冒著萬一被美國或臺灣當局知道的危險似乎有點不值得。我當時同意這場會面，想必是因為我想見識一下率先「拿起武器」，對抗蔣家政權的兩個臺灣人。

這次休假的主要目的是替李察辦歸化手續。一完成之後，我們就從達拉斯搭飛機回臺灣，以便趕上神學院秋季班開學。除了當時全美有一種敵意的氣氛和願意擁抱暴力這兩件事，跟我以前所知不同外，整個夏天我學到了什麼，其實還不很清楚。我現在對那些選擇暴力對抗越戰的人、對黑豹黨保護黑人社區的方法，或者是臺灣人抵抗蔣氏政權的高壓統治，已經比較少評斷。「換做在耶穌的時代，他會怎樣做？」對我比較重要。但是到了夏天結束前，我得承認我還是有自己的看法。

就倫理上說來，柯林．莫里斯建議那個非洲年輕人的說法，對我而言，有其道理，同時國民黨政權在臺灣的野蠻和強硬，一點也不輸非洲的殖民政府。儘管無辜的人已經在受苦，我知道我還是無法加入暴力的行列，因為那樣只會讓更多無辜的人受苦。同時，我也想像不出這樣的方法會有什麼好處。會不會是因為擔心我或家人遭遇不測，導致我主張非暴力手法嗎？如果這種恐懼占上風，我就不會去做已經在做的事情。

雖然尼布爾說過，暴力和非暴力的界線並不是絕對的，我個人還是覺得這當中有一條鴻溝，一旦跨過去，我就不再是過去自認的我自己了。同時我也深信我的臺灣朋友——那些看起來毫無恐懼的人——拒絕使用暴力的原因，是因為他們不願意增加無辜者的苦難，同時也看不出這種行徑會有什麼正面的結果。

不知道回到臺灣會是什麼等著我們，但是抵達臺北國際機場的時候，我有一種強烈的感覺，我們恐怕無法在這裡待滿三年。

開始收網

你只有行動的權力；
沒有權力決定結果；
因此採取行動不要想結果；
而非屈於毫無行動。

——克里希納在《薄伽梵歌》的揭示

一等到我們九月回到臺北，就跟許可領夫婦見面，瞭解發送資金給政治犯家屬的情況。卡萊爾小心記錄了所有進來的資金，並且轉交給謝聰敏和魏廷朝去發送。我很高興地發現這四個人不僅密切合作，彼此之間也發展出真正的情誼。露絲提到這兩個「男孩子」的時候，聽起來好像是一家人。

雖然我定期跟馬修和東尼見面，但總是分開進行。大家碰在一起好像是不必要的風險。即使他們兩人經常彼此聯絡，但是無法同時跟兩人一起聊天真是令人沮喪。以前就是這樣。就算是在彼得脫逃之前，我都不記得他們三個人曾經一起跟我們見面。馬修和東尼也沒有一起跟我們聚會的經驗。在我們各自聚首發展出來的關係中，他們三個人都分別當過我的中文家教，協助我的（教會）

歷史演講內容。

檢視我們不在臺灣期間累積下來的信件，從郵遞編碼就看得出來，愈來愈多信件先經過警備總部檢查，才送到信箱。回來之後沒幾個星期，又有人提醒我們已經被監視，但到底是哪個情治機構，或是為了什麼原因，依舊搞不清楚。我分別問過馬修和東尼，請他們分送金錢之舉是否明智？東尼答說，就算是金額很微薄，那些政治犯家屬還是非常需要幫助。

「我們還是可以發錢，而且不讓國民黨知道是誰在發送，」東尼說：「比較大的問題是找到這些家屬，因為他們經常在搬家。對他們而言，拿到錢是很重要的，魏廷朝和我都知道，這事情只有我們做得到。」

東尼沒說出口的是，他們還得冒著家屬出於恐懼而舉報他的危險。他跟馬修兩人遇到的，都是非常需要幫忙，卻又害怕到不敢收錢的人。如果政府祭出常用的手段，把其中哪個人叫來問，東尼和馬修都會有危險。

「他們能將我們怎樣？把我們關進牢裡嗎？」馬修笑著回答我的問題。他是個不容易接受恐嚇的人。十八年前還在念建國中學二年級時（按：應為成功高中），就拒絕參加「中國青年反共救國團」（簡稱「救國團」，仿效自中華人民共和國的「中國共產主義青年團」，簡稱「共青團」），憤而退學，去教導想要念書的文盲小孩。即使沒有高中畢業證書，他還是參加大學入學考試，並且考上臺灣大學法律系。到了一九七○年底，當我們在聊天時，馬修對於牢裡的情況瞭若指掌。他曾經懷疑警衛要對他開槍，也懷疑法官要判他死刑。對於停止發送家屬金錢這種問題，他理都不理。

卡萊爾把他的筆記本連同收據和發放資料都交給我。我一回到家就全部銷毀，避免任何會羅織馬修或東尼入罪的文件。我也覺得自己已經沒有繼續寫日記的條件了。我還沒考慮毀掉那箱放滿一疊疊文章，準備要發送給外國人的文件。那些東西稍後再說。

我們很快地恢復一種超現實的正常生活。宣教部開始新政策，跟臺灣的衛理公會保持距離，我全心全意支持這個政策。除了在課堂上教書，同時承擔註冊組的工作之外，我也參與架構剛通過的新課程，同時還加入整合兩個神學院的協調小組，但這個合併計畫因為南北兩個神學院之間的對抗而功敗垂成。

我想著兩個問題。第一個問題在於，我怎麼有可能既當宣教師，又當神學院教師，還擔任行政主管的同時，隨時得擔心自己什麼時候會被捕？現在我對於活在雙重生活的箇中滋味已經有點理解了。幸好，至少有些宣教朋友知道我們雙重生活的若干部分，彼此相聚的時候，我不必在這兩種生活當中裝來假去。

另一個問題是，為什麼臺灣政府同意我們休假之後再度入境？畢竟他們已經開始起了疑心，卻仍然准許我們回到臺灣，真是令人驚愕。或許不同情治單位——外事警察局、調查局、警備總部之間的競爭，使得他們不肯分享手上的情資。我先前從臺灣朋友那裡知道，國民黨多元的情報系統不僅容易誘發令人恐懼的暴行，同時多頭馬車也容易造成腐敗，保證缺乏效率。不過針對我的問題而言，倒不是我會不會東窗事發遭到逮捕，而是什麼時候。

回到神學院開始上課的時候，有點傷感於這任務總有一天會結束。我深愛教書，一九六五年抵達臺灣的時候，所能想到在這裡最好的工作就是教書了。但我也知道已經沒有回頭路可走。

不過，另一部分的傷感跟政治幾乎無關。我瞭解只要宣教部一直付我薪水，神學院就不會聘用或僱請臺灣人來教，但其實他們會教得比我更有效率。我在那裡教書，神學院只需供我住宿就可以，這是他們不願僱用臺灣教師的重要因素。在此同時，我也深知自己所從事的事情，就政治層面來講，只有透過我來做，相較之下危險比較小。

在這雙重生活當中，還夾著伊莉莎白跟李察。九月回臺時，伊莉莎白已經四歲，李察才一歲。伊莉莎白在士林的牧愛堂上華語幼稚園。她最要好的朋友是住在我們神學院宿舍對面的駱信達，他的父母也是我們在神學院最要好的朋友。伊莉莎白會講流利的臺語（在神學院朋友那裡學的）和華語（在幼稚園學的），而我只跟她說英語，這樣她才不會跟我學到破破的華語。李察個性很溫和，我總是把他放在嬰兒座椅上，跟我在書房工作。他通常會睡著，一旦醒過來，總是安靜地自己跟自己玩。

雖然就領養家長的經驗說來，並非特殊個案，但是九月間，我們知道秋詩懷孕時，還是很訝異。我們既高興又擔心，因為醫生以前說過秋詩若再懷孕，對健康是很大的威脅。我們都不確定她能否安然生產。從秋天到冬天，秋詩總算度過最危險的階段。

* * *

秋天某日，顏先生打電話邀請我們到市區的餐廳，跟他和兩個日本賓客一起吃晚餐。顏先生說，如果我們可以一起招待來客，他會很感激。除了客人來自日本之外，這邀請沒什麼不尋常，他經常請我們吃飯。顏先生非常風趣，有時候還是政府內幕消息的來源。

這天晚上平淡無奇。我們跟顏先生和這兩位男子在臺北的日本料理店碰面。臺北有許多家日本料理餐廳。兩人都穿著西裝打領帶，看起來約三、四十歲。我們按著一般喝酒禮儀，用清酒彼此互敬。顏先生幫我們把對話翻譯成華語。話題從他們去了哪些風景區，轉到他們猜測美國愈來愈打算跟中華人民共和國建立外交關係。等到上茶了，顯示晚餐即將結束，大家彼此握手道別，搭計程車回家。直到幾個月後回想，我們才懷疑這次會面的目的，可能超出我們的想像。

國民黨內對尼克森試探跟中國接觸的緊張，到了一九七〇年十月五日到達最白熱化的頂點，《時代》這本被視為最親國民黨的雜誌引述尼克森總統說：「如果還有什麼事情我希望在死前做到，那就是去中國。」對蔣氏政權而言，尼克森如此卑躬屈膝，就是為了讓北京提出邀請，以便到中國一遊。

一個星期之後，十月十二日，臺南的美國新聞處發生爆炸。沒有人受傷，建築物損害輕微。[10]臺灣新聞報導暗示，這事件可能是因為各地對美國普遍不滿而引致。我們看到這則新聞時都笑了起來。我們所看到的對美國「普遍不滿」，其實是臺灣政府內部近乎歇斯底里的反應，猜想這起爆炸是國民黨設計的。當臺北的美國銀行（按：美國商業銀行）在一九七一年二月五日也發生爆炸案的時候，我們還是做出相同的臆測。

一九七一年二月十八日，又接到顏先生的電話，他是國大代表，又是臺北印刷工會的負責人。他說上次來過的兩位日本朋友當中，有一位叫作阿部的人又來臺灣，有禮物要給我們。因為我們只不過是餐會的陪客，也沒討論到暗地裡的活動，實在想不通為何要送禮。或許他們可能是日本的臺獨運動成員，在前一年彭明敏脫逃案件當中，負責日本的部分。我們不知道是不是，也不知道彭教授有沒有要他們來找我們。我們也猜想這可能純粹是亞洲人的熱情，而且從朋友那兒知道我們對哪一邊比較有政治同情心。

由於我忙著神學院的考試和會議，於是由秋詩代表，去跟顏先生和阿部共進午餐。她當天下午回來後，說了好長一大段故事。當秋詩抵達顏先生的公寓，他說雖然客人當天早上有打電話說要來吃午餐，但是到現在都還沒來。

秋詩枯等了一個小時。顏先生打電話到那個人的旅館，跟秋詩說，接電話的人好像是警察。顏先生掛斷電話，跟秋詩講了這個事情之後，她就回家。

秋詩和顏先生都擔心這個朋友為什麼沒有來。當她走出顏先生家窄巷時，秋詩看到有個女子跟蹤她。她沒有馬上叫計程車，而是走到街上，停下來看看街頭櫥窗。只要她一停下腳步，那個跟在後面的女子也停下腳步。她又繼續走了幾個路口，直到很確定那女子是在跟蹤之後，她叫了一部計程車，但並沒有直接回家，而是換了好幾部計程車後，才回到山上的神學院。

看來情勢已經進入新階段。深夜，顏先生出現在門口，滿身是汗，整件T恤都溼透，神情之緊張我們從來沒見過。他說阿部遭逮捕，他也被帶去問話。警察跟他說，阿部給他的「禮物」，在羊羹裡面藏了氯酸鉀，這是一種實驗室常見的化學物質，但是也可以用來製造爆裂物。他說他當時有所懷疑，因此那天稍早，當秋詩到他家時，他就沒把禮物交給秋詩。阿部口袋裡有我的名字和電話。因為顏先生是國大代表，他不認為自己會被關，但不知道我們會不會怎樣。

我們跟顏先生再三確認，除了幾個月前經他介紹之外，我們不認識阿部，同時也沒有人知會我們會收到製造炸彈的材料。因為他沒有把禮物給秋詩，我特別跟他道謝，草草道別，心裡明白這可能是我們最後一次見到顏先生。不管情勢如何，但時間不會拖太久，秋詩和我可能被捕，遭到驅逐，或被捕，鋃鐺入獄。

我們癱在客廳椅子上，試著釐清整件事情的來龍去脈。「在收網了。」秋詩帶著緊張地一笑。腎上腺素激增，兩人臉上都繃得緊緊。

「我猜不需要等太久。」我說，只是沒有問出心裡頭真正的問題：「這對秋詩的懷孕會有什麼影響？」她目前懷胎五個月，已經成功度過最危險的階段。但是她從九月回臺以來，一直頭痛得很厲害。我們的家庭醫師做了一些檢查後，認為引起她頭痛的原因是壓力。這個診斷很有道理，但醫生對壓力來源有所不知。現在我擔心即將被逮捕的壓力，可能會危害到秋詩和胎兒。

我們試著把顏先生的話兜在一起，就像一片片拼圖一樣。某種程度，因為我們知道自己並沒有參與製造或使用爆裂物，猜想可能是被設下了圈套。基於日本那邊在安排彼得出亡事件上的效率，我們認為他們不會做出這麼說不過去的計畫。唯一有道理的就是國民黨設局，以便羅織證據，牽連入罪，逮捕我們。那麼這兩個人是日本的國民黨幹員嗎？或至少是國民黨派來的？顏先生的角色是什麼？我們不相信顏先生會在政府的壓力下，參與這圈套。我們都不清楚他是怎麼認識這兩個日本人，也不知道為什麼他當初要我們「幫忙招待」他們。

我們愈討論，愈覺得他不可能知道自己或許也在這個圈套裡，這跟我們所認識的顏先生不相符。看來他可能在不知情的情況下，被用來設計我們，但是後來因為他對那個人和他要給我們的「禮物」有所懷疑，就沒給秋詩。但如果依他所言，秋詩在他家的時候，那包禮物就已經放在顏先生屋裡的話，他理應就會站在我們的立場，釋放出若干警訊。

我們一直討論各種「假設狀況」，但怎麼樣還是想不通。精疲力竭之餘，勉強睡了幾個小時。一早，照顧孩子和準備教材，暫時讓我們轉移注意力，先別去想警察可能隨時會出現在門口。但是他們沒有。

幾天過去，什麼事情也沒發生。我有個會議要到臺南，繼續討論兩個神學院合併的事。懷著忐忑心情，我搭火車南下，隔天再回臺北。在臺南，跟臺南神學院的校長，同時也是我的知己彌迪理

（Dan Beeby）見面。我跟他提到發生了什麼事，也研判被逮捕恐怕已是迫在眉睫。能夠跟好朋友說說這種不安的感覺，真是令人欣慰。

一回到臺北當天，巴德就從香港過來。我根本忘記他要來臺灣。跟他說明事情經過之後，我認為他最好不要住我們家。他說既然都已經進到屋子裡來了，當天晚上還是住下來，幾天之後再依原計畫回香港。巴德去臺北衛理公會辦公室處理一些宣教工作後，搭計程車回來後，便提到打從他一離開神學院開始，就有人跟蹤他。

二月二十二日星期二，確定沒有遭跟監之後，我們跟東尼在臺北中山北路的一家咖啡廳見面。巴德給他來自「美國公誼服務委員會」捐給政治犯家屬的一千元美金。東尼說，他和魏廷朝隔天就會搭火車到南部去發送。我們跟他講了羊羹事件，也說如果阿部的羊羹真的是要送給我，我們不是被逮捕入罪，就是遭驅逐出境。東尼說他不知道阿部是誰，也不清楚有任何使用爆炸物的計畫，而且他很確定馬修也不知情。反正他們不知道任何事情，東尼一點也不擔心，說話的時候還掛著平常自信的微笑。東尼才剛出獄十八個月，馬修出獄也才二十八個月。餐會結束時，秋詩和我都快哭了出來。不是因為大事臨頭，而是這恐是我們最後一次見到東尼，而且恐怕沒有機會跟馬修道別。巴德跟東尼握手。秋詩和我抱住他。他坐回去位子上，我們在這時候離開餐廳去搭計程車。

* * *

「你知道嗎，」當我跟巴德從餐廳回到家，在客廳坐下來，孩子也都上床以後，我說：「書房櫃子裡還有一整箱的文件。」

「這些東西落在政府手裡的話，恐怕不妙。」巴德說道。

「我們應該燒掉嗎？」我問。

「你不覺得任何監視這棟房子的人，會從煙囪看到房子冒煙，猜想裡面正有好事發生？」巴德指著我問道。那晚是溫暖的三月天，我的襯衫都冒出汗來了。

「我想他們看不到煙，」秋詩說：「外頭的燈光都比屋頂低，我甚至都覺得，只要燈光亮著，從外面看不到煙囪。」

「或許可以冒險試試。」巴德說道。

「我不覺得我們有機會……」我邊說邊往通向書房的狹窄樓梯看。

我卸下其中一個包裹，把每張油印紙抖出來，開始燒。馬上就看得出來這會是個大工程，簡直就像在屋裡燒一整箱雜誌。

因為這件事很費時間，秋詩終於先上床去睡。沒多久，客廳就像個大火爐。巴德和我都脫掉上衣，一直燒紙。我們大汗淋漓，直到半夜，我把最後一張紙放進去，巴德趕緊去沖個澡。整個晚上都在等著警察衝進來，阻止我們繼續燒下去。他們不就在外面嗎？難道都沒看到煙囪冒出來的煙嗎？既然他們沒有來敲門，我猜是沒有。

我沒開燈，摸黑走進廚房拿杯水。站在敞開的窗戶旁，望著不到二十呎外，通往行政大樓的窄巷。就在車道對面，屋角有點黯淡的燈光。黑暗中，乍然出現一個男子的身影，我的心臟幾乎停止跳動，當場呆住。我只看到白色袖子和他領帶後面的白襯衫。我不是在幻想。他當時筆直地往廚房門口走過來。至少那些紙都燒光了，我心想，他們今晚就會把我們抓走嗎？

但是那個男子沒有繼續走到門前，就停在外頭，我也不敢移動。當時屋裡每個人都睡了，只剩我還醒著。我不知道在黑暗裡等了多久，最後終於決定上床去。輾轉反覆，難以入睡。我以前不特別怕黑，但是那天晚上的黑暗真是恐怖。我拜託天快快亮，也冀望著，要抓要關隨便你，但等天亮以後再來。窗外看得出昏灰的天光，比較不緊張了，我終於睡去，一直睡到快到中午才起床。往後十年，這恐怖之夜在我夢中重演了一千次。

***

馬修和東尼南下發錢的計畫未能成行。一九七一年二月二十三日，離二二八才五天，政府祕密逮捕他們。我們隔天就知道了，彼得的朋友陳太太到神學院家來報消息。她只知道他們被捕，並不清楚原因。因為顏先生的事件，我們雖然擔心，但並不算驚慌。

在二月二十八日之前把可能的棘手人物都圈起來，避免他們任何紀念二二八事件的企圖，並非不尋常的行動；而且我們知道最近幾個星期以來，已經有人遭到拘留。根據往年經驗，只要這個紀念日過了，大部分的人都會獲釋。基於當時的時機，我希望馬修和東尼這次被捕是因為這個理由，但是我們也知道這個期待其實機率不大。兩人更可能因為企圖送錢給政治犯家屬而被捕。若是這樣，我們什麼都幫不上忙。

三天過後，他們都還沒來。幾個月前，有人安排《華盛頓郵報》東亞分社社長希立格・哈里遜（Selig Harrison）來臺灣時跟我們見面，因為我們可以幫忙安排他跟臺灣的異議人士見面。當時已經安排他跟一個省議員吃晚餐。這個省議員一向以獨立問政，不畏國民黨聞名。二月二十七日星期六晚上，我們還是去吃飯，只是得確定沒有被跟蹤到餐廳去。我們先跟哈里遜在旅館見面，警告他可能遭到跟監。一走到街上，就看到一個灰色制服的傢伙尾隨著跟過來。我們越過街道，又再度越過街道確認，發現他每次都跟著越過街道，然後也再度越過街道。

想到反正也沒什麼損失，也可能因為身邊這個人讓我們壯了膽，我們決定對抗跟蹤者。綠燈亮了，秋詩和我沒有越過馬路，反而轉過身來，向那個跟在後面不到五公尺的人走去。

「你是哪個單位的？」我用華語對那個受到驚嚇的男子問話。

「不是，不是，不是。」他邊說邊搖手，趕緊走到街上。

「你為什麼跟蹤我們？」秋詩用她的標準華語追問，向他走去，而他慌張得好像要衝進來來往往的車潮。當他在車陣裡鑽來鑽去，急著要擺脫我們的時候，秋詩對他高聲叫喊：「我們從《華盛頓郵報》來的朋友，很有興趣瞭解一下。」這不是我們最後一次見到他。

我們三人叫了計程車，換了好幾趟才到餐廳，跟省議員見面。彼得幾年前介紹我們認識這個省議員，他是國民黨的眼中釘。他用華語答覆哈里遜的所有問題，我們幫忙翻譯成英語。問到臺灣是否應該跟中國統一的時候，他重複我們多年來所聽到的旋律：「我們不要毛澤東，也不要蔣介石。這跟反共不反共無關。我們是臺灣人，不是中國人，而且應該要自己統治自己。」

哈里遜知識豐富又有概念，令人印象深刻。因此當他問是否可以再見面時，我們請他三天後，也就是三月二日星期二到家裡來吃晚餐。他當天的確來了，但是我們已經無法請他吃飯。

逮捕與驅逐

飛蛾撲火，引火上身。

——莎士比亞《威尼斯商人》（一六〇〇）

正要跟臺灣神學院院長陳晢宗牧師坐下來吃午餐時，三個便衣警察跟另一個穿著黑色制服的外事警察進來，要我們去總部，聽聽「局長王上校的一些勸告」。我們要求等到吃過飯再去，他們同意了，在客廳距離餐桌不到六呎遠的地方坐下來。

看著眼前食物，我們彼此緊張地開些玩笑，讓談話聲音填補這幾個不速之客帶進屋裡的緊張氣氛。晢宗是彼得的表弟，但是就我們所知，他從來沒參與過任何政治活動。這些情治人員出現後，他看起來也不慌張。我們不知道他會不會是被邀請，或被命令到場來目擊我們被捕。

伊莉莎白正在幼稚園，我們的阿嬤在廚房照顧李察。晢宗說他會幫忙確認兩個孩子都有人照料，直到我們回來。坐上一輛沒有標誌的警車，直驅市政府旁邊的外事警察局。一到那裡，馬上帶到三樓，王上校和另外兩個人已經在等著。

接著我們五人走進一個鋪了綠色地毯的大房間。沿著三面牆，排滿軟墊椅子，中間隔著好幾張咖啡桌。大家在角落坐下來，王上校開始用英語唸出一小段聲明。基本上說，我們違反中華民國對外國人的規定，做出「對中華民國政府不友善的行為」，因此被驅逐出境，必須在四十八小時之內離開。在這段時間之內，我們的「行動和住所」都會嚴格控管。王上校接著遞給我一張打字的聲明，要我在簽名。上面有一句話寫著我已經讀了聲明，並且理解內容。我說如果可以留一份影本，我就願意簽名。王上校說，聲明只有一份，如果我不想簽名，就不必簽。我沒簽名。

上校接著說，如果接下來有什麼問題，陽明山分局（負責我們轄區）的一個代表會答覆我，那人現在已經在我們家等著。我一直要他說明什麼叫作「不友善的行為」，他說他沒時間跟我解釋。我問他美國大使館是否已經得知我們的驅逐令？王上校說大使館已經知道，而且當天會派一個代表來看我們。

一男一女兩名便衣送秋詩和我回家，回到家，還有一男一女等著我們，都是便衣。從此開始，隨時都有兩男兩女在我們客廳。此外，數名穿著灰色西裝的男子站在門外，吉普車、摩托車和一堆人更是把整棟房子團團圍住。那個陽明山分局的人從來沒出現過，也沒有人來進一步說明我們的罪名或限制。不過，很快我們就知道，所謂「嚴格管控行動和住所」是什麼意思了。

進到屋裡，電話鈴響。哈里遜在線上。他打電話來問什麼時候可以過來吃晚餐。秋詩正要脫口而出告訴他，我們剛被驅逐出境，這時屋裡一個跟我差不多高，塊頭卻比我大得多的男人把她的話筒搶走，拔斷牆上的電話線。我們跟外界完全失聯。

我們向警衛再三要求跟香港的羅愛徒會督（Bishop T. Otto Nall）聯絡，問他我們應該去哪裡，以便安排機票事宜。這些要求全都遭拒。他們一直避免我們遭驅逐出境的消息傳開。其中一個警衛後來告訴我們，當局擔心我們的朋友可能會上街遊行，造成騷動。

我們再度要求跟美國大使館代表見面，以確定大使館知情。其中一個警衛說，如果大使館沒有同意驅逐我們，他們就不會下驅逐令。我們不清楚外國大使館是否有權核准自己的公民遭驅逐。這個警衛再三強調他講的是事實。後來才知道，大使館在我們被逮捕的前兩天，就已經知道這件事。

接下來幾個小時，我們試著整理東西，打包行李，但是很難專心做事情。不知道外面是否有人知道我們的情況，也不清楚校園裡面的人對這麼多警察出現在我家是怎麼想。五歲的伊莉莎白好像還不清楚發生了什麼特別的事情。因為只有她可以自由進出房子，我們寫了一個簡短的紙條給孟樂道（Bob Montgomery），他是長老教會在神學院的傳教士，女兒是伊莉莎白的同伴。我們把紙條包在一片口香糖上，拿掉原先的錫箔紙包裝，再把口香糖放回原來的錫箔紙裡，再放回口香糖包裝盒。我們告訴伊莉莎白，直接去孟樂道家，把口香糖給她朋友的爸爸或媽媽都可以，但是千萬不要拿口香糖給任何一個警衛。她完全按照我們的指示去做。就在校園裡頭議論紛紛，揣測我們家發生什麼事之際，伊莉莎白第一個把訊息傳到宣教師的圈子裡去。

我們的客廳兼餐廳並不寬敞，大約只有十二呎長，十六呎寬。一旦四個警衛，其中一個還是個大傢伙坐在椅子和沙發上時，剩下能坐的位子就是餐桌了。在臺灣籍女傭幫忙把晚餐放上餐桌時，伊莉莎白問道，為什麼這些警衛不來跟我們一起吃飯？我建議她自己去問問。不知道她是否去問了，但是她顯然讓警衛很開心。他們對於她既會說華語，又會說臺灣話感到很驚奇，花了相當多時間跟她聊天，而她也很喜歡受到大家關注。

吃過晚餐，差不多過了七、八點鐘，聽到屋外傳來很大聲響，我們認出那是希立格．哈里遜的聲音。正試著要打開前門出去，就被一個警察攔住。秋詩跑到餐廳的窗戶旁，打開窗子大聲叫：「希立格，他們不讓我們跟任何人講話，請把話傳出去。」他試著回答，卻馬上被一個警衛猛然推走。屋裡警衛大聲叫我去把秋詩從窗戶旁拉開。這些警衛非常生氣，尤其是因為他們才剛跟哈里遜說我們不在。這起事件之後，秋詩和我被訓了一頓，要我們在「艱困時期」配合警方。推走哈里遜可能會讓我們的新聞登上隔天《華盛頓郵報》的頭版吧！

在這番訓斥之後，我們到臥室去，非常感謝他們這次沒有跟著進來。快十點時，聽到外面又有騷動，猜想是哈里遜回來，秋詩跑進書房，從那兒的入口跑到前院去，擺脫警察的注意。這個訪客不是哈里遜，而是卜瑞德（Dick Bush），一個衛理公會宣教同仁。他跟圍著他的好幾個警察爭執不休。秋詩高喊我們被驅逐出境，要他聯絡大使館，他叫著回答說他會聯絡。

回到屋裡，我又因為秋詩的行為受到更嚴厲的訓斥。

「你太太是個老油條！如果你不管管她，我們會把你關到牢裡，把你跟小孩分開。」

「我們兩個人都願意合作，」我回應說：「但是合作必須是雙向的，我們一直要求跟美國大使館的人談，但到現在都還看不到你們的合作。」

那個大個子轉過身，走出大門。或許這場小小的「交心」對話有點用處，約莫半夜時分，比迪（Fred Beattie）領事現身了。我告訴他我不要美國涉入我們被驅逐出境這個案子上——我不要跟這個長期干涉中國人事務的國家有牽連，但是我倒要問問，為什麼我們被當作罪犯看待，無法跟外界聯絡？他承認大使館有些「非官方」資訊，但是他不能透露。我後來才知道大使館一點都沒有猶豫就把我們的「非官方」罪名，以及有關我們被捕的事情，告訴羅愛徒會督和其他人。這個領事說，我們應該盡量合作，愈悄悄離開這個國家愈好。跟他談話的時候，我覺得他絲毫不關心我們。他代表的是一個跟國民黨密切同盟的國務院，而我們對他們雙方而言，都是挺棘手的人物。

他還是在兩方面幫上忙。隔天，衛理公會宣教師鄧克禮夫婦（Clyde and Betty Dunn）獲准進到屋裡來，跟我們討論搬家的事宜。這些警衛一起坐著，確認除了打包和運送的事情之外，我們沒談其他事。他也安排秋詩獲准出去看婦產科醫師。她當時已經懷了五個月身孕，因為以前發生過的事情再加上現在的壓力，我們擔心她恐怕會流產。屋內四名警衛當中，兩人帶著她去馬偕醫院。雖然那個醫生可能好奇為何會有警衛守在檢查室外頭，但還是告訴秋詩說，她和嬰兒都還好。

就在秋詩和兩個警衛去看醫生，另一名女警到屋外巡邏的時候，我替自己和留守的那個警衛泡了一杯咖啡。他和我隔著桌子坐下來。

「我知道你不是罪犯，」他說：「這真的是政治案件。你必須明白我們目前處於非常時期。敵人就在海峽的那一頭，而我們的國際處境日益惡化。若是平常時期，我不認為你做的這些事情會被驅逐出境。但我覺得你可能會很久以後才能回到臺灣。」

「你真的這樣想嗎？」我問他的時候，同時想起其他的警衛也說過，他們擔心逮捕我們會引起暴動。

「喔，是的！」

「你知道我最擔心的是你們政府會不會刁難我們，不讓李察離開臺灣，」我說：「他現在是美國公民了，但是我知道在臺灣出生的漢人會被視為中國人，不管他拿的是哪一國的護照。」

「你以為我們是那種禽獸嗎？」他問道：「我們絕對不會做這種事！」

我想他或許相信自己的話。但是除非已經帶著李察離開臺灣，我都不會放心。星期四早晨，也是同樣這個警衛，違反他的指令，准許一些朋友進到屋裡來跟我們道別。我們特別感謝他的好意。

星期三下午都在打包，把要處理的東西簡單寫出來。那個美國領事又來了一次，主要是告訴我們說，大使館不願意透露有關為何我們被捕的詳情。他說，我們會搭星期四下午一點十五分的華航班機到香港。這是我們首度知道驅逐出境的時間。既然大勢底定，星期三晚上我睡得很好。當時我不知道這件事在臺灣以外已經成為大新聞，還沒料到星期四要進入的「新世界」會是什麼光景。

收拾最後的行李，同時讓李察跟麗茲就緒，是我們星期四早上要做的事情。鄧克禮夫婦在我們即將離開之前一小時就來了。另一個衛理公會的宣教師白玫瑰想辦法跟著鄧克禮夫婦一起進來，過了好一陣子警衛才發現她不屬於獲准進來的人，命令她出去。

中午時，我們搭車離開，看見好幾位朋友，在警察包圍的屋外守候，讓我們受到很大的鼓舞。當我們行經行政大樓的時候，許多學生和教職員都集結到路兩旁道別。當然，他們沒有揮手，只是眼睜睜注視著。他們這時候出現會讓自己陷於險境。我知道自己不能跟他們揮手。已經情緒高漲的我，這時候忍不住哭了起來。我們前面和後面都是祕密警察的車隊。

這麼多學生和教職員勇敢地站出來，看我們離開，讓我激動了好一陣子。等到情緒平撫後，這才發現警方此番行動，真是陣容堅強。我把李察抱在腿上，望著伊莉莎白。她的眼睛黏在載我們下山的黑色大轎車窗戶上。看著她的窗外，我們下了山，經過士林的蔣介石官邸，往臺北一路上，馬路兩旁每隔固定的距離，都站著灰色制服的人。萬益士在臺南聽到消息，搭火車來探視，跟著我們的摩托車隊一路下山。他說，這一路到松山機場的八公里路上，每十到二十公尺就站著一個士兵。

「他們到底在害怕——我們——什麼？」我問道。

「這樣看來，他們比我們想的還要瘋狂。」看著這麼多站哨的士兵閃過我們車後，秋詩回答我。行經民權路，到機場門口時，崗哨的間距不見了，一進入機場前面的圓環，灰色制服的人一個挨著一個，把整個圓環全部圍起來。

車子直接開進貴賓室。裡面有更多的男男女女，有的是士兵，有的穿灰色制服。整間大屋子全都被他們塞滿，擁擠得像元宵節提燈籠的人潮，只不過他們清一色都是情治人員。

我認出其中一個人，一個星期前跟蹤我們和哈里遜，被嗆聲落荒而逃的那傢伙。我用華語對他說：「看來我們又見面了。」他帶著微笑回答：「現在我們是老朋友了。」我們簡單的行李，就讓四個人花了半小時的時間仔細翻過。他們檢視每樣東西——冷霜瓶子、牙膏管和我公事包的每張紙。

他們翻閱公事包裡的一些講道文稿的時候，問題出現了。因為這些文稿是用羅馬字寫的，沒有人會讀。他們猜想是某種密碼。所以我花了幾分鐘的時間，對其中一個男子唸出講道詞，其他的人也在旁邊看。最後，他們決定我說的沒錯，同意我把這些紙張放回公事包。我在臺灣的最後一刻，竟然是對著一個警衛傳道，真是相當諷刺。

接著，他們聽了我們以前錄的一些泰雅族吟唱的錄音帶時，又有問題了。沒有人聽得懂這些原住民的話。（原住民講的不是華語或中國方言，而是馬來—波里尼西亞語系的一種。）

他們原本還會花更多時間在錄音帶和講道詞上面，但是因為飛機已經延誤太久，超過起飛時間，每個人都上機了，只剩我們。那個美國領事，比迪先生在最後一刻又出現了。我們忍不住對他說，老兄你每次都等到已經幫不上什麼忙的時候，才會現身。

我們從航廈被帶到直通機艙的登機舷梯。一直到那裡，才首度覺得有人知道我們要走了。整個舷梯都被新聞記者圍住，對我們拍照錄影。在貴賓室的時候，氣氛安靜沈悶，但是現在一群記者包圍在跑道兩旁，對我們高喊著問題，鎂光燈閃個不停。

我把李察背在背上，秋詩握著伊莉莎白的手。被這些吵雜聲和燈光嚇到，伊莉莎白在階梯前面愣住了。一個帶我們上飛機的警察好心要幫忙，就把她抱起來，步上階梯。已經嚇著的伊莉莎白，這下以為要跟我們分開，開始又踢又叫，整個過程都被現場的美國國家廣播電視臺（NBC）拍到。我們在德州和麻州的父母親都是在電視上看到新聞，才知道秋詩和我被捕了。

在臺北見識過這些記者之後，抵達香港，看到一大群記者就不會太驚訝了。一群在香港的中外宣教師陪著羅愛徒會督到機場，穿過層層人群，承諾記者讓我們隔天跟媒體講話。

＊＊＊

我們被送到窩打老道上的青年會國際賓館（YMCA），住在家庭套房。跟著我們到香港的哈里遜打聽到我們的下落。由於以前從來沒有開過記者會，等到晚上李察和伊莉莎白都睡了，哈里遜在我們房間花了幾個小時的時間，指導我們在隔天的記者會上應如何應對。我們也讓他知道，絕不會講出任何會傷害到臺灣人或同仁的話。

哈里遜最重要的告誡就是，每句話都得提到完整的狀況和條件。因此，當記者問我們跟臺灣異議人士的關係時，我們很小心地答說，我們跟異議人士和支持政府的兩邊人士都是朋友，而這也的確是事實。當被問到我們跟臺灣獨立運動的關聯時，我們說，雖然我們知道有些人對政府不滿，並且樂見一個獨立的臺灣，但是我們不知道臺灣有任何臺灣獨立的組織性行動，這也是事實。當記者問我們為何被捕時，我們這下子很誠實地說，除了接獲告知「對中華民國政府不友善的行為」之外，我們實在不清楚為什麼。我們當時也說，在臺灣，光是跟對政府政策不滿的人往來，就會被認定為「不友善的行為」，而這也是事實。

我們當時還可以說，但是都沒講出口的是，臺灣政府逮捕我們的原因，或許跟我們認識彼得，還參與他的脫逃有關，但是我們很確定臺灣政府對此不知情。我們也可以說，當時我們參與協助政治犯家屬的工作，但我們不確定臺灣當局知不知道。我們不願讓馬修跟東尼的困境加劇。我們知道政府曉得那個日本人和禮物的事情，但猜想這是國民黨的圈套。哈里遜從美國大使那裡聽說我們進口爆裂物，但是他不相信那個大使。我們也當面跟他說沒這回事。他說，除非有人直接問到這件事，否則就不要提。結果沒有人問，我們也沒提。

我不知道為什麼哈里遜願意花時間幫我們。他有其他記者都沒有的管道，直接跟我們接觸上。但是當天晚上在房間裡所談的內容，他都沒寫出來。他的忠告令人深深感激。

接下來兩天當中，我們召開一次記者會，接受一堆新聞記者訪問，也跟紐約的地區祕書愛德・費雪（Ed Fisher）在電話裡討論。愛德已經從《紐約時報》上得悉我們被捕和驅逐出境的消息。在我們抵達香港之後沒幾天，羅愛徒會督和他太太回臺灣。羅會督很急切要知道我們被驅逐的事件，對衛理公會信徒內部會造成什麼傷害。羅會督伉儷非常慷慨地讓我們住進他們在港島所租的房子，可以鳥瞰碼頭和九龍。在會督和地區祕書決定我們下一站的去處之前，秋詩和我有幾天可以好好休息。

三月九日，我們寫了一封很長的信給臺灣同仁，內容包括遭到軟禁的細節，以及我們所聽到國民黨內外流的一些非官方說法：

親愛的朋友：

我們不清楚我們被驅逐出境，對你們在臺灣會有什麼影響——這是對教會強化施壓的開始，或只是我們的特殊個案？不論是哪一種，你都有權詢問，到底政府是為了什麼把我們驅逐出境。臺灣政府到目前為止，選擇不做出正式的指控，但是透過一些「非官方的」政府來源，也看得出若干端倪。

我們一開始想先做出兩項否認聲明：（1）我們完全沒有跟任何美國政府職員或機關接觸。香港一家親國民黨的報紙《快報》在社論上說我們是中央情報局（CIA）的幹員，強迫臺灣接受尼克森的兩個中國。（2）我們並未參與任何暴力行為，也不屬於任何圖謀使用暴力的團體。但是容我再說一遍，透過這些「非官方政府消息」，這罪名已定。

說了這些之後，我們要讓您瞭解我們在臺灣的確做了一些事情，被臺灣政府冠上「不友善」的帽子。對那些支持政府的人或沒有政治性的人，我們並未拒絕來往。我們大部分的朋友都屬於這兩類。但是我們也有些朋友，在許多看法上跟政府相反。香港的中文報紙都渲染我們可能跟獨立運動有關聯。記者會上，我們已經很清楚直接地答覆這個問題。我們當時的回答是，就我們所知，在臺灣並不存在臺獨運動。我們相信臺灣可能有一些小型的、彼此沒有關聯的組織，對島內的未來應如何，以及怎樣才能達致目標，有各種不同意見。他們唯一的相同點就是全都反對目前的臺灣政府。我們可能有些朋友跟這種組織有關聯，但我們從來不曾直接聯絡這些組織，也不瞭解他們。不過，跟被視為反政府的人往來，當然會被國民黨政府視為不友善的行為。到臺灣以來，我們就認為自己對臺灣人民宣教，需要跟各種人接觸，我們也做到這一點。不論其政治立場為何，我們都對臺灣友人深感驕傲。我們都盡量既不限制他們的觀點，也不引導他們改變看法。當然，你們大部分都知道我們對些接觸往來的看法。我們認為必須那樣做，也願意接受自己行為的結果，即使這包括不實的指控。不過，令人遺憾的是，因為這樣的行動，可能會讓你們在臺灣受到更大的壓力，只希望這種壓力不會真的實現。不過就臺灣及其國際關係來說，我們正處於一個很不確定的時刻。因為美國政府在各方面深深影響臺灣，住在臺灣的美國人可能會感受到日益增加的種種壓力。請瞭解我們的祈禱和思念隨時與你們同在；盼望與你們身體與靈體都相合。

謹此，

秋詩與培禮

這信中所說的沒有一句不是事實，但是還有很多我們沒有說出來。當時的首要任務是說明被捕和驅逐出境的經過，同時不要讓我們在臺灣朋友的困境更加嚴重。自從五年前我們願意進行政治行動的時候，就經常跟臺灣友人提到，參與這些事情，哪天萬一出事，他們所受的苦難會遠超過我們。

雖然許久之後，外界都難探知細節，但對謝聰敏和魏廷朝而言，二月二十三日那天，苦日子就開始了。

有些飛蛾不耐火

拷問者包辦一切
自訂規則漫不經心
受審者為求脫罪出賣良心
以致對雙方說來
真相幾乎不存在

——西塞羅（西元前一世紀）

我們稱呼他「東尼」的謝聰敏，在一九七一年二月二十三日星期二被捕。前一天，巴德、秋詩和我才跟他在馬偕醫院對面的咖啡廳碰面，當時巴德交給他一千美元現金，讓他轉交給政治犯家屬。我們叫他「馬修」的魏廷朝，也在同一天被捕。跟在這之前的數千人一樣，他們被捕的消息一直到好幾個月以後才宣布。過了一年，他們在某個祕密軍事法庭受審之前，都不知罪名為何。

酷刑，有計劃地攻擊犯人的心靈、身體和尊嚴，是為了拿到自白的慣用手法。「我們有十八般武藝，」一個祕密警察對東尼誇口：「我要資訊——不論真假。」

被捕當天晚上開始一連八夜，東尼都不准睡覺。他被掛在半空中，一隻手拉過肩膀上手銬。幾個月後，他寫了一封信想辦法流出監獄外，信中提到剛開始的幾個星期間，受到各種非人待遇：

他們二月二十三日到三月二日之間，和三月八日到三月十三日之間，全力攻擊我，完全不讓我睡覺。他們歇斯底里地尖叫咆哮……把我的手從背後銬起來，踢我的耳朵、肚子、下體，又用力打我的肋骨。我的嘴巴吐出咖啡色的東西，覺得胸部刺痛，整個星期無法走路。

拷問者的第一個問題跟彭明敏脫逃有關。謝聰敏是怎樣跟美國大使馬康衛（Walter McConnaughy）聯繫，把彭明敏送出去？他們說，當局知道彭明敏是從臺中附近的清泉崗空軍基地，搭美國軍機離開的。這些軍機是美國空軍在東南亞戰爭的工具。還說他們知道彭明敏在日本停留，見了日本防衛廳長官中曾根康弘。

不僅東尼從來沒有跟任何美國大使館的人接觸過，他也不知道彭明敏是怎麼離開的。在規劃彭明敏的脫逃計畫時，我們就決定不讓馬修或東尼涉入。萬一失敗，他們的風險太大。但是他成功脫逃的事實，也沒有改變當局對這兩人的懷疑。拷問者沒有問的是我和秋詩在這當中的角色。顯然，我們不是嫌疑犯。

因為東尼捏造的彭明敏脫逃自白太不合理，這些拷問者轉向前一年十月臺南美新處的爆炸案，和最近二月五日臺北的美國銀行爆炸案。他們要他寫下這兩起爆炸案發生的經過。他也捏造了一個故事交出去。隔天他們回來，說他們已經把謝所寫的東西交給蔣經國，而蔣經國說，謝聰敏沒有牽連也沒有犯罪。

在斷斷續續的嚴刑拷打之間，拷問開始轉到我們跟他的關係。他們告訴東尼說，當局知道阿部企圖把氯酸鉀藏在日本羊羹裡帶進臺灣。他們還知道這個羊羹是要交給我，然後再轉交給其他人。謝聰敏再三說他不知道有任何製造爆炸物的東西要給他。他所知道的是我們跟顏先生在阿部被捕之後所告訴他的內容。沒有人要東尼拿化合物去做爆裂物，我們也沒有。

拷問者很快放棄阿部的事，轉向三個星期前的美國銀行爆炸案。他們說這起爆炸可能跟某個美國商人有關，因為許多美商跟美國銀行有往來。東尼說，我（按：指唐培禮）不是商人，而是老師，而且從來沒有離開過神學院。他說秋詩已經懷孕，不會去做炸彈。他們堅持要東尼編造另一個故事，這次跟我們有關。我們三月二日被捕之前的一兩天，他寫了一篇自白，說秋詩把炸彈放在銀行。這個故事讓他得以一個星期不受酷刑。

到了三月八日，拷問者又回來，說他所寫的東西都是假的。當他們給銀行的人看秋詩的照片時，沒有人曾經看過秋詩。他們說，銀行的人只記得一個懷孕的婦女。酷刑又開始，一直到三月中旬。三月十五日，當地一家中文報紙刊登了東尼妹妹的廣告。[11]在跟頭條新聞差不多的斗大的字體中，廣告說謝聰敏因為跟彭明敏的關係，在二月二十三日遭逮捕。東尼被捕之際，他妹妹也在現場。

他們搜索房間的時候，東尼擔心那一千美元會被發現，乾脆主動把錢和其他私人物品交出來。但是這些搜索人員拒絕給他妹妹收據。在廣告中，她要求當局要為取走這些美金開收據。《紐約時報》特約記者沙蕩（Don Shapiro）[12]看了廣告後就來找他妹妹。她的抗議讓當局大大蒙羞，他們沒有攔截到廣告——如果是新聞就被監視者抓到了。最後他們才給她收據，也警告她要保持緘默。其中一個人對她說，這些錢是「唐牧師」給的。

＊＊＊

我們在安全地像天堂的香港，完全不知道東尼和馬修發生了什麼事，也沒想到我們被捕和驅逐出境的漣漪，對美國和臺灣關係的影響。一直到許多年後，若干國務院資料解密，整個影像才愈來愈清楚。

中華民國駐美大使周書楷三月四日拜訪國務院，為此，在一份寫給國務院主管東亞事務助理國務卿馬歇爾．葛林（Marshall Green）的備忘錄上，國務院中國事務處長休史密（Thomas P. Shoesmith）寫道：中華民國政府「宣稱握有證據，包括據稱是過去幾年間，唐培禮與臺灣人談話的錄音帶，內容說唐培禮一直積極鼓勵臺灣人參與暴力反抗政府以及其他顛覆行動。在一份錄音帶中，據稱唐培禮提供協助取得爆裂物」。

休史密說，他們曾經跟一些認識我們的外交事務部門人員查證，每個人都說，我們「積極地鼓勵並支持臺灣獨立行動，但這樣講並不表示他們相信唐培禮夫婦會做到如中華民國政府所說證據確鑿的程度」。而那些「證據」也沒有給美國看。

問題在於，葛林說，《華盛頓郵報》和《紐約時報》所寫的相關新聞，都認為這件事「表達了中華民國政府對美國的中國政策不滿……」雖然美國當時督促中華民國政府說清楚逮捕我們的行動基礎，得到的唯一回答是：「這兩人沒有遵守外國人居住在中國的行為法規。」如果中華民國政府拒絕拿出更多具體指控，葛林說，這起事件「會引起民間和國會對中華民國政府強烈的不利批評」。

在三月九日的備忘錄上，休史密報告與周大使見面的內容。周書楷一直威脅會有「嚴重後果」，暗示發動反美示威或對美國人員與財產不利的行動，以回應其他美國人的「顛覆行動」。休史密對我們的案子感嘆道：「在特別不恰當的時間點上，嚴重破壞（兩國）關係。」他擔心還會有其他事件發生：「當今（在臺灣的）美國留學生、傳教士當中，不乏對臺灣獨立高度熱衷，心甘情願投入者，還以為自己是勇敢的一群撲火飛蛾呢！」

休史密最後結語說，美國與中華民國政府的關係，「正處於全面僵化階段」。為了安撫國會批評，葛林建議把這個非官方的指控拿給參、眾兩院的議員看。他也說這些指控也應該要「向他的原機構公布」，也就是交給衛理公會。三月十一日，當我們待在香港羅愛徒會督家裡的時候，羅會督跟他的老友馬康衛大使在臺北見面。馬大使強調他所提供的資料是「極機密，不得對外公開」。他還說，美國國務院沒有立場評估證據，因為他們沒有看到證據，因此也無從判斷。不過，美國大使仍然警告，中華民國政府宣稱持有「無可辯駁的證據」，證明我們煽動叛亂並以武力對抗中華民國政府。他還說，我一直「在彭明敏脫逃之前和之後，持續跟他祕密來往，同時在彭明敏和他的臺灣親友之間，擔任傳遞祕密消息的中間人」。這個指控倒是真的。不過他沒有提到我在彭明敏脫逃事件上所扮演的角色，這顯示，不管是國民黨政府或美國，當時都沒有懷疑我涉入。

馬康衛還提到羊羹事件，他說我「顯然在某種程度上，涉入阿部把氯酸鉀帶進臺灣的事件」，因為阿部已經承認他「帶氯酸鉀和信件給唐培禮」。

然後，馬康衛又說，中華民國政府已經告訴他，當局側錄到我的談話，提我的罪證包括我如何每天花四個小時督促臺灣學生推翻政府，我如何鼓吹破壞軍方和警方的車輛，以及在一月十六日當天，我告訴聽眾說，「整個情勢對起義有利」，而且如果需要國外的炸藥，我可以搞得到。當然，馬康衛大使或其他美方人員都未獲准聽一聽這些錄音帶。

最後馬康衛表示，「這些證據足以讓唐培禮被判重刑」。但是考量到美國和中華民國的關係，他們決定不這樣做。

雖然我們住在羅愛徒香港的家，但是當他跟馬康衛談話時，我們都沒有機會跟羅會督討論這些指控。在羅會督回到香港之前，我們已被叫回美國。會督當時相信這些指控，並且跟宣教部說這些都是事實，卻沒提到美國大使所提的但書。多年來，我永遠都會感激地區祕書費雪和全球事務委員會的領導幹部們，當時選擇相信我們，而非相信羅會督。

＊＊＊

費雪已經準備任命我們到東亞的其他地區去。他認為我們不必回到美國，而是直接派任新職。香港的崇基學院邀請我去任教。但是在香港政府檢視我們的簽證申請之前，港府就通知宣教部說，美國國務院已經要求香港不要核發簽證。宣教部別無其他選擇，只好把我們叫回美國。

被捕差不多十三個月後，謝聰敏和魏廷朝才被祕密審判，並且判刑。謝聰敏十五年，魏廷朝十二年。監獄裡，按照謝聰敏的說法，有「兩個社會」：官方的行政人員和囚犯的地下社會。負責發送食物和清潔牢房的犯人比較有機會跟其他囚犯交換訊息。謝聰敏安排這些有工作的囚犯從地板上把一些小紙條掃起來，傳到其他牢房去，再從其他牢房把別的囚犯的案情蒐集回來。就這樣，謝聰敏和魏廷朝不僅蒐集了大約數百名同牢囚犯家屬的資訊，他們還想辦法把名單送到我們手上，交給國際特赦組織。透過這個地下社會，提供這些資訊的，不只是當時在同一牢裡的囚犯，也包括全島的其他囚犯。

如今在比以往更嚴控的安全防衛下，謝聰敏還是想要把話傳出去，讓外界知道發生在他和其他人身上的事情。幾個月過去，他還是苦無傳話的辦法。住在隔壁的牢友是日本人，小林正成，寫過一本關於臺灣獨立的書，來臺的時候被補，得坐牢幾個月。他獲釋時，帶著一封謝聰敏寫的英文信出來。這封信寫在很薄的紙片裡，夾在小林的衣服內層。[13]

一九七二年三月二十九日，日本一個匿名的「朋友」送了這封信的影本給我，上面還附了一份說明信寫著「致編輯」。這個朋友已經把信件內容打好字，但也附了謝聰敏手寫原稿的影本。還用紅墨水手寫在一片撕下來的紙條上說，原版信件稍會後送過來。我從沒收到原版信，但是從這份影本，看得出來很像謝聰敏的筆跡，而內容更是讓我深信是謝聰敏寫的沒錯。這證實了我所擔心的情況，謝聰敏和魏廷朝兩人在被捕的這十三個月當中，受到可怕的刑求，但是這封信也證明謝聰敏至少還活著。

無法再奉派到國外去宣教，我獲准休進修假以便完成論文。信送來的時候，我正在紐約的協和神學院傳教研究圖書館蒐集資料。我把這封信給同時在圖書館做研究的愛蓮諾．蒙羅看。當她和先生卡恩幾年前來臺灣的時候，有人介紹秋詩和我跟他們見面。卡恩是《紐約客》作家，他只問我能否確保這封信的真實性。四月二十四日，這封信刊登在《紐約時報》的言論版上。謝聰敏說明他被捕前幾個星期所受的酷刑，也說明了監獄裡其他人的案子。他在信中結尾說了這些話：

> 我們分別被關在獨居房裡，完全隔音，再加上一臺閉路電視發射器。除此之外，沒有窗戶，牆壁上也沒有掛任何圖畫。我們不准在陽光下「放封」。沒有警衛監視之下，不得做任何事情。

我們被視為國民黨真正的威脅。我認為把這件事情讓你們知道，不要跟其他案子一樣埋在暗室裡，是我的道德責任。這樣至少我可以稍微心安一點。[14]

臺灣的反應非常快速。雖然抓他的人因為這封信讓家醜外揚，威脅要殺害他，但當局也停止嚴刑逼供，直到下一次他又試圖把另一封信送出去。

這次他甚至把信送到臺大醫院後面的美國海軍醫學研究所（American Navy Medical Study Center）裡面去。[15]美國海軍情治人員攔截到這封信，發現這是政治犯寫的。他們把信轉給國民黨政府的參謀總長，總長下令要強迫謝聰敏說明這封信是怎麼流出去的。謝聰敏這次因為酷刑而生病，必須送醫急救。國際特赦組織派了一個醫生到臺灣要探視謝聰敏，但是他們不准這個醫師幫他檢查。不過這個醫生出現，好像也讓當局不得不把謝聰敏送到臺大醫院，接受治療後再送回監獄。

多年後，在他所寫的白色恐怖文章裡，謝聰敏說出這件事，也提醒讀者：「在臺灣海峽巡邏的美國海軍，目的不只是為了臺灣安全，也捍衛蔣介石的戒嚴統治。」

小女兒凱蒂在我們回到美國後兩個月出生。她的中文名字是「美生」。剛回到美國的第一年，不論到哪裡，我們都跟臺灣人組織見面，撰寫有關臺灣的文章，只要有人邀請就去演講，也參加了一九七二年四月一日在華府林肯紀念碑前面的臺灣人遊行。不過，我們需要開始尋找跟臺灣無關的新生活，因為我們從沒想過會再回到臺灣。

把我們跟臺灣拉開，還有一個原因。當宣教部考慮要派我們去菲律賓的協和神學院教書時，獲知當地政府不願發簽證，理由是美國國務院已經要求他們不得准許。我們這才感覺到真的被自己的政府列入黑名單了。我們也聽說聯邦調查局（ＦＢＩ）正在詢問所有來美國念書的我以前的學生。他們問學生我是否傾向於使用暴力？我是不是會去「丟炸彈」？我的結論是，自己不僅對臺灣的朋友不利，對在美國的臺灣人也不利。

當我正在尋找另一個生活之際，謝聰敏和魏廷朝都還在牢裡。一直到一九七五年九月二十五日，蔣介石去世好幾個月之後，謝和魏兩人的刑期才分別減為八年六個月。他們在一九七六年獲釋。（按：魏廷朝於一九七六年出獄，謝聰敏於一九七七年出獄）[16]謝聰敏離開臺灣，到美國找個庇護所。但連住到美國也未必安全。他在加州的家爆炸，好幾個地方都被縱火，他說聯邦調查局懷疑是國民黨幹的。一直到一九八七年臺灣解嚴後，謝聰敏才回到臺灣。儘管謝聰敏在監獄裡的酷刑在身心留下永遠的疤痕，他不論是當國會議員或平民百姓，都還一直孜孜矻矻地為政治犯平反。

魏廷朝在獄中的情況我幾乎都不清楚，他也在一九七六年出獄。隔年跟國中老師張慶惠結婚，開始組個小家庭。當《美麗島》雜誌呼籲一九七九年十二月十日人權日在高雄遊行的時候，魏廷朝是該雜誌的編輯。這起非暴力示威給了政府一個藉口，大肆捉拿異議領袖。三天後魏廷朝被抓，又關了七年半。

張慶惠和他們的兩個小孩頓失丈夫和爸爸。她所任教的國中難得地保護她，並不像其他受難者家屬一樣的，受到百般騷擾。魏廷朝大半生都在牢裡度過。他在一九八七年獲釋後，馬上積極參與當時還是非法的民主進步黨[17]，也被選為臺灣政治受難者聯誼會的會長。身為民進黨候選人，張慶惠在一九九一年獲選為國大代表。到了一九九七年，魏廷朝出版《臺灣人權報告書一九四六～一九九六》。

一九九〇年秋天，我申請換新護照，因為舊護照在一九七〇年代就已經過期了。無法奉派到海外去，我根本沒費神去換新護照。當我打算跟凱蒂和麗茲一起出國，跟在倫敦的李察共度聖誕節的時候，完全沒想到會有狀況。畢竟，從我被捕和驅逐出境到現在，都已經過了十九個年頭了。好幾個星期過去，我早該收到護照卻一直沒有收到。一直打電話給相關單位之後，我終於跟一個人通了電話，對方說，我的申請沒有批准。

當時我在艾墨瑞大學（Emory University）宣教資源中心當主任。拜託在我們中心擔任諮詢委員的前阿拉巴馬州參議員斯圖爾特（Donald Stewart）找到三位參議員幫忙——阿拉巴馬州的何福林（Howell Heflin）、福樂（Wyche Fowler）和喬治亞州的納恩（Sam Nunn）。隔天，福樂辦公室助理打電話來問我：「你到底在臺灣做過什麼事情呀？」她的語氣不是譴責而是難以置信：「你的檔案上面有許許多多的『最高機密』標籤，我不確定參議員能否幫得上忙。」我原本想這件事就這樣結束了，但是斯圖爾特沒有放棄。顯然，這三個參議員聯合出手還是有影響力。納恩是參議院軍事委員會和常設調查委員會的主席，應該也出力不少。

遲遲沒有人跟我聯絡，於是我已經放棄換新護照的期待。在凱蒂和麗茲準備要自行出發去倫敦的當天，一輛黑頭車在我們亞特蘭大的家門口停下來。跟刻板印象中的一模一樣，兩個穿著風衣，戴著帽子和墨鏡的男子來敲門。亮了一下某種政府部門的證件——我知道，我當時實在應該看得更清楚一點，但是我沒有——又要求看我的駕照。我皮夾裡的駕照卡在層層的塑膠套裡，害我摸索好久。明顯看得出他很不耐煩。「讓我只看看皮夾就好，」他說。他把皮夾給同事看了一下，然後給我一份褐色的牛皮紙袋。什麼都沒說，這兩個人馬上轉身離開。袋子裡是一本新護照，期效十年。我收拾背包，跟凱蒂和麗茲一起搭上當天的晚班飛機。

到了倫敦希思羅機場海關，通關毫無問題。或許臺灣已經在我背後了，我想。

注釋（本篇皆為編注）

1 德威特·巴奈特（Dewitt Barnett），根據唐培禮書中描述，一九一七年出生在上海的傳教士家庭，與唐培禮認識時為美國公誼服務委員會（AFSC）駐東亞貴格教會國際事務代表，派駐在日本。巴奈特與彭明敏、唐培禮於一九六八年接觸後，決定說服美國公誼服務委員會對臺灣政治犯家屬進行金錢資助，之後魏廷朝、謝聰敏一九六八年九月、一九六九年九月陸續出獄後，透過他們手上的政治犯名單開始將錢送到家屬手上，一直到他們一九七一年二月二十三日第二次被捕為止。

2 按彭明敏《逃亡》記述，當時見家人最後一面是一月二日晚上八點半約在市立女中。可參見本卷彭明敏《逃亡》節選。彭明敏與唐培禮在一些過程細節的記憶略有不同。

3 按彭明敏《逃亡》記述，當時是因為機票沒蓋行李檢驗章被機場人員叫回。可參見本卷彭明敏《逃亡》節選。

4 包德甫（Fox Butterfield），生於美國賓州蘭卡斯特，一九六〇年代初期曾至臺大學中文，曾為《紐約時報》駐臺特約記者，也是中國文革後首批進入的外籍記者。一九七一年，他以《紐約時報》團隊成員獲得普立茲新聞獎，該團隊發表《五角大廈文件》揭露越戰祕史。一九八二年出版關於中國的《苦海餘生》（*China: Alive in the Bitter Sea*），隔年獲美國國家圖書最佳非虛構類獎。

5 唐秋詩在生下伊莉莎白後，第二胎流產，因擔心生產的風險，兩人決定透過基督教兒童之家領養小孩，蘇為兒童之家的志工代表，協助唐培禮夫婦領養李察。李察為歐亞混血兒。

6 臺灣基督教長老教會於一九五一年七月加入普世教會協會（ＷＣＣ），於一九六五年籌辦基督教在臺宣教百週年紀念感謝大會，被指為親共大會，期間亦有誤傳ＷＣＣ推薦中共重返聯合國，導致政治力開始介入，國民黨政府逼迫長老教會退出ＷＣＣ，一九七〇年七月長老教會宣布退出ＷＣＣ，但一九八〇年又重返。

7 顏艮昌（一九二一～二〇〇八），勞工運動家。曾任國民大會代表，臺北市總工會理事長，主持臺北市印刷工會，抗拒當局壓力承印《自由中國》。其後發生的兩包羊羹案中，顏艮昌的日本友人阿部要送交羊羹給唐培禮夫婦禮物，而羊羹被查出有氯酸鉀，因此被認為有製作爆裂物的可能。有關兩包羊羹案，亦可參見本卷謝聰敏《臺灣自救宣言：謝聰敏先生訪談錄》節選。

8 越南美萊村屠殺事件發生於一九六八年三月，當時美軍認為美萊村有北越的游擊隊，因此屠殺了四、五百位平民，包含婦女與兒童，此事被美國陸軍掩蓋，直到一九六九年十二月《紐約客》雜誌報導，引起更大的反戰聲浪。

9 在中國時期的蔣介石早已建立相互競爭並制衡的兩大特務系統（黨務系統的中統與軍隊系統的軍統），做為政治控制的重要手段。國共內戰失利後，龐大特務機關隨之來台，爭功內鬥亂象叢生，缺乏分工。蔣氏決意力行整頓。他先是以下野之身，在一九四七年召集特務機關負責人及親信開會，成立「政治行動委員會」，意圖統一所有情報工作，蔣經國為成員之一，儘管並無法源也無正式組織。這個體制外的機構要到蔣介石在一九五〇年三月「復行視事」後，進駐總統府，改為「總統府機要室資料組」，由蔣經國出任主任，成為實際上的太上情治單位，蔣經國自此逐漸掌握情治大權。爾後，隨著國防會議成立，通過成立國家安全局後，資料組隨之解散。國安局所轄情治機關比資料組時期更加龐大，做為全國最高情治指揮機關，指導協調各機關運作、人員訓練、預算分配與人事考核。蔣經國則以國防會議副祕書長的身分直接指導國家安局。至此強人終於建立一元化的特務體系，整合領導。

10 按照當時的報導，由於爆炸地點是美新處閱覽室外，疑似是一個書包爆炸，現場有兩名中學生、工友與空軍少尉被炸傷。

11 謝聰敏妹妹謝秀美於一九七一年三月十五日刊登聲明啟事於《自立晚報》。

12 沙蕩（Don Shapiro），原籍美國，一九七一年定居臺灣至今，自一九七一到二〇〇一年間，曾任《紐約時報》及《時代雜誌》駐臺記者，二〇〇二年後為美國商會月刊《工商雜誌》總編輯。

13 按照謝聰敏描述，小林正成是用飯粒將信件黏在廁所洗手臺後方，再利用尿遁帶出景美看守所。可參見本卷謝聰敏《臺灣自救宣言：謝聰敏先生訪談錄》節選。

14 謝聰敏此信原為英文，本卷〈獄中來信〉為收錄於謝聰敏《談景美軍法看守所》一書的中文版，與此處文字略有不同。有關此信如何輾轉在《紐約時報》刊出，謝聰敏有更加詳細的描述，參見本卷謝聰敏《臺灣自救宣言：謝聰敏先生訪談錄》節選。

15 此事亦可參看本卷謝聰敏《臺灣自救宣言：謝聰敏先生訪談錄》節選，謝聰敏透過監獄的地下組織將信寄給「美國海軍第二醫學研究所」（簡稱 NAMRU-2），並由兩名軍醫協助透過軍郵轉寄，據謝聰敏說，後來被發現後，這兩位軍醫有遭到美國軍事法庭判刑。美國海軍第二醫學研究所在二戰後從關島遷來臺灣臺大醫院內，期間從一九五七年至一九七九年，一直到臺灣與美國斷交後才遷至馬尼拉。主要任務為研究美軍值勤地區的地方性疾病。

16 魏廷朝與謝聰敏減刑後的刑期不同，分別為五年八個月與六年六個月，魏廷朝於一九七六年九月二十三日出獄，謝聰敏於一九七七年九月出獄。

17 民主進步黨於一九八六年九月二十八日在圓山飯店成立，但不獲政府承認，一九八九年五月十二日才正式成為合法政黨。

臺灣自救宣言：謝聰敏先生訪談錄〔節選〕兼獄中來信

謝聰敏

◎《臺灣自救宣言：謝聰敏先生訪談錄》由國史館於二〇〇八年五月出版。〈獄中來信〉英文版首次發表於一九七二年四月二十四日《紐約時報》，後中文版收錄於一九九一年九月《談景美軍法看守所》，李敖出版社。

謝聰敏（一九三四～二〇一九）

彰化二林人，臺大法律系、政大政治所畢業，一九六四年與彭明敏、魏廷朝撰寫「臺灣人民自救運動宣言」被捕，判刑十年，後減刑為五年，一九六九年出獄。一九七一年因臺北美國商業銀行爆炸案受羅織牽連再度入獄，判刑十五年，在六張犁看守所曾企圖逃獄失敗。一九七五年蔣介石過世減刑為六年六個月，一九七七年二度出獄。一九七九年出國，在紐約時與邱幸香結婚。一九八〇年撰寫「談景美軍事看守所」專欄，一九八三年在美國出版，一九八八年返臺，一九九一年《談景美軍事看守所》在李敖出版社出修訂版，之後擔任立法委員、國策顧問，致力轉型正義相關工作。

第一次出獄

傳出政治犯名單

我第一次送出的政治犯名單，是由安坑軍人監獄和保安處東所的政治犯收集的。第一次入獄期間在安坑坐牢時，一位負責送餿水養豬外役政治犯王金來，他用腳踏車騎到臺北彭先生的宿舍替我傳信，回來時告訴我彭先生要我收集安坑和東所的政治犯名單，以便進行救援政治犯的後續行動。彭先生拿到名單之後，轉送至美國大使館的一位一等祕書。他是美國政府安排專門和反對派人士來往的外交官。因此這份名單應該已在美國「國家檔案暨文件署」（National Archives and Records Administration，簡稱NARA）的收藏之列。

第二次送出的政治犯名單，則是泰源監獄的政治犯名單，是第一次出獄期間遇到「國際特赦組織」祕書長Martin Ennals，他帶彭先生的信給彭太太，他說願意認識臺灣政治犯家屬，我去找幾個政治犯家屬代表和他見面，包括柏楊的太太艾玫、陳中統[1]的太太、林水泉[2]的媽媽，以及魏廷朝和李敖。Martin Ennals住在第一飯店，國民黨為阻止他和政治犯家屬見面，飯店竟整棟停電，連電話也不通。最後我帶他到李敖家和魏廷朝、李敖見面時，李敖將泰源監獄政治犯名單託他帶到國外發表，以揭露國民黨政治冤獄事實，建立政治犯救援管道。

泰源監獄政治犯那份名單，是因謝雪紅逃亡海外「知情不報」被關十幾年的蔡懋棠[3]，出獄時自泰源監獄將名單帶出，可能因為他擔任總務科外役，出獄時就可以順便將名單夾帶出來，沒有被搜查到。出獄後東京外語大學畢業的他，在何景賢的臺灣語言學校教授臺語[4]，認識來學臺語的唐培禮，而將名單交付給唐培禮，唐培禮再轉給孟祥柯[5]，孟祥柯繼而交給李敖轉送Martin Ennals。[6]那時是一九七〇年，彭先生已經離開臺灣，我和魏廷朝帶Martin Ennals去李敖家拿到名單後，在李敖家樓上看到跟監我們三人的特務聚集在樓下，大家笑稱是「**臺灣治安良好的表徵**」。李敖用相機拍下這個畫面，並連同在彭先生宅前拍攝的特務照片，一同交給Martin Ennals，Martin Ennals直接把名單和照片帶到日本讓臺獨聯盟刊登。[7]照片一刊登出來，名單加上照片合在一起，警備總部就判斷出是李敖提供的，這是特務後來逮捕李敖的根據。

李敖很會收集資料，有一套獨到的管理方式，我到他那裡看資料，才知道國民黨曾經做過那麼多禍國殃民的事，這是李敖對反對運動的一大貢獻。許信良說他去李敖家，李敖拿出他在中學時期所寫的文章給他看，這是連許信良本人都不記得自己曾寫過的文章，由此可見李敖收集資料的本領。

李敖和彭先生是舊識，一九八〇年代李敖和黨外彼此鬥爭不合，李敖指責康寧祥放水云云，彭先生一回國，黨外人士包圍彭先生，講李敖的壞話，彭先生可能就因此再也沒有和李敖見面。李敖認為他過去曾幫助彭先生，沒想到彭先生回國後卻不敢與他相見，後來李敖打算出書，我曾想盡各種辦法安排他們見面，但彭先生已不自然，李敖也不願意，所以李敖後來又寫了《你所不知道的彭明敏》，彭先生見書之後非常不高興，要求我日後別跟李敖來往，但我想，在最艱苦的患難日子中，李敖都沒有因為害怕而放棄彼此之間的友誼，要怎麼不見面？

第三次送出政治犯名單，則是在第二次入獄前，我請已出獄的蔡金鏗[8]收集政治犯名單，蔡金鏗轉託安坑軍人監獄的的外役蔡財源[9]（按：應為景美看守所），收集各政治監獄的犯人名單，陳中統也居間幫忙，最後交給我送去倫敦「國際特赦組織」（ＡＩ）的總部，先後發表在ＡＩ的機關刊物和《臺獨月刊》[10]，並促使ＡＩ發表《臺灣人權報告》對國民黨施加壓力。我被捕之後，蔡財源也被刑求到脊椎變形、加戴六個月的腳鐐，並且加重三年刑期，所以我前後總共經手傳遞三次政治犯名單，但因為第一次交給美國大使館，沒有發表，目前看到的只有兩次的名單。

當時美籍神父郭佳信[11]在彰化埔心的「天主教聖馬利諾教會」服務，我忘了我是怎麼認識郭神父的，但郭神父和謝文村認識在先，謝文村向郭神父提起我的事，郭神父就跟謝文村說，如果我要逃亡，可以躲在他的教會。後來陳菊曾經躲到他那裡去，也因為這樣，我南下為一群神父舉辦一場專題演講，談論國民黨的人權迫害。這等同於放火之舉，因為那些神父又講給他們的信徒聽，所以國民黨將這些神父都驅逐出境。我在紐約曾遇到他們，他們被驅逐之後，天主教會並未善待他們，任他們以打零工的方式替人油漆維生。當時我和這群神父一起開會時，天主教會已表達反對之意，但神父們還是願意幫忙臺灣人，天主教會苛待同情臺灣的神父，這群愛護臺灣人民的神父，著實令人十分懷念和敬重。

後來，我在谷正文的《牛鬼蛇人》書中，看到繼雷鳴遠神父擔任「抗日除奸團」團長的山西神父李廣和與妻子劉秀芳（按：應為劉秋芳），奪走政治犯劉明在開封街的兩棟樓房，山西神父李廣和是國大代表[12]，其妻子劉秀芳則是立法委員[13]，原本在「中美合作所」做交際花。天主教神父的上層，竟是由這樣的中國菁英領導，幸好基層的神父總是默默為臺灣這片土地耕耘，任勞任怨，令人感念。

第二次入獄

兩包羊羹案

第二次入獄被偵訊及刑求的情形，我在〈從日本送來的兩包羊羹〉一文已有部分說明。在我被捕前，先有臺北「美國花旗銀行」（按：應為美國商業銀行，以下同）爆炸案和臺南「美國新聞處」爆炸案。有一天顏艮昌[14]跟我說，有日本人去找他，他介紹那位日本人住在西門町的旅社，也帶日本人去北投洗溫泉、喝酒。後來，日本人又來找他，還送他一盒羊羹，要他轉交給臺灣神學院的教務長唐培禮。顏艮昌跟唐培禮講有人要送他羊羹後，旅社的人打電話來說日本人被抓走了。顏艮昌問我：「**那盒羊羹怎麼處理？**」又說警備總部官員警告他：「**那盒羊羹不准動。**」我知道已有事故發生，顏艮昌也隨之另覓他處躲藏，並囑咐唐培禮不要來領羊羹，也由夫人轉告我，他在安全的地方，要我不用為他擔心。警總拿走羊羹，發現羊羹裡面藏有炸藥。在這之前，作家孟祥柯（孟絕子）在李敖家曾跟我說，陳逸松的女兒通知他陳逸松被抓走了。原來這位日本人送來兩包羊羹，一包給陳逸松；一包交給顏艮昌轉給唐培禮夫婦。

我覺得事情可能非常棘手，因為依陳逸松的身分，照理說不該被抓。他曾和高玉樹同時競選臺北市長，本身又是律師，是政治前輩裡聲望很高的人。我判斷事情很麻煩，於是去找《紐約時報》記者沙蕩，跟他說陳逸松的事，要他發新聞，於是他叫人拿到香港去發。其次是找大學時期的舊識吉田，他當時是日本大使館一等書記官，我就打電話給他，吉田出來跟我見面，我跟他說明這個情形，日本大使館就出面，不知道說了什麼條件，警備總部才釋放這個日本人。

我在大一時透過臺大登山會的陳進財和三宅清子夫婦認識吉田，陳進財在登山社當嚮導，三宅和他就是因登山相識而結婚。陳進財夫婦自一九七〇年代開始從事臺灣政治犯救援工作。陳進財和謝文村很好，和包奕明是大同中學同學。我第一次出獄後謝文村曾帶我去陳進財家，陳進財跟我們說吉田現在在日本大使館當一等書記官，我和吉田很久沒有見過面，但是陳逸松出事後，送羊羹的日本人被抓去時，我想起吉田在日本大使館工作，遂請日本大使館出面救援那位日本人。

後來我在休士頓訪談陳逸松。他說他為那包羊羹被抓去三天三夜，疲勞訊問，他被問的焦點是他床頭放的一個日本精工社（Seiko）鬧鐘。鬧鐘因為老舊損壞，陳逸松就拆開想試試看能不能修好。他拆開之後，由於零件太多，無法組裝回去，就擺在那裡。但警總到他家裡搜查羊羹時，發現拆解的鬧鐘，就認定是設定定時炸彈的證據，於是將他抓走。當時臺北「美國花旗銀行」有爆炸案，在這件爆炸案發生前，臺南「美國新聞處」也發生爆炸案，爆炸案的炸彈就是用精工社的鬧鐘。警總認為分解鬧鐘就是為了要組裝炸彈，陳逸松對此百口莫辯，幸好陳逸松非常孝順，為感念母親守寡把他養大，送他去東京帝大念書，凡是吃的東西，他都會先供在母親靈前多天，這包羊羹因此連包裝都沒有打開。警總官員一開始沒有找到羊羹，後來找到羊羹時，警總的人將它一塊一塊地切開，沒發現什麼異狀，再加上日本大使館出面，還有《紐約時報》記者沙蕩對外報導陳逸松是因為參與臺北市長選舉，國民黨挾怨報復因而被抓，最終才得以獲釋。

警備總部轉至顏艮昌家裡守株待兔，我還傻傻地跑去顏家打聽。當時顏艮昌已躲起來，我回去沒多久就被抓了。我被抓那一晚，約了唐培禮在臺北馬偕醫院對面的一間水果店，店的前面在賣水果，但後面在賣咖啡，有一些座位。我們就在那裡談話。唐培禮告訴我說將有麻煩，要我小心安全。那晚還遇到一位美國人理凱特（Rick Richette），他是美國中情局（ＣＩＡ）的人。那天他替彭教授送錢給我，我拿了錢之後，回去就被抓了。

抓我的時候，臺北市警察局安全室主任盧金波帶著里長和一份文件前來，那份文件是美國明尼蘇達州國會議員弗拉薩一篇關於臺灣政治犯問題的演說稿影本。盧金波說政治犯就是叛亂犯，為叛亂犯說話就是「為匪宣傳」，他硬是栽贓那份文件是從我的房間搜查到的，然後就銬住我的雙手把我抓起來，有里長簽名，魏廷朝也隨之被捕，那天是一九七一年二月二十三日。

偵訊

1 臺南美國新聞處爆炸案

一開始警總就以日本送來的羊羹質問我和東京「臺灣青年社」的關係，以羊羹與炸彈關係誣賴我炸了臺北「美國花旗銀行」及臺南「美國新聞處」，又誣指李敖為「臺獨聯盟臺灣本部」委員而逮捕李敖。偵訊的焦點或刑求的目的，全都是要我承認臺北「美國花旗銀行」和臺南「美國新聞處」爆炸案，全都是由我一手策劃，並追究臺獨聯盟臺灣本部五位委員名單究竟為誰，以便羅織李敖入案。我被抓之後，李政一等人又因「臺南美國新聞處」爆炸案被抓，李敖則以身任「臺獨聯盟臺灣本部」委員因而被抓。其實我和李敖真正做的事，只有把警總裝在李敖家書架上的竊聽器託唐培禮夫人送走，並將特務跟監照片及政治犯名單送到海外而已。雖然這是國民黨最不願曝光於世的資料，但這個行為並不構成犯罪事實。加上特務懷疑美國大使館介入彭明敏脫逃海外案和公布政治犯名單的事件，採取報復行動，於是執行臺北美國花旗銀行和臺南美國新聞處爆炸案，甚至還以臺獨聯盟臺灣本部案，羅織我、李敖、魏廷朝、李政一等與彭先生相關人涉案。

這次是四個單位聯合偵辦我們。我們先在保安處南所接受偵訊，編寫自白書，但因上層認為自白書編得太過離譜而被要求重寫，因而遭特務兩度疲勞轟炸與刑求；第二次自白書編寫完畢送到軍法處後，又因調查局認為警備總部依循「臺獨聯盟臺灣本部案」逮捕李敖的辦案方向錯誤，而將我自軍法處調到調查局三張犁留置室翻案重審。

調查局對警備總部處理彭明敏案很有意見，認為警備總部處理彭先生案不夠嚴格，所以我第二次被警備總部抓去時，警備總部邀請調查局、警務處、臺北市警察局合辦此案，共有四個單位聯合偵訊刑求我，囚禁我們的場所就是總統府後面的警總保安處，保安處原屬清領時期的兵營，現由國防部使用，當時東本願寺已賣給商人改建。

特務偵訊我們的工作重點，就是替我們羅織罪名。特務也知道這些罪名是虛構的，我一天二十四小時全被跟監，不可能脫身前往臺南置放炸藥，我和臺南美國新聞處更是毫無瓜葛，從來未曾涉足臺南。我在臺中讀高中，活動範圍以臺中為主，去臺南的交通很不方便，但特務硬是虛構強加此一不可能的任務在我身上，說我置放炸彈，炸了臺南美國新聞處。

臺北美國花旗銀行及臺南美國新聞處都不是我炸的，但在種種酷刑逼供之下，我承認到臺南美國新聞處放置炸彈。羅織的自白書內容太過離譜，完全不具說服力，報到上層後，上層不相信而退回重寫。後來特務又對我刑求施暴，要求我自己重新編織罪行，並對我說：「**你是第二次進監獄，什麼罪名都一樣，不可能再被放出去。**」在刑求中，我對特務說：「**我在空白紙上簽字，你們所有沒破的案件，我都承認！**」為此特務認為我侮辱他們，還圍毆我。

入獄前，臺獨聯盟美國本部曾寄給我南美洲梅約將軍印行簡易炸彈製造法小冊子《顛覆工具使用法》，我把這本小冊子送給李政一，李政一是經由彭先生介紹認識的經濟系學弟，他說在南部有一些朋友需要此書，為此我也曾去臺南和他們見面，把《顛覆工具使用法》送給他們。李政一等人宣稱想要為民主自由盡力，我曾建議他用彭先生的名義寄賀年卡給別人。於是後來就有人去印一些「**一個中國，一個臺灣，彭明敏鞠躬**」或「**一個中國，一個臺灣**」等字眼的賀年卡，在師大、淡江與羅斯福路等地發放。

臺北美國花旗銀行及臺南美國新聞處的爆炸案與我們無關。根據臺南美國新聞處處長唐能理（Neal Donnelly）[15]事後研判，美國新聞處所在屬美國政府領土，事發當晚國民黨特務不顧美國官員勸告，強行進入美國領土，破壞犯案現場，又特地安排李政一等嫌犯在美國官員面前表演爆炸案操作過程，由於爆炸過程技巧熟練，令人懷疑整件事應是國民黨自導自演。

我後來在美國華盛頓遇到當年臺南美國新聞處的職員莊剛健，他退休之後到美國舊金山做生意，向我說明事件後續的發展，並為我引見當時臺南美國新聞處的處長唐能理。據他們二人的說法，一九七〇年事件發生當天，副處長是下午五點離開，爆炸的時間則是下午七點。這一天是禮拜一，當天晚上處長去高雄參加會議，所以事件發生後約一個小時才能趕回現場。事發後臺南警察及一些便衣或特務前來搜查，美國新聞處認為這是美國政府的土地，屬美國政府的財產，要求他們能維持現場等候美國聯邦調查局（ＦＢＩ）前來調查，但國民黨政府不聽勸阻，動員兩千名空軍士兵包圍現場，在附近區域警戒，強行破壞現場，現場臺南美國新聞處人員除臺籍職員兩名以及外籍職員一名外，相關官員都已先後趕到現場，包括總務處長、副新聞處長以及新聞處長。但國民黨軍警不但不予理會卻仍擅入現場，還搜查了只有一些簡單設施的電腦、存放資料的安全室（security room）及電報室（code room）等。

事後，因案受傷者則包括一名斷腿的學生，以及好幾位學生和一名工程師，這些受傷的人大部分都還是中學生，因此案發後被美國新聞處送到美國念書。

莊剛健曾被警總約談，問他為何在美國新聞處工作，問他跟美國新聞處有什麼關係。唐能理處長則提到國民黨政府索取美國新聞處圖書館學生借閱書籍的名單等相關紀錄，目的是為了調查他們跟美國新聞處的關係。這些被約談的學生當然全都飽受恐嚇驚嚇，美國新聞處後來與學生的關係變得不好，本來他們打算透過借書等相關活動，增加與這些學生的接觸，不料卻發生此事，因此美國新聞處認為這可能是一件破壞美國與臺灣學生友好關係的陰謀。

唐能理處長說國民黨政府後來找了五名學生，就是李政一等被用刑屈打成招的朋友[16]，穿著黃色的雨衣，編了一套故事，然後在美國官員面前表演，模擬如何取得炸藥的過程。唐能理說，一看就知道這些都是假戲，美國政府官員根本不相信。美國認為國民黨政府不顧美國官員抗議、阻止，強行進入且搜查事關機密安全的 security room 及 code room，尤其 code room 是對外通訊用的系統，因此唐能理處長代表美國政府向我表達他們的判斷，說這起爆炸案應是由蔣經國指示的。

我被捕後的十一月，發生華航班機在澎湖上空爆炸案[17]，當時我被移送調查局，該局官員對我說，國民黨來臺後，類似這樣的爆炸案持續不斷，他們才會對這類爆炸案如此重視。我說我人在裡面，怎麼會知道監獄牆外的事。看來特務機關對這些爆炸案深感困擾，希望從我這裡找到爆炸案的線索。

2 臺獨聯盟臺灣本部案

警總的偵訊後來由美國新聞處爆炸案轉向臺獨聯盟臺灣本部案，特務逼問我臺獨聯盟臺灣本部的委員名單。特務也逼問魏廷朝，魏廷朝最後說：「**臺灣有兩個半臺獨**。」特務又轉問我「兩個半」是誰，我說沒聽過這類說法，答不出來，因此被特務毒打。後來特務才跟我說魏廷朝說「兩個」是指我跟魏廷朝，「半個」是指李敖。「兩個半臺獨」這句話是魏廷朝自己編的，出獄後我跟魏廷朝埋怨說：「**我聽不懂你說的『兩個半臺獨』，害我被特務刑求**。」他說因為國際特赦組織祕書長Martin Ennals來臺灣時，黨外領導人郭雨新和高玉樹都不願出面接待，覺得臺灣無人有勇氣支持臺獨，所以才說臺灣只剩「兩個半臺獨」。確實，當時臺灣的政治運動沒人領導，尤其臺獨聯盟前任委員長辜寬敏[18]、中央委員邱永漢[19]陸續自日本返臺投降，對臺獨運動造成很大的傷害。我們曾說讓臺獨的旗子，因我們的案子而繼續飄揚也好。

當時我聽不懂也不承認「兩個半臺獨」，調查局及警察局特務為此再度殘酷刑求，以注射藥物等方式向我逼供。在疲勞訊問後的頭昏目眩、神智模糊下，我寫下「臺獨聯盟臺灣本部案」自白書，應特務要求無中生有羅織的五位委員分別是：林一[20]、李敖、唐培禮太太、當時已改嫁倪文亞的郭婉容與李政一。

我之所以提到林二，是因為當時報紙都在宣揚電子音樂家林二自美載譽歸國的故事。顏艮昌曾說林二本屬陳誠派栽培的人，但蔣經國鬥垮陳誠後，表示用人不計派系，特將林二自美請回，蔣經國並且親自召見，林二的母親為此曾找顏艮昌商量見面時該說什麼話，於是，我想將計就計，將這「臺灣人樣本」染色。但沒想到一九七一年我二月入獄後沒幾個月，林二去紐約，藉成功中學的同學張超英的關係求見彭先生，這件事我沒有問過彭先生，是在張超英的書上看到的[21]，張超英當時在紐約恩惠歸正教會聚會，彭先生姪子彭初穗也是恩惠教會的會友，所以張超英透過彭初穗與彭先生聯絡，然後再由林二直接打電話給彭先生。本來張超英以為只是打電話而已，應該神不知鬼不覺才是，沒想到事隔不久之後，紐約臺北代表處的一位國安局官員，追問張超英介紹林二給彭先生認識的事情，張超英因此對特務機關的動作迅速、神通廣大印象深刻，而把這件事情筆記下來。但因時間巧合，因此我懷疑或許是因為我曾跟特務說：林二是彭先生派回來的，於是林二只好應特務要求去找彭先生對質，況且國民黨對林二並未錄用，應該是不信任林二才對。

出獄後，我才得知那兩包羊羹，是臺獨聯盟許世楷[22]送的。[23]我跟他確認過了，許世楷給我那個日本人被警總抓去後所寫的筆錄和資料，是那個日本人在日本重寫的，這份資料我目前放在美國。在我第二次被抓入獄之前，彭先生確實有從美國寫一封信給我，當時黃文雄擔任他的祕書，但時間很短，彭先生的另一位祕書則是張文祺。彭先生申請美國居留一事，美國以他不能從事政治活動為條件，協商獲得國民黨政府外交部的同意，因此彭先生曾同意美國政府未來不從事政治活動，而對臺獨運動參與有所保留。彭先生透過唐培禮寫信給我，說他要在臺灣設立一個「臺獨聯盟臺灣本部」，要我當臺灣本部的主任委員，並找五位委員，當時臺獨聯盟已預設了一個臺灣本部委員化名「邱奕發」，其實是指我，但被我拒絕。此事我除了跟魏廷朝說過以外，我也有跟李敖提過，因為當時只有他敢和我一起招待國際特赦組織的 Martin Ennals，還敢出面幫助彭先生。我回答彭先生：「**我是隨時會被逮捕的人，如果我被抓去，這件事會變成槍殺我的理由，所以我拒絕。**」幸好我出於本能反應，拒絕了「臺灣本部」的構想。「羊羹」陷阱與美國花旗銀行和美國新聞處的爆炸案，全是出於國民黨的精心設計，若再加上臺獨聯盟臺灣本部主委的罪名，確是足以致人於死地，正如保安處組長魏以智所說：「**誰也救不了你。**」

因此，我流亡海外的時候，臺獨聯盟對外宣稱我就是「邱奕發」。但我在美國提倡非暴力鬥爭，只參加「臺灣人公共事務會」和「臺灣民主運動海外組織」。當時臺獨聯盟主張武力革命，我始終沒有參加臺獨聯盟。

3 刑求

第二次入獄時我受到更慘無人道的刑求。調查局特務在軍法處對我的刑求，在〈從日本送來的兩包羊羹〉一文已有提及，包括將我的一隻手從肩胛上拉到背後另一隻從腰旁扭到背後，然後兩隻手掌用手銬鍊掛在背後成一直線的「背寶劍」姿勢，以及像旋轉車輪般旋轉兩臂的「鳳凰展翅」，給我撕裂性的劇痛，又用繩索將我綁在單人床上，為避免皮綻肉開的外觀，特務甚至還拿一根縛綁著布條的竹棍揮打我的兩腿，以致兩腿水腫，皮膚呈現青的、紫的、紅的、黑的彩色瘀血，這樣的戲碼在偵訊時天天上演，至今我的雙臂仍不能用力、脊椎彎曲嚴重受傷、兩腿走路無法平衡穩定，連醫院都無法醫治。最可惡的是對我強行施打藥物，讓我在頭昏目眩、神智模糊下，寫下「臺獨聯盟臺灣本部案」自白書。他們對我施暴讓我的身體會反射性的怒叫、哀呼，最後我能清醒自制的時候，竟能橫眉冷笑正在虐待我的特務們，我自己也頗感意外，沒想到特務反而因此更加暴跳如雷。經過天天逼供刑求、羅織臺南美國新聞處爆炸案的日子後，直到現在每聽到「臺南」兩字，靈魂深處仍會浮起往日所受折騰，而產生模模糊糊的厭惡心情，而且讓我不斷地搖晃著身體在房間踱步繞圈子，久久難以平復。

特務對李敖的刑求則是用吃屎等極盡汙辱的方式，對魏廷朝的刑求是電刑和汙辱，對李政一等人則是灌辣椒水及汽油的「醍醐灌頂」，以及拔指甲、吊打和編造別人入案等。林頌和[24]原來是姚勇來的律師，後來也被誣陷為政治犯。因為他是軍統花十年時間訓練出來的特務，因此遭受到更為殘酷的對待，連手腳的指甲都被剝下來。但他還是幸運活了下來，還把特務的各種酷刑用漫畫畫出來，或許藉由他的漫畫可以窺知酷刑殘忍之一二。

4 蔣經國訪視

在保安處期間，我在牢裡遇到日本人小林正成和蔣經國。一九七一年七月六日，特務頭子蔣經國來訪，當時蔣經國雖擔任國防部長（按：應為行政院副院長），但仍有探視政治監獄的癖好。我在保安處南所接受偵訊刑求期間，蔣經國曾來牢房門口看我，當時我隔壁關的小林正成也在場。聽說蔣經國聽取簡報後，也沒有說要到哪裡，就信步走到保安處刑房來看我。他站在我的牢房前，其他人在外面全都排排站好，我坐在裡面不動，我們彼此四目相視，他沒講話，我也沒講話，大家都面無表情，也不知道他的目的到底是什麼。我被逼供、刑求得體無完膚，對恐怖體制早已厭惡至極，所以以四目相視、無言對之。還記得在他離開後，我恨恨地跟小林正成說：「**他就是蔣經國！**」

後來特務跟我說，蔣經國每年過年都會到軍法處去巡視政治犯，但從來沒去過保安處用刑的地方，這即是所謂的「**君子遠庖廚**」，我那次是唯一的例外。他對臺灣人膽敢接觸臺獨聯盟、甚至可能取用許世楷送至臺灣的炸藥，著實感到不可思議。

5 小林正成帶信

在上帝安排下，我意外遇到入獄的日本人小林正成替我送一封〈獄中來信〉出去，為我及同案正在受苦的政治犯呼救。一九七一年五月十七日，臺獨聯盟成員小林正成因在臺灣發放主張「普遍性原則」，宣稱「臺灣和中國都是聯合國會員國」的傳單，因此被捕入獄，關在保安處二號房，我是一號房剛好在他隔壁。因牢房是無窗密室，又有二十四小時的電視監控，兩人雖是鄰居但未曾見面。直到有一天，小林在二號用日文鬧房大罵，獄卒聽不懂日語只好向我求援，透過紙條翻譯後才得知，小林吵翻天的原因只是想抽菸，小林因此對一號房難友產生好奇，開始注意到醫生常往一號房跑。有一天，牢房密室空調壞掉，所有人犯得排排站在走廊外透氣，我和小林二人因此得以照面，之後上浴室時再度照面。幾次他出席法庭經過我房門口時，總會用日語傳話給我，他知道我就是二月以來被逮捕下落不明、海外關切甚深的謝聰敏，並進而相識相惜。

有一次經過我的房門時用日語撂下一句話「**幫你帶信**」。八月下旬某一日，小林覺得自己即將被釋放，對我說：「**我明天出獄**。」我突然精神大振，熬夜用英文寫下密函，揭發同案難友們被抓被虐待的恐怖紀錄。我不確定他是否順利帶出此信，甚至還為此一度忐忑不安。多年後《中國時報》張平宜小姐訪問小林正成時，才得知他出獄前為躲過全身搜查，所以將此信用飯粒黏在廁所洗手臺後面的隱密處，再藉尿遁攜出。他遞送出去的信件交給臺獨聯盟，臺獨聯盟找日本報社刊登，卻沒有一間日本報社敢刊登此文，敗戰後的德國熱心人權工作，戰敗後的日本則對前日本殖民地冷漠以待。許世楷只好把信送到美國交給彭先生，但彭先生取得文章之後，連著三、四個月都不見刊登，直到雷震聽到我戴腳鐐即將被槍決的消息之後，半夜趕緊去敲田朝明醫師的家門，說我要被槍斃了，田醫師才趕快將消息傳到日本。消息傳到日本後又再度傳給彭先生，那篇〈獄中來信〉就這樣經過了三、四個月，才找到在《紐約時報》工作的包德甫（Fox Butterfield）發表。他是我第一次出獄後在臺北遇到的記者，他要離開臺灣時介紹謝必祿給我認識，因此詳知臺灣政治犯的悲慘情境。

那封〈獄中來信〉(From a Taiwan Prison）在一九七二年四月二十四日的《紐約時報》刊出之後，產生某種程度的影響力，使得美國國會開始注意臺灣人權和外交的問題。美國眾議院組織「人權調查團」訪問世界許多國家（包括臺灣），該團在臺灣只能停留二十四小時，帶隊團長是紐約鄉親所熟悉的美國眾議院議員吳爾夫（Lester Wolf）。他帶團來到臺灣首先要和我見面，他們下午才到，警備總部先要他們休息，明天再安排吳爾夫和我見面，隔天又先在臺北開一個人權簡報會議，報告臺灣的政治監獄，一直講到中午才結束。吳爾夫要求和我見面，警備總部跟吳爾夫說臺北到景美開車要三個小時，往返要花費六個小時，因此來不及見面。這件事是我到紐約之後，才由周明安律師轉告於我。那位眾議員回到紐約後，問紐約的臺灣人臺北到景美車程要多久？才知道短短十五分鐘就可以抵達，但國民黨卻跟他說要三小時之久。

我一直到後來被拷問「信是怎麼傳出去的？」，才知道小林已經成功地帶出此信，我對小林的見義勇為十分感謝，他卻客氣地說這是他生平最大的驕傲。

逃獄、判刑

1 逃獄

偵訊結束後，警總把我關在保安處六張犁看守所（按：位於臥龍街），我無意間在天花板發現一個破洞而開始進行逃獄計畫，但功敗垂成最後被抓到，很快地我被送到軍法處受審，被判刑十五年。我會逃獄是因為我在警總保安處被偵訊，在酷刑下被迫虛構臺南美國新聞處的爆炸案，心裡已有難逃一死的打算。我在《談景美軍法看守所》書裡有描寫到一位調查局劉科長的虐待狂行徑，其實他是針對我，對我極盡汙辱與虐待之能事。因保安處空間過於狹窄，我們被送到六張犁的看守所並關在獨房監禁，我有很多時間計劃逃亡。

有一次我發現天花板有破口，就把天花板撬開，發現裡面有兩枝很粗的木架，好奇想鑽進去但又鑽不過去，於是想到貓鑽洞時如果頭可以鑽過去身體就可以過去，或許人也是如此，就此開始進行挖洞計畫。當時，獨房裡有燈及一張空桌子，空桌子邊殘留抽屜鎖的鐵片，我先把鐵片拆下來當作挖洞的工具，鐵片很鈍，需先磨利才能用來割開天花板。要割的天花板有點高，我因怕冷向獄方要很多毯子，我就站在桌上，加上毯子的高度終於得以摸到天花板。我每天都必須吃藥，因此跟獄卒要開水，他們說規定八點以後不能開門，要我別囉嗦。我才知道晚上八點以後，獄卒若沒有所長的允許，是不能進到牢房裡的。因此晚上八點以後，就是我開始挖洞工作的時間，我把桌子搬到剛好是外面窺視洞死角的角落，並將毯子捲成一個人形躺在那裡假裝睡覺，其實我天天都在挖洞，從晚上忙到天亮。就這樣用鐵片磨天花板挖洞，磨了整整三個月。天花板挖過的地方會有黑漬，我就用牙膏補起來，獄卒還問過我為什麼要用那麼多牙膏。

三個月後，天花板終於被我挖開了，頭可以鑽出去了。我爬上去後，看見監獄囚房屋頂下，天花板上除了梁柱全都是空的，各房間電燈線就綁在梁柱上。電燈線旁邊則有錄音機，透過縫隙人在上面可以向下看到每個房間的活動。我曾看到其中一間押房的人犯，正被吊在木架上呈大字形，腳也被綁住，臉被毛巾蓋住，然後被灌水，不一定是水，可能是辣椒水或是汽油，被灌水時毛巾會吸水，人要呼吸，一呼吸毛巾的水就會跑進鼻孔裡，這就是「灌水」，讓人受不了，我稱之為「醍醐灌頂」。同時我也發現有一間房間的天花板有出口可以跳下去，我又觀察到鳥停在鐵絲網上，知道鐵絲網不會通電，如果鋪上毯子隔離鐵絲網就可順利翻牆出去，於是決定勇敢一試。

一九七二年二月決定逃獄的當天，我摸黑爬上梁柱時，碰到了電燈兩條電線接頭的地方，電燈果然就熄了，但天花板出口處原來值班的士兵，因燈光熄滅而跑出去，他們一走我就順勢自天花板出口跳下並跑出去。那天正好下雨，我帶著毯子先躲在院子裡的樹邊，然後走近圍牆邊的汽油桶，打算走到牆邊翻牆出去，沒想到就在我通過警衛室時，被蹲在旁邊修理電燈的一個士兵發現。他抬頭時正好看見我跨上油桶準備要把毯子蓋在鐵絲網上，於是努力多時的逃獄計畫宣告功敗垂成。

我被抓回去後，守衛的士兵馬上打電話給軍法處處長吳彰炯（按：應為保安處處長），吳處長馬上趕來。第一句話就是：「**好在我來，不然你會被打死！**」原來一般逃犯被抓到後，都會先被痛打一頓。我先被轉送至保安處本部拘留，不久就送軍法處審判。看守所羅永黎所長對我很好，有一個晚上，偵訊的特務要去睡之前，還先把我吊起來才去睡，羅永黎所長就偷偷把我放下來，說天亮特務回來前，他再把我吊上去就好。他說太太是彰化人，因此叫他來幫忙我，我並不認識他的太太，和他更無淵源，這是我在獄中意外得到的人情，雖然只有一次，我也非常感激，在刑求時能偷得片刻的緩和也極為珍貴，他對我說很佩服臺灣人有這種勇氣。後來，我在軍法處被判刑十五年。我自軍法處看守所託人自美國海軍軍郵寄出我的答辯書時，被美國海軍情報組織查獲，並被警總反情報組織抓去逼問如何透過美國海軍軍郵送信出去時，我一直不敢說是在保安處六張犁看守所時將信送出，怕會連累到這位半夜前來幫我的羅所長。

在逃獄前我已經知道有逃獄成功的例子，其中之一就是與林水泉同案的張明彰，軍法處審判的地方靠近河邊，他在審判過程中突然衝出法庭，躍上箱子跳入淡水河，游了約二、三百公尺才被抓回來。另一個是澎湖的漁民，跑去中國接受中國招待，回來後國民黨認為他去中國又被如此招待，一定有問題，他因為害怕又坐船逃去琉球，到琉球之後，琉球的美軍再把他送回臺灣，被判處無期徒刑。在獄中他擔任外役之職，有一次派他去派出所大門口做工，他就趁隙脫逃，沒有被抓到。第三個則是許席圖，他當時已有精神病，在牢裡散步時，突然去爬旁邊的圍牆，在爬牆時被抓到。這三件是在景美軍法看守所發生的，還有一件是在東所發生的（今青島東路），那個人是從韓國被抓回臺灣的人，因匪諜罪名而被判刑，有人在寄給他的鞋盒裡放鐵鋸，我們在散步時他都始終沒出來，因為他就趁這時候在牢房裡鋸監牢的鐵枝條，不知道鋸了多久，終於被他鋸開，但不巧另一個政治犯做運動時竟不小心把它拔斷，遂東窗事發。

2 扣上腳鐐

一九七二年三月十日軍法處判決我十五年徒刑，李敖還問我為什麼逃獄竟沒有被判刑或加重刑期，而且第二次被判刑，通常會取消減刑，竟然也沒有取消。我想上層並不知道我逃獄之事，這全都要感謝軍法處的吳處長。判決之後，被告中沒人提出上訴。但一至二週後軍法檢察官韓延年認為判得太輕而上訴。上層批示檢察官的上訴書後，就將我扣上腳鐐，戴了整整十個月。看守所送來檢察官的上訴書表示要上訴，大家認為上訴後我應該會被判處死刑。

當我知道自己已被判刑十五年且扣腳鐐或將行刑處決，並沒有什麼害怕的感覺，因我人在外面，整天被特務跟蹤，也是很麻煩的事。我還把當時的心情寫成六、七篇短篇小說寄出去。透過監獄裡的地下組織將信投入「美國海軍第二醫學研究所」（簡稱NAMRU-2）寄出那些小說，後來又再度萌生寫信向美國求援的念頭，託人將答辯書投入NAMRU-2寄出。但這次被美國海軍情報組織查到，並送到參謀總長賴名湯那裡，而爆發「獄中通信案」，被交由國防部政戰部門的反情報大隊查辦。

在監獄裡有兩種組織，一種是官方的行政組織，另外一種是政治犯間彼此援助的組織，這是政治犯的生命線。第一次入獄期間我在安坑軍人監獄曾替夏威夷大學的留學生陳玉璽[25]送過求救信，我叫他寫一封信給他們夏威夷大學的校長，然後幫他送出去給彭先生，彭先生再叫人送去夏威夷大學，他是因為這樣的緣故才能被放出來，這就是所謂「政治犯的生命線」，有危險時可以用來救命的管道。

後來我和教會的朋友談起自己被宣判死刑後仍寫短篇小說的行為，他們說這就是所謂「創造性的受難」(creative suffering)，人會因為完全絕望、受苦，而創作出很多東西，因為知道完全沒有希望了，所以更想知道自己還可以做什麼，想知道人可以怎麼樣活得更有意義，所以有寫小說的「創造慾」，會藉由書寫等行為以明志，好讓自己的思想和價值得以留存。像李敖曾寫過的死刑犯黃國，他因搶劫衡陽路上的銀樓被判死刑，行刑前晚上睡覺時，枕頭一邊放金剛經，一邊放聖經，因聖經救來世，金剛經救今世，所以他有時看基督教的聖經，有時則唸佛教的金剛經，很多人面對死刑會有這種反應。我則因小林正成在我最沮喪時，及時出現為我送出密函一事，感到冥冥中確實有上帝的安排，而向獄方要求安排與牧師面談。

我看過很多人寫的回憶錄，但較少人提及這種心境上的變化，而我當時的情況就是如此，所以我對政治犯說話時，常反問他們：「**受苦一輩子有什麼意義？**」我以自己臨老還為政府坐視不管臺灣戒嚴時期的人權問題，而和政府打官司這個例子跟他們說明，就算官司打輸也沒關係，至少要替人權運動做些事情，這是我做為一個政治犯的意義所在。

在軍法處被戴腳鐐的時候起，我開始重視運動，在放風時戴著腳鐐跑步運動，為防止運動時腳鐐摩擦皮膚破皮，我還將襯衫撕成細片包紮在腳踝上，不知道為什麼，已被宣判死刑反而更加愛惜自己的身體。

在室內時雖然燈光微弱，仍潛心研讀《資治通鑑》。大學國文老師屈萬里是《尚書》和《詩經》的專家，曾向我們推薦兩本書，一是《資治通鑑》，一是篇幅較小的《戰國策》，當時沒想到要讀這些，入獄期間，因為牢中日月長，竟然讀了三遍木刻版的全套《資治通鑑》。獄中燈光微弱，也只能看木刻板字體較大的古書。

第一次入獄，我住過保安處的東本願寺、調查局三張犁留置室、青島東路軍法看守所，以及安坑軍人監獄。第二次入獄期間，在景美軍法看守所住了很久，所以對當地景物及前後期政治案件十分熟悉，所以在海外才能在沒有資料的情況下，寫出《談景美軍法看守所》中的各篇故事。

印象最深刻的是，剛開始住的是一間完全密閉的房間，木質地板和地面只有一個磚塊的高度，木質地板因為潮溼而爛掉，我躺在那裡時，蟑螂、老鼠、蜈蚣全都爬上來，後來，我訪問戰後初期也曾入獄的女醫師謝娥[26]，她提到她在臺北監獄裡，曾因翻身而壓死一隻老鼠，而我在景美看守所壓死的蟑螂、蜈蚣和各種蟲類也很多，我不知道自然界原來有那麼多生物存在。房間很潮溼，連棉被也很潮溼，讓我無法喘氣，加上看守所外面刷油漆時，因房間是密閉的，油漆味也讓我受不了，常導致氣喘發作，我的雙臂也因被刑求受傷，直到現在，端東西、寫字和運動時雙手還會顫抖不已，寫字時則因無法控制手臂和手指，而使字跡變得十分潦草。

獄中來信

親愛的朋友們：

魏先生（指魏廷朝先生）和我是在一九七一年二月二十三日被捕的。當天，一群祕密警察蠻橫地闖入我的房間，將一把反蔣的刊物（包括美國眾議員Fraser的演講文）塞進我的皮包，拿它當作控告我們的證據。

從此之後，調查局警察局的血腥魔鬼們開始了血的祭禮。他們拷打我，並在二月二十三日至三月二日以及八日至三月十三日的兩段期間內不讓我睡覺。他們歇斯底里地怒吼狂叫，把一大堆反蔣活動的罪名（包括爆炸臺北美國商業銀行在內）加在我身上，並強迫我說明這些活動的經過。用這些我聽也沒聽過的活動來指控我，實在令我莫名其妙。他們將我的雙手反扣在背後，拳打我的雙耳，猛踢我的腹部，痛擊我的胸骨，一股褐色的物質從我的口中噴了出來。我感覺到胸口一陣陣刺骨的疼痛，足足有一個星期無法走路。

在我被捕的數天之後，他們展開了一陣恐怖的搜捕：李政一、吳忠信、郭榮文、劉辰旦、詹重雄、陳賢進、楊鴻鎧等人相繼被捕了。這群血腥的野獸拿他們的供詞當作再度對我刑求的藉口，他們反扣我的雙手，用力扭轉到即將折斷的程度，然後又向我猛烈地毆打，我一再咳血，無法進食長達兩週之久。他們一面叫醫生給我打補針，一方面則繼續反覆地拷問我，他們又故意要我聽到朋友們受酷刑時痛苦與憤怒摻雜在一起的號叫聲。在他們瘋狂的拷打之下，我只好採取較溫和的態度，我答應說明去年我所寫的東西，接受一些反蔣活動的指控（包括爆炸臺北美國商業銀行的誣告），並承認以著作聞名全臺的傑出學者的李敖是臺灣獨立聯盟的中央委員（其實，我對這些中央委員一無所知）。

李敖先生於四週後被捕，他著有二十本書，其中十六本已被列為禁書，他大膽向國民黨全體主義式的統治提出問難，並因之被尊稱為反蔣運動中的英雄鬥士。

稍後，中國文化學院的研究生林順益和曾勝輝兩人也被關了進來，說是他們去年以彭明敏教授之名投寄聖誕卡。

蔡金鏗及孟祥柯是以盜取國民黨列為極機密的政治犯名單遭捕。張茂雄因為幫助一些處於饑餓狀態中的政治犯家屬也遭逮捕。其中孟先生是一位多產作家。

吳松枝律師曾被關過四個月，原因是祕密警察想向他逼問省議員郭雨新的消息，吳先生已於一九七一年八月二十三日被釋放。政大畢業的白先生[27]也因為國民黨想調查非黨籍議員或候選人的背景而遭逮捕。身為新聞記者又與彭先生有親戚關係的陳炳煌先生，在訪問彭先生的兄妹之後被捕，並且被逼提供彭教授家屬的近況。

安全室警官洪武雄[28]被控以在彭教授離臺後，將警察局找我麻煩之方法的資料輸送給我。（但在地方法庭，警察局安全室曾經否認對我找過麻煩，倘說他們的否認是真的，為什麼洪武雄還會被控告呢？多麼自相矛盾啊！）

治安措施真有點像女巫之獵（witch hunting），我的很多好友都貼上反蔣的標籤，分門別類地放進黑名單的檔案中，他們以後會遭受逮捕的。

我不確知到底有多少人牽涉此案而遭逮捕或折磨，祕密警察提過很多我從未聽過的名字。一個叫作洪昭男的臺大畢業生，被控以企圖把我從這個無法忍受的地方走私出去，這完全是虛構的故事，因為我根本不認識他。

一九七一年七月六日，蔣經國前來祕密警察及監牢的總部以遂行他們的密謀。一小撮將軍圍住在他的四周，就像撲火的飛蛾。三週過後，一個省刑警大隊的專家來告訴我，爆炸美國商業銀行的不是我，而是李政一和他的朋友們。我確知那也不過是另一宗誣告而已。他們拿李政一和他的朋友來當代罪的替身。於一九七一年八月二十八日早，我收到起訴文的要旨，裡面共牽涉四個人：魏先生、李政一先生和我被引用《懲治叛亂條例》第二條第一項，李敖先生則被引用第二條第三項起訴。其他的朋友未被提及，爆炸銀行一事也不在內。顯然的，其他朋友一定在另案中被起訴，而李政一和他的朋友們將在另一案中被審判。這群血腥的魔鬼準備把他們埋葬於暗室之中。多狡猾的計謀啊！我很為他們擔心。

國民黨靠陰謀生存，乃不得不經常懷疑別人對他的陰謀。在這幾個月當中，他們一次又一次這樣問我：美國大使教過你如何推翻政府嗎？他告訴過你美援如何減少嗎？日本想用什麼方法來取代這個政府呢？——我的好友啊！我從未會見過美國大使館的任何館員，你能幫助回答這類問題嗎？

另一方面，他們說，他們那種既短視又反動的政策是不能改變的。蔣政權不會自行下臺。他們問：羅德西亞可以被接受，為什麼國民黨不能呢？（我為美國在臺灣仿製一個羅德西亞感到遺憾。我對那些反對非洲的羅德西亞、卻支持亞洲的羅德西亞的很多非洲國家也感到遺憾。）

自從被捕以後，我們一直被監禁在祕密警察的總部。他們拿走我身上所有的金錢，直到最近幾個月才讓我有休復的機會，但仍禁止來客訪問。我們被隔離關閉在裝有電視傳真鏡頭的隔音房間，房間的四周沒有窗戶也沒有掛圖，我們不准到陽光下「散步」，同時，我們的一舉一動都在警衛人員的監視之中，我們被當作是對國民黨構成威脅的不友善的活動分子。

我認為我個人有責任把這件事情告訴你們，並設法使這案件不再像其他很多案件一樣被埋葬於暗室之中。這樣做了，我至少也會感到心安。

你忠實的朋友　謝聰敏

一九七一年八月二十五日於臺灣臺北

1 編注：陳中統（一九三七～），為陳映真成功高中同學，兩人曾於一九五七年劉自然事件上街抗議，陳中統就讀高雄醫學院、日本岡山大學醫學院研究所，在日本期間接觸臺灣青年獨立聯盟。一九六八年十二月因父親病重返臺，隔年二月六日與蔡憲子結婚，新婚十五天於蜜月旅行後，二月二十一日即遭逮捕，判刑十五年。一九七五年蔣介石過世後獲減刑，自一九七〇年在景美看守所醫務室擔任外役，一九七九年二月二十二日出獄，繫獄十年。在醫務室期間，利用職務收集政治犯名單，並與外役蔡財源合作輾轉送出海外刊登。

2 編注：林水泉（一九三七～），松山人，松山初級商業學校肄業，家裡經營米廠、旅社等生意，一九六一年一月二十三歲的林水泉參選議員，差一百五十七票落選，卻因選舉時罵國民黨，於同年四月六日被送去小琉球、屏東大鵬農場管訓，時間一年八個月。一九六四年再次參選議員當選，彭明敏曾投他一票。一九六七年九月在市議員任內，因與許曹德等人組織「全國青年團結促進會」被捕，判刑十五年，一九七五年蔣介石過世獲減刑，一九七七年出獄。

3 吳俊瑩注：蔡懋棠（一九二二～一九七八），鹿港人，十四歲赴日留學，東京外國語學校畢業，一九四五年四月畢業返臺後，曾任省立臺中商業學校專任英文教員、海軍第三基地司令部軍委一階譯述員，被捕時則為合作金庫總庫辦事員。蔡懋棠判十二年，一九六三年出獄後，一九七一年因遭控洩漏泰源監獄政治犯名單，再度被捕，判感訓三年，交由家人保護管束。蔡懋棠之兄蔡汝鑫，則是在葉敏新等叛亂案中被控與共黨發生關係，為匪工作爭取幹部，雖是「外圍分子」，但被認為匪嫌甚重，在核覆時被加重判刑。

4 編注：何景賢（一九三四～），嘉義人，為中華語文研習所創辦者，該研習所英文名為Taipei Language Institute，所以又稱臺北語言學校，該學校是許多來臺傳教士學語言的地方，甚至到一九七九年前美國在臺協會人員也都是在此學校培訓中文。TLI曾有鄉土語言課程，但蔡懋棠應該是在設於臺大的史丹福中心任教，有教臺語與日語兩種說法。

5 編注：孟祥柯（一九三〇～二〇一七），遼寧人，筆名孟絕子，曾為臺大外文系圖書館管理員，與黨外人士往來密切，一九七一年因泰源監獄政治犯名單洩漏案，遭羈押兩個月後以保外就醫獲釋。

6 吳俊瑩注：泰源監獄的政治犯名單，應為孫家驥所自獄中攜出，孫因被派在醫務室負責登記領發藥品，因而能夠接人犯名冊，一九六七年孫將名單夾帶出獄。孫家驥與蔡懋棠曾同為獄友，兩人出獄後仍有往來。後來孫持有的政治犯的名冊，分別給過在臺大史丹福中心任教的蔡懋棠，以及當時臺大歷史系講師的鄭欽仁。後來，蔡懋棠透過史丹福中心的同事魏益民，將名單交到關心臺灣政治犯的唐培禮手上。至於李敖所拿到的名單，如謝聰敏所回憶，來自孟祥柯，但孟應該也是自蔡懋棠所拿到，而非唐培禮。

7 編注：按張炎憲在《梅心怡 Lynn Miles 人權相關書信集二》之序〈民主人權與政治犯救援〉，分別發表於臺灣獨立聯盟刊物《臺灣青年》雜誌一二〇號、一二一號、一二三號、一二五號（一九七〇年十一月與十二月、一九七一年二月與四月）。出自張炎憲、沈亮編，《梅心怡 Lynn Miles 人權相關書信集二》（臺北：吳三連臺灣史料基金會，二〇〇九）。

8 編注：蔡金鏗（一九三四～），臺南人，南英商職畢業，因從事藥物仲介時賣到過期藥品，被關四十天，期間認識廖啟川，退伍後從事食品加工生意，與廖啟川偶遇，被捲進廖啟川臺獨案，一九六二年遭捕，一九七〇年出獄。出獄後有協助將當外役的蔡財源送出的政治犯名單，轉給謝聰敏。一九七一年二月因臺南美新處與臺北美國商業銀行爆炸案再度被捕，關押一九一天後釋放。

9 編注：應為景美看守所不是安坑軍人監獄。蔡財源（一九四〇～），高雄人，一九六二年因與施明德等的臺灣獨立聯盟案，遭判十二年，在景美看守所期間擔任洗衣工廠外役，輾轉送出政治犯名單，一九七一年因此案遭刑求，最後判感化三年。

10 編注：《臺獨月刊》為臺灣獨立建國聯盟於一九七二年三月二十八日創辦的刊物。

11 編注：天主教聖馬利諾教會美籍神父郭佳信（一九三一～二〇一五），出生於紐約，一九六二年來臺，任彰化埔心羅厝天主堂駐堂神父，因兩次庇護陳菊，在一九七九年遭驅逐出境。二〇〇〇年政黨輪替後，才又返臺拜訪。

12 吳俊瑩注：李廣和，一九〇〇年生，山西襄垣人，法國里昂大學法學博士。曾任晉冀邊區游擊縱隊司令、軍事委員會華北軍事特派員、保密局華北督導組中將組長、天津警備司令部稽查處長、中國天主教文化協進會監事。長於特務、情報工作，一九五三年過世。

13 吳俊瑩注：應為「劉秋芳」。劉秋芳，荷蘭公教大學哲學博士。一九二七年加入國民黨，一九三八年任平津婦女地下工作大隊上校大隊長、第二戰區長官司令部少將參議、中國天主教文化協會顧問。中國對日抗戰期間，曾被日方憲兵捕獲刑求，始終未供認軍統局有案。戰後天主教主教于斌曾致函蔣介石以劉秋芳有忠勇愛國事蹟，以社會賢達支援立委競選。一九五〇年六月劉在臺遞補「附逆」北平市立法委員當選人李蒸之缺額。

14 林易澄注：顏艮昌（一九二一～二〇〇八），勞工運動家。曾任國民大會代表，臺北市總工會理事長，主持臺北市印刷工會，抗拒當局壓力承印《自由中國》。與謝聰敏於彭明敏出走後相識，兩人常在西門町日本酒館小酌。兩包羊羹案中，謝聰敏始終未供出顏艮昌躲藏下落，讓他得以倖免。

15 編注：唐能理（Neal Donnelly，一九三二～二〇一五），曾在一九六六到一九八一年間，兩度派駐臺灣，時間長達十一年。後出版過中英對照的《臺灣的神像》與《照相臺灣：臺灣早年相簿》。

16 編注：為李政一、吳忠信、郭榮文、劉辰旦、詹重雄五人。根據劉辰旦在國家人權博物館做的訪談紀錄，他說當時他們經常在他臺南老家三樓聚會，取為正義書樓，頗有組黨念頭，也與謝聰敏有聯繫，謝聰敏提供的《顛覆工具使用法》最後是在劉辰旦手上，他把手冊藏在電風扇底座。李政一（一九四一～），臺南縣人，臺大經濟系畢業，與劉辰旦弟弟劉辰茂為臺南一中同學，案發時從商。吳忠信（一九四三～），臺南市人。郭榮文（一九三九～），臺南縣人，案發時為大甲國小教員。劉辰旦（一九三七～），臺南縣人，案發時為環球水泥屏東營業所職員。詹重雄（一九四三～），臺北市人，案發時為北市自來水廠助理技工。除吳忠信判刑十二年外，其餘四人皆判刑十五年。關於本案牽連情況，亦可參見本卷謝聰敏〈獄中來信〉。

17 編注：一九七一年十一月二十日，華航八二五號班機從松山機場飛香港啟德機場，途經澎湖上空時爆炸解體，在近海墜毀，機上十七名乘客與八名機組人員罹難。

18 編注：辜寬敏（一九二六～），鹿港人，辜顯榮之子，一九四九年就讀臺大政治系時，前往香港遊玩時發生四六事件，隔年赴日，直到一九七五年才返臺定居。在日本期間，支持臺灣青年社，後更擔任臺灣青年獨立聯盟委員長，一九七〇年各地臺獨組織聯合為臺灣獨立建國聯盟，辜寬敏屬日本本部。一九七二年二月因自日本返臺與蔣經國對談，而遭日本本部公開除名。

19 編注：邱永漢（一九二四～二〇一二），本名邱炳南，臺南人，就讀東京帝國大學經濟學部，返臺後曾任延平中學英語教師、華南銀行的研究人員，一九四七年二二八事件，邱永漢等向聯合國請願，一九四八年十二月逃至香港，一九五四年改赴日本，一九五五年以小說《香港》獲直木賞。在日本期間曾加入臺灣青年獨立聯盟，一九七二年四月返臺與蔣經國會談，並開始在臺投資。有關邱永漢作品《香港》，可參看《讓過去成為此刻：臺灣白色恐怖小說選》卷一。

20 原注：林二（一九三四～二〇一一），竹南人，因在家中排行第二取名「林二」。十二歲自日本回臺後，偶然欣賞到風琴的演奏，從此走上音樂的不歸路，十三歲開始作曲。陸續發表過許多作品，《臺灣組曲》五重奏、鋼琴獨奏的《臺灣七景》是成功高中時期的作品，臺大電機系畢業後，由當時副總統陳誠准許暫停服役，赴美留學，一九六五年在芝加哥舉辦第一次電子計算機音樂演奏會，在美被譽為「電腦蕭邦」。

21 原注：張超英口述、陳柔縉撰，《宮前町九十番地》（臺北：時報出版，二〇〇六）。

22 原注：許世楷（一九三四～），彰化人。許世楷的伯父是左派政治運動者許乃昌。許世楷畢業於臺灣大學法學院政治系，一九五九年獲日本文部省獎學金，前往東京留學。自一九六〇年二月起參加臺灣青年社、臺灣青年會、臺灣青年獨立聯盟、臺獨聯盟日本本部、世界臺灣獨立聯盟，一直擔任該組織的核心幹部，曾任臺獨聯盟日本本部委員長（一九七〇～一九七二）、世界臺灣獨立聯盟總部主席（一九八七～一九九一）。

23 原注：據二〇〇七年十一月出版的《翡翠》雜誌，前調查局官員楊清海指出：委員長辜寬敏指示許世楷交日本人兩盒羊羹，正常的羊羹一盒交給陳逸松，含有炸藥的羊羹交給顏艮昌。據楊之說法，羊羹案是由辜指示許去執行。但一九七〇年辜已不擔任臺獨聯盟日本本部委員長。楊之說法與此有所出入。有關兩包羊羹案，亦可參考本卷唐培禮《撲火飛蛾》節選。

24 吳俊瑩注：林頌和，一九一六年生，福建閩候人。福建學院法律系學士、中央警官學校特科第五期、中央訓練團臺灣行政幹部訓練班民政組。曾任福建省地方行政幹部訓練團教師並兼任編輯工作、福建省立建陽師範學校公民教員、重慶軍事委員會訓練班中校教官。來臺後，在臺北市執業律師，一九五五年因恐嚇取財被判刑一年，遭撤銷律師資格，一九五九年一月十一日復行執業，事務所設在臺北市延平北路二段。

25 編注：陳玉璽（一九三九～），彰化人，臺大經濟系畢業後赴夏威夷大學就讀碩士，申請繼續在美就讀博士時，臺灣拒絕延期護照，陳玉璽因此改到日本，一九六八年逾期居留遭遣返臺灣，後遭控曾在日本發表親共文字判刑七年，此事引起國際關注，因此陳玉璽得以於一九七一年提早出獄，繫獄三年多。

26 編注：關於謝娥亦可參見卷三陳勤〈屋頂在天空的那一端〉。

27 編注：應為白雅燦（一九四五～），彰化花壇人，政大法律系畢業，謝聰敏寫信的一九七一年，白雅燦應該是因為與李秋遠共謀臺灣臨時政府之設計而遭逮捕，拘禁一百二十天。一九七五年參選立委，白雅燦因散發質問行政院長蔣經國的二十九個問題遭捕，判無期徒刑，後在各方團體努力下，白雅燦於一九八八年出獄。

28 編注：洪武雄（一九四二～），彰化二林人，被逮捕時為臺北市大安分局安全組員警，一九七一年因包庇匪徒罪遭判刑十二年，一九七五年蔣介石過世後獲減刑，一九七九年出獄。

泰源風雲——
政治犯監獄革命事件〔節選〕

高金郎

◎收錄於一九九一年六月《泰源風雲——政治犯監獄革命事件》，前衛出版。二〇一九年五月出新版，同為前衛出版。

高金郎（一九四〇～）

雲林口湖鄉下崙人，十八歲考上建國中學，畢業後考上師範大學，因聽聞不入黨不行，選擇先去當兵。在海軍澧江艦擔任補給兵時，一九六三年因聽聞同袍提及把船開過去可得黃金三百兩，閒聊幾句，被控以謀劫艦叛逃投匪，判刑十五年，送往泰源監獄。一九七〇年因泰源事件，之後移監綠島綠洲山莊，一九七五年因蔣介石過世獲減刑，同年七月十四日出獄，共繫獄超過十二年。出獄後考上文化大學新聞系，從事新聞工作，曾任《民眾日報》記者、臺北採訪主任、駐東京特派員，期間就讀東京大學新聞研究所。著有《泰源風雲——政治犯監獄革命事件》。

寂靜的春天

吃紙的馬桶

馬桶一般只是用來大、小便，在泰源監獄內，也常常用來當洗澡盆。但在特殊的時候，它也成為消滅證據的地方。

八日中午，大伙房（政治犯廚房，有別於獄方官兵的小伙房）照例吃炒米粉。（可能是因為處理比加菜簡單吧。）十一點準時開飯，十一點半，押房的朋友們大概都已經用餐完畢在整理餐具了。整棟監房，每天大概都是這個時候最有生氣，今天也不例外，整棟十三個房間充滿了講話、開水的聲音。

但是在義監第七房，今天似有點不同，剛剛吃完米粉，阿德（按：施明德）[1]就開始整理書箱了，更把陸軍軍官的嗶嘰呢西褲從行李包中拿出來，還穿上去，又穿好襪子，等大家繞圈圈散步完畢，他就把被墊鋪收起來，只拿一條毛毯蓋在身上，同房的人都直覺地想到，他大概是等著要出去，要不然冬天睡午覺還是會把鋪蓋鋪好的。

押房的吵雜聲慢慢安靜下來了，只有外役在水池邊洗碗盤和聊天的聲音還清晰可聞。忽然，聽到憲兵班長在喝問：「衛兵，什麼事？」隨著他的叫聲，水池邊立刻靜下來。但隱約間似可聽到圍牆外有人喊「救命！殺人了！」的聲音。

高金郎正好睡在靠後窗可以看到外邊水池的地方！就爬上洗臉臺往外看，他從抽風口聽到碉堡上的衛兵回答說：「打架，不關你們的事。」但是接著，高牆外人聲鼎沸，吵雜聲、腳步聲、還有汽車的喇叭聲，道路上是滿天灰塵。正當高把眼前的一切與監獄革命聯想起來的時候，一聲子彈劃空的聲音呼嘯而過，他知道出事了。

人世間最困難的考驗，大概就是在內心充滿憂患之際卻又不能形之於色，甚至還不得不提起最高度的警覺，隨時應付即將來臨的任何情況。

高站上洗臉臺的瞬間，內心感觸很多，他從臺上下來，鑽進鋪好的被窩裡。此刻，全房間十二個人似都睜著眼睛，沒有一個人睡得著。很快的，兩位留在外面包水餃的公差被叫進來了，接著是菜圃的外役，監獄外的外役也都關進來了，並由監獄官親自清點人數。另外，生產隊的監獄官聶聯明更氣急敗壞地在追問：有沒有人看到江炳興和謝東榮。

從追問這兩個人的名字就可以知道騷動由此而來，他們把所有外役都關進來，證明外面絕對不只是打架而已。相反的，是計畫在實施過程中爆發出來了，經驗告訴我們，ハタ（按：日文旗的意思，指柯旗化）曾經說過的千方百計要促使獨立派鬧事，希望藉國民黨剷除臺獨力量的慘禍，可能不幸就要出現了。

睡在走廊門口的黃聰明把頭伸到鐵門下邊的小口往外面看，然後走過去向高輕聲說：「好像很嚴重，所有外役房的門都關了。」

高回答說：「還要看看，如果連晚飯都沒得吃，才真是嚴重。」

黃走回去躺在自己的位置，高去上廁所（設在房間內地板下的抽水馬桶），尿完以後把手上捏著的一大把碎紙，用水沖出去，然後再靜靜地走回鋪位躺下來，卻看到原本穿好西褲和襪子、裹著毛毯的阿德起來脫了西褲，拿了一大袋寫好的稿紙到馬桶裡，邊撕邊沖，整整沖了有二十分鐘之久。戴另一位難友戴家興（憲兵上士，逃往宜蘭山區種香菇，因批評黨官而被捕）曾起來看過他兩次。戴據說是義監副看守長劉國安上士的前輩，有人懷疑他就是監獄管理方面放在第七房的眼線。

時間好像就這樣被凍結了，午睡後也一直沒有像平時吹哨子叫起床的口令，放封更不用想了，只有從空氣中傳來的各房間呀呀唆唆的聲音，可以判斷難友們都自動起來，繼續無窮無盡的另一個半天的工作。儘管誰都想知道，今天中午到底發生了什麼事，但可想而知，沒有任何人可以提供完整的答案，整個監獄靜得像是一座空屋。

直等到四點左右（以太陽的高度做推測），好不容易終於聽到開鐵門的聲音，自從泰源監獄「開業」七年多來，第一次大伙房外役在中午收押，現在又被帶出去做晚飯，想來晚飯還是有得吃，泰源監獄也不會今天就關門大吉了。

晚飯與平時差不多時間開始，從外役口裡傳出：有些受刑人與警衛連合作搞「暴動」，有一個衛兵班長被殺，六位外役攜械逃亡，為了防止逃亡者回來搶劫受刑人，整個監獄，甚至整個東河鄉，已經完全被封鎖，與外界完全隔絕。[2]

平時奔馳於圍牆外面的汽車很明顯地減少了，轔轔的車聲和隨著汽車過去所揚起的灰塵幾乎都絕跡了，一千公尺以外的山腰，隨風飄送的山地姑娘的悅耳歌聲也像斷了弦似地戛然而止了，整個山窪好像又回到七、八年前政治犯還沒有搬來這裡時一樣地平靜。

風化區變死城

晚飯後，先後有兩個人來找高金郎談今天外面發生的事情。

黃聰明坐牢已經第九年了，但還是童心未泯。他曾在政工幹校接受四年的完整教育，因此在泰源這個以思想感訓為主的政治監獄裡被認為是有爭議的人物。來泰源不久，就被調去當外役，可以在附近遊走，除了因為是當時被送來此地的大批政治犯中刑期較短的一個之外，被監方認為「自己人」的因素也是大有關係。他因為長期胃痛，不得不回押房休息。

他的罪名是廖文毅臺灣獨立組織派去政工幹校臥底的人，同時他與廖博士主要合夥人之一的黃紀男，因同姓又同鄉（嘉義朴子）過從甚密，被以同案論罪。[3]

提起他的罪名，早一輩的人即使不曾看到他的真面目，但因蔣經國曾經藉此掀起一場所謂的

「愛國自覺運動」，對文武學校開始如火如荼的「交心」和「自白」，清除他所謂的「思想汙染」，一連騷擾了好幾個月。這事對臺灣政治民主化，或臺灣獨立運動發生如何的影響，尚待後人根據事實給予論斷。但黃正是第一位對此提出質疑的人，出獄後他在雲林元長承包電氣工程，以被國民黨多方迫害的身心去面對社會及家庭的壓力，終於在三十多歲的英年時期，胃疾復發不幸去世。

中午發生的事情，黃聰明一直等到晚上下棋的時間才談起，已經遠遠超出他平常的耐性了。他問說：「怎麼會這樣呢？」

高反問：「你是說為什麼會發生這種事嗎？這不是很簡單嗎？只要是監獄，這種事會不發生嗎？」

「我是說為什麼會弄得這樣糟糕？」

「不知道，也許是沒有經驗吧，要把想法用行動表現出來，畢竟還有一段距離。」

「但是連一個人也殺不死，未免太不像軍人了。」

「你以為殺人容易嗎？不知道你殺過鴨子沒有？我看到有人把鴨子的脖子都切斷了，牠還能到處跑。人的性命雖然很脆弱，但也要殺到要害才成。殺到要害也不見得很快就死。同樣的，一個政權也一樣，老K雖然腐化不堪，要讓它死，還是要有一點學問。」

「你講到哪裡去了，我是說他們幹麼要先對付『老芋仔』呢？這些『老芋仔』已經成為老K的負擔，有的是擺平他們的辦法。我不知道他們的做法或計畫如何，但我不認為有理由這樣做。」

「像今天這樣的情形，我並不認為現在是應該檢討此事的時機，何況如你所說，我們並不知道他們真正的目的是要做什麼？」

「好，那我問你，如果是你，你將怎麼做？」

「我只能告訴你，我自己是最不願殺人的人，但我現在最想知道的是有哪些人在做這件事。」

談到這裡，他們還是照例把棋盤拿下來擺開，其實兩個人都沒有心情下棋。往常只要棋盤擺開來，施明德、林華洲[4]、劉松昆等也會過來，但是今天，從中午起施明德就一直在房裡踱方步，劉松昆有一搭沒一搭地跟他閒扯。倒是林華洲耐心地在旁觀棋，等收好棋子之後，才用臺語告訴高，共有六個人，仁監四位，包括陳良在內，他還問說，陳良那麼老實，怎麼也會參與此事？

這個問題，高實在不能給他滿意的答覆，高對陳良與對林華洲一樣，是有相當的瞭解，但是在出事的今天，多談他們會有好處嗎？所以只好告訴他：「政治上的信念，有時不是可以用常理來判斷的。」

聽高這樣講，他乾脆明白說清楚：「看你每天放封都忙得很，我一直有個問題想問你，他們這樣做到底有什麼目的？」

「大詩人，你不要考我好不好，有些人做事，有時連自己都搞不懂到底為什麼，但像這麼大的一件事，想也知道，當然不是一時氣憤所為，他們一定是有目的和計畫才對吧！」

「你跟他們熟，你應該知道他們的目的和概念。」

「如果根據事實，我知道的可能比你還少，但如果從常識來判斷，我想應該可以認定他們是在執行類似監獄革命的一項計畫。」

「會有人要跟他們走嗎？」

「你是指犯人還是臺灣老百姓？」

「當然要先通過第一關哪，你不能說一下子就占領烏龜洞（總統府）吧！」

「有多少人，只有等機會來作見證，你是政工出身，列寧不是有句話說，革命分子有時是社會中的菁英，有時也是社會的酵母，常常能起很大的催化作用。」

「但那要目標遠大，方法正確呀！」

「講誰都會講，依他們的說法，目標沒有大過於為全臺灣兩千萬（包括散居在世界各地的臺僑）同胞而努力的了，至於方法，見仁見智，我們在旁邊看棋不也覺得自己的辦法比別人強嗎？社會科學又不是下棋，重新再排一次即可證明。」

「但是有些事情是大家看得到也認得出的，如果目標不被人認同，方法不被人肯定，跟隨的人就不會很多，成功的希望也相對減少。」

「人數多少是相對的，劉邦打天下時，韓信將軍幾十萬不能說多，古巴卡斯楚從美國駕船闖進哈瓦那，共行者一百多人，但上岸以後只有二十三人到達集合地點，也不能算少，再說希特勒成立納粹黨時也不過十多人而已，可見，人數在此種運作上並不是大問題。」

「因為有人跟我提起，臺獨朋友們自己力量不夠，卻又拒絕別人參與，所以做事才成事不足敗事有餘。我也是為了關心才問起。我倒更想知道，他們對那些不跟他們走的人會採取什麼動作？」

「談到現在，好像只有這個問題我可以給你明確的答覆，依我猜想，他們是搞革命，一定會爭取任何一分力量和時間去對付那些將危及他們行動的人。至於獄裡的難友們，他們不可能浪費時間於此吧！」

談話到十點左右為止，納悶、疑問都只留待大家去揣想了。第一個疑問即是：這些人攜械逃亡，會不會在夜裡回來搶劫人犯？很多押房裡的兄弟據說因為這個問題一連好幾天夜裡都不敢睡覺，豎起耳朵在傾聽。

前三天幾乎一片寂靜，夜裡除了極少數的汽車聲之外，好像只剩下昆蟲和蚯蚓的叫聲。也因為完全與外面隔絕，使人感覺好像突然墜入深山絕壑中，一下子什麼都變了，變得很陌生很陌生。這段期間，原來的生活程序完全變了調，沒有放封固不用講，也沒有人叫起床，原來每週四寄信和發稿也免了，外役一個個好像突然短了舌頭，言語變少了。使人下意識感覺到暴風雨將來臨前的沉悶。

終於在第三天夜裡有了動靜，首先是仁義兩監調到圍牆外的外役有好幾位被找去問話，接著是押房裡邊的人，包括莊寬裕[5]、林俊賢、鄭清田[6]、謝發忠[7]、柯旗化等。差不多一個禮拜之後，這些人幾乎全部被隔離在獨居房。押房雖開始放封，但已分單、雙房兩班，每班約只二十分鐘而已。根據五〇年代坐牢的老政治犯描述他們坐牢當初的情景，包括軍監（新店）、和尚廟（警總看守所）

和軍法處（青島東路三號），幾乎每天都有人被捉去「打槍」，所以牢裡總感到一股濃烈的肅殺氣息。

自從蘇東啟案把四位判死刑者改判無期徒刑以來，就沒有政治犯再被判死刑了，但是泰源監獄事件發生以後，歷史似乎又要重演，監獄裡的空氣也凝固起來了。

出事後的第一個禮拜天，大伙房中午吃鯆魚，晚飯後每個房間都有三、五個人以上鬧肚子，並且很多人已經連續「加班」了好幾次。這顯然是食物中毒的徵兆，兩個監房二十六個房間，大概每房都有五張左右緊急看病報告單，都是些喜歡吃魚的人。

在以前，緊急看病單出去以後，最慢半個鐘點就會有犯人醫師來看病，但這次起碼經過了一個鐘頭才有反應，並且每個房間只准三個人出去打針，走廊出口一左一右站了兩個人，左邊的拿手電筒，右邊的拿扁擔，做出隨時砍人狀。兩人後面還黑忽忽地站滿了人，半月型地把走廊出口包圍住。

這只是跡象之一，最恐怖的情況是每天晚上十點以後，獄方就會開門找人出去去問話，而每叫一個人，不論他是誰，總有一些人必須眼睜睜等他回來才能放心睡覺。

這種恐怖狀況大概維持了三個多禮拜。放封維持一班四十分鐘左右，外役的話語也漸漸多了起來。這時仁監的謝發忠傳過來一句話，他認為事情不至於太糟糕，但很少有人認為老K會就此放過。謝發忠說警總的人要偵訊他時，由監獄行政科中校科長丁泉親自到押房來提人，從押房到夜間辦公室所在地，步行約需五、六分鐘，丁科長告誡謝發忠：「知道就說知道，不知道就說不知道，這是性命交關的事情，千萬不要亂說。」並要他得便也跟其他人講一聲。

據判斷，既然要謝也跟其他人講，就不可能只是丁泉個人的意思，而可能是獄方，甚至更高層人士希望不要讓事情擴大，才會有這樣做法。

謝發忠，臺北市人，北市農高級部畢業，後在電影院服務，從影片放映做到電影廣告，入伍後與林明永、邱萬來等同為海軍澧江軍艦充員兵，也一起被控意圖劫艦投奔日本的廖文毅臺灣流亡政府而坐牢，到泰源以後不久就調到政治作戰室服勞役，負責監獄電影文宣工作，跑遍了臺東、成功、東河各村落。六、七年間，大過不犯，小過不斷，一則因為全監上下都知道他老實可靠，但年輕（一九四一年生，出事那年才二十九歲）、好玩，另一方面確實也沒有其他人可以駕馭得了監獄那部老舊的放影機，他才能一直擔任此項工作，甚至出事以後，他仍然還能照出任務。監獄管理方面選擇由他來傳訊息，應該不難理解。想到要為臺灣人做事，所付出的代價，不禁令人鼻酸。

上述只是監獄圍牆裡邊的情形，也許看了外面的情形以後，就會有更進一步的瞭解。

夜襲

中國人的政治特色，就是一人得道，雞犬升天。黎玉璽從海軍總司令調參謀總長，連政治監獄都換了海軍陸戰隊的老粗來當家，他們對於靈秀的山川和醇美的景色也不能不讚嘆，但是把「風景區」講成「風化區」，似可想像他們的層次有多高了。

馬幼良就任監獄長以後，看到這一帶風景奇佳，就決定要利用這批年輕的政治異議者把它開闢成風景區。它有秀麗的天然資源：青山綠竹和滿山遍野的野生果樹、蘭花，清澈的溪水繞境東流，因水清而得名「清溪」，游魚伴著鱸鰻從兩、三公尺深的石頭縫探出頭來，然後輕快地游向撒在水底的飼料，雅姿清晰可見，還有橘子山上金黃色的柳橙掛滿綠葉，更有五彩繽紛的花蝴蝶在充滿蘭花的氳馨和橘花香味的空中飛舞，即使走遍歐、亞、美、非等世界名川大山，雖不能說沒有可以相比的，但確實沒有任何地方可以像此地感覺到這麼親切、溫暖而又甜蜜。

然而被這位不良馬帶到監獄來當看守的，幾乎都是陸戰隊的老粗，其中一位看守七十多個橘子園「無錢工」外役的痲子班長，就一直把建設風景區的構想講成「風化區」。兄弟們知道他識字不多，在大陸時隨國民黨軍到處流竄，到臺灣後又把大部分精力都浪費在風化區的綠燈戶裡，不知糟蹋了多少臺灣的女孩子，也難怪他會把風景區講成風化區。這是在此特別提到這件事，用以說明兄弟們把眷村講成風化區的由來。

三年來，馬不良從監牢裡挑出一隊工程人員，由前工兵中校任琰林帶領，除了在大門外蓋了一排眷屬宿舍外，還修了兩條馬路，直通河邊和養豬欄。雖然清溪深達兩、三丈，誰也不敢說攜械逃亡的六位志士，會不會從溪那邊的高山叢林摸黑過來搶人犯，甚至帶大批人馬來劫持眷屬，以要脅國民黨釋放政治受難者？尤其在援軍未到，警衛連又已叛跡昭然之時，更是令人疑慮。

難怪二月八日當天下午，整個監獄的眷村風聲鶴唳，包括住在部落裡與監獄有直接關係的家庭，不論男女老幼，全部強迫住到監獄的大圍牆裡邊和警衛連的營房。然後集合山胞威脅利誘，只要幫忙抓到逃犯就通通有獎，如果膽敢幫忙藏匿或包庇，將以通匪重罪論處。獎金並繼續升高，由十萬新臺幣增加到五十萬，創造了民國五十年代懸賞抓人的新天價。

當警備總部總司令劉玉章來到泰源，已經是第二天了，他的第一道命令就是把監獄四周五十公尺以內的橘子林全部砍光，理由是橘子樹會成為敵人行動的掩護。（一九八五年南非的白人政府也全面摧毀境內可以被游擊隊利用的樹林，用以阻絕黑人游擊隊的攻勢，世界上不論任何地方都有相同的想法。）而且根據六君子之一的鄭正成所說，他們當天晚上確實曾經摸黑回到監獄來瞭解情況。

鄭正成說，六兄弟離開泰源後，先到一處本來是山地人行獵落腳的茅屋待下來商量，鄭金河表示：如果越過中央山脈到西部，按地理位置應該是嘉義縣，也就是他與陳良、謝東榮的家；但是江炳興認為應該到東部海邊，伺機上漁船避往外國，而且他還存有一絲奢望，認為也許晚上監獄內的兄弟會有所行動，需要他們配合；再說，他們六個彪形大漢拿著兩把長槍，剃著光頭，既非軍又非民，大白天能到那裡呢？所以決定晚上先看個究竟再說。

六個人的心情同樣悲憤，但是所考慮的問題不一定相同，就在等待天黑的時光，做了簡單的安排，萬一情況有變，只好分頭求發展，創造未來共同的命運。

當他們摸黑趕到豬欄對面山上的路口時，只看到高聳的監獄圍牆裡外，探照燈的燈火交織，碉堡高據在圍牆上，燈光就從碉堡向外照射出來。但不遠處的眷村，卻只是一堆堆的黑影，一直都還算熱鬧的眷屬村，現在什麼也看不到了。

這種情景儘管也是預料中事，但大家難免感到心情沉重。鄭金河表示，應該再摸回豬欄看看，那裡放著一袋花生米，大家帶一包在身上，可以延長在高山野地裡求生存的體力。

在朦朧的月光下，六個人影陸續出現在地瓜園的那一頭，然後以半圓型，間隔差不多二、三十公尺的距離，半蹲半跑通過那塊約有八十公尺長的地瓜園，豬欄就在距地瓜園不到三十公尺的香蕉林裡。

可惜，豬欄已今非昔比，鄭金河原來休息的小房間幾乎連牆壁都拆光了，更不要說花生米，連袋子都看不到了，昨天才洗好晾在竹竿上的工作褲也被拋在豬欄外。

面對這種情況，江炳興還不死心，他認為應該到眷村去看個究竟，而且從橘子林亦可直走到眷村宿舍邊，江說，起義未成，如果能弄套軍服穿在身上，再弄個假證件，逃亡也方便多了。

豈知到時一看，整個眷村除了路燈依舊閃爍之外，兩排房子都門窗緊閉，根本不見人影，就連平時到處跑來跑去的小狗也看不到一隻，「風化區」已經變成死城。隱隱約約，只看到監獄大門外警衛森嚴，而且軍車穿梭不停，經驗告訴他們，顯然已有其他的部隊來增援了。

情況很明朗，在泰源似已不可能有所作為，六個人於是回頭走，但就在他們要涉水渡河時，忽然由道路的兩頭射出兩道強力探照燈光，把河面照射得如同白晝，六個人立刻躍身入河，子彈聲凌空劃過。他們過河後，才發現每個人的褲管都溼了，但已經管不了那麼多了，立即分成三隊，按各自目標往前闖。

情形發展到這種地步，也是原先估計得到的，鄭金河催促同伴上路時，說出一句臺灣社會「老大」最純真又聖潔、看似空洞實則特具深意的箴言——「不論任何情況，也要保留體力和生命來為今天和臺灣的歷史做見證。」

江炳興和鄭正成是第二路，他向來很少言語，但此刻衝口而出：「歷史會記載，二月八日是臺灣人對抗蔣獨裁過程中最黑暗的一天。」

第二路的目的地是臺東太麻里，牢友中有人與該處一家果園的主人是親戚，只要能到那裡，在果園的農具房裡待一段時日，伺機買條漁船外逃，並不是完全沒有機會。

第一路的鄭金河與謝東榮決定往西走，他們已不敢奢望能夠搭乘火車或汽車，只願能夠徒步翻越中央山脈，回北港老家看一下，鄭的兒子建國君當時才十一歲，假使家裡回不去，也可以到學校外面見他一面，然後在臺灣山脈打游擊，直到推翻蔣政權為止。

第三路的陳良與詹天增目的地是花蓮。他們跟山地朋友混得很熟，傍晚時還從藏身的樹葉空隙看到阿良的女朋友在「好望角」(相約見面的老地方)徘徊。

鄭正成兩人與大伙分開以後，直往南走，第二天，他們看到各路口都有軍憲警在巡邏，為怕被盤查，兩人決定暫時分開比較好應付。但從此一別，再相見時，是阿成被十二個警察圍捕後帶回劉玉章前進指揮所的時候了。江炳興則已先鄭正成兩天被國民黨的「黑衛兵」抓去領獎金了。

六壯士在臺東縣內奔馳十來天，東臺灣同胞有人知道他們是革命鬥士紛紛解衣推食，甚至有人因此受累而無悔，然而亦不乏卑鄙小人，表面虛與委蛇，卻暗中告密。唉，人性啊，人性！

注釋（本篇皆為編注）

1 施明德（一九四一～），高雄市人，陸軍炮兵學校畢業，在小金門擔任炮兵軍官時，因涉及亞細亞同盟，被控顛覆政府，遭判無期徒刑，一九七五年因蔣介石過世獲減刑，一九七七年出獄。出獄後投入黨外運動，一九七九年十二月十日美麗島事件，施明德逃亡二十六天後遭捕，再次被判無期徒刑，一九九〇年五月二十日總統李登輝就職當天簽署特赦令，以宣告罪刑無效的方式特赦美麗島事件政治犯，於隔天出獄。

2 六位外役即為江炳興（洗衣部）、鄭金河（養豬場）、詹天增（農果園）、陳良（修車工）、謝東榮（農耕隊）、鄭正成（農果園）。六人當中，鄭金河（一九三八年生，雲林北港人）、詹天增（一九三八年生，臺北瑞芳人）、陳良（一九三八年生，雲林土庫人）與鄭正成（一九三八年生，臺北縣泰山人）當時皆在海軍陸戰隊一〇七四部隊，一九六一年涉蘇東啟叛亂案遭捕，鄭金河叛十五年，詹天增、陳良、鄭正成十二年。一九六三年為陸軍官校學生的江炳興（一九三九年生，臺中大里人），因與臺中一中同學吳俊輝涉臺獨組織，遭判十年。謝東榮（一九四三年生，嘉義六腳人）服役時因涉嫌在軍中廁所留下反動文字，一九六六年遭捕，遭判七年。六人先後來到泰源感訓監獄服刑。江炳興最晚，一九六九年十月三十日才到泰源，三個多月後，一九七〇年二月八日發生泰源事件，根據筆錄，此行動之所以在二月八日是因為這天大年初三，且是週日，認為衛兵會較鬆懈，因此動手奪槍逃獄，企圖往外占領臺東電臺，宣布臺灣獨立。六人失敗逃亡被抓回。除鄭正成外，其餘五人皆判死刑，同年五月三十日槍決。鄭正成再判十五年六個月。

3 黃聰明（一九三九～），嘉義縣人，政工幹校學生，因設計與幹校臺籍同學組織臺灣青年同志會被捕，於一九六二年被捕，判刑十年。在起訴書中，軍事檢察官寫到，受同鄉黃紀男之反動言論影響。

4 林華洲（一九四五～），臺中縣人，為陳映真等的民主臺灣聯盟同案，判刑六年。有關此案，可參見卷三季季《行走的樹》節選。

5 莊寬裕（一九三三～），臺北市人，東吳大學經濟系畢業，一九五七年劉自然事件時，曾被情治人員懷疑鼓動罷課遭羈押六個多月，畢業後擔任臺中商職教師，與新生商職代理校長，因友人李森榮曾在紙張書寫「獻身解放臺灣民族獨立運動」受牽連，一九六二年遭捕，判刑十年。在泰源監獄服刑期間，因此事件又延訓三年，一九七五年出獄，出獄後改回生父的蔡姓。

6 鄭清田（一九三八～），臺北縣人，與泰源案的詹天增、陳良、鄭金河、鄭正成皆為蘇東啟案同案，案發時為陸軍一〇七四部隊第二營駕駛兵，判刑十二年。

7 謝發忠（一九四一～），臺北市人，為高金郎海軍澧江艦同袍，因涉嫌劫艦叛逃投匪，一九六三年被捕，判刑十五年。

編輯說明與誌謝

如果白色恐怖文學計畫是一棵樹，小說選是其上的花果，散文選則必須潛進地下莖脈，看它們如何攀附與竄生。這個地下莖纏繞著綠島、馬祖與澎湖，延伸進香港、東南亞，甚至日本、美國。展現白色恐怖的時空跨度，就是這次選集最大的困難，為了不放棄任何能重現這些地下莖的作品，兩位主編以海選的精神，拚命閱讀從八〇年代尾聲後逐漸出土的記述作品。

因著時空跨度，使我們聯繫上在馬來西亞的郭于珂，與在美國的唐培禮牧師的太太Connie Thornberry，以及《撲火飛蛾》英文版的出版社Sunbury Press。我們也有機會親炙年長親歷者的簽字，當看到胡子丹、顏世鴻、高金郎、吳俊宏、鄭新民、季季落在合約上的筆跡，彷彿時光正迎面而來。更要謝謝每個作者與他們的家人，以及人間、山海文化、木馬、允晨、玉山社、印刻、洪範、前衛、啟動、唐山、遠流、臺灣商務、臺灣遊藝、吳三連臺灣史料基金會、臺灣民間真相與和解促進會、新竹市文化局、國立臺灣文學館、國史館等出版社與單位的協助。

散文選的另一困難是處處與歷史的近身肉搏。每一條地下莖的分支都有自己的視野與局限，站在後繼的研究與檔案來看，可以補充、修訂什麼？特別感謝林傳凱、林易澄與吳俊瑩三位研究者，慷慨地為每一篇作品提供目前所知的事實。

最後，由於四十七篇作品來自不同的出版社與出版年代，此次選集的編輯原則如下：

一、保留原作品的分章分節方式，但部分作品有經過跳刪，因此分節重編，此外，有部分作品因字數問題大幅濃縮，在此要謝謝蔡烈光、高麗娟與葉怡君三位女士的不吝同意。二、保留原注。由於蠻多作品是研究者或文史工作者撰寫或訪問，因此原本就有注解，這些都予以保留。三、校訂原則。為降低閱讀上的混亂感，仍會以春山出版的統一字為主，如臺、拚、汙、愈來愈等的使用，但如出現次數不多或不涉及對錯，則以作者用法為主，如儘量、盡量，放風、放封，艱苦、堅苦等。這次副詞地、的用法較為混亂，因此大多數作品會以春山出版慣用方式編修。四、事實查核。盡量查證作品提到的人名與細節，並與作者或出版社討論是否直接修訂或加注解。

這五卷盡是充滿烈火餘燼的痛，然而在閱讀之後，我卻感覺得到了祝福，如同更多年前受難的詩人策蘭曾寫的〈煉金術〉一詩：

所有的名字，所有這些
一起燃燒
的名字。如此多的
灰燼被祝福。如此多的
土地贏回在
輕之上，如此輕的

靈魂的
戒指。

原來灰燼不是毀壞，是要贏回這個土地。

莊瑞琳／春山出版總編輯

靈魂與灰燼：臺灣白色恐怖散文選

作品清單

卷一 雪的重述．萌 Resurrection

陳列 藏身
楊逵 園丁日記、種了七棵榕樹
葉石濤 一個臺灣老朽作家的五〇年代〔節選〕
柏楊口述 柏楊回憶錄〔節選〕
陳政子口述 陳政子訪問紀錄
伐依絲．牟固那那 光明乍現、反共大陸的童年
張光直 蕃薯人的故事〔節選〕
鄭新 十七歲：火燒島最年輕的政治犯〔節選〕
楊牧 愛美與反抗
莫那能口述 被射倒的紅蕃

卷二 地下燃燒 The Underground

藍博洲 白色恐怖的掘墓人
林書揚 曾文溪畔的鬥魂——莊孟侯與莊孟倫
黃素貞 我和老蕭的抗戰和地下黨歲月
陳明忠口述 無悔——陳明忠回憶錄〔節選〕
吳聲潤 二二八之後 祖國在哪裡？〔節選〕
陳英泰 回憶：見證白色恐怖〔節選〕
林易澄 他一定是一個很好很好的人
葉怡君 白堊記憶：一群五〇年代「老同學」戰鬥的故事

卷三 她的花並不沉重 Her Flower Is Not Heavy

季季 行走的樹〔節選〕
唐香燕 一九七九，動盪美麗島：側記唐文標
唐香燕 心內彈琵琶——回憶蘇慶黎和蘇媽媽蕭不纏
陳勤口述 天空在屋頂的那一端
藍博洲 歐巴桑
蔡烈光 陳年往事話朱家〔節選〕
吳俊宏 永不開花的枯葦

卷四 原地流變 Becoming

蔡德本 蕃薯仔哀歌〔節選〕
施儒昌口述 施儒昌訪問紀錄
顏世鴻 青島東路三號〔節選〕
林傳凱 流血的身體、寂寞的枯骨
吳易叡 乾杯！白鴿——敬高菊花與無法公共的記憶
謝聰敏 白崇禧與賴阿統
廖建華 詹益樺：那一天，阿撒普露
謝聰敏 談景美軍法看守所〔節選〕
李世傑 調查局黑牢三四五天〔節選〕
高麗娟 從覺民到覺醒——開花的猶大〔節選〕

卷五 失落的故鄉 The Flying Hometown

劉宏文 失去聲音的人
呂培苓 一甲子的未亡人〔節選〕
胡子丹 跨世紀的糾葛〔節選〕
周志文 曹興城的故事
杜晉軒 流離尋岸的鄔來
郭于珂 生哥
鄭鴻生 荒島遺事〔節選〕
陳榮顯 一部紀錄片的完成
彭明敏 逃亡〔節選〕
唐培禮 撲火飛蛾〔節選〕
謝聰敏口述 臺灣自救宣言：謝聰敏先生訪談錄〔節選〕
高金郎 泰源風雲〔節選〕

臺灣白色恐怖散文選　大事記

製表　陳文琳・莊瑞琳・夏君佩

年分	重要作品	歷史、人物事件	文學、文化事件
一八九五		甲午戰爭結束，日清簽署《馬關條約》，臺灣、澎湖成為日本殖民地。	
一八九八			五月四日，《臺灣日日新報》發行，兼發《府報》、《臺北州報》與《新竹州報》，一九四四年併入《臺灣新報》才廢除。
一九〇五			七月，《漢文臺灣日日新報》發行，占六個版面；一九一一年恢復日文版加兩頁漢文版；一九三七年全面廢除。
一九〇九			東洋協會臺灣支部在臺創辦《臺灣時報》，一九一九年七月，改由臺灣總督府發行。
一九二〇		一月十一日，臺灣留日學生蔡惠如等在東京成立新民會。	七月十六日，新民會在東京發行《臺灣青年》雜誌。
一九二一		一月三十日，第一次臺灣議會設置請願運動，請願運動至一九三四年才終止。 十月十七日，臺灣文化協會成立。	
一九二三		十二月十六日，總督府因不滿蔣渭水等人在東京申請成立臺灣議會期成同盟會，大舉逮捕，稱為治警事件，蔣渭水等十八人被起訴。	四月十五日，《臺灣青年》雜誌另外在東京創立《臺灣民報》，主編林呈祿。《臺灣民報》於一九

			二七年移回臺灣，後改為《臺灣新民報》。
一九二六		九月，臺灣農民組合在鳳山成立，簡吉出任中央委員長。 十二月，日本人小澤一等人成立臺灣黑色青年聯盟，成員有王詩琅、王萬得、周合源、黃天海等。	
一九二七		一月三日，臺灣文化協會在臺中召開臨時總會，左派連溫卿等人取得主導權，文協左右分裂。 二月一日起，臺灣黑色青年聯盟遭檢舉逮捕，小澤一、王詩琅等四十四人被捕。	
一九二八		四月十五日，日本共產黨臺灣民族支部在上海成立，出席者有謝雪紅、潘欽信、林木順等人。	五月，（新）文化協會於東京創刊《臺灣大眾時報》，編輯主任王敏川。
一九三〇		十月，發生第一次霧社事件。	六月二十一日，王萬得等創辦左傾《伍人報》，蔡烈光父親蔡德音亦有參與。 七月，無政府主義者林斐芳、陳炭等成立《明日》雜誌社。
一九三一		三月二十四日，臺共陳德興被捕，日警展開大緝捕，謝雪紅、蘇新、王萬得等黨員都遭捕入獄，臺共發展重挫。 四月，發生第二次霧社事件。	
一九三三			十月二十五日，廖漢臣、王詩琅成立臺灣文藝協會，隔年發行雜誌《先發部隊》，第一期後改

			名為《第一線》，都只發行一期。
一九三四			五月六日，張深切等人成立臺灣文藝聯盟，當年十一月創刊《臺灣文藝》。一九三六年八月停刊。
一九三五		十一月二十二日，臺灣史上第一次地方自治選舉：臺灣市會及街庄協議會員選舉。	十二月二十八日，脫離臺灣文藝聯盟的楊逵另創辦《臺灣新文學》。一九三七年六月停刊。
一九三七		七月七日，盧溝橋事件引發中日戰爭。 八月十五日，臺灣軍司令官宣布進入戰時體制。	《臺灣日日新報》、《臺灣新聞》、《臺南新報》停止漢文版。《臺灣新民報》漢文版縮減一半，六月一日全部廢止。
一九三九			十二月四日，西川滿等成立臺灣文藝家協會，隔年發行《文藝臺灣》雜誌，西川滿為主編。一九四四年一月停刊。
一九四〇		二月十一日，臺灣總督府修訂戶口規則，鼓勵臺灣人民改從日本姓名。	
一九四四		十月至隔年八月，美軍對臺灣進行大轟炸。	三月，臺灣總督府下令合併臺灣六家主要報紙為《臺灣新報》。
一九四五		五月三十一日，美軍大規模轟炸臺北，是為「臺北大空襲」。 八月十五日二戰結束。國民政府接收臺灣，九月一日成立臺灣省行政長官公署。 十一月一日行政長官公署與警備總司令部共同組織臺灣省接收委員會，全面展開日產之接收與處理工作。	九月，《一陽周報》創刊（一九四五年九月至十一月），楊逵為主編。 十月，臺灣行政長官公署將接收而來的《臺灣新報》更名為《臺灣新生報》。

			十月，《民報》創刊（一九四五年十月至一九四七年二月），林茂生創辦。 十一月，《政經報》創刊（一九四五年十一月至一九四七年二月），陳逸松為主編。 十一月，《新新月刊》（一九四五年十一月至一九四七年一月），黃金穗為主編。
一九四六		夏天中共建立「臺灣省工作委員會」，中共地下黨在臺灣進行反國民黨的地下鬥爭。蔡孝乾、張志忠為重要幹部。	一月，《人民導報》創刊（一九四六年一月至一九四七年二月），由王添灯主辦。 二月二十日，《中華日報》創刊。龍瑛宗擔任日文版文藝欄主編，直至十月二十五日行政長官公署正式宣布廢除報紙日文版文藝欄（二月至十月）。 七月，《臺灣評論》創刊（一九四六年七月至十月），李純青編。 九月，《臺灣文化》創刊（一九四六年九月至一九四七年二月），蘇新主編。
一九四七		一月一日，臺灣行政長官公署公布《臺灣省公有耕地放租辦法》。	八月，《臺灣新生報》增闢「橋副刊」，由歌雷主編。發刊於

		二二八事件爆發。 三月二日，謝雪紅在臺中號召民眾，攻占臺中警局與公賣局臺中分局。後成立著名的「二七部隊」，與國民黨軍對抗，十二日退守至埔里，預備在山裡進行游擊戰，但未成功。謝雪紅於五月輾轉至香港再到中國，終生未再返臺。 二二八事件後，蘇新避走上海後赴香港，從此與妻女蕭不纏、蘇慶黎分離。二二八事件也讓不同路線的臺灣人匯聚香港，謝雪紅等組臺灣民主自治同盟。隔年二月二十八日廖文毅等組「臺灣再解放聯盟」。	一九四七年八月一日至一九四九年四月十一日為止，總共出刊了二二三期。 十月，《自立晚報》創刊，最初由大陸報人顧培根、首任發行人周莊伯等人創辦。
一九四八		五月十日，《動員戡亂時期臨時條款》公布實施。	八月，《臺灣文學叢刊》創刊，楊逵主編。
一九四九		四月一日，國共雙方在北京進行和談，南京一共十一所專科學校包括中央大學、金陵大學、政治大學與戲劇專科學校等，超過五千人向代總統李宗仁請願，當時南京已為戒嚴狀態，學生遊行至光華門，與國防部軍官收容總隊產生衝突，雙方互毆，有學生被毆打送醫不治，是為「四一慘案」。 臺灣發生「四六事件」，起因於三月十九日臺大與師院兩學生單車雙載遭第四分局（今大安分局）警察取締，後引發三月下旬一連串學生罷課事件。臺灣省主席兼警備總司令陳誠受令壓制學生運動，於四月六日凌晨逮捕臺大、省立師範學院（今臺灣師範大學）學生三百多位，其中遭起訴的一共十九位。其後又以各種罪名「二度逮捕」事件當時未被起訴的學生。 四月六日，楊逵（1906-1985）因起草〈和平宣言〉被捕，判刑十二年。	四月十一日，《臺灣新生報》「橋」副刊因「四六事件」，主編歌雷與多位執筆作家如楊逵遭到逮捕，「橋」副刊被迫停刊。 十一月，胡適創刊《自由中國》，後由雷震主持。 「商務臺灣分館」正式更名「臺灣商務印書館」，開始獨立經營。一九六四年，推派王雲五出任董事長，現今董事長為其長孫王春申。

四月六日，張光直（1931-2001）遭捕，隔年三月十二日被釋放。

五月十九日，由臺灣省主席兼警備總司令陳誠頒布戒嚴令，於隔日開始實施，臺灣進入長達三十八年的戒嚴時期。

五月二十四日，《懲治叛亂條例》公布，六月二十一日施行。

七月十三日，澎湖發生「山東流亡學校煙台聯合中學匪諜案」，又稱澎湖七一三事件。王培五（1910-2014）其夫張敏之（1907-1949）為校長，以匪諜罪名遭槍決。

八月，中共地下黨因「光明報事件」曝光，情治機關開始追緝地下黨員，開啟五〇年代初期白色恐怖。後來殘餘勢力分別轉進鹿窟與桃竹苗山區，一九五三年才覆亡。

十二月三日，胡子丹（1929-）為永昌艦電訊上士，被疑為叛徒蒐集軍事祕密遭逮捕，判刑十年。胡子丹並非個案，海軍白恐案件牽連人數共一一九六人。

十二月七日，國民政府遷往臺北。

十二月三十一日，張志忠（1910-1954）遭捕，隔年十一月十八日妻子季澐先遭槍決，張志忠至一九五四年三月十六日遭槍決。

一九五〇

一月二十九日，蔡孝乾於泉州街被捕，乘隙脫逃。四月二十七日於嘉義竹崎再被捕，國民黨策動自新。

四月二十五日，簡吉（1903-1951）被捕，隔年三月七日遭槍決，得年四十八歲。

二月，余紀忠創辦《中國時報》，原為《徵信新聞》，於一九五五年創刊「人間副刊」，一九六一年更名《徵信新聞報》，一九六八年九月一日正式更名為《中國

五月二日，郭琇琮（1918-1950）因「臺北市工作委員會郭琇琮等案」與其妻林雪嬌在嘉義被捕。郭琇琮於十一月二十八日於馬場町被槍決。得年三十三歲。

五月十三日，陳勤（1922-2017）因與郭琇琮之妻林雪嬌往來遭牽連，判刑五年，被捕時已懷孕，曾帶著大女兒在獄中生活達一年半，後被送至綠島新生訓導處，一九五五年十一月二十九日自生教所出獄。繫獄五年六個月又十六天。

五月三十一日，林書揚（1926-2012）因「省工委麻豆支部案」被捕，判無期徒刑，一九八四年十一月十七日假釋，繫獄長達三十四年七個月，是臺灣坐牢最久的政治犯之一。

六月二十一日，顏世鴻（1927-）因「臺灣省工作委員會學生委員案」在臺大宿舍被捕，判刑十二年。曾至綠島服刑，於一九六四年一月二十一日從小琉球出獄。

六月十三日，《戡亂時期檢肅匪諜條例》公布施行。

六月二十五日，韓戰爆發，美軍介入臺海。在馬祖的海保部隊擴編為福建人民反共突擊軍，以西莒島為據點，與美國西方公司合作，從事游擊、情報等工作。

七月，陳明忠（1929-2019）被捕，判刑十年。一九七六年遭控陰謀叛亂二度入獄，經海外學人與國際組織援救，判刑十五年，一九八七年三月以保外就醫名義出獄。

九月初，朱點人（1903-1951）因二二八事件逐步左傾，加入共黨遭捕，隔年一月二十日槍決。

時報》。

九月五日，《民眾日報》由李瑞標於基隆創立，後由李哲朗擔任董事長，於一九七八年將報社遷往高雄。與《臺灣時報》、《臺灣新聞報》並稱「南臺灣三大報」。

年代		事件	文學
		十月二十三日，陳英泰（1928-2010）因加入省工委組織，於銀行被捕，判刑十二年，一九六二年十月二十三日假釋。 十二月四日，少女時期就參加左翼運動的許月里（1912-2008）因與簡吉往來遭捕，判刑十二年。當時懷有身孕，保外生產後，女兒於獄中生活六年才離開，許月里則於一九六三年出獄。 十二月三十一日，吳聲潤（1924-）因與好友傅慶華加入地下組織，協助製作手榴彈，一九五〇年十月開始逃亡，年底被捕，判刑十二年。	
一九五一		一九五一年至一九六五年，臺灣進入「美援時代」。 五月十七日，第一批政治犯被押至火燒島，警備總部「新生訓導處」在火燒島成立。 五月二十日，郭慶（1921-1952）因「省工委虎尾斗六區委會莿桐支部案」被捕，隔年四月一日遭槍決，得年三十一歲。 六月初，高草（1926-1952）因參與地下黨被捕，隔年二月二日槍決。 六月七日，國民黨政府公布施行《耕地三七五減租條例》。 九月二十日，葉石濤（1925-2008）被保密局逮捕，後遭判「知匪不報」處有期徒刑五年，被關三年後減刑出獄。	九月十六日，由王惕吾創立《聯合報》。一九五三年十一月由林海音接任《聯合報》副刊主編。
一九五二		施儒珍（1916-1970）逃亡兩年後歸返海山里老家，從這一年起，由弟弟施儒昌（1932-）闢一狹窄空間，自囚十八年至死。 一月，鄭新民（1934-）就讀臺中高工時因「左傾思想」被捕，	

八月送至綠島進行思想改造，一九五五年二月出獄。

一月三日，陳孟和（1930-2017）遭控參與臺灣省工作委員會學術研究會組織遭捕，判刑十五年，此為二度入獄，一九六七年一月二日從綠島出獄。以其美術才能，協助新生訓導處模型製作與園區重建。

四月二十五日、二十六日，蕭道應（1916-2002）與黃素貞（1917-2005）夫婦於三義陸續被捕，並於同年自新。

九月九日，高一生（1908-1954）、湯守仁、杜孝生、汪清山、武義德等人被以召開山地保安會議名義下山，隨即被捕，整個家族與部落籠罩在白色恐怖的陰影中。高一生、湯守仁、林瑞昌、汪清山、高澤照、武義德於一九五四年四月十七日槍決。高一生女兒高菊花（1932-2016）於父親死後，扛起家計，五〇年代始以派娜娜為藝名走唱。

十月十七日，劉耀廷（1925-1954）因「省工委臺北市工人工委會大安印刷廠支部案」遭捕，一九五四年一月二十九日槍決，得年二十九歲。身後留下一對雙胞胎女兒美虹美蜺與妻子施月霞。

十二月二十八日深夜，軍警包圍鹿窟，時間前後長達四個月，牽連近千人，遭起訴判決有罪者一三五人，其中四十一人被判處死刑。「鹿窟事件」是一九五〇年代最大的政治事件。

陳政子（1940-），鹿窟事件受難者陳啟旺之女、陳田其之妹。一九五二年底鹿窟事件時遭刑求、軟禁，姊姊陳銀遭羈押數年後獲釋，父兄皆遭槍決，陳氏家族受牽連甚多。

一九五三		一月二十六日，國民黨政府公布施行《實施耕者有其田條例》。 七月，閩江口附近的西洋島與四霜、浮鷹、岱山等島遭共軍進駐奪回。 十二月二十七日，據家人陳情，「美記貿易行」總經理賴阿統遭逮捕，一九六一年一月二十四日才從臺灣警備〔總〕司令部職業訓導第三總隊開釋，離奇失蹤七年多。	
一九五四		十月二日，蔡德本（1925-2015）在朴子家中遭捕，蔡德本曾因公費赴美留學一年，回國後才一個月旋即被捕，冤獄十三個月才被釋放。	三月，《幼獅文藝》創刊，由馮放民、鄧綏甯、瘂弦與朱橋等人所拓展。
一九五六		二月二十八日，廖文毅在東京成立臺灣共和國臨時政府。 六月二十三日，《金門馬祖地區戰地政務實驗辦法》公布實施，離島的金門與馬祖，建立「以軍領政」的生活型態。過往與中國地區緊密的生活交流被迫中斷，許多民眾往日的漁獲買賣、家族探訪，更被冠上「為匪工作」、「為匪宣傳」等罪名。戰地政務一直到一九九二年十一月七日才終止。	
一九五七		三月二十日深夜十一點，於陽明山「革命實踐研究院」擔任職員的劉自然，在駐臺美軍上士雷諾（R. G. Reynolds）住宅前，遭雷諾開槍斃命。五月二十三日，負責審理此案的美國軍事法庭卻以「殺人罪嫌證據不足」為由，宣判雷諾無罪釋放，二十四日引發臺灣民眾大規模反美暴力衝突，是為「劉自然事件」，又為「五二四事件」。 八月三十一日，馬來亞發布《馬來亞獨立宣言》，正式脫離英國殖民獨立。一九六三年七月八日，與新加坡、沙巴、砂勞越簽署《馬來西亞協定》，馬來西亞聯邦於九月十六日成立。	《文星》雜誌創刊，葉明勳擔任發行人，蕭孟能為社長，至一九六五年遭勒令停刊，共計發行九十八期。

		一九六五年新加坡脫離馬來西亞。	
一九五八		八月二十三日，共軍炮擊金門。	
一九六〇		六月，警備總部以涉嫌叛亂，逮捕雷震等人，是為「雷震案」。	二月二十八日，王育德在東京成立臺灣青年社，發行《臺灣青年》雜誌。 九月，《自由中國》被勒令停刊。
一九六二	二月二十二日，楊逵〈園丁日記〉首次發表於《聯合報》。	七月，馬來西亞華人鄔來（1936-）從中國返回馬來西亞探親，途經澳門遭國民黨特務誘騙來臺，後以「意圖非法顛覆政府而著手實行」遭判刑十四年，一九七七年出獄。	
一九六三		高金郎（1940-）任澧江軍艦補給兵時，被控以謀劫艦叛逃投匪，判刑十五年，送往泰源監獄。一九七〇年因泰源事件，之後移送綠島感訓監獄，一九七五年因蔣介石過世特赦獲減刑，同年七月十四日出獄，繫獄超過十二年。	
一九六四		六月二十日，發生「神岡空難」，機上五十七人皆喪生，包括二十名美國人（美國政府與駐臺人員）、香港「電懋影業公司」陸運濤夫婦等多位重要影人罹難。 九月二十日，謝聰敏（1934-2019）與彭明敏（1923-）、魏廷朝（1935-1999）撰寫《臺灣人民自救運動宣言》被捕，謝聰敏判刑十年，彭明敏、魏廷朝各八年。彭明敏隔年遭特赦出獄。謝聰敏後獲減刑，一九六九年出獄。魏廷朝後亦獲減刑，一九六八年出獄。	四月，吳濁流獨資創刊《臺灣文藝》。
一九六五		五月十四日，因親人被判死刑，廖文毅（1910-1986）接受條件返臺，被國民黨認為是「反正來歸」。	十二月，《文星》雜誌遭勒令停刊。
一九六六		二月九日，李世傑（1918-1990）遭控匪諜逮捕，時任調查局第一處副處長，判處死刑兩次，後改為無期徒刑，同案被告有姚勇來等。一九八六年出獄。	十月，《文學季刊》創刊，發行人尉素秋，主編尉天驄。

一九六七			國際翻譯社成立，兼營出版，創辦人胡子丹。
一九六八		一月，柏楊（1920-2008），因在《中華日報》翻譯《大力水手》漫畫，被認為暗諷蔣氏父子，三月四日遭捕，判刑十二年，一九七二年解送至綠島，一九七五年因蔣介石過世減刑為八年，一九七六年刑期結束繼續被軟禁在綠島，至一九七七年四月一日才被釋放，共遭監禁九年又二十六天。 七月，發生「民主臺灣聯盟案」。係陳映真等人與日本實習外交官淺井基文，組左翼書刊讀書會遭檢舉，警總於五至六月間先後逮捕陳映真、吳耀忠、李作成、陳述孔（判入獄十年）、陳映和（八年）、丘延亮與林華洲（判六年）等三十六人，後釋放二十二人。一九七五年七月，陳映真、吳耀忠、李作成等人獲減刑，提早出獄。 臺灣警備總司令軍法處及國防部軍法局的所屬單位和看守所遷入軍法學校舊址，通稱「景美軍法看守所」，為現今「白色恐怖景美紀念園區」的前身。	一月，《大學雜誌》創刊，創辦者為張俊宏、陳鼓應。
一九七〇		一月三日，彭明敏在美籍傳教士唐培禮（Milo-L. Thornberry, 1937-2017）、日本臺獨聯盟宗像隆幸等人的協助下脫逃成功，經香港轉往瑞典尋求政治庇護。 二月八日，發生「泰源監獄事件」，政治犯江炳興（1939-1970）、鄭金河（1938-1970）、陳良（1938-1970）、詹天增（1938-1970）、謝東榮（1943-1970）與鄭正成（1938-）六人密謀占領監獄，且計劃占領臺東電臺，宣布臺灣獨立，失敗逃亡後陸續被捕。除鄭正成外，其餘五人於五月三十日槍決。 四月二十四日，發生刺蔣案。行政院副院長蔣經國訪美時，	

在紐約廣場飯店遭黃文雄開槍，黃文雄（1937-）與鄭自才（1936-）遭捕，兩人獲保釋後均棄保潛逃，鄭自才之後仍服刑二十二個月。黃文雄則逃亡達二十六年。

十月十二日，臺南美國新聞處閱覽室外發生爆炸案，造成兩名學生、一名工友與空軍少尉受傷。

一九七一

一月，陳列（1946-）因任教時曾有反攻無望言論遭判刑七年，後因蔣介石過世獲減刑，於一九七五年出獄，繫獄四年八個月。

二月五日，美國商業銀行臺北分行發生爆炸案，造成十五人輕重傷，一、二樓門窗毀損。

二月二十三日，謝聰敏、魏廷朝被認為涉及兩起爆炸案遭捕。謝聰敏遭判十五年，後減刑為六年六個月，一九七七年出獄。魏廷朝遭判十二年，後減刑為五年八個月，一九七六年出獄。

三月二日，唐培禮與前妻唐秋詩（Judith Thomas）遭約談，四十八小時內遭驅逐出境。

三月三日，馬來西亞僑生陳欽生（1948-）被認為涉臺南美新處爆炸案遭捕，當時為成功大學化工系學生。後又指控他受馬來西亞共產黨梁漢珊指派來臺，遭判刑十二年，一九八三年出獄。

七月九日，時任美國總統安全事務助理季辛吉前往巴基斯坦後，祕密轉訪中國。

十月二十六日，總統蔣介石宣布臺灣退出聯合國。

釣魚臺問題引發留美學生抗議示威，是為「保釣運動」。

八月二十五日，《臺灣時報》創立，吳基福為首任董事長，夏曉華為首任發行人。總社位於高雄。

一九七二		國防部在火燒島興建的高牆式監獄「綠洲山莊」落成，將泰源監獄與各軍事監獄的政治犯集中關押至「綠洲山莊」。 二月二十三日，吳俊宏（1948-）因涉成大共產黨案被捕，判刑十五年，後獲減刑，一九八二年出獄。其妻陳美虹（1954-1992）的父親為政治受難者劉耀廷。 十二月起至一九七五年六月間，臺灣大學哲學系教師陳鼓應、趙天儀、王曉波、楊斐華、胡基峻、李日章、陳明玉、梁振生、黃天成、郭實瑜、鍾友聯、黃慶明等人，因被冠上「為匪宣傳」、「赤色分子」之名，陸續遭解聘，臺大哲學系停止招生一年，是為「臺大哲學系事件」。一九九七年獲平反。	三月二十八日，臺灣獨立建國聯盟創辦《臺獨月刊》。
一九七三		十一月，行政院長蔣經國提出未來五年要進行九大建設，後改稱十大建設。	
一九七四			三月，沈登恩等人創立遠景出版社。 五月四日，聯經出版社成立，創辦人王惕吾。
一九七五		蔣介石過世。公布罪犯減刑條例，部分政治犯因此獲減刑。	一月，時報出版成立，創辦人余紀忠。 八月，《臺灣政論》被勒令永久停刊，發行人為黃信介，共發行五期，十二月停刊。 九月，遠流出版社成立，創辦人王榮文。

一九七六			二月二十八日，《夏潮》雜誌創刊，鄭新民為社長。同年七月第四期由蘇慶黎接任總編輯。 八月，洪範出版社創立，發行人為葉步榮。為臺灣「五小」出版社之一（其他四小為：九歌、純文學、大地與爾雅）。
一九七七		十一月十九日，爆發「中壢事件」。國民黨於桃園縣長選舉中作票，引發群眾不滿，包圍桃園縣警察局中壢分局，造成警民衝突。抗議後，重新驗票，許信良以高票當選桃園縣縣長。	
一九七八		八月，前高雄縣長余登發與其子余瑞言涉嫌匪諜案被捕，黨外人士抨擊政府的逮捕行動是為了阻止黨外運動進行全國性串聯。 十二月十六日，美國宣布與中國建交，與臺灣斷交，並廢止《中美共同防禦條約》，於一九八〇年一月一日起生效。美國改通過《臺灣關係法》，一九七九年一月一日生效。	書林出版有限公司創立，發行人為蘇正隆。
一九七九		一月二十二日，黨外運動領袖許信良、黃信介等人在余登發的故鄉橋頭發動抗議遊行，要求釋放余登發父子，是為「橋頭事件」。余登發父子在事後被釋放，而時任桃園縣長許信良遭休職兩年處分。 十二月十日，國際人權日，當天美麗島雜誌社成員在高雄市組織群眾進行遊行與演講，遭不明人士挑釁，鎮暴部隊繼之與群眾爆發衝突，是為「美麗島事件」。 十二月十三日起，林義雄、林弘宣、呂秀蓮、施明德、黃信介、	二月，《夏潮》被臺灣警備總司令勒令停刊，共發行三十五期。部分成員蘇慶黎、陳鼓應、王拓和黃順興等人，轉而投入《美麗島》雜誌。 七月，許信良應黃信介之聘擔任美麗島雜誌社社長，呂秀蓮擔任副社長，張俊宏任總編輯，陳忠信為主編，八月《美麗島》雜誌

		姚嘉文、陳菊、張俊宏、蘇秋鎮、紀萬生、魏廷朝等人因美麗島事件而陸續遭逮捕。	創刊，同年十二月被勒令永久停刊。
一九八〇	謝聰敏自一九八〇年起，以筆名梁山於美國《美麗島週報》撰寫「談景美軍法看守所」專欄。一九八三年成書在美國出版。	二月二十八日，發生林宅血案，林義雄母親遭殺害，他的女兒兩死一重傷。 三月十八日起，美麗島案件開始進行九天的軍事審訊，被稱為「美麗島大審」。	四月，《自由時報》創立，原名《自由日報》。原為吳阿明所創，後轉予林榮三。其前身為一九四六年《臺東導報》，歷經多次轉手與更名，一九六一年《臺東新報》至《遠東日報》；一九七八年《自強日報》；一九八七年正式更名《自由時報》。
一九八一		七月二日，旅美學人陳文成因金援美麗島雜誌社遭警備總部約談，隔日陳文成陳屍臺大校園。	四月，李敖申請《千秋評論》雜誌執照，雖因入獄被撤銷，但仍在禁書的夾縫中生存。
一九八二		臺大的大新、大論、大陸和法言等學生社團開始推動代聯會主席進行普選，引發後續一連串爭取言論自由的運動，持續抗爭與爭取普選至一九八八年。	一月，《文學界》創刊，由葉石濤為首的南臺灣藝文界人士所創辦。 四月，文經出版社成立，負責人李光祥。 九月，前衛出版社成立，負責人林文欽。 唐山出版社成立，社長陳隆昊。 吳東昇創立允晨文化。
一九八三			七月，《文訊》創刊。

一九八四		十月十五日，華裔美籍作家劉宜良（筆名江南）在舊金山遭槍殺，凶手是中華民國國防部情報局利用的黑道分子陳啟禮、吳敦與董桂森，美國聯邦調查局對此案展開調查，是為「江南案」。 十二月，莫那能與胡德夫等人成立臺灣原住民權利促進會，向國民黨政府提出「正名」要求，此後展開長達十一年的原住民正名請願運動，內容包含修改「山地同胞」的稱呼，也要求回復部落傳統姓名使用以及恢復地方命名等。	三月十二日，《自由時代》創刊，總編輯為鄭南榕。 十一月，《聯合文學》創刊。 臺灣遊藝設計公司成立，負責人曹欽榮。
一九八五			十一月，《人間》雜誌創刊，發行人為陳映真。
一九八六		一月二十五日，發生「湯英伸案」。鄒族青年湯英伸因被雇主扣留身分證，並超時工作，在酒後殺害了雇主夫婦以及兩歲女兒，此事件引發社會關注原住民地位與勞動的結構性問題。 九月二十八日，民進黨成立，其行動綱領包含「定二二八為和平日」與「公布二二八真相」。 十月十日，黨外人士包圍臺電，舉行反核遊行示威。	九月一日，由宋澤萊、王世勛、吳晟、林雙不、林文欽、豐原三民書局負責人利錦祥與記者高天生等人出資創辦《臺灣新文化》，內容含括臺灣社會當時的各種議題，共發行二十期，維持一年八個月的營運。
一九八七	李世傑在《李敖千秋評論叢書》各期連載「調查局黑牢三四五天」，一九八七年九月一日最後落款完稿。一九九〇年三月成書，李敖出版社。	一月十日，婦女運動團體、人權團體、宗教團體與政治團體等三十個民間單位，到龍山寺與華西街示威遊行靜坐，以「彩虹專案」為名，聯合發表聲明「反對販賣人口——關懷雛妓」，為「販賣人口與山地雛妓」發聲。此為社運團體首次因關懷雛妓問題走上街頭。 二月四日，鄭南榕、陳永興、李勝雄等人成立「二二八和平日促進會」，發起「二二八公義和平運動」。 七月十五日，蔣經國總統宣布解除戒嚴令。	六月，聯合文學出版社成立，負責人張寶琴。

	一九八八
八月三十日，許曹德、蔡有全等人在臺灣政治受難者聯誼總會成立日，將「臺灣應該獨立」列入章程，被以「叛亂罪」遭到逮捕。是為「許曹德、蔡有全臺獨案」。臺灣政治受難者聯誼總會是未正式登記組織，一直至二〇〇〇年才以臺灣戒嚴時期政治受難者關懷協會為名正式登記。 十月十四日，蔣經國總統於國民黨中常會通過大陸探親決議案；十一月二日由紅十字會正式受理探親登記與信函轉投。第一天登記人數高達一三三四人，開放六個月內，登記人數高達十四萬人。 十一月二十二日，臺灣地區政治受難人互助會成立，總會長為林書揚。 原住民權利促進會更名為原住民族權利促進會，除恢復傳統姓氏與正名運動，並展開一連串「原住民族運動」，包括打破吳鳳神話、反核運動、還我土地運動及自治訴求運動。	一月十三日，蔣經國過世。 二月，蘭嶼達悟族人組織雅美青年聯誼會，發起「二二〇驅逐惡靈」反核廢料運動。 五月二十日，由雲林縣農權會主導，帶領南部農民前往臺北請願，主要訴求內容有全面辦理農保及農眷保、降低肥料售價、增加稻米收購價格與面積、廢除農會總幹事遴選、改革農田水利會、成立農業部與農地自由使用。是為臺灣解嚴後最大規模的農民運動，是為「五二〇事件」。 九月，原權會、原住民大專生及長老教會原住民牧者等，前往
	一月，報禁解除，報紙增為六大張。 一月二十一日，《自立早報》創立，是臺灣解除報禁後第一份新辦日刊綜合性報紙。 五月四日，《首都早報》試刊，六月一日正式創刊，為臺灣報禁解除後創刊的日報，一九九〇年八月二十八日停刊。創辦人為康寧祥。

		嘉義火車站吳鳳銅像前抗議，訴求「打破吳鳳神話」，並於年底拉倒銅像，引發連串衝突。 原權會結合原運團體與臺灣基督教長老教會組成「臺灣原住民還我土地運動聯盟」，號召首次「還我土地運動」，至一九九三年止，共發起三波還我土地運動。	
一九八九	楊牧開始撰寫〈愛美與反抗〉，隔年秋天完稿。收錄於一九九一年五月《方向歸零》，洪範出版。 四月至十二月，胡子丹《跨世紀糾葛：我在綠島三二一二天》陸續發表於香港《新聞天地》週刊，後收錄於一九九〇年二月《我在綠島三二一二天》，國際文化出版，以筆名秦漢光發表。二〇〇一年一月以本名推出新版。 十二月三日，葉石濤〈白色恐怖時代的來臨〉首次發表於《首都早報》。	四月七日，鄭南榕（1947-1989）因拒絕逮捕，於《自由時代周刊》總編輯室自焚。 五月十九日，詹益樺（1957-1989）隨鄭南榕送葬隊伍途經總統府，民眾遭鎮暴警察噴強力水柱，引發眾怒，詹益樺則帶著預藏的汽油點火自焚。 六月四日，中國北京天安門廣場發生六四事件。 八月十九日，首座二二八紀念碑在嘉義落成。	七月，人間出版社成立，發行人陳映真。
一九九〇	二月二日至三日，葉石濤〈蹉跎歲月〉首次發表於《首都早報》。 三月，葉石濤〈土地改革與五〇年代〉首次發表於《新文化》十四期。 四月十九日至二十日，葉石濤〈鄉村教師〉首次發表於《民眾日報》。 四月二十三日至二十四日，葉石濤〈細說五〇年代的白色恐怖〉首次發表於《首都早報》。	二月二十八日，立法院首次為二二八受難者默哀，新版的高中歷史教科書首次提到二二八事件。五月二十日李登輝總統指示成立「二二八事件專案小組」。 三月十六日至三月二十二日，臺灣各地學生集結於中正紀念堂（今自由廣場）發起靜坐抗議，要求「解散國民大會」、「廢除臨時條款」、「召開國是會議」與「提出民主改革時間表」等訴求，是為「野百合學運」。 十月，劉宜良（江南）的遺孀崔蓉芝與中華民國政府在美國達成庭外和解，中華民國政府賠償崔蓉芝一百四十五萬美元。	

	五月，葉石濤〈執教鞭，鞭出五〇年代的滄桑〉首次發表於《新文化》十六期。 六月六日至七日，葉石濤〈約談〉首次發表於《民眾日報》。		
一九九一	六月，高金郎《泰源風雲——政治犯監獄命事件》，前衛出版。 蔡德本開始以日文寫作《臺灣のいもっ子》，一九九四年九月由日本集英社出版。在女兒蔡式貞協助下，自己翻譯成中文版《蕃薯仔哀歌》，一九九五年十一月遠景出版。	二月，花蓮地方法院林火炎因被告稱自己為原住民，故判決書上首度以「原住民」稱呼山胞。 五月一日，《動員戡亂時期臨時條款》廢止。 五月九日，發生「獨臺會案」。調查局幹員進入清華大學逮捕歷史研究所學生廖偉程、文史工作者陳正然、民進黨黨員王秀惠與傳道士林銀福，指控他們受史明支持，在臺灣建立「獨立臺灣會」。 五月二十日，「獨臺會案」引發萬人大遊行，提出「撤除思想警察」、「揮別白色恐怖」主張，迫使立法院在七天內先後廢止《懲治叛亂條例》和《戡亂時期檢肅匪諜條例》。	十二月，《文學臺灣》季刊創刊。為九〇年代本土文學與本土論述的重要據點。
一九九二		二月二十二日，行政院公布《二二八事件研究報告》。 三月十四日與四月三十日，原運團體前往陽明山中山樓向國民大會抗議要求正名。 五月，繼「反政治迫害聯盟」而起的「一百行動聯盟」經過多月抗爭，迫使立法院修法，修正以思想言論治人於罪的刑法第一百條。	
一九九三		五月二十八日，曾梅蘭因尋找遭槍決的二哥徐慶蘭之墓，偶然發現臺北六張犁白色恐怖受難人的亂葬崗。	六月，《山海文化》創刊，是臺灣第一份以原住民報導為主體的

		七月二十五日，臺灣政治受難者聯誼會成立「白色恐怖時代受難平反權益委員會」。 八月四日，民進黨出面邀集聯誼總會、互助會、臺權會、政治受難老兵聯盟等團體，在臺大校友會館舉行「白色恐怖案件平反委員會」成立大會。推選謝聰敏與陳菊出任「國民黨政治迫害平反委員會正副主委」。	雜誌。
一九九四	八月初，林書揚完成〈曾文溪畔的鬥魂——莊孟侯與莊孟倫〉，二〇一〇年五月收錄於《林書揚文集（一）回首海天相接處》，人間出版社。 十二月，馬列亞弗斯·莫那能口述、盧思岳採訪整理的〈被射倒的紅蕃〉收錄於《七〇年代：懺情錄》，時報文化。	二月二十五日，監察院通過監察委員黃越欽和張德銘的「陳文成命案死因」覆查申請之提案，這是監察院重新調查案件的首例。 八月一日，國民大會修憲將憲法增修條文之「山胞」，改成「原住民」。	二月二十日，「行政院二二八事件研究小組」的研究報告《二二八事件研究報告》由時報出版。
一九九五		一月二十八日，總統公布《戒嚴時期人民受損權利回復條例》。 二月二十八日，臺北新公園二二八紀念碑落成；落成典禮上，李登輝總統正式公開向受難者及家屬道歉。 四月七日，《二二八事件處理及補償條例》開始實施。 十月二十一日，「二二八事件紀念基金會」成立，十二月十八日開始受理受難者申請補償案件。 修訂《姓名條例》第一條，原住民可以恢復傳統姓名。於二〇〇一年與二〇〇三年再修正條文，讓原住民有多種注記姓名的方式，並將「原住民因改漢姓造成家族姓氏誤植」列為改姓要件之一。	玉山社成立，總編輯魏淑貞。

一九九六	七月，柏楊口述、周碧瑟執筆《柏楊回憶錄》，遠流出版。	二月二十八日，二二八和平紀念日在臺北新公園正式揭碑，市長陳水扁將臺北新公園改名為「二二八和平紀念公園」。 三月，第一次總統直選。	
一九九七		七月二十一日，國民大會修憲將憲法增修條文之「原住民」修正為「原住民族」。 九月二十六日，政治受難者在臺大校友會館集會，成立以平反為宗旨的「五十年代白色恐怖案件平反促進會」，推動白色恐怖的平反與補償立法，第一任理事長為林至潔。	
一九九八	一月，張光直《蕃薯人的故事》，聯經出版。	總統公布《戒嚴時期不當叛亂暨匪諜審判案件補償條例》。	
一九九九		四月一日，「戒嚴時期不當叛亂暨匪諜審判案件補償基金會」會務開始運作。 九月二十一日，發生規模七點三大地震，九二一大地震死亡人數超過兩千人。 十二月十日，以鄭南榕自焚現場「自由時代雜誌社」為址的「鄭南榕紀念館」啟用。 十二月十日，「綠島人權紀念碑」落成。	四月六日，鄭南榕基金會成立。
二〇〇〇	藍博洲〈歐巴桑〉首次發表於八月號《聯合文學》，後收錄於二〇〇一年六月《臺灣好女人》，聯合文學出版。	三月十八日，舉行總統選舉，臺灣第一次政黨輪替。 八月二十六日，「馬場町紀念公園」落成。 十二月二十九日，「鹿窟事件紀念碑」落成。	
二〇〇一		二月二十三日，行政院核定綠島的軍事監獄與相關建物劃入	

		「綠島人權紀念園區」。	
二〇〇二	十月，〈施儒昌訪問紀錄〉收錄於《風中的哭泣：五〇年代新竹政治案件》，由新竹市政府出版。 二〇一五年，重新由吳三連基金會出版。	七月二十九日，制定《二二八事件受難者及其家屬申請回復名譽作業要點》。 十二月十日世界人權日，綠島人權紀念園區與景美人權紀念園區正式啟用，景美人權紀念園區登錄為歷史建築。兩個園區歷經三次更名。	
二〇〇三		爆發ＳＡＲＳ疫情，八十四人死亡。 一月十一日，臺北市六張犁「戒嚴時期政治受難者紀念公園」落成。 十一月二十一日，公布《戒嚴時期不當叛亂暨匪諜審判案件受裁判者及其家屬申請回復名譽作業要點》。	四月，印刻文學生活雜誌公司成立，八月《印刻文學生活誌》創刊，總編輯初安民。 十月，「國立臺灣文學館」正式設館。
二〇〇四	十一月，黃素貞〈我和老蕭的抗戰和地下黨歲月〉原收錄於《祖國破了，要把它粘回去：蕭道應先生紀念文集》，海峽出版社。二〇一九年五月重新收錄於《革命時代的悲劇演員蕭道應》，人間出版社。 十二月，葉怡君〈白堊記憶：一群五〇年代「老同學」戰鬥的故事〉收錄於《島嶼軌跡》，遠流出版。 十二月，藍博洲〈白色恐怖的掘墓人〉收錄於《紅色客家庄》，印刻出版。		
二〇〇五	謝聰敏撰寫〈白崇禧和賴阿統——一個客家白色	六月，廢除國民大會。	

年份			
	恐怖案例〉，收錄於二〇〇七年六月《談景美看守所》三版，前衛出版。 三月，鄭鴻生《荒島遺事——一個左翼青年在綠島的自我追尋》，印刻出版。 三月，陳英泰《回憶：見證白色恐怖》，唐山出版。	七月三十一日，國防部提出「清查戒嚴時期叛亂暨匪諜審判案件專案」研究結果，一九四五年至一九九四年間約有一六一三二人次的政治案件。	
二〇〇六	七月，季季〈暗夜之刀與《夥計》年代〉首次發表於《印刻文學生活誌》，後收錄於同年十一月出版的《行走的樹：向傷痕告別》。〈亡者與病者〉收錄於二〇一五年增訂版《行走的樹：追懷我與「民主臺灣聯盟」案的時代》。皆為印刻出版。 十二月，鄭新民《十七歲：火燒島最年輕的政治犯——青春部落外篇》，允晨文化。		二二八紀念基金會出版《二二八事件責任歸屬研究報告》。
二〇〇七		二月二十八日，「二二八國家紀念館」掛牌，二〇一一年二月二十八日「二二八國家紀念館」開館營運。 十二月，民間人士因為政府的不作為而自立組織，成立「臺灣民間真相與和解促進會」。	
二〇〇八	一月，高麗娟《從覺民到覺醒——開花的猶大》，玉山社。 五月，張炎憲、陳美蓉、尤美琪採訪記錄《臺灣自救宣言：謝聰敏先生訪談錄》，國史館出版。 十二月，唐香燕一九八五年完稿的〈一九七九，動盪美麗島：側記唐文標〉，首次發表於《新地		

	文學》唐文標專輯，原題為〈逝者如斯：側寫唐文標，兼記一段過往的歲月〉，二〇一三年收錄於《長歌行過美麗島》，無限出版。		
二〇〇九	吳聲潤自費出版《白色恐怖受難者吳聲潤創業手記：一個六龜人的故事》。後於二〇一八年五月重新出版《二二八之後　祖國在哪裡？》，臺灣遊藝。 六月，彭明敏《逃亡》，玉山社。	八月，莫拉克風災，造成六百餘人死亡。	
二〇一一	二月，唐培禮（Milo L. Thornberry）Fireproof Moth: A Missionary in Taiwan's White Terror, Sunbury Press, Inc. 中文版二〇一一年十二月由允晨文化出版，賴秀如譯。 三月，周志文〈曹興城的故事〉收錄於《家族合照》，印刻出版。	七月十四日，「國家檔案內含政治受難者私人文書申請返還要點」生效實施，檔案管理局依此點清查出一百七十七份政治受難者的私人文書。 十二月十日，「國家人權博物館」籌備處掛牌成立，管理綠島、景美人權文化園區。	三月，衛城出版成立，總編輯莊瑞琳。 四月，啟動文化成立，總編輯趙啟麟。
二〇一二	八月二日，吳俊宏〈永不開花的枯葦〉首刊登於《臺灣立報》，寫於一九九四年春，於妻子陳美虹過世後，二〇一二年五月定稿。 七月，顏世鴻《青島東路三號：我的百年之憶及臺灣荒謬時代》，啟動文化。 十二月，陳勤〈天空在屋頂的那一端〉收錄於《流麻溝十五號——綠島女生分隊及其他》，鄭南榕基金會．紀念館策劃，書林出版。		無限出版成立，總編輯連翠茱。
二〇一三	八月，陳列〈藏身〉收錄於《躊躇之歌》，印刻出版。	發生白衫軍運動，二〇一三年洪仲丘事件引爆的社會運動，促成《軍事審判》修法，軍人在非戰時犯罪交由一般司法機關處理。	

二〇一四	五月，陳明忠《無悔：陳明忠回憶錄》，人間出版社。 十月二十九日，唐香燕〈心內彈琵琶——回憶蘇慶黎和媽媽蕭不纏〉發表於個人部落格「Our Lightning」，二〇一九年九月收錄於《時光悠悠美麗島》，春山出版。	三月十八日至四月十日，由臺灣學生與公民團體共同發起社會運動，占領立法院議場，反對國民黨單方面決議通過《海峽兩岸服務貿易協議》。是為「三一八學運」。 九月八日，「戒嚴時期不當叛亂暨匪諜審判案件補償基金會」結束運作，總受理案件為一萬零六十二件。	
二〇一五	二月，林易澄〈他一定是一個很好很好的人〉收錄於《無法送達的遺書：記那些在恐怖年代失落的人》，衛城出版。 五月，陳政子〈陳政子訪談紀錄〉收錄於《獄外之囚：白色恐怖受難者女性家屬訪談紀錄》下冊，國家人權博物館。 六月，呂培苓《一甲子的未亡人——王培五與她的六個子女》，文經社。 十二月二十三日，吳易叡〈乾杯！白鴿——敬高菊花與無法公共的記憶〉首度發表於《報導者》。		二月，真促會與衛城出版合作出版《無法送達的遺書》。 十月，真促會與衛城出版合作出版《記憶與遺忘的鬥爭：臺灣轉型正義階段報告》共三卷。
二〇一六		八月一日，蔡英文總統代表中華民國政府向臺灣原住民道歉。	
二〇一七	九月二十六日，杜晉軒〈流離尋岸的鄔來〉原初報導刊登於《關鍵評論網》，後經大幅改寫與補充訪問、材料，收錄於二〇二〇年二月《血統的原罪——被遺忘的白色恐怖東南亞受難者》，臺灣商務出版。 十二月，伐依絲．牟固那那〈光明乍現／反共大	二月二十三日，巴奈．庫穗與馬躍．比吼等因反對原住民族委員會將私有地排除在傳統領域範圍之外，於凱道紮營抗議，六月二日遭警力清除，轉往捷運臺大醫院站。	

	陸的童年〉收錄於《火焰中的祖宗容顏》，山海文化雜誌社。		
二〇一八		三月十五日，「國家人權博物館」正式成立，兩處園區分別改成「白色恐怖綠島紀念園區」與「白色恐怖景美紀念園區」。 五月三十一日，促進轉型正義委員會成立。	十二月，春山出版社成立，總編輯莊瑞琳。
二〇一九	九月二十六日，郭于珂〈生哥〉首次發表於《星洲日報》。 十二月，蔡烈光《陳年往事話朱家》，玉山社。 十二月十二日，劉宏文〈失去聲音的人〉首次發表於劉宏文個人臉書，後又於十二月二十三日轉載於馬祖資訊網，十二月二十九日起，每週發表於《馬祖日報》，共四期。 十二月十六日，陳榮顯〈一部紀錄片的完成〉首次發表於《中國時報》人間副刊。	五月二十四日，同性婚姻合法化。 十二月，新冠肺炎（COVID-19）於中國武漢被發現，二〇二〇年迅速蔓延全球，持續至今。	
二〇二〇	二月，詹益樺〈那一天，阿撒普露〉收錄於《狂飆一夢：臺灣民主化與沒有歷史的人》，廖建華影像工作室出版。 十二月，林傳凱〈流血的身體、寂寞的枯骨——側寫「白色恐怖」下雲林地區的兩位女性〉首次發表於《向光》雜誌第三期。	七月三十日，臺灣首位民選總統李登輝（1923-2020）辭世。	一月，國家人權博物館與春山出版合作出版《讓過去成為此刻：臺灣白色恐怖小說選》共四卷，胡淑雯、童偉格主編。
二〇二一		一月，「陳文成事件紀念廣場命名案及立碑案」於臺大校園落成，二月二日舉行啟用典禮。	四月，國家人權博物館與春山出版合作出版《靈魂與灰燼：臺灣白色恐怖散文選》共五卷，胡淑雯、童偉格主編。

參考來源：

陳芳明，《臺灣新文學史》（臺北：聯經出版，二〇一一）。

陳翠蓮，《自治之夢：日誌時期到二二八的臺灣民主運動》（臺北：春山出版，二〇二〇）。

臺灣民間真相與和解促進會，《記憶與遺忘的鬥爭：臺灣轉型正義階段報告》（新北市：衛城出版，二〇一五）。

胡慕情《黏土》（新北市：衛城出版，二〇一五）。

文化部——老照片說故事：https://cna.moc.gov.tw/home/zh-tw

國立臺灣文學館：https://www.nmtl.g○v.tw/

國家人權博物館：https://www.nhrm.gov.tw/

臺灣大百科全書：http://nrch.culture.tw/twpedia.aspx?id=11168

臺灣外省人——生命記憶與敘事：https://ndweb.iis.sinica.edu.tw/TWM/Public/index.html

中華日報新聞網：http://cdns.c○m.tw/news.php?n_id=1&nc_id=62499

《觀察》：https://www.○bserver-taipei.c○m/article.php?id=1697

促進轉型正義委員會：https://twtjcdb.tjc.gov.tw/Search/Detail/12478

鄭南榕基金會：http://www.nylon.org.tw/

臺灣社會人文電子影音數位博物館計畫〈原住民運動到原住民族運動〉：http://pr○j1.sinica.edu.tw/~vide○/main/pe○ple/5-tribe/tribe3-all.html

《PeoPo公民新聞》，林羿萱〈訴說「原」委——臺灣原住民議題與運動回顧〉：https://www.pe○p○.○rg/news/249697

《民報》，邱萬興〈紀念二十九年前，臺灣史上首次關懷雛妓運動〉：https://www.pe○plenews.tw/news/e4e91a38-d879-4c3b-99ef-f566f5bd664e

表格說明：文學文化事件裡的出版社為此次選集作品的出版社成立時間。

Literati

春山文藝 018

國家人權博物館白色恐怖文學系列

靈魂與灰燼：臺灣白色恐怖散文選

卷五　失落的故鄉

合作出版——國家人權博物館
春山出版

主　編——胡淑雯、童偉格
作　者——劉宏文、呂培苓、胡子丹、周志文、杜晉軒、郭于珂、鄭鴻生、陳榮顯、彭明敏、唐培禮、謝聰敏、高金郎

國家人權博物館
發行人——陳俊宏
專案執行——陳中禹、莊舒晴
地　址——二三一五〇新北市新店區復興路一三一號
電　話——〇二－二二一八－二四三八

春山出版
總編輯——莊瑞琳
協力編輯——陳文琳、翁蓓玉、沈如瑩、夏君佩
編輯顧問——林傳凱、林易澄、吳俊瑩
選文顧問——黃長玲、陳翠蓮、黃丞儀、張亦絢、楊佳嫻
行銷企畫——甘彩蓉
封面設計——王小美
內文排版——張瑜卿
法律顧問——鵬耀法律事務所戴智權律師
地　址——一一六臺北市文山區羅斯福路六段二九七號十樓
電　話——〇二－二九三一－八一七一／傳　真——〇二－八六六三－八二三三

總經銷——時報文化出版企業股份有限公司
地　址——桃園市龜山區萬壽路二段三五一號
電　話——〇二－二九〇六－六八四二
印　刷——瑞豐電腦製版印刷股份有限公司
初　版——二〇二一年四月
定　價——四二〇元

國家圖書館出版品預行編目資料

靈魂與灰燼：臺灣白色恐怖散文選.卷五，
失落的故鄉／劉宏文，呂培苓，胡子丹，周志文，杜晉軒，郭于珂，
鄭鴻生，陳榮顯，彭明敏，唐培禮，謝聰敏，高金郎著；
胡淑雯，童偉格主編.
－－初版.－－臺北市：春山出版有限公司；
新北市：國家人權博物館，2021.04
面；公分.－－（春山文藝；18）
ISBN　978-986-06157-4-6（平裝）

863.55　　110002722

GPN 1011000331

春山出版

EMAIL SpringHillPublishing@gmail.com
FACEBOOK www.facebook.com/springhillpublishing/

填寫本書線上回函

From Interest to Taste

以文藝入魂